1862,

이 소설을 내 친구 머저리 정태봉 군 영전靈殿에 바친다.

초판 1쇄 인쇄 2021년 2월 19일
초판 1쇄 발행 2021년 2월 22일

지 은 이 최정영
발행인 박지연
발행처 도서출판 도화
등 록 2013년 11월 19일 제2013-000124호
주 소 서울시 송파구 충민로34길 9-3
전 화 02) 3012-1030
팩 스 02) 3012-1031
전자우편 dohwa1030@daum.net
인 쇄 (주)현문

ISBN | 979-11-90526-30-2*03810

정가 15,000원

잘못 만들어진 책은 교환해 드립니다.
저자와 출판사의 허락 없이 책의 일부 또는 내용등을 사용할 수 없습니다.

도화道化, fool化는
고정적인 질서에 대한 익살맞은 비판자,
고정화된 사고의 강요를 해체한다는 뜻입니다.

단편

1862,

최진영 장편소설

차례

1862년(임술년) 2월, 새해가 밝아오자 진주 농민들은 부패한 권력에 맞서 들불처럼 일어났다. 이름하여 임술년 진주 농민봉기다. 이 엄청난 사건을 대부분의 역사서에는 민란으로 기록하고 있다. 1년 후(2022년)면 진주 농민들이 횃불을 든 지 160년이 되지만, 아직 자리매김을 못 하고 있다.

소설 1862,를 쓰려고 진양지와 수곡면지를 읽었다. 남명 선생이 기거했던 산천재와 덕천서원도 다녀왔다. 국회도서관에서는 임술록王戌錄과 관련 논문을 찾아 읽었다.

국역 진양지는 고서점(소문난 서점/진주시 소재)에서, 수곡면지는 수곡면 대평리를 방문해 직접 전달받았다. 수곡면 창촌리 덕천강 변에 세워진 진주 농민항쟁비를 방문해 후손으로서, 작가로서 총기를 잃지 않게 해달라고 기도도 올렸다. 이곳은 무실(수곡)장터로 진주 농민항쟁의 시발점이 되었던 곳이지만, 항쟁비만 우두커니 덕천강 강물만 무심하게 바라보고 있었다. 유계춘 선생의 고향도 여러 번 다녀왔다. 불행히도 내평리와 유계춘 선생의 생가는 진양호가 건설되면서 수몰되어 그 흔적을 찾을 수 없었다. 하지만, 가능한 그 당시 농민들의 어려웠던 삶을 재현하려고 진양호 주변을 맴돌며, 미륵산, 태봉산 그리고 옥녀봉에 올라 그때를 돌아가려고 타임머신도 탔다.

우리 민족은 대대손손 농사를 지으며 살았다. 특히 진주는 두류산의 넓은 품이 내어준 풍부한 물 덕분에 예나 지금이나 토지는 기름지고 인심은 후덕했다. 거기에 남명 조식 선생의 가르침이 더해지면서 진주 사람들은 두류산처럼 품이 넓고 의로워 임진왜란 때는 가차 없이 왜적들에게 대항했고, 부패한 권력에는 스스럼없이 목숨까지 던지며 저항했다. 그러나 부패한 권력은 바뀌지 않았다.

역사이래 민초들의 외침을 들어 준 지도자는 없었다. 임금이 바뀌고 왕조가 사라져도 늘 그랬듯이 역사는 그들의 몫이었다. 그러나 민초들은 살아남아 다음 세대를 이어나갔다. 현재도 진행형이다. 나는 이 끈질긴 민초들의 삶을 소설 『1862,』에 담고 싶었다.

소설 『1862,』의 등장인물들의 특정은 작가의 상상력 결과이며 사실과 다를 수 있어 오로지 소설로만 읽어주기 바란다. 그리고 줄거리는 한국방송통신대학교 문화교양학과 송찬섭 교수의 논문과 경상대학교 역사교육학과 김준형 교수의 자료(일러두기 참조)를 참고했다.

끝으로 취재를 도와준 사진작가 유 형, 수곡면지를 직접 전해준 황경규 회장님과 성영석 총무님, 출판하기 전에 원고를 꼼꼼히 읽어준 소설가 이준옥 선생, 그리고 해설을 맡아주신 문학박사 이병렬 선생에게도 감사드린다.

최희영

두류산 천왕봉에 먹구름이 끼었다. 된바람이 밤새도록 요란을 떨어 비봉산도 어깨를 움츠렸다. 진눈깨비라도 오려는 것 같았다. 예화문 나루도 얼어붙었다. 작평(까치뜰)에서 까마귀 떼가 날아올랐다. 철 이른 추위에 낟알조차 얼었던지 저잣거리를 한 바퀴 돌아 망진산 등허리에서 까악거렸다.

장꾼들이 예화문 나루에 몰려들었다. 살을 에는 강바람은 사정을 주지 않았다. 모닥불이 피어올랐다. 불길에 손 비빌 틈도 없이 바람에 쓸려갔다. 도붓장수 여럿이 숙덕거렸다.

"새 목사가 온다며?"

"에나가?" (정말이야?)

"하모." (그래.)

"시끄러버 지겠네?"

"글케……." (그러게)

취타 소리가 요란했다.

임기도 못 채우고 쫓겨난 목사가 내아를 떠나지도 않았는데 신임목사가 부임하다니……, 돈줄이 꽤 급했던 모양이다. 초군청[1]으로 가려던 유계춘은 멀찍이 물러서서 신임목사 행차를 한참이나 지켜보았다.

"쉬이, 물러서거라."

목사 행차가 지제문으로 들어섰다. 병사들이 저잣거리 장꾼들을 물리느라 북새통이었다. 행차는 묵직했다. 장꾼들은 머리를 조아렸고, 도붓장수들도 땅바닥에 무릎을 꿇었다. 나뭇짐을 진 초군[2]들이 병사들과 실랑이를 벌이면서 굼뜨게 고샅[3]으로 들어갔다.

'신임목사라…….'

---

1 초군청(樵軍廳) : 나무꾼들이 자체적으로 모여 어떤 계획을 세우거나 일을 도모하던 곳.

2 초군(樵軍) : 나무꾼.

3 고샅 : 촌락의 좁은 골목길. 고샅길.

부임할 때마다 농민들과 한바탕 힘을 겨뤘다. 보통 문제가 아니었다. 국법에 따라 세稅를 거두면 좋으련만 국법까지 어겨가며 농민들이 땀 흘려 지은 곡식을 탈취했다. 파직당한 전임목사도 무리하게 도결⁴을 시행하려다가 농민들의 저항으로 뜻을 이루지 못했다. 행차를 보아하니 신임목사도 만만찮아 보였다. 조만간 한바탕 소란이 일어날 것 같았다. 하기는, 수십 년을 그래왔으니 새 목사라고 다르지 않을 것이다. 저잣거리에 먹구름이 어른거렸다.

유계춘은 우병영 진무청 옥사에서 석방되자 어머니에게 인사도 못 올리고 길을 나선 지 얼추 석 달 만에 돌아왔다. 목적이 있어서가 아니었다. 먹고 살길을 찾아 떠돌아다니다가 이제 막 읍 저잣거리에서 신임목사 행차를 지켜보았다. 가슴이 답답했다.

'시천주⁵라……'

최수운이라는 젊은 도사가 한 말이었다. 칠현(함안) 웃개나루 저잣거리에서 사람들에게 둘러싸여 있었는데 그의 말

---

4 도결(都結) : 조선 후기에, 고을 아전이 공전(公錢)이나 군포(軍布)를 축내고 그것을 메우기 위하여 결세(結稅)를 올려 받던 일.

5 시천주(侍天主) : 천도교에서, '한울님을 모셨다'라는 뜻, 한울님은 항상 마음속에 있다고 믿는 일.

이 엄청나 기억에서 지워지지 않았다. 백성의 아버지는 분명 임금이다. 조선 땅에 사는 백성이라면 그 누구도 부인하지 않을 것이다. 그렇게 꼿꼿하던 남명 선생도 섭정하는 태후를 비난했지 임금까지 비난하지 않았다. 임금이 버젓이 살아있는데, 마음속에 천주를 모시라니……, 한울님을 가슴속에 모시며 새날이 온다고……. 유계춘은 두려웠다. 가진게 없으니 빼앗길 것이야 없지만, 목숨까지 걸어야 할 일이다. 천주학이라는 서학에 맞서 동학이라고도 했다, 도사라기에 너무 젊어 어쭙잖게 보아넘기려 해도 최수운의 눈빛은 형형하게 살아있었다.

신임목사 행차가 봉명루를 지나 객사로 들어가자 장꾼들이 저잣거리로 몰려나와 술렁거렸다.

"새 목사는 좀 낫겠지?"

"택도 없는 소리하지 마라!" (어림없는 소리 하지마라)

"와?"(왜?)

"한두 번 적어 보나." (겪어 보나.)

고샅에서 술렁거리던 초군들이 저잣거리로 고개를 내밀었다.

'사람들 하고는…….'

유계춘은 초군청으로 들어가려다 말고 내평리 집으로 곧장 향했다. 가난해도 양반은 양반이라며 어깨를 곧추세우던 어머니를 먼저 뵙는 것이 그나마 자식 도리일 것 같아서였다.

1부

천왕봉을 바라보다

1,

−까악, 까악, 까악

까마귀 떼가 비봉산 허리에서 앙세게[1] 울었다.

"새벽부터 까마귀라니!"

그루잠[2] 마저 놓친 게 짜증 났다. 눈까풀이 밀려 내려왔다. 손바닥으로 얼굴을 훑었다. 더께[3]가 거칠했다. 열흘이나 길 위에서 보냈으니 쉽사리 피로가 풀릴 리 없었다. 장지문을 열었다. 된바람이 방 안으로 밀려들었다.

"지난밤 날씨가 쌀쌀하더니만, 눈이라도 내렸나……?"

1 앙세다 : 몸은 약해 보여도 힘이 세고 다부지다.
2 그루잠 : 깼었다가 다시든 잠.
3 더께 : 몹시 찌든 물건에 앉은 거친 때.

소설小雪이 지났으니 눈이 온다고 이상할 것도 없었다. 신임목사 홍병원은 내아 누樓마루에 올랐다.

"으음……. 과연 장풍득수[4]요 산하금대[5]로고……!"

시야가 툭 터여 막혔던 가슴까지 시원했다. 망진산이 새하얗다. 홍병원은 뒷짐을 진 채 눈을 지그시 감았다. '모자라는 게 넘치는 것보다 나을 거라'며 임금에게 읍소하던 홍문관 부교리 박규수가 떠올랐다.

'나쁜 놈.'

그때는 쥐구멍에라도 들어가고 싶었다. '무지한 백성들이 목민관까지 능갈치지[6] 못할 거라'고 흘끔거릴 때는 부아가 치밀었다. 그러나 안차고 다라진[7] 인정전 뒷배의 눈길을 감히 곰파지[8] 못했던지 임금의 안정[9]은 어전 바깥에서 얼쩡거려 그나마 희망을 걸었다.

---

4 장풍득수(藏風得水) : 바람은 감추고 물은 얻는다는 뜻이다.
5 산하금대(山河襟帶) : 산과 강이 둘러싼 자연의 요해(要害)
6 능갈치다 : 교묘하게 잘 둘러대다.
7 안차고 다라지다 : 겁이 없이 깜찍하고 당돌하다.
8 곰파다 : 사물이나 일의 속내를 자세히 보고 따지다.
9 안정(眼睛) : 임금의 눈동자를 이르는 말.

南陽 洪門 秉源　남양 홍문 병원을
晉州 牧使로 命　진주 목사로 명함

辛酉年 十月二十日 臨地 任　신유년 시월 스무날에
임지에 임할 것

　도승지가 임금을 흘끔거리며 교지敎旨를 읊어 내렸을 때,
비로소 홍병원은 안도의 한숨을 내뱉었다.
　"전하, 황공무지로소이다."
　임금이 희멀건 옥수를 휘적거렸다. 할 말이 없으니 물러
가라는 뜻인지, 할 말이 남았으니 어전에서 머물라는 것인
지. 홍병원은 어전 바닥에 한 번 더 머리를 납작 조아렸다.
　"전하……."
　임금이 비틀거렸다. 용평상[10]으로 올라간 내시가 임금 용
포를 여며 서둘러 인정전을 빠져나갔다. 홍병원의 목소리
가 허허롭게 인정전에서 맴돌았다. 그는 뒷걸음질로 인정
전을 물러나 진선문과 금천교를 한달음에 지나 돈화문까지
정신없이 걸었다. 온몸이 땀으로 흥건했다. 창덕궁을 바라
보았다. 북악은 희미했고 인정전 뒷배만 창덕궁 후원에서

---

10 용평상(龍平床) : 임금이 정무를 볼 때 앉던 평상. (준말 앞에) 용상(龍床).

어슬렁거렸다.

말구종이 땅바닥에 엎드렸다. 홍병원은 등허리를 힘차게 밟고 육중한 몸뚱이를 말 등에 실었다.

"고얀 것, 이렇게 힘이 없어서야!"

말구종의 허약한 등허리가 못마땅했다. 뒤를 돌아보았다. 창을 든 병사 예닐곱이 좌우로 뒤따랐다. 오합지졸이 따로 없었다. 호통을 치고 싶어도 홍병원은 무엇보다 먼저 도성을 벗어나고 싶었다.

"가자. 진주로!"

말 배때기를 걷어찼다. 말이 놀랐는지 기름진 갈퀴를 세우며 두 발을 허공에다 허우적거렸다.

"아니 이놈의 짐승이······."

말구종이 고삐를 잡아챘다. 그때야 말은 입김을 내뻗으며 앞으로 걸었다. 숭례문을 출발한 지 이레 만에, 그것도 이경二更이 되어서야 무주에 도착했다. 땅거미가 덕유산에서 뉘엿거렸다. 산은 높고 험했다. 도적들이 자주 출몰해 밤이 이슥하면 육복치六卜峙(육십령)를 넘을 수 없다고 정탐병이 아뢰어 덕유산 발치에서 하루를 더 머물렀다.

소문대로 진주는 경관도 지세도 빼어났다. 허리띠처럼 흐르는 남강이며, 높고 낮은 산들이 겹겹이 읍을 둘러쌌다. 좌청룡 우백호도 기운찼다. 한양만은 못해도 명당 중에서 명당이라 읍치邑治로는 손색이 없어 보였다.

"기름지다고 했는데……."

남강 언저리 작평(까칫들)은 어쩐지 어쭙잖아 보였다. 남강원(반성에 세우려던 안동 김씨 서원) 건립비로 보냈던 뒷돈이 머릿속에 까악거렸다. 한양 안동 김문金門에 제때에만 보냈더라도 인정전 뒷배가 오해하지 않았을 것이다.

"빌어먹을……."

서원 건립비를 관리하던 빌어먹을 주사 놈이 보고서에서 빠뜨리는 바람에 부임 시기를 놓치고 말았다. 그만한 일로 남강원 주사에게 대 놓고 따질 수도 없었다. 잘못 건드렸다가 무슨 몽니를 부릴지 알 수 없는 놈이었다. 어쨌든, 진주 목사로 부임했다. 달포만 지나면 임술년壬戌年(1862년)이니 딱히 문제 될 것도, 게다가 내년 추수까지 곱절만 챙기면 그만인데 안달복달해 체면 구길 일도 없었다.

까마귀 네댓 마리가 발톱을 꼿꼿하게 세워 내아[11] 안마당

---

11 내아(內衙) : 지방 관아 수령이 거처하던 곳. 안채. 내 동헌.

에 내려앉았다.

"아니, 저놈의 까마귀가……!"

홍병원은 까마귀를 쫓았다.

"훠이, 훠이~."

까마귀가 회오리바람을 일으키며 망진산으로 날아갔다. 눈을 새치름하게 내리깐 이방이 내아를 기웃거렸다.

"밤새, 잘 쉬셨능교?"

"……그랬네만."

뒷짐을 진 홍병원은 무너진 촉석성 성곽에 눈길을 던지며 짐짓 딴청을 부렸다.

"목사 영감……!"

무슨 할 말이라도 있는지 뜸까지 들였다.

"말해 보시게."

부세수취(세금을 매기고 거둬들이는 일) 현황을 상신上申하라 이른지 보름이나 지났는데 여태까지 감감무소식이다. 이방은 이방대로 저리는 저리대로 바쁘다는 핑계나 대며 차일피일 미루더니 이제야 낯짝을 들이밀었다. 전임목사가 반년도 안 돼 파직당한 게 저따위 아전 놈들의 수작 때문이었을 것이다.

'나쁜 놈들!'

목사가 하명下命해도 야지랑스럽게[12] 둘러대니 상황조차 파악하지 못했을 것이다.

"그래, 무슨 일인가?"

"남강원 주사를 만나고 왔심더."

이방 김윤두는 목사 말을 꼴깍 집어삼켰다.

"주사는 잘 계시던가?"

"예, 영감."

"그래, 남강원 건립은 잘 진행되던가?"

"그게……."

김윤두가 머뭇거렸다. 그러면 그렇지…… 잘 될 리 없었다. 흉년이 들어 세상 민심이 흉흉한데 서원이나 건립한다고 농민들을 후려치니 그들이라고 호락호락 돈을 내놓을 리 없었다.

"저리는 어디 갔느냐?"

저리에게 한양으로 보낼 물목을 챙겨두라 일렀는데 며칠이 지나도록 코쫑배기조차 내밀지 않았다.

"올 때가 됐심더."

---

12 야지랑스럽다 : 얄밉도록 능청맞고 천연덕스럽다.

김윤두가 머리를 납작 조아렸다. 상투 끝에서 말총갓[13]이 대롱거렸다.

"어이구, 갓 쓴 꼬락서니 하고는……. 쯧쯧!"

갓만 쓰면 뭐하나……. 품위가 있어야지 홍병원은 배를 잔뜩 내밀고 혀까지 끌끌 찼다.

저리 문영진이 허둥지둥 내아로 들어왔다.

"저리 대령했심더."

문영진의 숨소리가 목에 찼다.

"그래, 물목은 확인했느냐?"

"아즉까지 조사 중입니더."

아전 놈들의 배를 갈라 속내를 들여다볼 수도, 주둥이를 강제로 벌려 이실직고하랄 수도 없었다. 차라리 주리라도 비틀면 속이 시원할 것 같지만, 이도 저도 마음대로 할 수 없어 홍병원은 이래저래 부아만 치밀었다.

'네놈들이……. 언제까지 버티나 두고 보자.'

말까지 더듬거리는 목사 표정을 살피던 문영진은 움찔했다. 그러나 여기서 밀리면 끝장이었다.

'꼴 하고는…….'

---

13 말총갓 : 말의 갈기나 꼬리의 털로 만든 갓.

문영진은 내심 목사를 비아냥거렸다. 삐죽 나온 아래턱과 좁은 미관, 광대뼈 아래 불룩한 볼때기에 욕심이 득실거렸다. 자칫 잘못하면 이무미[14] 모조[15]는 고사하고 원곡도 못 챙길 것 같았다. 딸까지 팔아 애 터지게 긁어모았던 재산이 하루아침에 날아갈지 모를 일이다. 부임 초기부터 목사를 길들여 놓아야지, 잘못 화를 돋웠다가 낭패당할 수도 있을 것 같았다. 부세수취負稅受取 장부를 목사가 거머쥐는 날에는 모든 게 끝장이었다.

　"향리들은 언제 도착하느냐?"

　홍병원은 이방을 다그쳤다.

　"한것[16]이라고 했으니 동헌에 도착할 시간이 다 됐심더."

　"한것이라……."

　홍병원은 하늘을 쳐다보았다. 선학산 그림자가 제법 남아 동헌까지 갈 시간은 충분해 보였다.

　"그래, 다른 말은 없더냐?"

---

14 이무미(移貿米) : 조선 말기, 지방 벼슬아치가 값이 비싼 제 고을의 환곡
　(還穀)을 내다 팔고, 대신 값이 싼 딴 고을 곡식을 사서 채워 이익을 남겨
　사사로이 차지하던 일.

15 모조(耗條) : 원곡에 대한 이자.

16 한것 : 하루 낮의 4분의 1쯤 되는 동안. 반나절.

문영진에게 별도로 일러두었던 일이 궁금했다.

"예, 목사 영감, 어제 오후 내평리에 사는 유계춘이라는 작자가 저잣거리 이곳저곳 기웃거리다가 밤이 이슥해서야 돌아갔다고 합니더."

문영진의 주둥이가 미끈거렸다.

"무엇을 기웃거렸다는 말인가?"

"올봄에 도결을 시행하려는데, 유계춘이라는 놈이 농사꾼들을 꼬드겨 비변사에 등소[17]를 하겠다며 으름장을 놓아 전임목사가 도결을 포기한 사건이 있었심니더."

문영진은 머리를 납작 엎드렸다.

"저런, 쳐죽일 놈을 봤나! 그래, 그 유계춘이라는 놈을 잡아다가 곤장을 쳐서 요절을 내야지 그냥 두었단 말이냐?"

홍병원의 눈알이 기름지게 데굴거렸다. 문영진은 이때다 싶었다. 허리를 두어 번 더 굽실거리며 그의 귀에다가 주둥이를 들이밀었다.

"……? 저, 저런! 고얀 놈이 있나!"

홍병원은 눈을 껌뻑거렸다. 논 한 뙈기도 없는 놈이 우매한 농사꾼들을 꼬드겨 관가 일을 그르치게 하다니 무뢰배나

---

17 등소(等訴) : 여러 사람이 연서(連署)하여 관청에 하소연함. 또는 그 일.

진배없었다. 그렇다고 무작정 잡아들일 수도 없었다. 어쨌든, 유계춘이라는 놈이 문제 같았다. 남강원에 받친 뒷돈은 차치하더라도 뒷배에게 건넨 이만 냥을 거둬들이기도 전에 전임목사처럼 파직되지 말라는 법도 없었다.

"그럴 수는 없지. 암, 그렇고말고 그냥 날릴 수는 없지……."

홍병원은 입술을 지그시 깨물었다.

2,

"등청할 준비를 하도록 해라."

홍병원은 동헌에 먼저 도착해 향리들의 기세를 꺾어놓을 심산이었다.

"목사 영감, 그리 하겠심니더."

"어흠, 그래야지……."

저리와 이방이 내아 마당에 납작 엎드렸다.

"교자 대령했심니더."

이방이 아뢨다.

홍병원은 어깨를 으쓱거리며 갓끈을 턱주가리에 다잡아 매고 궁둥이를 실룩거렸다.

"쉬이, 물러서거라. 목사 영감 나가신다."

교잣군이 소리를 지르자 병사들이 앞다퉈 길을 열었다. 이방과 저리가 앞다투어 교자를 뒤따르며 홍병원의 말(言)을 번갈아 낚아챘다.

"저곳은 무엇을 하던 곳이냐?"

홍병원은 주춧돌만 남은 건물터를 가리켰다.

"조양관이 있었던 자리온데, 임진란 때 불타 없어진 뒤 재건되지 못했심니더."

이방이 홍병원의 말을 낚아챘다.

"흐음……. 그랬구나."

저잣거리에 장사꾼들이 북적거렸다. 나무를 진 초군들은 앞다투어 대장간 골목을 드나들었다. 대장간 좌판에 호미며 가래며 농기구들이 늘려있었다. 포목점에는 형형색색 비단이 즐비하게 싸여 있었다. 개성상인들 같았다. 주막에는 장사치들이 북새통을 이뤘다.

"쉬이, 물렀거라!"

교자군이 목사 행차를 쉴 없이 알렸다. 저잣거리 난전亂

塵을 들락거리던 아낙들이 머리를 처박았고, 장꾼들은 저잣거리 가장자리에 물러나 무릎을 꿇었다.

"저자들은 무엇을 하는 놈들이냐?"

홍병원은 저잣거리를 활보하는 초군들이 못마땅했다.

"초군들입니더. 저 고샅에 보이는 초가는 초군청이라 하옵는데, 저들의 사무를 보는 곳입니더. 저놈들은 읍에서 말썽도 자주 피워 무지하기로 소문난 자들이라 우병영에서도 어떻게 할 수 없다고 하니, 여간 골치 아픈 놈들이 아입니더."

초군들이 말림갓[18]에 들어가 무단으로 벌목하는 바람에 송사가 끊이지 않는다는 것쯤은 홍병원도 알았다. 병사들을 끌고가 초군청에 불이라도 질러 버려야지 우병사는 뭐하는지⋯⋯.

"무뢰배들 같으니라고!"

"쉬이, 물렀거라!"

교잣꾼들이 쉼없이 길을 텄다. 객사에서 지제문까지 저잣거리는 거침없이 뚫렸다.

---

18 말림갓 : 나무나 풀을 함부로 베지 못하게 단속하여 가꾸는 땅이나 산 《나뭇갓과 풀갓이 있음》.

"그런데 성곽은 왜 저러냐?"

김윤두가 머뭇거렸다.

"목사 염감, 그게……."

꼴값을 떨던 우병사 백낙신이 생각났다. 그래도 그렇지, 성곽은 제대로 보수해야지……. 지제문에서 공북문에 이르는 무너진 성곽이 어설펐다. 그나마 동장대는 우뚝했다.

'왜적이라도 쳐들어오면 어쩌려고…….'

우쭐거리는 우병사 백낙신의 꼬락서니가 설핏 떠올랐다.

보장헌[19] 용마루가 보였다. 홍병원은 철릭[20]을 여미고 허리를 꼿꼿하게 세우며 홍살문을 들어섰다. 향리들이 늘비하게[21] 늘어서 있었다. 꼴들하고는……. 향리들 꼬락서니가 마뜩잖았다.

"다들 오셨는가?"

홍병원은 교의에 등을 기대며 한껏 배를 내밀었다.

"예, 목사 영감."

이방 김윤두가 다소곳이 머리를 숙였다.

---

19 보장헌 : 진주목 동헌의 별칭.

20 철릭 : 무관이 입던 공복(公服)의 하나 《직령(直領)으로서, 허리에 주름이 잡히고 큰 소매가 달렸음》.

21 늘비하다 : 죽 늘어놓여 있거나 늘어서 있다.

"오지 않은 마을이 있느냐?"

홍병원은 모가지를 잔뜩 세웠다.

"목사 영감, 좌수와 별감, 그리고 향리들이 참석하였사옵고, 향리들이 출타한 마을에는 훈장들을 참석하라 켔심니더."

이방이 홍병원을 힐끗거렸다.

"으흠! 먼 길 다잡아 오시느라 수고들 하셨소."

홍병원은 동헌 마룻바닥에 머리를 조아린 향리들을 한 사람 한 사람 눈여겨보면서 느릿하지만 힘주어 말했다.

"십만 냥은 되어야 할 터인데……."

빠르게 눈치를 주고받는 좌수와 별감, 향리들의 작은 행동 하나하나까지 홍병원은 놓치지 않았다. 언제든지 배신할 놈들이었다.

"좌수 생각은 어떠하오?"

"예, 목사 영감, 여부가 있겠십니꺼."

좌수가 머리를 조아렸다. 의중을 묻긴 해도 홍병원은 관심 없었다. 사만 석 모두 포흠[22]이라고 저리가 이미 귀띔해

---

22 포흠(逋欠): 아전들이 관청의 물건을 사사로이 써 버리다.

주었다. 향리들도 마찬가지일 것이다. 굳이 결렴[23]이니 포흠이니 자질구레한 말 따위는 꺼낼 필요가 없었다. 해마다 바뀌는 목사가 무슨 할 일이 있었겠는가. 지난해 부과한 결[24]에 곱절 이상이면 나쁠 것도 없었다.

"예, 목사 영감, 분부만 내리시면 소인들이 처리하겠심니더."

별감도 머리를 조아렸다.

"그럼 그렇게 알겠네……."

홍병원은 잠시 뜸을 들인 뒤에 말을 이었다.

"향리들 의견을 들어야 하겠지만, 목민관이 부세 수취에만 매달릴 수 없지 않으냐. 백성들이 불편한 게 무엇인지, 아픈 곳은 어디인지, 어루만져 주는 게 목민관이 할 일이 아니더냐."

'우매한 백성이 목민관까지 능갈 치지 못할 거라'며 비아냥거리던 박규수 말이 생각나 홍병원은 보란 듯이, 그것도 어깨까지 으쓱거리며 제대로 된 목민관임을 향리들에게 보여주고 싶었다.

---

23 결렴(結斂) : 결세에 부가하여 돈이나 곡식을 징수하던 일.
24 결(結) : 조세를 계산하기 위한 논밭의 면적 단위. 목.

"여부가 있겠십니꺼, 목사 영감."

동헌 마룻바닥에 엎드린 좌수와 별감, 향리들까지 일제히 머리를 조아렸다.

'그러면 그렇지, 그래야지.'

홍병원은 배까지 내밀며 이방에게 물었다.

"목의 총 결이 일만오천 결이라 했더냐?"

"예, 영감."

이방 김윤두가 모가지를 움츠렸다.

"결당 여섯 냥 오십 전으로 부세가 모자라지 않겠느냐?"

이번에는 좌수가 머리를 조아렸다.

"아뢰옵기 황송하오나, 올봄에도 두 냥 오십 전으로 정했는데, 농민들의 반발이 심해, 전임목사도 도결을 포기하고 말았심니더, 여섯 냥 오십 전이면 두 곱절이 훨씬 넘는데, 농민들이 반발할 게 불을 보듯 뻔 합니더. 세수를 낮추는 게 어떠실런지요……."

"아니, 이놈이……. 목사 앞에서 주둥아리를 함부로 놀리다니……."

이방 김윤두가 눈까지 부라리며 좌수를 힐난했다.

좌수가 머리를 납작 조아리자 별감이 나섰다.

"올봄에 추진하려던 세수는 지난해 가뭄으로 보릿고개를 넘지 못할 거라 농민들의 걱정이 앞섰기 때문이온데, 추수한 지 얼마 지나지 않은 작금에야 여섯 냥 오십 전이라도 무리가 없을 것이옵니다."

"예, 영감."

향리들이 일제히 머리를 마룻바닥에 처박았다. 김윤두가 어깨를 으쓱거리며 좌수를 힐끔거렸다.

"그러면, 그렇게 알고 그대들의 마을로 돌아가 관아의 사정을 농민들에게 먼저 잘 설명하고 타이르시오."

홍병원은 마음이 아픈 것처럼 눈을 지그시 감았다.

"예, 목사 영감."

"다른 의견이 있느냐?"

"······!"

향리들은 서로를 바라보았다. 좌수는 죽을상이 되어 감히 목사 얼굴조차 바라보지 못하고 쩔쩔맸다.

"그럼 그렇게 알고······."

말이 필요 없었다. 홍병원은 교의에서 일어났다. 결당 여섯 냥 오십 전이면 족히 십만 냥은 됐다. 그래 봐야 겨우 두 곱절이었다. 아쉽기는 해도 그렇게만 거둬들이면 그럭저럭 문제없었다. 좌수와 별감, 향리들이 동헌 가장자리 물러나더니 허리를 굽실거렸다. 홍병원은 뒷짐을 지고 배를 양껏 내밀었다. 그리고 천천히 아주 천천히 동헌을 걸어 나왔다.

"영감, 난향루蘭香樓로 모실까요?"

문영진이 대뜸 홍병원 귓불에 주둥이를 들이댔다.

"아니다. 내아에 머물 테니, 저리가 알아서 기별하시게."

"예, 목사 영감."

문영진은 목사가 난향루에 들를 것이라 염두에 두어, 매서梅쇠에게 문장께나 읊는 기생년 서넛과 춤깨나 추는 기생 네댓 명도 차출하라 일러 놓았고, 연회도 준비하라고 일러 두었다.

홍병원은 내아로 향했다.

"수청 기생을 제대로 들여놓아야지……."

어젯밤에 들어왔던 어린 기생년의 암팡진 궁둥이가 홍병원 눈앞에서 어른거렸다.

3,

두류산 된바람이 까탈을 부렸다. 철 이르게 내린 눈 탓이라기에는 객쩍[25]어도 여분의 햇살마저 집어삼켰다. 끌신 채는 소리가 각다분했다. 철들 무렵부터 들었던 소리다.

"에휴!"

어머니의 꺽진 넋두리가 날실처럼 베틀방에서 새어 나왔다. 땅뙈기 한 평 없는 양반집에 시집와 애옥살이[26]로 오 남매를 키웠으니 지칠만했다. 유계춘은 베틀방을 힐끗 보았다. 베릉빡(바람벽)에 삐져나온 지푸라기가 거년스럽다.[27] 광 옆 자투리땅에 대쪽을 엮어 진흙을 발라 까대기[28]를 지었다. 지금이야 동짓달이라 추위에 견딜 만해도 덕천강이 새파랗게 얼어붙으면, 안채야 남향이라 그나마 따뜻해도 모로 앉은 베틀방까지 햇볕이 들 리 없어 어머니도 겨울나기가 쉽지 않을 것이다.

외양간 옆에 쌓아둔 짚가리 밑바닥에 낡은 덕석 자락이 눈에 띄었다. 아버지 기제忌祭에 쓸 쌀을 감춰둔 자리일 것

25 객쩍다 : 말이나 행동이 쓸데없고 실없다.
26 애옥살이 : 가난에 쪼들려 고생스러운 살림살이. 애옥살림.
27 거년스럽다 : 궁상스러운 데가 있다.
28 까대기 : 벽·담 따위에 임시로 덧붙여 만든 허술한 건조물.

이다.

"양반이라고!"

어머니의 꺽진[29] 넋두리가 또 한 번 베틀방을 훑었다.

"어이구, 그깟 갓 하나 사는 데 천 냥이라 쿠더만……."

일어나려던 유계춘은 툇마루에 도로 주저앉았다. 얼굴이
화끈거렸다. 내평리로 이사 온 후에도 서책은커녕 집안도
돌보지 않고 마을 일에만 기를 쓰고 나서는 맏아들이 한심
스러울 것이다. 게다가 오뉴월에 집을 나섰다가 서너 달 만
에 돌아왔으니 더는 할 말도 없었다.

"죽으면 그뿐이지 백골징포[30]는 무슨 희한한 말이냐?"

"어무이?"

대답이 없었다. 유계춘은 어머니가 걱정됐다. 종심[31]이
넘도록 길쌈을 했다. 여름에는 삼베를, 겨울에는 무명을 우
병영에 공납하고 남은 베는 읍장이나, 무실장 저잣거리에
내다 팔아 살림에 보탰다. 공납할 군포가 두 필 더 늘었으니
한숨이 절로 나왔을 것이다. 길쌈을 그만두라고도 못 했다.

---

29 꺽지다 : 억세고 꿋꿋하며 용감하다.

30 백골징포(白骨徵布) : 죽은 사람의 이름을 군적(軍籍)과 세금 대장에 올
려 군포(軍布)를 받던 일.

31 종심(從心) : 일흔 살을 달리 이르는 말.

군포가 모자라면 돈으로 공납公納해야 한다. 그만한 돈도 없거니와 우병영에서 가만 놔두지도 않았다. 뒷돈이라도 챙겨주면 곤장 몇 대는 덜 맞겠지만, 맏아들이 관아에 끌려가 곤장을 맞는 게 안타까웠을 것이다.

목화재배도 쉽지 않았다. 마을 앞 덕천강 천변 모래땅을 일궈 목화를 심어도 홍수로 떠내려가지 않으면 날씨가 가물어 말라죽기 일쑤였다. 겨우내 천변에 모래밭을 일궈서 해감과 세사細沙만 남겨두고 큰 돌과 자갈을 골라냈다. 목화는 물 빠짐이 좋은 토양이라야 씨알도 굵고 장마와 가뭄에도 잘 견뎌 올해는 씨알도 굵고 큼직했다. 그런데 아이들의 다래 서리가 문제였다. 아내가 밤새워 목화밭을 지켜도 날랜 아이들의 서리를 감당하기 어려웠을 것이다.

"아―들이 다래를 죄다 따묵어 뿌심더."

잎사귀만 남은 목화밭을 바라보며 아내가 눈물을 글썽거렸다.

"괘안다. 우짤끼고……."

밤새 목화밭을 지키던 아내가 사립문 앞에서 훌쩍거리자 어깨를 다독거리며 어머니가 한 말이었다.

"두 필이나 더 내야 한다며?"

내평댁은 아들이 부르는 소리를 못 들었는지 바깥을 향해 말했다.

"야~."

그때야 내평댁은 문고리를 잡으며 베틀방에서 고개를 내밀었다.

"죽은 사람이 전장에 나갈 것도 아닌데, 대체 무슨 희한한 말이냐?"

유계춘은 대답을 못 했다. 그도 모르는 백골징포를 어머니가 이해할 리 없었다. 지난 한가위 때는 야반도주한 앞집 정출의 군포까지 대신 내라며 우병영 진무서리가 억지를 부리더니, 며칠 전에는 죽은 지 수십 년도 더 된 아버지 몫까지 내라고 했다.

"아이고 허리야!"

어머니의 긴 한숨이 굴침스러웠다.[32] 우병영에 공납한다는 것쯤은 어머니도 알 것이다. 나라에서 군포를 공납하라니 밤을 새워서라도 아들 몫 세필에 열두어 살 먹은 손자 몫두 필, 그리고 돌아가신 아버지 백골징포까지, 게다가 야반

---

32 굴침스럽다 : 어떤 일을 억지로 하려고 애쓰는 태도가 있다.

도주해버린 앞집 정출의 군포까지 합치면, 일곱 필이나 공납해야 한다. 힘이 들어도 맏아들이 곤장을 덜 맞을 것만 생각했을 것이다.

"어이구, 쥑일 놈들……."

내평댁은 한숨이 절로 나왔다. 이른 봄이라면 산나물이라도 뜯어서 죽을 쑤어 먹을 수 있다지만, 가을걷이가 끝난 농한기라 날품 팔 곳도, 대갓집 삯바느질 거리도 없으니, 길쌈이라도 해야 읍장이나 무실장에 내다 팔아 보리쌀이라도 바꿔올 수 있다. 올겨울이야 어떻게 넘기겠지만 다가올 보릿고개가 더 걱정이었다.

내평댁은 부테허리띠[33]를 풀고 안채를 바라보았다. 며느리가 목화씨를 앗는지 물레 소리가 힘겨웠다. 가난한 양반집에 시집온 죄로 허리를 굽실거리지 않으면 하루 한 끼 얻어먹기 그악한[34] 세상이니……, 하루하루 며느리 보는 것조차 민망했다.

"그래도 살아야지 우짜겠노!"

며느리의 목화씨 앗는 소리가 불편했다. 내평댁은 허리

---

33 부테허리띠 : 베틀에 앉아 허리에 둘러매는 띠.
34 그악하다 : 억척스럽고 끈질기다.

를 쭉 펴고 안채를 기웃거렸다. 툇마루에 앉아 턱을 괸 채 생각에 잠긴 맏아들이 보였다. 내평리로 이사 온 뒤로 이회[35]에 자주 나가는 게 신경 쓰였다. 올곧은 게 잘못은 아니지만, 향리나 마을 훈장이 곱게 볼 리 없었다. 더군다나 내평리는 원당보다 읍에 가까워, 아전들이 자주 들락거려 그들 귀에 들어가는 것은 시간문제였다. 까닥 잘못했다가는 마을에서 쫓겨날지도 모른다. 일가들이 많은 원당에 살 때보다 외가 근처로 이사 온 게 오히려 위태로워 맏아들의 마을 나들이가 신경 쓰였다.

허리가 우두둑거렸다. 두 손을 허리에 받친 내평댁이 베틀방을 나왔다. 해거름까지 구름이 끼었더니 반쯤 이지러진 달이 구름 사이로 미륵산 자락에 걸려있었다.

"수익이네 다녀올게요."

유계춘은 툇마루에서 일어났다.

"미륵골 말이냐?"

내평댁은 나들이 가겠다는 맏아들의 축 늘어진 어깨가 안쓰러웠다.

"야~."

---

35 이회(里會) : 동네의 일을 의논하는 모임.

유계춘은 사립문을 나섰다.

"늦지 않게 오이라."

어깨를 움츠리고 논길을 걸어가는 맏아들의 뒷모습에서 눈을 뗄 수 없었다. 미륵골로 가려면 아랫담 논길보다 웃담을 돌아 녹두실재를 넘는 게 빠르다. 논길은 험하지는 않아도 한것은 더 걸려 웬만해서는 고갯길로 다녔다.

'논길이라니…….'

내평댁은 맏아들이 신경이 쓰였다. 수익이는 미륵산 우금[36]을 개간해 천수답을 일궜다. 가물지 않으면, 나락(벼) 예닐곱 섬은 충분히 거둘 거라는 말에 풀죽은 며느리가 눈에 어른거렸다.

"늦지 말고……."

내평댁은 맏아들이 무사하기를 장독간에 모신 용단지[37]에 손바닥이 닳도록 비손했다.

"용신님, 우리 대주 무탈하게만 해주이소!"

내평댁은 논 발치를 돌아가는 맏아들을 멀거니 바라보았다.

---

36 우금 : 시냇물이 급히 흐르는 가파르고 좁은 산골짜기.
37 용단지 : 단지에 햇벼를 넣어두고 풍년과 집안의 평안을 기원하는 가신 신앙.

"교리 댁으로 갈라 쿠나."

교리 댁은 아랫담이었다. 그 집은 끼 걱정이라도 안 해 마을 사람들의 부러움을 샀다. 근래에는 사랑채 과객들이 많이 줄었다는 소문이 자자해도 문제 될 것은 없을 것이다. 교리 댁이 부러웠다. 영감이라도 살았더라면 살림이 좀 나아졌을까. 하긴, 그 양반도 별도리 없었을 것이다. 세상살이가 갈수록 팍팍해져도 입신양명이나 하려고 서책 보는 게 아니라던 영감이 그렇게 당당해 보였다. 천 냥이면 이방 하나쯤 살 수 있는데, 굳이 과거까지 볼 것 없다고 큰소리를 치던 양반이었다. 하지만, 내평댁 생각은 달랐다. 기천 냥에 서리胥吏라도 얻어걸리면 부자는 못 돼도 끼니 걱정은 안 해도 될 것이다. 그래도, 영감이 죽을 때까지 그녀는 속내를 내보이지 않았다.

유계춘은 어머니를 볼 면목이 없었다. 불혹이 넘도록 과거科擧는 고사하고 이렇다 할 재주도 없어, 끼니 걱정마저 어머니와 아내에게 안겼으니 가장家長 체면도 말이 아니었다. 추수가 끝난 농한기에는 더했다. 파니[38] 세월만 보내는 맏아들을 어머니도 탐탁하게 생각할 리 없었다. 그렇다고

38 파니 : 아무 하는 일 없이 노는 모양.

마땅한 일도 없었다. 아무도 모르게 우금에 땅뙈기를 일궈 놔도 딴꾼[39]들이 냄새를 맡아 추수 때면 영락없이 곁보다 세를 많이 거둬가니, 무텅이[40] 개간도 어려웠다. 장사를 나서려고 했다. 하지만, 어머니가 먼저 알아채고 기겁을 하며 말렸다.

"이 사람아, 그래도 양반 꼬랑진데 장사라니!"

어머니는 서슬이 퍼레 꾸짖었다. '양반도 먹어야 살지요.'라는 말이 목구멍까지 올라왔다. 대 놓고 어머니에게 대들 수도 없었다. 과거도 보지 않고 서책이나 보며 시름시름 하던 아버지에게 다그치지 않았던 것을 보면 어머니에게 '양반'은 목숨 같은 것이었다.

'양반이 뭐라고!'

시우쇠[41]를 몰래 사들여 대장간에 팔아넘기면 돈벌이가 될 것 같아 웃개나루(함안)와 부화곡 가산창(사천 포구)을 여러 번 다녀왔다. 왜국 상인에게 시우쇠를 몰래 사들여 읍장이나 무실장 박수견의 대장간에 공급할 요량이었지만, 어

---

39 딴꾼 : 포도청에 매어서 포교의 심부름을 하며 도둑을 잡는 데 거들던 사람.
40 무텅이 : 거친 땅에 논밭을 일구어 곡식을 심는 일.
41 시우쇠 : 무쇠를 불려서 만든 쇠붙이의 하나. 숙철(熟鐵). 유철(柔鐵).

머니 성화에 유계춘은 그 짓도 그만두었다.

베틀 소리가 울타리를 넘었다.

"베틀이라도 있으면 좋으련만…….

어머니는 하루도 거르지 않고 넋두리를 했다. 어머니가
사용하던 낡은 베틀은 원당에서 이사 올 때 버렸다. 쉬엄쉬
엄 일하면 좋을 텐데, 하루를 멀다 하고 베틀 타령이니 어
쩔 수 없이 다시 들여놓았다. 솜씨 좋은 아낙이야 사나흘이
면 한 필을 뚝딱 짜지만, 어머니는 밤새 베틀과 씨름해도 보
름이나 걸렸다. 어머니 성화를 그냥 지나칠 수 없어, 미륵골
박수익의 노모가 돌아가신 뒤에 헛간에 내버려 둔 베틀이었
는데, 고장 난 부품을 수리해 아래채 광 옆에 까대기를 지어
베틀을 들여놓았으나 건강이 염려되었다.

북[42] 나르는 어머니 야윈 손바람에 호롱불이 봉창에서 흐
느적거렸다. 뒤꼍을 돌아가던 유계춘이 안채를 힐끗 보았
다. 작은방에서 아이들의 와자지껄한 놀이 소리가 울타리
너머까지 또렷하게 들렸다.

---

42 북 : 베틀에 딸린 기구의 하나 《날의 틈으로 오가면서 씨실을 풀어주며
  피륙을 짬》. 방추(紡錘).

이 거리 저 거리 갓걸이
진주 망건 또 망건 …….

"와, 웅가(누이)가 걸렸다 아이가."

"아이다!"

"웅가 니는 발 빼면 안 된 데이."

"와. 인마, 까불지 마라."

"에나가, 막디. 니가 걸렸다 카이."

셋째 아들놈이 제 형과 누이에게 앙탈 부리는 소리가 논두렁까지 들렸다.

"아이다 카이!"

막내 아들놈이 제 형에게 지는 게 분했던지 울음보를 터뜨렸다.

'지 누부(누나)가 달래주겠지…….'

아이들이 합창하며 손바닥을 서로 부딪쳐 술래를 정한 뒤 발을 뺐다. 술래가 된 막내아들의 일그러진 얼굴 모습이 유계춘 눈에 선했다.

4,

유계춘은 녹두실재에 올라섰다. 덕천강이 내평들을 가로
질러 오산들을 휘감았다. 추수가 끝난 들판은 황량했다. 드
문드문 흩어진 볏짚에 낟알조차 없었던지 참새 떼가 앙상한
목화밭을 휘젓더니 덕천강 강가 갯버들을 짓이겼다.

'갯버들……'

연이에게 불어주었던 버들피리가 생각났다.

갯버들이 한창 물올랐을 때였다. 냉이꽃이 들판을 온통
하얗게 뒤덮었다. 얼굴이 까만 계집아이가 그녀 아버지 등
에 업혀 코를 훌쩍거리며 징징거렸다. 목화꽃처럼 예쁜 계
집아이였다. 앙상하게 말랐지만, 눈빛은 해맑았다.

'문연이……'

아버지가 지어준 이름이라고 했다. 그 계집애는 어머니
가 없었다. 처음부터 없었는지 아니면 아버지가 주워서 길
렀던지 아무튼 아버지밖에 없었다.

"가시내야 니는 엄마가 와 엄노?"

"없다. 와! 머시마야."

유계춘이 놀리면, 연이는 눈을 치뜨고 대들었다.

"가시내가 미쳤나. 소리는 와 지르노."

유계춘은 느물거렸다.

"머시마야 니는 아부지라도 인나?"

아버지라 말에 유계춘은 말을 삼키고 말았다. 연이는 고이티재 초입 고역 마을에 살았다. 개울 옆 양지바른 곳이다. 쌍것들이 사는 마을이라며 어머니는 근처도 못 가게 했다. 걔 아버지는 읍성에서 일했는데, 집에 올 때마다 두둑한 자루를 매고 왔다. 열 살도 안 된 계집애가 밥도 지을 줄 안다고 자랑이 이만저만 아니었다. 온종일 개떡만 먹는데 밥을 먹다니, 연이 아버지 봇짐을 볼 때마다 유계춘은 연이가 부러웠다.

목화밭에서 연이가 머리를 빠끔히 내밀었다.

"야, 가시내야 니 그서 뭐 보노?"

오줌을 누던 유계춘은 깜짝 놀랐다.

"뭐 보기는 머시마야, 니 고추 보지!"

"가시내가 미쳤나. 쪼맨한 게!"

유계춘은 얼굴이 홍당무가 되었다.

"꼬치도 쪼맨한 게, 큰소리치기는."

연이는 혀를 날름거리며 달아났다.

"고, 가마이 안 설래. 가시내야. 확 종가 뿔라 카이."

"머시마야 쫓아와 봐라."

유계춘은 바지춤을 추스르는 통에 연이를 놓치고 말았다.

"가시내, 붙잡히기만 해봐라……."

유계춘은 홧김에 돌부리를 걷어찼다.

녹두실재를 넘어 가화천 천변을 따라 오른쪽으로 돌아가
면 미륵골이었다. 여남은 집이 모여 살았다. 박수익의 집은
미륵골에서 가장 높고 후미진 곳이었다. 골짜기라 벌써 서
리가 내렸는지 짚신 바닥에서 냉기가 올라왔다.

"수익이 있는가?"

유계춘은 사립문에서 인기척을 냈다.

"들어 오이라."

사랑방에서 박수익이 고개를 내밀었다.

"아이고 추버라."

유계춘은 아랫목에 엉덩이를 들이밀었다.

"우짠 일이고."

박수익이 반색을 했다.

"말 들었나?"

"도결 말이가?"

"그래……."

수익이라고 대안이 있을 리 없었다. 목사가 부임할 때마다 객사 앞 봉명루에 나붙는 방문이었다. 전임목사도 그곳에 방문을 붙였다. 한 냥도 어려운데 두 냥 오십 전이나 내라고 했다. 소작으로는 모조 갚기도 버거웠다. 끼 거리도 달랑거렸고 설 새면 보릿고개도 금방 닥칠 텐데, 도결이라니 기가 찼다. 결국, 올봄에도 목사 신억과 한바탕 야단을 치렀다.

목사가 부임하자마자 도결을 시행한다는 소문이 마을마다 돌았는데, 그것도 두 곱절이나 올리겠다니 죽을 맛이었다. 농사꾼들이야 굶어 죽어도 도결은 거둬들이겠다는 말이었다. 유계춘은 하도 답답해 아랫담 훈장을 찾아가 항의했다.

"훈장 어른, 우찌된 일인교. 도결이라니요?"

"에—에헴, 이 사람아 목사가 시키는 대로 해야지 낸들 무슨 힘이 있겠나."

문지방에 장죽을 탈탈 털며 훈장은 눈을 치떴다 내리뜨면서 이맛살을 찌푸렸다. 유계춘의 방문이 달갑잖았던 모양이었다.

"훈장 어른도 생각해 보이소. 끼 거리조차 없는데 도결이다 뭡니꺼?"

"아니, 이놈이 뭐라고 씨부리쌌노. 너거 집에 쌀독을 어데 숨카 놨는지 내가 다 안다카이. 그라고, 목사가 시키면 시키는 대로 해야지. 먼 말이 그리도 많노. 그만 돌아가 보게!"

훈장이 방문을 닫아버렸다.

'나쁜 놈!'

욕지거리가 입술에서 달싹거렸으나 겨우 참았다. 대가리에 먹물 좀 들었다고 훈장질이라니……. 유계춘은 화가 치밀었다. 아는 것보다 행하는 게 중요하다고 아버지는 입버릇처럼 말했다. 소학小學이나 제대로 읽었는지……, 어쭙잖은 지식으로 양반행세나 하려는 훈장 놈의 꼬락서니가 더 가관이었다.

"나쁜 놈, 갓만 쓰면 양반인가."

하기는, 아전들 떠세[43]질에 훈장도 별수 없었을 것이다.

"우짤라카노?"

---
43 떠세 : 돈이나 세력을 믿고 젠체하고 억지를 쓰는 짓.

"낸들 뭐 우짜겠노……. 나락(벼)이라도 남아야 원곡을 갚든지 모조를 갚든지 할 거 아이가."

유계춘도 할 말이 없었다. 등소도 쉽지 않을 것 같았다. 마을 사람들의 힘을 모아야 등소를 하든지, 비변사에 격쟁[44]이라도 해 볼 텐데, 지금으로써는 방법이 없었다. 미륵골도 마찬가지라고 했다. 박수익이 앞장서서 반대해도 훈장 입김을 당할 수 없다고 했다. 제 놈이 낼 부세를 소작인에게 떠넘기더니, 이제는 아전 놈들의 끄나풀까지 하려는 것 같았다.

'아이고, 갓걸이 놈들…….'

올봄에 도결 문제로 객사 앞 시위 때 농민들이 불렀던 언가[45]가 언뜻 떠올랐다. 갓걸이……. 언가 갓걸이는 마을 사람들을 끌어모으는데 한몫했다.

　　이거리 저거리 갓걸이
　　진주망건 또 망건
　　짝바리 휘양건 ……

---

44 격쟁(擊錚) : 원통한 일이 있는 사람이 임금 거동 때, 하소연하려고 꽹과리를 쳐 하문(下問)을 기다리던 일.
45 언가(諺歌) : 한글 노래.

이제는 놀이가 되어 사람들이 모이면 개나 소나 다 불렀다. 신억이 목사로 부임하자마자 도결을 시행한다는 방문이 객사와 마을마다 나붙었을 때 내평리 웃담 아랫담 사람들이 서낭당에 모여들었다.

"이대로 보고만 있을 낍니꺼?"

유계춘이 마을 사람들을 향해 목소리를 높였다.

"성님, 맞심더. 앉아서 굶어 죽을 수 엄심더. 객사 앞에서 격쟁이라도 해야 안 되겠는교."

고종사촌 강쾌가 맞장구를 치며 가만히 당할 수만 없다고 말했다.

유계춘이 나섰다.

"그라머, 이웃 마을도 의논해 보입시더."

교리 이명윤이 나섰다.

"그래, 계춘이가 나서서 해봐라. 우리 마을은 무조건 니 말을 따를끼다. 그라고……, 집집이 염출도 해야 안 되겠나. 그 일은 내가 나서 보겠네."

이명윤이 나서서 염출을 거두면 어려울 것도 없었다.

박수익이 나섰다.

"알았심더."

누군가는 반드시 나서야 할 일이었다. 유계춘은 덕천강 건너 마동리와 가이곡리, 원당리를 쫓아다니며 관가에서 시행하려는 도결이 부당하다는 것을 사람들에게 설명하고 설득했다. 그들 생각도 다르지 않았다. 하지만, 아전들의 보복이 두려웠던지 망설였다.

이명윤도 집집이 마을 사람들을 불러보아 염출의 필요성을 설명했다. 먹을 양식도 없는데, 염출이라니 쉽게 수긍할 리 없었다. 결국, 그는 마을 이장을 설득하는 데 성공했다. 마을별로 연명장을 작성하고 수결[46]까지 받아냈다. 그리고 등소장을 우병영에 의송[47]하고, 올봄 오월 초사흘 삭망 일에 망궐례望闕禮[48]를 올리려는 객사 앞에서 목사 행차를 가로막았다.

"아니 저놈들이……."

목사 신억이 당황했던지 병사들에게 시위꾼들을 막으라

---

46 수결(手決) : 자기 성명이나 직함 아래 도장 대신 자필로 글자를 직접 쓰던 일.

47 의송(議送) : 백성이 고을 원에게 패소하고 상급 기관에 상소하던 일.

48 망궐례(望闕禮) : 명절과 왕·왕비의 생일에 지방의 관원이 '궐(闕)' 자를 새긴 나무패에 절하던 의식.

명령했다.

"물러나시오."

병사들이 창검을 시위꾼에게 들이댔다.

"도결을 혁파하시오!"

시위꾼들은 온몸으로 격렬하게 맞섰다.

"알았소, 시위를 풀면 재고해 보리다."

수많은 농사꾼에게 질렸는지 목사가 한발 물러났다. 그때부터는 시위꾼들의 목소리가 더 거셌다. 목사도 더는 어쩔 수 없었던지 망궐례를 포기하고 병사들을 물리쳤다.

시위꾼들은 함성을 질렀다. 유계춘도 두 주먹을 불끈 쥐었다. 두 냥 오십 전이면 벼가 여섯 섬이다. 오죽했으면 정출이 야반도주를 했을까. 말도 안 되는 짓거리였다. 어머니가 외숙부에게 빌다시피 겨우 얻은 소작농을 일 년 내내 힘들게 지은 소출을 아전들이 몽땅 털어갔다. 땅뙈기 한 평 없는 것도 서러운데, 주인은 소작료로 낚아채고, 관아에서는 세稅로, 우병영에서는 통환⁴⁹이라며 남은 곡식마저 털어갔다. 씨앗으로 쓰려고 숨겨놓은 곡식마저 병사를 동원해 탈취해가니 농사를 지으나 마나였다.

---

49 통환(統還) : 원래 호적에 기재된 통·호를 중심으로 환곡을 분급하는 방식.

재산 앞에는 일가친척도 필요없었다, 가이곡 외숙부는 재산이 많아도 에누리 없이 소작료를 거둬갔다. 올봄에 도결을 무산시켰던 시위는 벌써 잊었는지 손위 누님인 어머니가 애걸복걸해도 안하무인이었다. 아무리 외숙부라도 매번 당할 수 없었다. 결세를 못내 감영에 끌려가 곤장에 맞아 죽으나 먹을 곡식이 없어 굶어 죽으나 어차피 피장파장이었다.

"수익이 생각은 어떤노?"

"어차피 굶어 죽을 판인데, 이거저거 재봐야 말짱 황 아이가. 안 걸라? 생각해 보고 말고 뭐 있겠나."

유계춘도 박수익의 생각과 다르지 않았다.

5,

첫눈이 내렸다. 예년보다 늦게 동지가 열흘이나 지나서야 두류산 천왕봉에 눈이 쌓였다. 내평리에도 눈발이 퍼덕거렸다. 된바람이 한차례 지나가자 솟을대문이 덜컥거렸다. 문풍지가 파르르 떨었다. 마을 사람들의 언 마음은 언제

풀릴지 이명윤은 가슴이 답답했다.

"전직 교리가 목사를 만나겠다는데 아전 나부랭이가 가로막다니……."

이명윤은 우병영 진무서리[50] 김희순을 다그치지 못한 게 생각할수록 분통이 터졌다.

"나리, 우병사 대감을 만나기 전에 소인 먼저 만나는 기 신상에 이로울 낀데요."

김희순이 좁쌀만 한 눈을 희번덕거렸다.

"네깟 놈이 감히……!"

"교리 나리!"

김희순이 대가리를 꼿꼿하게 쳐들었다. 그놈 대가리 속에는 전직 조신[51] 따위는 안중에도 없었다.

"아니, 이놈이!"

진무서리 따위가 동헌에 들어가기도 전에 앞을 가로막는 것도 불쾌한데 뒷돈까지 내라며 손을 내밀다니 간을 배밖에 내놓은 놈이었다. 아무리 조정이 썩었기로서니 시골구석 아전 나부랭이까지 썩어 문드러지다니……. 아무리 시골에

---

50 진무서리(鎭撫胥吏) : 우병영에 딸린 아전. 이방.

51 조신(朝臣) : 조정에서 벼슬살이하는 신하. 조관(朝官). 조사(朝士).

눌러살아도 홍문관 교리까지 제수받았다. 제까짓 놈이 감히 조신朝臣에게 거래를 하려고 떠세 질을 하다니……. 이명윤은 분통이 터졌다.

"쥐여도 시원찮을 놈!"

부아가 치밀었다. 그렇다고 체면을 내려놓고 비봉산에 올라가 산호[52]를 할 수도 객사 앞에서 격쟁을 할 수도 없었다. 이명윤은 공북문 앞 대사지大寺池(촉석성 북쪽에 길게 뻗은 해자[53])를 돌아 나오면서 혀를 끌끌 찼던 기억이 생생했다.

"그 참. 썩은 세상이로고……."

경호강과 덕천강 합수부에 다다랐을 때 이명윤은 촉석성을 돌아보았다. 석양을 받은 서장대가 우뚝했다. 임란王亂 때 수많은 사람이 저곳에서 왜적들에게 목숨을 잃었다. 임금을 위해서였을까, 벼슬아치들 때문이었을까. 무엇을 위해 백성들은 목숨까지 던졌을까. 조정도 마찬가지였다. 이명윤은 홍문관 교리를 제수받았지만 출사하지 않았다. 탐관오리들이 우글거리는 조정에서 버틸 자신이 없었다. 임

---

52 산호(山呼) : 산에 올라가 외치는 것
53 해자 : 적군의 공격을 막기 위해 성 밖에 둘러 판 못.

금을 능멸하는 뒷배 안동 김씨, 이들에게 줄을 대는 얼치기 유학들, 그들의 짓거리를 지켜볼 자신도, 나서서 대적하기에도 그의 힘은 너무 나약했다. 하지만, 행동하지 않고 지켜보는 것 또한 못 할 짓이었다. 죄악이었다. 이명윤은 노부모를 부양한다는 핑계로 조정에 나가지 않았다.

촉석성도 곳곳이 무너졌다. 임진년처럼 왜적들이라도 쳐들어오면 여지없이 뚫릴 것이다. 헐린 성곽이야 병사들이 보수하면 될 일이지만, 병사들의 무너진 사기를 추스르기는 쉽지 않아 보였다.

"쳐 죽여도 시원찮을 놈!"

김희순의 이죽거리던 모습이 눈앞을 스쳤다. 얼마나 해처 먹었는지 볼때기에 개기름이 번질거렸다. 이명윤은 고민에 빠졌다. 조정에서 녹봉祿俸까지 먹은 전직 교리가 올봄처럼 먼저 나서서 등소 하자고 마을 사람들을 부추길 수도 없었다. 박수익이라면 알아들을 것 같아 넌지시 말을 던져 놓았는데, 여태 기별이 없었다.

십여 년 전, 임자년에 박수익은 한양 비변사까지 올라가 격쟁을 벌였는데, 무고죄로 비변사에 체포되어 곤장만 맞고 겨우 목숨만 건져 천릿길 진주로 돌아왔다. 죄가 있고 없고의 문제가 아니었다. 임금의 심기를 불편하게 했다는 게 죄목이었다. 이명윤이 홍문관에 남아있었더라면 도움이라도 줬을텐데, 사직한 뒤라 아무 도움이 되지 못한 것도 사실이었다.

'박수익이라면 통할 것 같은데…….'

이명윤은 누마루에 올라섰다. 처마 끝에 매달린 풍경이 빙그르르 돌았다. 홍문관 부교리로 조정에 출사했을 때는 지금처럼 무력하지 않았다. 임금 곁에서 정사 돌아가는 것쯤은 쉽사리 알 수 있었는데 지금은 그렇지 못했다. 바람이 싸하게 내평들을 휩쓸고 지나갔다.

"감히, 진무서리 따위가 능욕을 주다니…….."

생각만 해도 부아가 치밀어 올랐다.

덕천강 강물 소리가 처연하게 들려왔다. 을씨년스러웠다. 동짓달 보름달이 구름에 가렸다 나오기를 거듭했다. 뿌연 달빛이 내평들에 가득했다. 해 떨어지기 전에는 몇몇 집 굴뚝에서 연기가 나더니, 개 짖는 소리만 가끔 들릴 뿐 마을은 쥐죽은 듯 적막했다.

이명윤은 헛기침까지 하며 담장 밖으로 목을 길게 빼냈다.

'박수익이 눈치를 못 챈 걸까?'

대문 두드리는 소리가 사랑채까지 들렸다.

"이리 오너라?"

행랑아범이 사랑채로 급히 들어왔다.

"나리, 가이곡 정 생원 댁 검동이가 뵙자고 합니더."

정자약의 외거노비다. 지난 한가위에는 약과 심부름차 들러 걸쭉한 목소리만 들어도 검동이라는 것을 단박에 알아차렸다.

"이 밤중에 저놈이 어떻게……?"

정자약이 심부름을 보낸 것 같아 내심 반가웠으나 이명윤은 딴청을 부렸다.

"떡쇠, 있느냐?"

이명윤은 떡쇠를 찾았다. 떡쇠는 언년과 혼인해 살림난지 얼마 안 됐다. 행랑에서 더부살이하다 마을 초입 서낭당 근처에 살았던 훈장 댁 노비 담사리가 야반도주한 뒤 빈집이었는데, 그 집을 수리해서 살림까지 차려주었다. 이놈이정신이 나갔는지, 아니면 혼인을 해서인지 해만 떨어지면하던 일도 팽개치고 곧장 제집으로 줄행랑쳤다.

"고놈 참!"

아무리 계집에 눈이 멀어도 그렇지, 하던 일까지 팽개치다니……. 혼례를 올린 지 두어 달 지났으면 지칠 때도 됐는데……. 이명윤은 어이가 없었다.

'이놈이 도대체 어디를 간 게야?'

검동이 중문으로 들어설 때까지 떡쇠는 기척도 없었다. 손님이 왔으면, 냉큼 뛰어나와 맞이할 것이지……. 노비가 저따위니 도대체 세상이 어떻게 되려는지……. 이명윤은 가슴이 답답해 연거푸 헛기침했다.

"이놈이……. 제정신이기라도 한 겐가?"

남의 집 노비가 사랑채까지 들어올 때까지 떡쇠 놈은 나타나지 않았다.

"나리, 찾았능교?"

그때야 떡쇠가 눈을 비비며 사랑으로 고개를 들이밀었다.

"이놈아, 벌써 잠이 들었더냐?"

"아임니더, 나리. 소인이 잠시 통시(변소)에 다녀오는 사이에 검디 놈이 대문 안으로 들어왔뿌다 아인교."

떡쇠가 억울했던지 검동을 힐끗거렸다.

"아무튼, 무슨 일이냐?"

이명윤은 검동에게 용무를 물었다.

"주인마님이 서찰만 전하라고 말했심더."

"알았네, 떡쇠에게 넘겨주시게."

이명윤은 어기뚱[54]하게 말을 뱉었다.

검동이 서찰을 떡쇠에게 건네주고 중문을 나섰다.

이명윤은 생각에 잠겼다.

'정자약이 보냈을까?'

대문을 빠져나가는 검동의 뒷모습을 유심히 살폈다. 형형한 눈빛이나 반듯한 말솜씨는 노비라고 하기에는 당당하기 이를 데 없었다. 언젠가 돈을 벌면 야반도주라도 할 놈이었다. 마동리 훈장 댁 노비 담사리도 검동이처럼 당당했던 기억이 났다.

"고놈 참 맹랑하기는……."

떡쇠가 두 손을 비비며 안절부절했다.

"놈, 하고는……."

떡쇠도 예전과 달랐다. 혼인한 뒤라지만 근래에는 시키지도 않은 마을 일에 자주 끼어드는 게 수상쩍었다.

"나리, 왜 그러시옵니까?"

---

54 어기뚱하다 : 말이나 행동 따위가 교만하고 엉큼한 데가 있다.

이명윤의 차가운 시선을 느꼈는지 떡쇠가 다소곳했다.

"아니다. 서찰 이리 주고 그만 물러가거라."

이명윤은 서찰을 꺼냈다. 창호지에 가지런히 쓴 한글 서찰이었다. 정자약이라면 한문으로 썼을 것이다. 문득 유계춘이 떠올랐다. 그의 가문이 융성할 때는 원당에서 내놓으라는 명문가였다. 그의 태 고조부 조계 선생은 남명 선생의 수제자로 명망이 밝은 유학자였다. 불행히도 정여립 역모 사건에 연루되어 참수된 뒤 문화 유문™은 몰락했다. 훗날 유생들의 상소로 대각서원에 배향되어 복권되었지만, 오랫동안 역모에 얽힌 가문을 일으켜 세우기가 쉽지 않았을 것이다. 그의 부친 지덕도 이른 나이에 타계해 가세가 형편없이 기울었다.

"왜, 제 외숙부를 통해 서찰을 보냈을까?"

유계춘과는 아직 앙금이 남아있었다. 젊은 놈이 집에 찾아와서 솔직하게 털어놓으면 해결될 일을 입을 다물고 있었다.

"건방진 놈 같으니라고⋯⋯."

유계춘은 어머니 정 씨의 길쌈으로 근근이 연명하다 외가 근처 내평리 웃담으로 이사 온 지 십여 년이 되었다. 가진 게 없으니 빈한하게 사는 것이 당연했다. 그의 외숙부 정 자약의 논마지기를 소작한다고 했다. 천자문이라도 뗐는지 한문도 제법 알았다. 언문에도 뛰어나 올봄 전임목사를 압박해 도결을 혁파하는데 언가諺歌 갓거리로 농민들을 선동하는 역할이 컸다. 우직하게 발품을 팔아 집집이 돌아다니며 마을 사람들을 단결해 내는 추진력도 있었다. 아무나 할 수 있는 일은 결코 아니었다. 하지만, 뒤가 구렸다.

"나쁜 놈!"

이명윤은 염출한 돈이라도 받으려고 유계춘을 감영에 고변했지만, 결국 내놓지 않고 우병영 진무청 옥사에서 두어 달 옥살이를 했다. 그렇다고 염출 문제가 해결된 것은 아니었다. 사용처를 밝히면 될 터인데 도무지 입을 열지 않았다. 그의 어머니 내평댁이 여남은 번이나 찾아와도 만나주지 않았다. 유계춘과는 이래저래 남은 응어리를 피차간에 풀지 못했다.

"일간에 한 번 찾아오겠다고! 나쁜 놈……."

이명윤은 코웃음을 쳤다. 얼마 전, 유계춘은 아버지 지덕에 대한 백골징포가 부당하다며 우병영에 이의를 제기했다가 진무서리의 제지로 동헌에는 들어가지도 못하고 쫓겨났다고 했다. 염출한 돈을 꿀꺽한 유계춘이나, 죽은 사람에게 군포를 매기는 우병사 백낙신이나, 군포를 거두겠다며 바득거리며 날뛰는 진무서리나 도긴개긴이었다.

"나쁜 놈들, 백골징포라니……."

전직 조신도 안 만나려고 하는데, 대가리에 먹물 조금 들었다고 날뛰는 유계춘을 우병사 백낙신이 만나줄 리 없었다. 나라가 아무리 어지러워도 그렇지, 죽은 사람에게까지 징포를 하다니……. 게다가 인징[55]이니, 족징[56]이니 교리까지 지낸 이명윤이 들어도 터무니없었다. 임금이 외척들에게 휘둘리니 목민관의 명命이 제대로 설 리 없었다. 그러니까 아전 나부랭이들까지 날뛰지.

"그래, 유계춘을 만나보자."

유계춘을 만나서 손해 볼 일은 없을 것 같았다. 전임목사가 도결을 포기한 것도 어쩌면 물불 가리지 않는 그의 추진력과 일사불란하게 사람들을 통솔하는 능력 때문일지도 몰랐다. 만나 본 뒤에 판단하는 것도 나쁘지 않을 것 같았다. 아무튼, 어떤 경우에도 흔들리지 않는 그의 강한 눈빛이 새

---

55 인징(隣徵) : 도망한 이웃에 대한 세.

56 족징(族徵) : 공금, 관곡(官穀)을 사사로이 쓰고 도망·사망하면 세(稅)를 일가붙이에게 대신 물리던 일.

삼스럽게 이명윤의 가슴으로 다가왔다.

6,

두류산 그림자가 무실장에 드러누웠다. 방물장수 아낙
은 보퉁이 싸기에 정신이 없었고, 어물전도 이미 좌판을 거
뒀다. 포목전도 좌판에 늘린 옷감을 거둬들이기에 바빴다.
대장간에서 김이 쏟아져 나왔다. 해거름이 다됐는데 담금
질이라니……, 시우쇠를 벼려 읍장에라도 내놓을 모양이었
다. 증기가 저잣거리에 들어찼다. 장꾼들이 매캐한 대장간
냄새를 피하려고 입을 틀어막고 고개를 숙인 채 저잣거리
한쪽으로 발걸음을 재촉했다.

도붓장수들도 잰걸음으로 저잣거리를 빠져나갔다. 여느
때 같으면 덕산장이나 읍장으로 떠나려는 장꾼들로 문전성
시일 텐데, 주막도 설렁해 저잣거리는 점점 숙져[57] 가는 듯
했다.

"아이고, 나리, 요기라도 해야지요?"

---

57 숙지다 : 어떤 현상이나 기세 따위가 차차 줄어지다.

치마를 걷어붙인 주모의 호객 소리가 저잣거리를 달궜
다. 하지만, 귀머거리라도 된 듯이 도붓장수들은 잰걸음으
로 총총히 사라졌다.

"아이고 우짜면 좋노, 그냥 가면 우짜능교. 아이고 나리,
쪼매만 앉았다가 딱 한 잔만 하고 가이소!"

주모의 호객소리만 공허하게 저잣거리를 맴돌았다.

"그냥 가면 이년은 외로워서 우짜라 카능교!"

춘심이 치마를 걷어붙이며 거들어도 도붓장수들은 본채
도 않고 제 갈 길만 재촉했다.

"박 가야, 니도 문 닫을라꼬?"

이계열이 대장간 좌판 귀퉁이에 빈 지게를 세웠다.

"씨팔, 사가는 놈들이 있어야지요."

좌판을 하염없이 바라보던 대장장이 박수견이 엉거능측
하게 말했다.

"장사가 잘 안되나?"

이계열이 지겟작대기로 좌판을 쿡쿡 찌르며 야지랑[58]을
떨었다.

"보소, 아재요. 저잣거리에 장꾼들이 없는데 장사가 될

---

58 야지랑 : 얄밉도록 능청스러운 태도.

리 있겠능교."

온종일 낫 한 자루 겨우 팔았는데 초군까지 나타나 염장질이라니 박수견은 짜증이 제대로 났다. 갓 벼룬 시우쇠 네댓덩이를 집어 들고 대장간으로 들어가 애먼 모루에다가 패대기를 쳤다.

"에이, 씨팔! 나무나 팔 일이지 대장간에는 왜 와서 지랄이야!"

박수견이 이계열 뒤통수에 대 놓고 이죽거렸다.

"뭐라 카노?"

불티를 피하던 이계열이 대뜸 언성을 높였다.

"장작은 다 팔았냐구요!"

박수견은 시우쇠를 모루에 올려놓고 매질을 해댔다.

"술이나 처마시지 말고 낫이라도 한 자루 팔아 주던지."

초군들만 봐도 짜증이 났다. 연장 한 자루 안 사면서 슴베[59]가 잘됐다느니 못됐다느니, 날이 서다가 말았다느니, 나불대는 주둥이가 꼴사나웠다.

"젠장……!"

어이가 없었던지 이계열이 대장장이를 물끄러미 바라보

---

59 슴베 : 칼·호미·괭이 따위의 자루 속에 들어박히는 부분.

왔다.

"……?"

"마음에 안 들면 읍내 장에서 사면 될 일이지, 염장은 왜 질러!"

박수견은 매질을 다시 해대며 이계열을 비아냥거렸다.

"이 자식이 뭐라 카노?"

뒷말을 들었는지 이계열이 붉으락푸르락했다. 박수견은 못 들은 척했다. 말을 섞어봐야 이득 될 게 없었다. 그는 덕산장에 내다 팔 연장이나 추리려고 대장간 안으로 들어가려는데 이회라도 있는지 저잣거리가 와자지껄했다. 어디로 모이라느니 시각을 지켜야 한다느니 시시콜콜 귀찮게 했다. 제 놈들이나 모이면 될 일이지 저잣거리 장사치들과 무슨 상관이 있다고 장날마다 주접을 떠는지 보기만 해도 꼴사나웠다. 하루 벌어 하루 먹고 사는 장돌뱅이 도부꾼[60]에게 이회라니……. 가당치도 않았다. 먹고살기도 힘든데 이회에 참석하라니……. 무슨 말인지 도무지 알아들을 수도 없었다. 저녁마다 불러 내 등소니 격쟁이니, 하물며 산호까지 하자고 했다. 기가 막혔다. 하루 한 끼 벌어먹기도 힘든데

―――――――――――――
60 도부꾼 (到付―) : 〈속〉 도붓장수.

산에 올라가 고함을 지르란다.

"미친놈들!"

산에 올라가기도 전에 허기져서 쓰러지겠다. 당장 무슨 난리라도 날 것 같이 떠드니 장사가 될 리 없었다.

대장간 구석에 깔아놓은 멍석 자락이 삐죽이 보였다. 박수건은 바라보기만 해도 기분이 좋았다. 멍석을 들추고 흩어진 지푸라기를 치웠다. 옹기 뚜껑이 나타났다. 무심코 바라보면 지푸라기밖에 안 보였다. 그 밑자락에 흙으로 옹기를 덮어 놓았으니 아무도 눈치챌 수 없었다. 돈을 버는 족족 그곳에 넣어두고 저잣거리가 한산하면 한 번씩 들춰보았다.

"하이고, 이놈들⋯⋯!"

옹기 뚜껑만 봐도 기분이 좋았다. 양반 꽁지라고 으쓱대는 무식쟁이 이계열의 꼬락서니를 보면 눈꼴이 시어 가만히 있을 수가 없었다. 박수건은 덮어 놓았던 멍석을 젖혔다. 흙먼지가 뿌옇게 날아올랐다. 옹기 뚜껑을 열었다. 엽전이 눈에 들어왔다. 삼천 냥은 더 돼 보였다. 젖혀두었던 은전이 밝게 반짝거렸다. 고생한 보람이 이 옹기 안에 몽땅 들어있는 것 같아 가슴까지 뿌듯했다.

"갓만 쓰면 다 양반인가. 돈이 있어야지……."

이천 냥이면 족보 하나쯤 사기에 충분했다. 정월 열이렛날 읍장 저잣거리 주막에서 저리 문영진이 족보를 넘겨주기로 했다.

'안동 김씨 족보라고 오백 냥을 더 받다니. 나쁜 놈!'

그나저나 노비도 사들이고 계집종도 둬야 하고 춘심이와 신접살림을 꾸미려면 오백 냥은 더 필요하다.

"갓을 쓸 수 있다니……."

박수건은 어깨를 으쓱거리며 턱주가리를 들어 올려 갓끈 동여매는 시늉에 도취해 혼자 히죽거렸다. 안동 김씨 족보를 받는 즉시 야반도주하면 그만이었다. 갈 곳도 마련해 두었다. 육복치 넘어 시오리쯤에 무주라는 곳이다. 답(논) 서른 마지기도 흥정해 두었다.

"아이고, 양반이라니!"

갓 쓴 시늉을 하던 박수건이 머리를 잘래잘래 흔들었다.

십여 년 전, 안방마님의 금붙이를 훔쳤다는 누명을 썼다. 아니라고 말해도 믿지 않았다. 죽지 않을 만큼 매를 맞고 광에 갇혀 죽을 날만 기다렸다. 도무지 혐의를 벗을 방법이 없었다. 결국, 거짓으로 자복하고 목숨만 겨우 건졌다. 광속에 갇혀 죽기만 기다렸던 때를 생각하면 지금도 치가 떨렸다. 뒤에 들은 이야기지만, 주인집 도련님이 금붙이를 훔쳐 기생집에서 탕진했다고 했다.

'니미럴!'

종놈은 인간이 아니었다. 그때부터 도망갈 준비를 했다. 틈이 나면 웃개나루에서 왜인들을 따라다니며 쇠부질을 배웠다. 주인마님이 출타한 틈을 타 안방까지 들어가 노비문서를 찾았으나 없었다. 하지만, 그날 밤 곧바로 도주했다. 이름도 바꿨다. 만득이에서 박수견으로, 왜국 상인이 업신여길까 봐 얼결에 대답했던 이름이었다. 족보를 받으면 박씨에서 김 씨로, 그러니까 안동 김가, 김수견으로 바꾸면 그만이었다.

'김수견…….'

생각만 해도 가슴이 두근거렸다.

"안동 김씨, 김수겨입니더, 아이고, 니미럴 안동 김씨라니!"

그나저나 내년에는 농사를 안 지을 참인지 가래 한 자루사가는 놈도 없었다. 하기는 농사를 지어봐야 도결이니 통환이니 그기에 징포까지 공납하면, 농사를 지으나 마나였다. 내년 보릿고개 넘기려면 여러 명 죽을 것 같았다. 그곳은 덕유산 깊은 계곡이라 아전들도 찾기 어려운 심심산골이다. 춘심에게는 넌지시 말을 해놓았다. 안방마님이 되는데 그녀도 따라나서지 않고 못 배길 것이다.

'아이고 고년!'

"아재요, 나무는 다 팔았능교?"

지겟작대기로 좌판을 쿡쿡 찌르는 이계열이 눈꼴사나워 한 말이었다.

"나무? 살 사람이 있어야지."

이계열의 어깨가 축 늘어졌다.

"교리 댁에 부탁해 보지요."

이계열은 교리 이명윤의 육촌 동생이다. 작은집이라 제금[61]날 때 숟가락 한 짝 못 들고 나왔다고 툴툴댔다. 성정으로 보아 그의 말을 곧이곧대로 믿기 어려워도 초군들의 말을 들으면 틀린 말도 아닌 것 같았다.

'한 핏줄인데 저렇게 다르다니……'

61 제금 : 딴 살림의 경상도 방언.

이명윤은 과거에 합격해 홍문관 부교리를 지내다가 교리까지 제수받았으나 벼슬이 싫어 낙향할 만큼 학식이나 재산도 넉넉한데, 이계열은 낫 놓고 기역 자도 모르는 일자 무식쟁이였다. 겨울에는 산에서 나무를 해 무실장이나 덕산장에 내다 팔고, 농사철에는 교리 댁 소작 농사를 짓거나, 이집 저집 기웃거리며 품팔이나 하는 주제에, 꼴에 양반 쪼가리라고 박수견을 대장장이라고 함부로 무시했다.

'나쁜 새끼!'

"쌍것 주제에 주둥이는 살아 나불대기는…… ."

이계열은 입술을 꽉 깨물었다. 돈푼깨나 벌었는지 쓸까스르[62]는 박수견의 꼬락서니를 보려니 부아가 치밀었다. 쌍놈 주제에 감히 양반을 능갈치다[63]니……. 분통이 터졌다. 누가 뭐래도 양반은 양반이었다. 하기는 양반이면 뭐하나 당장 먹을 것도 없는데, 대 놓고 말은 안 해도 사람들의 표정만 봐도 금방 알 수 있었다. 꼴이나 베고 지게나 지는 날품팔이 신세니, 대장장이보다 나을 것도 없었다. 대장장이 박수견이 무시한다고 해도 딱히 나무랄 일도 아니었다. 양

---

62 쓸까스르다 : 남을 추기었다 낮추었다 하여 비위를 거스르다.
63 능갈치다 : 교묘하게 말을 잘 둘러대다.

반이라고 공짜로 밥 먹여주지 않았다. 논마지기라도 준다면 족보라도 팔고 싶었다. 도대체 족보란 게 그에게는 쓸모가 없었다.

박수견이 입을 삐죽거렸다.

'꼴에 양반 쪼가리라고 떠세[64]나 떠는 꼬라지 하고는……'

포악한 성질을 더 돋웠다가 이계열이 언제 지겟작대기를 휘두를지 몰라 박수견은 빈정거리기를 그만두었다. 괜한 일로 양반 쪼가리의 화를 돋워 굳이 힘 뺄 이유가 없었다.

설만 새면 안동 김씨가 되는데, 굳이 초군 이계열과 가타부타 따질 필요가 없었다. 이천 냥이면 안동 김씨 족보를 살 수 있다. 그깟 양반 쪼가리가 뭐라고. 박수견은 어깨에 잔뜩 힘을 부풀려 넣었다.

"아재요, 대장간 뒤꼍에 장작 부리도 됨더."

박수견은 안동 김씨가 될 거라는 생각에 이계열에게 선심 한 번 제대로 쓰고 싶었다. 기분도 좋았다. 그래도 초군 중에는 나이도 제일 많고 드레[65]가 만만찮아 눈 밖에 나서

---

64 떠세 : 돈이나 세력을 믿고 젠체하고 억지를 쓰는 짓.
65 드레 : 인격적으로 점잖은 무게.

좋을 것도 없었다. 그의 몸집은 작아도 체구가 당당해 용봉리 초군 이귀재보다 장작을 두 배는 더 질만큼 힘도 좋았다. 게다가 구수한 입담은 그를 따를 자가 없어 초군들도 이계열을 잘 따랐다.

"주막 뒤꼍에 부려놓았는데 괜찮을지 모르겠다."

'꼴에 좌상座上이라고!'

박수견이 비나리[66]치는 바람에 이계열은 치밀었던 화가 반분이나 풀렸다.

"괜찮심더, 다음 장날에는 대장간 뒤꼍에 부려놓으소."

"에나가?" (정말이냐?)

외상값은 안 갚고 장작만 부려놓는다고 주모가 얼마나 가탈을 부리는지 민망할 때가 한두 번이 아니어서 박수견의 대장간 빈터를 염두에 두었던 터였다.

"빌어먹을 여편네하고는……."

이계열은 주막을 바라보며 툴툴거렸다.

"에나지요." (그렇지요.)

사실, 용봉리 이귀재의 참나무 장작이 대장간 화덕에 쓰

---

66 비나리 : 아첨을 해 남의 비위를 맞춤.

기는 제격이었다. 부싯깃[67]이 조금만 있어도 불 지피는데 그만이라 쇠부질 하기에도 딱 알맞았다. 참나무 장작을 한 푼씩 더 주고 읍장 저잣거리에 두어 바리[68] 사놓았다. 팍팍한 대장간 사정을 고려하면 질도 안 좋은 이계열의 장작을 굳이 사둘 필요가 없었다. 박수견은 이계열을 힐끔 보았다. 분이 안 풀리는지 아직 숨소리가 거칠었다. 떠세[69]를 보니 무슨 짓이라도 저지를 것 같아 이쯤에서 비나리라도 쳐두었다.

"그럼세."

이계열은 무덤덤하게 내뱉었다.

'꼴에 양반이라고 빼기는(뻐기기는)……'

박수견은 이계열이 아니꼬웠다.

주막이 떠들썩했다. 이계열이 대장간에 온 틈을 타 초군들이 막걸리를 마시는 모양이었다. 온종일 벌목해 나무를 팔아도 겨우 서너 푼 벌일 텐데, 그것마저 주막에 털어 넣으니 초군들은 항상 빈털터리였다. 이래도 힘들고 저래도 힘

---

67 부싯깃 : 부시를 치는 데 불똥이 박혀서 불이 붙는 물건《쑥 잎·수리취 따위를 볶아서 비벼 만듦》.

68 바리 : 마소의 등에 잔뜩 실은 짐.

69 떠세 : 돈이나 세력을 믿고 젠체하고 억지를 쓰는 짓.

든 세상 막걸리 한잔으로 힘든 세상살이를 잊을 수 있다면, 그것 또한 나쁘지 않을 것 같았다. 박수견은 주막을 멀거니 바라보았다,

이계열은 주막에서 떠드는 초군들을 아랑곳하지 않고 주위를 두리번거렸다.

"아재요, 누구 기다립니꺼?"

"아니, 그게……. 여즉 안 오네."

"누구 말인교?"

이계열은 주위를 다시 두리번거렸다.

"……?"

박수견은 저잣거리 입구를 바라보았다. 그 길은 남면의 내평, 마동, 원당리에서 무실장으로 들어오는 길목이었다. 반대편은 서면의 북방이나 문암장으로 가는 길이다. 주막 앞에서 곧장 덕천강을 거슬러가면 덕산장으로 가는 길이다. 삼장리나 가서리, 백곡리 사람들은 모두 그 길을 이용했다. 강을 따라가는 길이라 구불거려도 덕산장으로 가려면, 가장 빠른 지름길로, 남명 선생이 제자를 가르치고 기거했던 산천재와 덕천서원도 있었다.

덕천강은 덕산에서 동쪽으로 흐르다가 벼랑에 부딪혀 남

으로 굽이쳐 흘러 반대편에는 넓은 모래사장인데, 수청거리라 불렀다. 설이나 한가위 때가 되면 남면과 서면 사람들이 모여 농악놀이 연습을 할 때나 초군들이 말림갓[70]에 도벌하러 가기 전에 모의하는 곳이기도 했다.

어물전 너머에서 덩치 큰 사내가 저잣거리로 황급히 걸어왔다.

"성님, 마이 기다맀능교?"

내평리 유계춘이었다.

"아이다. 나도 조금 전에 왔다 아이가."

이계열은 박수건을 힐끗 보더니 말을 얼버무렸다.

"박 서방, 마이 팔았나?"

유계춘이 대장간 좌판에 가득 깔린 농기구를 바라보며 박수건에게 말을 붙였다.

"말도 마이소, 성님. 농사꾼들이 장에 안 나오는데 팔릴 리가 있겠능교."

유계춘이 나타나자 박수건이 살짝 당황했다. 가진 것은 없어도 행실이 반듯하고 드레도 있어 향리들도 함부로 대하

---

70 말림갓 : 나무나 풀을 함부로 베지 못하게 단속하여 가꾸는 땅이나 산 《나뭇갓과 풀갓이 있음》.

지 않았다.

"장사가 잘돼야 할 텐데…….."

유계춘은 걱정스러운 듯 대장간 좌판을 둘러보았다. 날
도 벼리지 않은 농기구들이 좌판에 가득 늘려있었다.

"세상이 이따구니 뭔 장산들 잘되겠나!"

유계춘은 입맛을 쩝쩝 다지며 박수건을 다독여주었다.
어떤 말을 한들 위안이 되겠냐마는 편한 말이라도 해주고
싶었다.

주막 앞이 와자지껄하더니 노랫가락이 대장간까지 들렸
다. 드난살이[71] 기생 춘심이었다. 난향루 기생으로 있으면서
돈도 제법 모았다는데, 기둥서방이 몽땅 털어 야반도주해
빈털터리로 무실장 저잣거리 주막까지 흘러들어온 삼패 기
생으로 반반한 낯짝에 입심도 좋아 도붓장수들이나 초군들
이 침을 질질 흘리며 따라다녀 제법 인기가 많았다.

　　잡으시오 잡어나시오 이 술 한잔을 잡으시오
　　이 술을 잡으라시면 늙도 젊도야 안 하니라
　　……

---

71 드난살이 : 임시로 남의 집 행랑에 빌붙어 살면서 그 집의 일을 도와줌.
　　또는 그런 사람.

춘심의 권주가가 무실장 저잣거리를 꽉 채웠다.

"성님, 뭐 하능교?"

이계열이 춘심의 권주가에 빠져있었다.

"아니, 그게……."

유계춘은 이계열을 흘끔거렸다.

"아니, 그게 아이고……."

이계열은 말하기가 쑥스러웠든지 우물쭈물했다.

"기집이 어디 춘심이 뿌잉교. 고마 잊어 뿌이소."

유계춘이 농담을 던졌다.

박수견은 아슬아슬한 춘심이 행실이 늘 못마땅했다. 며칠만 참으면 안동 김씨 안방마님이 될 터인데, 주막 평상에 퍼질러 앉아 술이나 퍼마시고 초군들과 어울려 지랄발광을 떠는 꼬락서니를 보려니 짜증이 났다.

"나쁜 년……. 고새를 못 참다니……."

박수견은 이계열을 흘끔거렸다. 머저리 같은 이계열이 춘심에게 욕심을 부리려다가 퇴짜를 맞았다고 며칠 전에 주모가 알려주었다.

"개차반[72] 같은 놈."

초군 주제에 기생을 넘보다니 생각만 해도 짜증이 났다. 춘심에게 주려고 장롱에 숨겨둔 금붙이가 박수견은 눈앞에서 아른거렸다.

"성님?"

유계춘은 이계열을 불렀다.

"……."

이계열이 멀뚱거렸다. 유계춘은 저잣거리에 들어서자마자 주위를 살폈다. 염탐꾼을 확인할 참이었다. 향임도 믿을 수 없었다. 변복한 아전들이나 그들의 사주使嗾를 받은 딴꾼은 어디든 있었다. 자칫 방심하면 모의謀議가 탄로 날 수 있었다. 올봄에 도결을 모의할 때도 그랬다. 박수익의 집에서 마련한 등소장을 들고 미륵골을 나서려는데, 아전들에게 걸렸다. 뒷돈으로 무마하기는 했지만 조심해서 나쁠 게 없었다.

주막을 기웃거리는 좌수의 끄나풀이 보였다.

"나쁜 자슥!"

---

72 개차반 : 〈비〉 개가 먹는 똥이라는 뜻으로, 말과 행동이 몹시 더러운 사람을 욕하는 말.

유계춘을 지독하게 따라다니는 놈이었다. 그놈을 따돌리는 게 우선이었다.

"성님, 원당 솔밭으로 오이소."

이계열이 눈을 껌뻑거렸다.

"알았네. 먼저 가시게, 내 뒤따라 감세."

"눈이 올라카나……?"

유계춘은 뒷짐을 지고 딴청을 피웠다. 먹구름이 두류산을 잔뜩 뒤덮었다. 저 구름이 걷히며 좋은 세상이 오려나……. 가슴이 답답했다.

"성님 가실라고요?"

박수건이 대장간에서 뒤따라 나서며 눈을 흘끔거렸다.

"좀 있다가 보자구."

춘심이 대장간을 흘끔거렸다. 박수건이 궁금했던 모양이었다.

"이보게, 수건이, 춘심이 넌이 자네가 보고 싶은가 보이."

유계춘은 뒷짐을 진 채 덕천강 건너편 우시장으로 향했다.

7,

원당마을 솔밭에서 어쭙잖은 농악 소리가 들렸다. 여물지 않은 가락이라 사람들의 심금을 울리기에는 턱없이 모자랐다. 달포만 지나면 임술년 설이다. 설이 가까워질수록 가락은 다듬어질 것이다. 대보름 지신밟기는 수청거리에서 시작하지만, 원당리 솔밭은 서면과 남면의 가운데 마을이라 치배들이 모이기가 수월해 농악 연습은 이곳에서 했다. 정월 초사흘부터 대보름까지 보름 동안 집집이 돌아다니며 지신地神밟기를 한다. 악귀를 달래 액운을 누르고 일 년 동안 건강하고 풍년이 들게 해달라고 기원하는 해마다 열리는 마을 행사다.

올해는 살림살이도 팍팍해 서면과 남면 청년들이 함께 모여 합동으로 농악놀이를 할 예정이다. 그렇게라도 해야 농사철 사이참[73] 거리 보리쌀 한 됫박이라도 내놓을 것이다.

아이들이 코를 훌쩍거리며 솔밭 가운데 서낭당으로 몰려들었다.

─갱 지갱갱 개개개개 갱 지갱~.

---

73 사이참(―站) : 일을 하다가 잠시 쉬는 동안. 또는 그때 먹는 음식. 【준말 앞에】 새참.

"주인 주인 문여소."

ㅡ갱 지갱갱 개개개개 갱 지갱~.

"문 안 열면 나갈라요."

상쇠의 꽹과리 소리가 자지러지고, 영좌[74]가 카랑카랑한 목소리로 주인을 부르자 치배들이 풍악 소리가 뒤를 이었다. 이계열의 선창은 예전 같지 않았다. 목소리도 텁텁했다. 창자를 훑어내는 호소력도 없었다. 엇부루기[75] 울음처럼 모가지에 걸려 내뱉지 못했다. 그러나 농사꾼들이 일손을 놓고 귀 기울이기에는 충분했다. 나팔소리가 울리자 박수익이 꽹과리를 두들겼다. 북소리가 뒤를 이었다. 덩실덩실 춤이라도 추고 싶었다. 즐거울 일이 없어 답답하던지 농악 소리를 들으니 숨통이라도 트이는지 일손을 놓고 어깨까지 들썩거렸다.

"성님, 목청이 구성[76] 없는데요."

덩치는 작아도 당당한 체구에서 뿜어나오는 이계열 목소리는 묵직해 농사꾼들 마음 울리기에 충분했다. 신출내기

---

74 영좌(領座) : 농악놀이 대표가 되는 사람. 지역에 따라 영위(領位)라고도 함.
75 엇부루기 : 아직 큰 소가 되지 못한 수송아지.
76 구성없다 : 격에 맞지 아니하다.

초군이 두류산 골짜기에서 길을 잃어도 그가 목소리한 번 내지르면 단번에 알아듣고 제 길을 찾아올 정도로 그의 목소리는 우렁찼다. 그런데 오늘따라 꺽지지[77]못한 목소리가 걱정스러웠던지 박수익이 한마디 거들었다.

"기제!"

이계열도 모가지에 통증을 느꼈던지 금세 알아차렸다.

"모가지에 씸 쫌 빼소."

박수익이 핀잔을 줬다.

"엊저녁에 막걸리를 진땅 무떠니 목소리가 구성없네."

이계열도은 객쩍[78]었던지 목을 쓰다듬으며 마른기침을 큿큿 뱉었다.

"그라모, 다시 가께요."

박수익이 꽹과리를 두들기자 징재비가 징을 힘껏 내리쳤다. 열두 고개를 넘어가듯 징 소리의 긴 여음이 농사꾼들 마음을 옭아맸다. 이계열의 목소리도 좀 전과 달리 한층 목청을 돋웠다.

"어여라 성주야, 성주님을 모셔놓고."

---

77 꺽지다 : 억세고 꿋꿋하며 용감하다.

78 객쩍다 : 말이나 행동이 쓸데없고 싱겁다.

―갱 지갱갱 개개개개 갱 지갱~.

"이 성주가 뉘 성주요, 성주님 근본은 어디요."

―갱 지갱갱 개개개개 갱 지갱~.

소나무는 솔잎을 떨어뜨렸고, 까마귀 떼는 원당들을 빙 빙 돌았다. 농사지대본農事地代本이라 쓴 낡은 영기領旗가 서 낭당을 넘나들었다. 삼색 띠(빨강, 파랑, 노란)를 두른 버꾸 재비 초군들이 상모를 돌리기 시작했다. 연습이 덜 됐는지 채[79] 끝이 갈피를 못 잡고 허공에서 허우적거렸다.

"성님, 왼쪽부터 돌아야지요."

유계춘이 덕석말이진[80]을 염두에 뒀던지 이계열의 움직 임을 지적했다.

"동상 언제 왔노? 기다렸다 아이가."

"좀 늦었심더."

영기令旗가 가운데 서고, 상쇠와 목쇠는 각각 왼쪽과 오 른쪽으로 반대 방향으로 돌아야 덕석말이진이 만들어진다. 쇠재비들이 두 편으로 나뉘어야 버꾸재비들이 그 뒤를 따라 덕석을 말았다 펴기가 자연스럽다. 이계열이 목소리만 추

---

79 채 : 상모에 매단 가늘고 길게 늘어진 장식.

80 덕석말이진 : 농악패들이 덕석(멍석)을 말았다 펴듯 움직이는 농악놀이.

스르면 될 것 같았다. 정월 초이틀까지는 스무날이나 남았다. 농악패들이 다시 모여 연습만 더하면 문제 될 것까지 없어 보였다.

상쇠 박수익의 꽹과리는 괜찮았다. 지난해에도 그랬지만, 그의 꽹과리 솜씨를 따를 사람이 인근 마을에는 없었다. 북은 정지구가 맡았다. 꽹과리 장단에 맞추면 되는데 엇 장단을 자주 냈다. 꽹과리 장단만 귀에 익으면 어려울 게 없어 보였다. 장구재비가 문제였다. 양손잡이 박수건이 제격이지만, 올해는 왠지 꽁무니를 빼는 게 영 객쩍어 보였다.

"수건이 니 나올끼제?"

"보고요."

박수건이 뭉그적거렸다.

"보라니, 뭘 봐 보기는, 무조건 나와야지 이 사람아. 자네가 없으면, 아무것도 안 되는 거 알제? 그러니까 내뺄 생각은 말어."

박수건을 다잡으려고 유계춘이 미리 해 둔 말이었다.

"……."

박수건은 대답하기가 곤란했다. 유계춘이 다잡는다고 될 일이 아니었다. 설 쇠면 곧바로 저리 문영진에게 족보를 받는다. 정월 대보름 전날이다. 지신밟기 따위야 어떻게 되든지 알 바 아니었다. 동쪽 하늘을 바라보았다. 두류산과는 달리 흰 구름만 띄엄띄엄 보였다. 고향을 도망 나올 때도 하늘은 희뿌옜다. 종놈에게 고향이 의미가 있을 리 없었다. 하지만, 평생을 살았던 곳이라서 쉽게 잊히지 않았다.

무실장 저잣거리에 터를 잡은 지, 그러니까 웃개나루를 야반도주해 숨어서 지낸 지 십여 년이나 됐다. 이제 다른 곳으로 떠날 때가 됐다. 더 지체하면 신분이 탄로 날 수 있었다. 노비 만득이……, 다시는 종노릇을 하기 싫었다. 웃개나루는 남강이 낙동강과 만나는 합수부라 예화문 밖 나루에서 배를 타면 하루도 채 걸리지 않았다. 강바람이라도 불면 반나절이면 도착하는 지척이라 박수건은 숨죽이며 살았다.

유계춘은 대장장이를 슬쩍 보았다. 분명 뭔가 감추는 게 있어 보였다. 박수건의 수상스러운 행동은 하루 이틀이 아니었다.

'설마 노비일까……?'

박수건을 힐끗 보았다. 지난번 웃개나루에서 들었던 소문이 귀에 거슬렸다. 박수건은 처자식도 없이 불알 두 쪽만 찬 빈털터리였다. 시우쇠 다루는 솜씨가 좋아 수입도 제법 쏠쏠한 모양이었다. 왜국 사람에게 배웠다는데 아무에게도 알려주지 않았다. 농번기에는 쟁기날이나 괭이를, 농한기에는 낫이나 도끼를 무실장이나 읍장에서 쇠부질하여, 문암장과 덕산장을 오가며, 도붓장수로 돈도 제법 벌었으면 정착할 때도 됐는데……

도망이라도 다니는 것일까. 저리 문영진에게 족보를 살거라고 소문도 들렸다. 하기는 돈만 있으면 양반 상투도 거머잡는 세상이니 나무랄 일이야 아니지만, 국법을 어기는 일이었다. 어쨌든, 대장장이 박수견이 장구를 잡아줬으면 했다. 그래야 제대로 된 농악놀이 한마당이라도 놀 수 있다. 고종사촌 강쾌의 징도 어딘지 모르게 엇 장단을 내는 게 신경이 쓰였다. 버꾸는 가서리 초군들이 맡았다. 산을 워낙 많이 오르내려 하체가 튼튼해 채상모를 돌리며 윗놀이[81]를 하는데 이력이 난 작자들이다. 양편으로 가르려면 스무 명은 모여야 한다. 거우 여남은 명 모였으니, 다음 연습 때까지 참여할 수 있도록 하려면, 이계열의 입심이 필요했다. 그래야 농악놀이 열두 마당을 제대로 놀 수 있다.

"성님, 갠찬웅교?"

---

81 윗놀이 : 버꾸재비들의 상모 놀이.

이계열의 꺽진 목소리가 걱정스러워 유계춘이 거들었다.

"아즉은 괘안타."

과시라도 하려는지 이계열이 무릎을 굽히면서 허벅지를 꾹꾹 누르며 어깨까지 으쓱했다.

"그라머 됐심더."

어쨌든, 이계열이 신경 쓰였다. 가난한 양반 쪼가리라도 그의 한 마디에 초군들이 일사불란하게 움직였다. 주종 관계도 아니었다. 도붓장수들처럼 조직이 없어도 초군청에 앉은 그의 모습은 드레가 엄청나 힘 좋은 젊은 초군들도 군소리 없이 그의 명령을 따랐다. 하기는, 저리나 아전 나부랭이들이 판치는 세상이니 그 치들에 비하면 초군들을 이해 못 할 것도 없었다. 어쨌든, 별일 없다니 유계춘은 일단 마음이 놓였다.

"성님, 큰 댁에 가봤능교?"

"뭐 하러!"

이계열이 뚱하며 볼멘소리를 했다.

"내년 소작도 있고……."

그들은 한마을에 살아도 원수처럼 지냈다. 무엇이 그들을 갈라놓았는지 알 수 없어도 막걸리라도 한잔 걸치면 전주 이가라며 어깨를 으쓱거렸다. 농번기에는 이 교리 댁 소작을, 농한기인 겨울에는 나무를 저잣거리에 내다 팔아 겨우 생계를 꾸려가는 것 같아도 인근 단성 마을 조신 김인섭과 막역한 사이인 걸 보면 족보 팔아먹을 만큼 쌍놈은 아니었다.

"소작이라도 해야 먹고 살지요."

"……."

유계춘보다 박수익이 가직한[82]지 그에게 가탈을 부렸다.

"어이, 수익이, 너름새[83] 장단 한번 제대로 넣어봐라. 장단 좀 맞춰보게?"

"예, 성님. 자, 다시 갑니더!"

상쇠 박수익이 이계열의 마음을 헤아리기라도 한 듯 꽹과리를 들더니 자진모리장단을 자지러지게 치며 꼭지놀음을 시작했다. 영기를 뒤따라 앞치배들이 나가자 뒷치배들이 뒤를 따랐다.

─갱 개갱개 갱 개갱개~.

"올 농사는 피 농사라."

---

82 가직하다 : 거리가 좀 가깝다. 【준말 앞에】 가직다.
83 너름새 : 시원스럽게 일을 떠벌리어 주선하는 솜씨.

이계열이 선창을 하며 초군들은 후렴을 하면서 채상모를 돌리며 버꾸를 하늘로 휘둘러 추임새를 넣었다.

─갱 개갱개 갱 개갱개~.

"쾌지나칭칭나네……."

한가위 때나 부르는 쾌지나칭칭나네로 추임새까지 넣으며 초군들이 일제히 솔밭 한가운데 서낭당 나무를 빙글빙글 돌았다.

'한가위처럼 풍성하면 얼마나 좋을까…….'

앞재비 꽹과리가 자지러지자 뒷재비들의 뒤따랐다. 버꾸 재비들도 하나둘 일어나 하늘을 향해 손을 흔들며 채상모를 돌렸다. 유계춘도 손짓춤을 추었다. 구경나왔던 마을 아이들이 콧물을 훌쩍거리며 뒤를 따랐고, 머리에 수건을 질끈 동여맨 마을 아낙들도 손을 들고 풍악 패를 뒤따랐다. 그들에게 지신 따위가 중요하지 않았다. 그들이 지은 곡식으로 그저 식은 보리밥 한 끼라도 편하게 먹고 싶었을 것이다. 풍악 놀이를 구경 나온 사람들도 온몸으로 흐느적거리며 치배들을 뒤따라 서낭당을 빙글빙글 돌았다.

8,

두류산을 바라보았다. 늘 그 자리에 변함없이 서 있었다. 천왕봉에 노을이 지고있었다. 유난히 붉어 마주하기조차 민망해 유계춘은 고개를 돌렸다. 그리고 입술을 지그시 깨물었다.

"백골징포라니……."

배곯는 것도 서러운데 죽은 지 삼십 년이 지난 아버지의 군포를 공납하라니 말이나 되는 소린가. 아무리 우병영의 명령이라도 따를 수 없었다.

"죽을 때 수의壽衣를 입고 갔으니 당연히 군포 한 벌은 내놔야지."

징포하러 나왔던 진무서리의 말은 더 가관이었다. 터진 주둥이라고 함부로 나불거리는 꼬락서니가 느꺼워 유계춘은 아직도 울화통이 가라앉지 않았다.

"나쁜 놈……."

박수익이 뒤를 돌아보았다.

"빨리 온나."

해 떨어지기 전에 고개를 넘어야 한다며 박수익이 발걸

음을 재촉했다. 원당에서 내평리로 가려면 고이티재를 넘어 마동리 뒷길이 가장 빨랐다. 이슥한 밤이 아니라도 재를 넘으려면 뒷골이 쭈뼛거렸다.

"천천히 가세. 급한 일이라도 있나?"

땅거미는 이미 내려앉았다. 어둠이 사방에서 몰려들었다.

"어둡기 전에 재를 넘어야지."

박수익은 갈가지[84] 그림자라도 보았는지 몸까지 으스스 떨었다. 우금을 지날 때 해코지를 한다는 말을 어디서 들었던 모양이었다.

"이 사람아, 그렇게 겁이 많아서 미륵골 농사는 우째 짓노?"

미륵골 우금에 개간한 박수익의 무텅이 천수답이 생각나서 해 본 말이었다.

"농사 짓는 거하고 같나."

"거서 거지."

유계춘이 농담을 던졌다.

"가실(가을) 거둘 때 결수는 빼 주더나?"

"아이다, 어떤 새끼가 찔렀는지 다 뺏끼뿟다 아이가."

---

84 갈가지 : 호랑이 새끼의 경상도 방언.

"에나가?"

유계춘도 소문을 들었다. 가을걷이가 끝나기도 전에 마동리 훈장 집 노비 담사리가 박수익이 미륵산 우금에 개간한 천수답에 다녀갔다는 것을 고종사촌이 말해줘서 이미 알고 있었다.

"그랬구나……."

"훈장 놈이 찔렀다 카데, 강쾌한테 들었다 아이가."

박수익의 대답이 시무룩했다.

"훈장이라면, 마동리 정영장 어른 말이가?"

"어른은 무슨……. 갈개꾼[85]이지!"

훈장 영감이 공납해야 할 결전結錢을 박수익이 우금 땅에서 소출한 곡식으로 채웠을 것이다.

수십 년 전에 돌아가신 아버지의 백골징포 문제로, 우병영 병마절도사를 만나러 공북문으로 들어가려는데 이방 아들 만두란 놈을 만났다. 우연인지는 모르지만, 대사지 정자로 오라더니 뒷돈을 요구했다. 피죽 한 그릇도 겨우 먹는데서 푼이나 달랬다. 제 놈이 해결해 주겠다고……. 정신 나간 놈이 아니고서야 그따위 말을 함부로 지껄이지 못할 것이

---

85 갈개꾼 : 남의 일을 훼방 놓는 사람.

다. 어린놈이 감히 어른한테 능갈[86] 치다니 패대기라도 쳐주
고 싶었다. 유계춘은 대꾸도 안 하고 우병영 우후[87] 신효철
을 만나러 갔던 기억이 났다. 하기는 그놈도 도긴개긴이었
지만.

유계춘은 가슴이 답답해 저잣거리 주막에 들렀다.

"나리, 이년에게 방안이 있긴 한데……."

주모가 샐쭉거리며 뜸을 들였다.

"백골징포 말인가?"

"예, 나리."

"고맙기는 하네만 그만두게."

주막을 드나드는 아전 나부랭이들이라도 아는 모양이었
다. 농민들에게 등친 돈으로 주막을 들락거릴 테니 알만했
다.

유계춘은 소리를 버럭 질렀다. 굶어 죽어도 저러나 아전
놈들에게 뒷돈까지 집어 쥐가며 빌붙고 싶지 않았다.

"아이고, 나리……. 소인은……. 그냥."

주모가 놀랐던지 말까지 더듬거렸다. 도와주겠다는 사람

---

86 능갈치다 : 교묘하게 잘 둘러대다.

87 우후(虞候) : 도 절도사에 소속된 종3품 관직.

에게 소리를 질렀으니 유계춘도 미안했다.

"최수운이라는 젊은 도사가 진주에 온다는 소문 들었느냐?"

웃개나루 주막에 들렀을 때, 섣달쯤 남원 가는 길에 진주에 들를 거라던 최수운의 말이 기억나 주모에게 던져본 말이었다.

"그 비렁뱅이 도사 말인가요?"

주모에게는 최수운이 비렁뱅이로 보였던 모양이었다. 하기는 유계춘이 보아도 천상 비렁뱅이였다.

"자네도 만나 보았는가?"

"나리, 천한 년이 우찌 젊은 도사를 알겠능교, 그란데, 그 젊은 비렁뱅이 도사가 보통내기가 아니라는 소문이 저잣거리에 쫙 퍼졌다 카데예."

주모의 목소리는 조곤조곤했다.

"뭐 하는 작자라고 하던가?"

유계춘은 넌지시 딴청을 피웠다.

"이년이야 모르지예, 그란데예 나리……."

주모가 목소리를 낮추더니 주위를 두리번거렸다.

유계춘도 귀를 바짝 세웠다.

"그 젊은 비렁뱅이 도사를 만났던 사람들은 죄다 입을 다물고 쉬쉬한다 카데예. 그라고, 머라 카더라……, 마음속에 천주를 모신다나 어쨌다나, 아이고 무서버라, 우쨌거나 희한한 말만 한다 안 캅니꺼."

"이보게 주모, 희한한 말이라니?"

유계춘도 처음 들었을 때 간담이 서늘했다. 시천주라니, 그러고 보니 여러 번 말을 섞어도 최수운의 말을 이해할 수 없었다. 그의 도가 높은 것인지 아니면 유계춘의 공부가 부족한 탓인지 시천주는커녕 그의 발치조차 따라갈 수 없었다.

"남원 땅으로 간다는 소문이 있으니 조금 있으면 저잣거리에 나올 낌니더."

주모가 입을 삐죽거렸다.

최수운을 한 번이라도 만난 사람들은 죄다 입을 다물었다. 그리고 쉬쉬하는 이유를 굳이 듣지 않아도 이해가 갔다. 유계춘도 그랬다. 임금이 버젓이 살아있는데, 마음속에 한울님을 모시다니 자칫 잘못 걸려들면 역적으로 몰리기에 십상이었다. 그의 태고조부 종지 할아버지도 정여립 사건에 연루되어 집안이 풍비박산風飛雹散이 난 뒤, 이백 년이 지나도록 여태 수렁에서 벗어나지 못했다. 무서운 일이었다.

"주모 안으로 들어오시게."

카랑카랑한 목소리가 내실에서 흘러나왔다. 주모가 유계춘을 힐끗거리더니 내실로 쪼르르 달려갔다.

유계춘은 내실을 물끄러미 바라보았다.

"저자가 유계춘이냐?"

"예, 행수 어른, 유계춘이 맞심더."

"그래! 봄만 되면 버들피리를 도래미줌치에 넣어 다니면서 분다는 그 자 말이지?"

"예, 소인도 몇 번 들어본 적이 있는데 버들피리를 정말 잘 붑디다. 그란데, 와 그랍니꺼?"

주모는 유계춘에게 관심을 보이는 난향루 행수기생 매서가 수상스러웠다. 우병사나 목사가 목을 내밀며 만나자고 해도 눈 하나 깜짝하지 않는 진주 읍에서 도도하기로 소문난 기생이었다. 지금이야 퇴기로 별 볼일이 없다지만 드레가 남달라 당찬 남정네도 함부로 질척거리지 않았다.

"저 양반, 논도 한 뙈기 없으면서 이일 저 일에 끼어들어 주접이나 떠는 쓸모없는 양반 쪼가리라 카던데요."

주모는 유계춘이 형편없다며 빈정거렸다.

"함부로 주접떨지 마시게."

매서가 주모에게 쏘아붙였다.

"예, 행수 어른……."

주모가 뾰로통하게 주둥이를 내밀며 내실을 나갔다.

'유계춘이라……'

매서는 고갯마루까지 따라오던 사내아이를 잊지 못했다.

'저 사내가 그 유계춘일까.'

유계춘이란 이름만 들어도 가슴이 설렜다. 그런데 변해도 너무 많이 변했다. 떡 벌어진 어깨에 덥수룩한 턱수염, 어릴 때 모습과는 완전히 달랐다. 꾀죄죄하던 모습은 어디에도 찾을 수 없었다. 눈빛도 살아 형형했다. 올봄에 목사의 망궐례 시간을 주모를 통해 알려 주었을 때도 긴가민가했다.

'버들피리라……'

그녀는 가슴이 떨렸다.

"박 서방 있는가!"

매서는 박 서방을 불렀다.

"예, 행수 어른."

박 서방이 내실 앞에서 인기척을 냈다.

"저잣거리에 가서 최수운을 찾아 주막으로 모셔오시게."

박 서방이 우물쭈물했다.

"뭐 하는가! 어서 데려오지 않고!"

"예, 행수 어른."

박 서방이 후다닥 내실을 나갔다. 매서는 문틈 사이로 막걸릿잔을 기울이는 유계춘을 엿보았다. 무슨 이유로 최수운을 만나려는지 몰라도 만나게 해주고 싶었다. 원당마을 솔밭에서 버들피리를 불쑥 내밀며 불어보라던 사내아이. 마을 사람들은 쌍것들이 산다고 고역 마을 근처에도 오지 않았고 말조차 붙이지 않았다. 어린애들도 마찬가지였다. 그러나 유계춘은 달랐다. 틈이 나면 솔밭에서 함께 놀아주었다. 그의 어머니가 꾸지람을 해도 아랑곳하지 않았다.

혼자서 막걸릿잔만 기울이는 유계춘이 안쓰러웠다. 몰락한 양반 집안을 일으키기가 쉽지 않았을 것이다. 아버지만 보아도 알 수 있었다. 부곡민이던 아버지가 딸자식까지 팔아 돈을 벌려는 이유를 그때는 이해하지 못했다.

관기가 되었을 때는 아버지를 많이 원망했다. 그러나 마음을 바꿨다. 그녀 한 몸 희생으로 아버지가 면천免賤만 할 수 있으면 기생이라도 좋았다. 쌍놈은 인간이 아니었다. 더군다나 어린아이들조차도 부곡민을 피해갔다. 매서가 기생이 되기까지 힘들었다. 수청을 들라는 목사나 병사를 밀어낼 수도 없었다. 힘든 세월이었다. 그녀가 관기로 거듭날 때부터 아버지는 그나마 재산을 모아, 그 돈으로 저리라도 아전이 되었다.

유계춘을 만난 것은 올봄 목사가 도결을 시행하려고 했을 때 진주 목에 등소하려고 매서의 주막에 처음 들렀을 때였는데, 하릴없이 세상 타령만 하는 시골 양반 쪼가리로 알았다. 그러나 아니었다. 그는 옳은 일은 행동으로 옮겼다. 수십 리를 지고 온 초군들의 나무를 저리들이 빼앗으려면 나서서 도와주었다. 그러나 그것으로 정의를 바로 세울 수 없다는 것을 그는 알지 못했다. 의협심만으로 세상을 바로잡을 수 없었다. 세상이 썩었는데 그만 정의롭다고 세상이 바뀔 리 없었다.

매서는 여남은 살 때 아버지 등에 업혀 고역 마을 떠났다.

"연이야, 저 머시마가 그리 좋으나?"

"피이, 아부지는……, 누가 저 머시마가 좋다 카더나. 자꾸 따라오이까네 돌아보는 기지."

버들피리를 건네주던 사내아이를 아버지가 보았던 모양이었다.

"고마, 잊어뿌라."

"와 예?"

연이는 조그만 입술을 뾰족 내밀었다.

"아부지가 멋진 머시마한테 시집 보내주꾸마."

아버지는 거칠게 숨을 몰아쉬었다.

"아부지도 참, 누가 시집간다 카더나. 내는 아부지하고 평생 같이 살끼구마."

연이는 땀내가 물씬거리는 등에 찰싹 붙어 아버지 목에 매달렸다.

"아부지가 늙어도?"

"그랄끼구마. 내는 아부지 엄시면 몬 산다 아이가."

그해 가을, 아버지가 노랑 저고리와 연분홍 치마, 비단 단속곳을 사 왔다. 연이는 곱게 단장했다. 그리고 아버지 손에 이끌려 진주 교방 동기童妓가 되었다. 매서라는 새 이름도 얻었다. 매서梅緖, 매화가 피어야 비로소 봄이 시작된다면서 행수기생이 지어준 이름이었다. 새로 태어나는 날이라고……. 북이며, 장구며, 하물며 춤까지 교방에서 필요한 것은 모두 익혔다.

열다섯 살쯤에 초경初經이 비치자 늙은 목사가 머리를 올려주었다.

"가슴은 생겼느냐?"

늙은 목사의 손이 엉거능측 옷섶을 파고들었을 때, 지렁이를 밟는 것처럼 온몸에 소름이 돋았다. 부끄럽고 수치스러웠다.

"이리와서 내 무릎에 앉아라."

"……?"

화들짝 놀란 매서가 옷섶을 붙잡고 방구석에서 후들거렸다.

"고년 참, 괜찮으니 이리 오래두."

하늘이 노랬다. 아버지가 원망스러웠다. 늙은이 품에 안긴 채 두려움으로 밤을 보냈다. 그러나 그 두려움도 금방 익숙해지기 시작했다. 아버지 심부름도 많이 했다. '영감, 대감…….'하고 가슴을 파고들며 그들은 심장까지 꺼내주었다. 아버지는 그저 '애썼다'라는 말 한마디면 그만이었다. 딸 팔아 돈을 벌었다고 저잣거리 사람들이 숙덕거렸다. 사실인지 알 수 없어도 매서는 그러려니 했다. 남들도 다하는 짓인데, 아버지라고 못할 이유가 없었다. 부끄럽지도 않았다.

"버들피리라⋯⋯."

아버지 등에 업혀 마을을 떠날 때 고이티재 고갯마루까지 따라오던 사내아이라는 것을 매서는 확신했다.

유계춘은 머줍어[88] 하는 주모 눈가 잔주름에서 고달픈 인생을 보았다. 죽지 못해 사는 쌍것들의 인생은 늘 서글펐다. 재산 없는 양반들도 저들과 다를 게 없었다.

"언제 온다고 하더냐?"

"나리, 이년은 몰라도 비렁뱅이 도사를 주막으로 데려오라고 행수 어른이 박 서방에게 시켰다 카데예."

주모가 매서의 처사를 이해할 수 없다는 듯 고개를 살래살래 흔들었다.

"⋯⋯?"

잠시 뒤, 주막이 와자지껄했다. 술 패들이 몰려왔겠거니 대수롭지 않게 여겼는데 이내 조용해졌다. 최수운이었다.

---

88 머줍다 : 동작이 미련하고 느리다.

남루한 비렁뱅이 옷차림 그때나 지금이나 다르지 않았다. 최수운과 눈이 마주쳤다. 유계춘을 알아본 것 같았다. 그의 눈빛은 여전히 살아있었다. 적어도 술이나 퍼마시고 신세타령이나 하며 세월을 날리는 양반 쪼가리는 아니었다.

훈장 댁 노비 담사리가 주막을 기웃거렸다.

"아니, 저 놈이!"

유계춘은 깜짝 놀랐다. 훈장이 알면 당장 잡혀가 매 맞아 죽을지도 모르는데, 저잣거리에서 버젓이 최수운을 따라다니다니 어이가 없었다.

"나리, 그게……."

유계춘은 담사리와 최수운을 번갈아 보았다. 진무청 옥사에서 삼 개월이나 옥살이하면서 염출로 남은 돈을 줘서 도망시켰으면, 보란 듯이 잘 살아야지 보람도 없게 읍 주막까지 비렁뱅이 도사를 따라다니다니……. 붙잡히는 날에는 훈장 놈이 그를 온전하게 놔두지 않을 것이다.

유계춘은 담사리를 못 본 척 고개를 돌렸다.

"혹시, 저자가 자네가 말했던 최수운이라는 비렁뱅인가?"

주모가 다가와 술 패들 사이에 앉은 최수운을 보더니 눈을 동그랗게 뜨며 말했다.

"예, 나리 저자가 맞습니다."

유계춘은 그들을 뚫어지게 바라보았다.

"사람들이 물러나면 이 방으로 좀 모셔오시게. 옆에 따라 다니는 사람도 함께."

"예, 나리."

주모가 바깥으로 나갔다. 그때나 지금이나 최수운은 꼿꼿했다. 몰락한 양반이거나 서얼이겠지만, 그의 모습은 삶을 초월한 듯이 의연했다.

"담사리가 최수운을 따라다니다니……."

유계춘은 의외라는 생각이 들었다. 하기는 쌍것도 천주를 모시면 하늘이 된다고 했으니 담사리가 혹했을지 모를 일이었다. 미친 짓이었다. 유생들이 들었으면 경을 쳐 죽이려고 할 것이다. 그가 관가에 고변하지 않더라도 그 뜻을 아는 사람이라면, 대번에 고변할 것이다. 천주가 사람 안에 있어 간절히 기도하면 천주가 된다고……. 만인지상인 임금과 일인지하의 백성, 그것도 빈부, 적서, 양반, 천민, 노비, 남녀 구분도 없다는 말이 믿기지 않았다.

"수행하면 누구나 천주가 된다고? 과연 그럴 수 있을까?"

유계춘은 믿지 않았다. 저렇게 함부로 지껄이고 다니다

가 유생들에게 맞아 죽기 딱 알맞았다. 그는 오금이 저렸다. 그런데, 최수운을 바라보는 사람들의 눈빛은 한 치 흐트러 짐도 없이 그의 말에 귀 기울이고 있었다.

'시천주라…….'

턱까지 괴고 눈을 반짝거리며 최수운을 쳐다보는 담사리 가 눈에 들어왔다.

"그참…….'

전라도 남원 땅에는 가지도 못하고 두류산에 숨어 있거 나 고변을 당해 감옥살이를 할지도 모를 일이었다.

덕천강 강물이 힘차게 흘렀다.

"뭐 생각하노?"

고이티재를 오르면서 생각에 잠긴 유계춘이 신경 쓰여 덕천강에 도달해서야 박수익이 겨우 말을 붙였다.

"그냥, 이것 저것…….'

유계춘은 덕천강 윤슬[89]을 바라보았다. 예나 지금이나 달 빛만으로도 강물은 반짝거렸다. 그는 문득 촉석성을 바라 보았다. 아직 횃불이 덜 꺼졌는지 붉은 기운이 돌았다. 우병

89 윤슬 : 햇빛이나 달빛에 비치어 반짝이는 잔 물결.

영 움직임도 심상찮아 신경이 쓰였다.

9,

촉석루 의암에서 강물이 시퍼렇게 여울지고 있었다. 우병사 백낙신은 촉석루에 올라 남강을 내려다보며 생각에 잠겼다. 신임목사 주제에 마음대로 도결都結을 결정하다니, 그것도 십만 냥씩이나……. 병영과 다르다고 하지만, 상급자인 경상 우병영 병마절도사에게 보고조차 안 한 목사 홍병원이 괘씸했다. 얼뜨기 신임목사 따위가 선수를 치다니 자존심이 상했다. 이럴 줄 알았으면 먼저 통환統還을 해버릴걸, 괜히 눈치만 보다가 시기를 놓치고 말았다. 애 터지게 병고전[90]을 뿌려놓았는데 잘못하면 모조는 고사하고 본전 찾기도 어려워 보였다.

백낙신은 진무서리를 불렀다.

"진무서리 있느냐?"

도결에 대한 농민들의 반응을 알아볼 참이었다.

---

90 병고전(兵庫錢) : 병장기를 만들려고 병영에 준비해 두었던 돈.

"예, 대감."

김희순이 머리를 조아렸다.

백낙신은 조금 전까지 촉석루에서 성곽 감찰 중이었다. 그새 운주헌으로 돌아오다니, 무슨 일이라도 있는 것일까. 김희순은 바짝 긴장했다.

"소문 들었느냐?"

"대감, 무슨 말씀이온지……?"

김희순은 어리둥절했다.

'이놈 봐라…….'

눈만 깜빡거리는 진무서리 놈의 눈깔이라도 파버리고 싶었다.

"그래, 말뜻을 모르겠느냐?"

백낙신은 김희순의 눈을 빤히 들여다보았다.

"예, 대감……."

진무서리가 가까스로 대답했다.

"그, 뭐라나……."

어차피 아전 놈들이 정보를 주지 않으면, 우병영의 통환 사정도 농민들의 형편도 파악하기 어렵다. 어떤 경우든지 아전 놈들은 바른대로 말하지 않을 것이고, 호락호락하지도 않을 것이다. 그렇다고 그냥 놔둘 수도 없었다. 자칫 잘못하면 낭패만 당할 것이다. 곤장을 치던지 주둥아리를 벌려서라도 토설시켜야지 기다릴 시간이 없었다.

"고얀 것! 우병영 병마절도사를 감히 간 보려고 하다니……."

백낙신은 목소리를 높였다.

버티는 게 상책이라는 것을 김희순도 알았다. 그러나 마냥 거짓말로 버티기에는 아무래도 무리가 따랐다. 그렇다고 곧이곧대로 부세수취 목록을 우병사 백낙신에게 내줬다가 되레 당할 수가 있어 함부로 토설할 수도 없었다. 한두 번 겪은 일도 아니었다. 기껏해야 육 개월이면 쫓겨갈 텐데, 먼저 나서서 장부를 넘겨줄 필요가 없었다.

"……."

김희순은 대답하지 않았다.

백낙신은 주위를 둘러본 뒤 진무서리 귀에다가 콧바람을 훅 불어 넣으며 귀엣말을 했다.

"이놈!……?"

김희순은 우병사를 바라보았다. 알 듯 말 듯 애매하게 미소만 짓는 모호한 표정에 소름이 돋았다. 그렇다고 딱히 꼬

집어서 무슨 말인지 파악하기도 어려웠다,

"지징무처指徵無處[91]라?"

포흠한 자가 내뺐거나 죽었더라도 진무서리는 찾아낼 방법이 있을 것이다. 백낙신은 머리를 곧추들었다.

"그래 말해 보아라."

"대감, 무슨 말씀이심니꺼?"

콧바람이 진득하게 김희순의 얼굴을 스쳤다. 온몸에 소름이 돋았다. 백낙신의 방법은 전임 병사와 달랐다.

"우병사 대감."

"그래, 말해 보아라."

백낙신은 진무서리 눈을 빤히 바라보았다.

"백성들이야 대감이 시키는 대로 할 낍더, 그러니 대감께서 그리 걱정할 것까지 없을 듯합니다만……"

김희순이 눈깔을 마룻바닥에 내리깔았다.

"그래, 어떻게 말이냐?"

우병사 권세가 나는 새도 떨어뜨릴 만큼 하늘을 찔러도 통환을 함부로 결정하지 못할 것이다. 게다가 파직당할 시

---

91 지징무처(指徵無處) : 세금을 낼 사람이나 빚을 진 사람이 죽거나 달아나 돈 받을 방법이 없음.

기도 멀지 않았다. 일 년이나 근무했으면 조용히 떠나면 될 일이다. 책임질 것도 없었다. 어떻게든 진무서리에게 책임을 지우려 할 것이다. 게다가 농민들이 어떻게 나올지 난다 긴다하는 우병사라도 성안에만 틀어박혀 있으니 알 턱이 없었다. 전임목사가 도결을 포기할 수밖에 없었던 이유도 아전들의 의견을 무시했기 때문이라는 것쯤은 눈치챘을 텐데, 막무가내로 다그치다니……, 부세수취 장부라도 입수한 것일까. 김희순은 바짝 긴장했다.

이놈 봐라, 우병영 병마절도사를 무시해, 주둥이를 여나 안 여나 어디 두고 보자. 눈깔을 희번덕거리는 진무서리 따위가 깔보는 것 같아 백낙신은 심기가 불편했다.

"그래, 어떻게 하면 되느냐고 묻지 않느냐?"

백낙신은 진무서리에게 한 번 더 다그쳤다.

"우병사 대감, 향리들의 의견을 먼저 들어보는 게 좋을 듯합니다만……."

김희순은 머리를 굴렸다. 무턱대고 육 개월을 버틸 수는 없었다. 일단, 향청으로 떠넘기는 방법도 괜찮을 것 같았다. 우병사에게 책임을 떠넘길 묘안도 필요했다. 지금까지 해오던 방법이 탄로 났다면 다른 방법을 찾아야 한다.

"그래서?"

백낙신은 진무서리를 다그쳤다.

"그게, 그러니까……."

"어서 말해 보게."

김희순은 마음이 다급했다. 그렇지 않아도 목사가 시행한 도결로 마을마다 들끓는데, 거기에 우병영에서 통환까지 시행하면 농민들도 가만히 앉아서 당하지 않을 것이다.

"향리들을 불러 의견을 모아보시는 게 어떨는지요."

김희순은 말꼬리를 흐렸다.

"진무서리가 부르면 될 것이지 문제라도 있는가?"

"그렇긴 하옵니다만……."

김희순이 일단 뜸을 들였다.

"알았네, 통문을 서리가 돌리게."

백낙신은 입가에 미소를 지었다. 향임까지 부를 필요가 없었다. 우매한 농민들이 관청의 일을 속속들이 알 리도 없을 테고, 수결이야 진무서리가 하면 될 일이다. 어쨌든, 농민들이야 열심히 농사지어 정해진 부세만 제대로 우병영에 공납하면 될 일이다.

"그게, 그러니까, 향리가 출타한 마을이 많을 겁니다. 우병사 대감."

김희순은 백낙신의 마음을 먼저 떠보았다.

"어떻게 하면 되느냐?"

"향임들을 부르면 될 낌더."

일단 우병사 백낙신이 걸려든 것 같아 김희순은 미소를
몰래 지었다.

"향임이 마을 일을 좌지우지하지는 못할 거 아니냐?"

백낙신은 일이 커지는 것을 원하지 않았다. 훈장이 알게
되면 마을 사람들도 당연히 알게 될 것이고 그러면……. 음,
그렇게 되면 농민들이 격해지는 것은 불을 보듯 뻔했다.

"그렇지 않사옵니다."

"그렇지 않다니?"

"가이곡과 원당리, 내평리, 가이곡리는 향리들을 부르고
마동리는 훈장을 부르면 될 낌더. 그라고, 향청에서 좌수와
좌우 별감들을 불러들여 함께 의논하시면 문제 될 게 없심
니더."

김희순은 내평리 유계춘을 염두에 두었다. 이번 기회에
우병영 일에 가타부타 말 많은 그자를 없앨 수 있는 절호의
기회였다. 농민들이 들고일어나더라도 올봄 전임목사처럼

도결은 해 보지도 못하고 물러나는 일은 없을 것이다.

'비변사에 등소 하겠다고 으름장까지 놓다니, 나쁜 놈……'

이번에야말로 가만두지 않을 것이다. 김희순은 입술까지 꽉 다물었다.

백낙신도 금세 눈치를 챘다.

"알았네, 소문나지 않게 빠르게 처리하게."

통환 시행은 빠를수록 좋았다. 목사가 이미 도결을 시행했으니 지체할 수도 없었다. 근무 기간을 아무리 길게 잡아도 내년 단오를 넘기지 못할 것이다. 적어도 그 안에는 거둬들여야 뒷돈으로 바친 이천 냥의 곱절은 챙겨야 수지가 맞는 일이다. 제깟 놈이 진무서리라고 아무리 날뛰어도 부처님 손바닥 안이라는 것을 이제는 알아차렸을 것이다.

'우병영 병마절도사 아닌가. 암, 그렇고말고.'

백낙신은 의기양양했다. 미소까지 지으며 진무서리를 빤히 내려다보았다.

"예, 대감, 이른 시일 내로 향청에 통지 하겠심니더."

동헌 마룻바닥에 머리를 처박은 김희순은 침까지 질질 흘렸다.

"그렇게 하시게."

백낙신은 철릭 한 자락을 허리춤에 거둬 붙이고 진무서리가 마룻바닥에 흘린 침을 발바닥으로 쓰윽 문질렀다.

어젯밤 수청기생의 젖무덤이 눈앞을 아른거렸다.

"고얀 년, 앙탈을 부리다니……."

"난향루로 가자."

몸뚱이를 배배 꼬며 요리조리 피하던 기생년이 설핏해 백낙신의 음흉한 미소가 입가에 번질거렸다.

10,

교리 댁에 들를 참으로 유계춘은 집을 나섰다. 서찰도 외숙부 편으로 전해 놓았다. 이명윤은 홍문관 부교리까지 지냈으니 드레도 있었다. 벼슬도 마다하고 내평리 아랫담으로 낙향했다. 권력을 탐하지 않는 용기야 본받을 만해도 국법이 먼저라는 그의 소신은 마을 대소사大小事에는 도움이 안 되는 것도 사실이었다. 게다가 재물을 밝힌다는 소작인들의 입소문이 마을에 퍼지면서 그의 집을 드나들던 사람들의 발길도 줄었다.

아랫담까지는 반 마장 정도라 바삐 걸으면 한겻[92]이면 충분하다. 덕천강을 따라가면 산비탈 길이 끝나는 양지바른 마을이라 서두르지 않아도 저녁나절이면 집으로 돌아올 수 있을 것이다. 목사가 도결을 시행 중이고, 우병영에서 통환까지 실시한다는 소문이 파다한데, 유계춘이라고 툇마루에 앉아 덕천강 강물 소리만 들을 수 없었다. 쓸모없는 이명윤의 의견이라도 들어볼 참이었다.

올봄에는 마을 사람들이 힘을 합쳐 전임목사가 시행하려던 도결을 혁파[93]했다. 그때도 이명윤의 조언을 들었지만, 마을 사람들의 의견과 달랐다. 물론 마을 사람들의 단결된 힘이 전임목사의 욕심을 막아냈지만.

'여섯 냥 닷 푼이나 된다고!'

미친놈들이다. 흉년이 들어 농민들이 굶어 죽는데, 목사가 부임하자마자 도결을 결행하더니 우병영에서는 백골징포를 거두려고 야단들이다. 이제는 통환까지 시행한다는 소문이 파다했다.

---

92 한겻 : 하루 낮의 4분의 1쯤 되는 동안. 반나절.

93 혁파(革罷) : 낡아서 못 쓰게 된 기구·법령·제도 따위를 없앰.

"백골징포라니……. 그것도 두 필이나…….."

죽은 사람까지 군포를 매기다니, 말이나 되는 소린가. 목사도 나쁘지만, 우병사는 더 나쁜 놈이었다 등소를 하던지, 격쟁이라도 하지 않으면 농사꾼들만 힘들어질 것이다. 농민들이 굶어 죽어도 부세만 거둬들이면 된다는 관가의 짓거리가 해도 해도 너무했다.

이명윤을 만나는 게 유계춘이라고 편할리 없었다. 올봄 도결 문제로 앙금도 남았다. 그의 고변으로 진무청에서 두 달이나 옥살이해 서먹서먹한 것도 사실이었지만, 이번 도결과 통환은 한꺼번에 일어났으니 앙금이 남아있다고 만나지 않을 수도 없었다.

이명윤도 도결과 통환을 피하기는 어려워 보였다. 올봄 도결 때에도 제외되지 않았다. 조신이라 주장하며 제외해 달라고 동헌에 들렀다는데, 목사는커녕 아전들에게 문전박대를 당했다는 소문이 온 마을에 자자했다.

유계춘은 하늘을 쳐다보았다. 두류산에 먹구름이 잔뜩 끼어 몽니라도 부릴 것 같았다.

"눈이 오려나, ……?"

녹두실재를 향해 발걸음을 재촉했다. 박수익 밭 자락이

보였다. 소출이 소수[94]났다고 땀을 훔치며 메꿎게[95] 웃던 모습이 설핏했다. 그러면 뭐하나. 한 톨도 남겨두지 않고 탈취당했으니. 부아가 날만 했다. 어둡고 음산한 우금을 지나려면 머리카락이 쭈뼛거렸는데, 사람 손길이 닿은 밭이라도 보여 그나마 다행이었다.

고갯마루에 올라서니 칼바람이 매서웠다. 뽀얀 입김이 눈 앞을 가렸다. 유계춘은 목에 둘렀던 휘양건 끈을 당겨 귓불을 감쌌다. 어머니 온기가 전해졌다. 뒤란 굴뚝 옆에 땅을 파고 옹기에 감춰두었던 벼 이삭을 꺼내 절구에 빻으면서 절굿공이가 가볍다며 환하게 웃던 어머니 모습이 설핏했다.

'기껏 농사지어 이배吏輩들 뱃속에 기름칠만 하다니…….'

유계춘은 어금니를 깨물었다. 환곡[96]을 신청하자니 갚을 일이 막막했고, 그렇게라도 하지 않으면 식솔들을 굶겨야 한다. 그 또한 못 할 짓이었다. 환곡을 못 갚은 마을 사람들의 야반도주가 갈수록 많아졌다. 웃담 정출의 가족은 한가

---

94 소수나다 : 그 땅의 농산물 소출이 증가하다.

95 메꿎다 : 고집이 세고 심술궂다.

96 환곡(還穀) : 사창(社倉)에 저장한 곡식을 봄에 꾸어 주었다가 가을에 이자를 붙여서 거두던 일.

윗날 새벽에 종적을 감췄다. 얼마 전에 소문을 들었는데, 내원골에서 화전을 일군다고 했다. 해마다 종적을 감추는 마을 사람들이 늘어나는 게 안타깝다 못해 부아가 났다. 내년 보릿고개가 다가오면 야반도주하는 사람은 더 많을 것이다. 그도 외숙부 소작농을 부쳐 먹지만, 남는 게 없어 힘들기는 마찬가지였다. 다가올 보릿고개가 눈앞을 어른거렸다.

박수익의 밭에 보리가 된서리를 맞았는지 시퍼렇다. 서릿발 때문인지 논바닥이 버름[97]했다. 밟아주지 않으면 내년 보리농사도 글러 보였다. '보리는 익어도 고개를 숙이지 않는다.'라며 서안을 물리며 아전들의 갓걸이 놀음을 비아냥거리던 아버지가 설핏했다. 어렸을 때여서 무슨 말인지 알아듣지 못했지만, 지금에야 조금은 이해할 것 같았다. 이대로 가다가는 죄다 도망가고 마을에는 한 사람도 남지 않을지도 몰랐다. 그러나 기껏해야 격쟁이니 산호 따위밖에 마땅한 방법을 찾을 수 없었다. 망궐례 때 격쟁이라도 하려면, 병사들에게 둘러싸인 목사나 우병사 앞까지 나아가기도 어려워 유계춘은 철시를 염두에 두었다.

___

97 버름하다 : 물질이나 물건의 틈이 꼭 맞지 않고 좀 벌어져 있다.

"철시[98]라…….."

적어도 진주목 저잣거리 상거래는 죄다 무너뜨릴 수 있을 것이다. 그래야 장꾼들과 농민들이 호응할 것이다. 동헌에서도 감시가 심할 것이다. 철시에 대한 국법도 지엄해 실패하는 날에는 죽음을 각오해야 하는 일이었다. 하지만, 더는 물러날 곳도 없었다.

이명윤은 홍문관 교리를 제수받았는데, 조정에 출사하지 않고 내평리에 눌러앉았다. 그는 학문이 높아 진주목에서는 학문을 견줄 자가 많지 않았다. 성정도 곧아 드레한 선비로 고을에서 칭송이 자자하지만, 유계춘의 생각은 달랐다. 그의 학문이 얼마나 높은지 알 수 없어도 임금의 친척으로 글깨나 아는 시골 양반 그 이상도 이하도 아니었다. 게다가 과거에 급제해 홍문관 교리를 제수받은 한낱 벼슬아치일 것이다. 겉으로는 잰 체하면서 돌아앉아 갖은 이익을 챙기는, 결국, 갓걸이 놀음이나 하는 그저 재산이나 가진 양반 쪼가리에 불과할 것이다.

어쭙잖은 지식으로 남을 가르치려 들지 마라. 학식이 높아도 행동하지 않으면 그게 어디 아는 것인가라던, 조계 할

---

98 철시(撤市) : 시장·점포 등이 문을 닫고 영업을 하지 않음. 철전.

아버지는 아예 벼슬에 나가지도 말라고 했다. 그 유지를 지키려고 대대손손 과거를 보지 않고 시골에 눌러앉아 의연한 척했지만, 먹고 사는 일조차 해결하지 못했다. 그렇다고 세상 돌아가는 꼴까지 내버려 둘 수 없었다. 숨차고 힘들어도 그른 것은 그른 것이다. 그대로 놔둘 수는 없는 일이다. 부모를 봉양하지 못하고 식솔이 배곯아 죽어가는 것을 눈앞에 보면서 양반 놀음이나 할 수 없었다. 유계춘은 어금니를 꽉 깨물었다.

지난밤 안방에서 흐느끼는 아내를 모른 척 외면했던 유계춘의 마음도 찢어질 것 같았다. 두어 달은 지난 일이지만, 낳자마자 핏덩이를 땅에 묻은 자식을 쉽사리 잊는 어미는 없을 것이다. 그의 마음이 이렇게 지난[99]한데 아내야 오죽했겠는가. 습습[100]하지 못한 게 야속하겠지만, 아내에게 어떤 위로의 말도 해주지 못했다. 양반이면 뭣하나 토지가 없고 돈이 없으면 배를 굶는 게 당연한 일처럼 되었다. 돈이 있거나 논 되지기라도 있어야 그나마 양반행세를 할 수 있는 세상이다. 하지만, 돈 버는 일조차 버거웠다.

---

99 지난하다(至難—) : 지극히 어렵다. 심난(甚難)하다.
100 습습하다 : 활발하고 너그럽다.

유계춘은 두류산 천왕봉을 바라보았다. 그 큰 뜻이 어디에 있는지, 무엇을 해야 하는지 물어보아도 언제나 묵묵부답黙黙不答이었다.

숯을대문이 하늘을 찔렀다. 유계춘이 내평리로 이사할 때만 하더라도 이명윤의 집을 드나드는 식객들이 많아 사랑채는 늘 북적거렸는데, 담장 너머로 바람까지 스산하게 넘나들었다.

"이리 오너라!"

떡쇠가 대문을 빼꼼히 열더니 고개를 내밀었다.

"이이고, 나리 아잉교?"

"교리 영감 계신가?"

올봄에 등소 준비를 하면서 자주 보았던 터라 안면이 있었다. 두어 달 전에 언년이와 혼인해 아랫담 초입에 신혼살림을 이명윤이 차려줬다는 말은 들었다.

"그래, 떡쇠구나, 교리 영감 계신가?"

"예, 나리, 아침 일찍 읍에 나가 아직 안 왔심더."

떡쇠는 교리가 사랑방에 있다는 것을 알았지만, 미리 언질을 받은 터라 바른대로 말은 못하고 더듬거렸다.

"언제쯤 온다고 하더냐?"

"모리겠심더."

떡쇠가 눈을 껌뻑거렸다. 집 안에 있다는 뜻이다. 유계춘도 모르는 척 시침을 뚝 뗐다. 이명윤이 집 안에 있으면서 없다고 말하라고 일렀는데, 언제 돌아올 것인지 노비 따위가 감히 말할 수 없을 것이다.

"그렇구나."

기운이 빠졌다. 어쩌면 이명윤은 도결에서 제외해 달라고 관아에 읍소하려다가 목사에게 퇴짜 맞은 게 소문이 났으니 만날 면목이 없었을지도 모를 일이다.

"나리, 다음에 또 오이소."

"알았네, 담에 또 오지."

이명윤은 사랑에서 떡쇠가 대문 빗장 거는 소리를 들었다. 지난번 생원 정자약이 보냈던 서찰도 박수익에게 보냈던 서찰도 아직 답신을 못 받았다. 이 상황에서 별도로 유계춘을 만날 일은 없었다.

이명윤은 유계춘을 믿지 않았다. 게다가 거칠었다. 학식이 있고 없고 문제가 아니었다. 일을 처리할 때는 명확하게 하는 게 도리다. 그런데 올봄에 도결을 혁파하려고 집집이 염출했던 돈이 분명히 남았는데 유계춘은 돌려주지 않았다. 유계춘이야 야속하다고 하겠지만, 감영에 고변할 수밖에 없었다. 이명윤은 사랑채 누마루에서 돌아가는 유계춘을 멀찍이 바라보았다.

"……이르지, 이르고말고!"

그렇다고 박수익이나 정 생원의 소식을 마냥 기다리려니 답답해 이명윤은 혼자 말을 중얼거렸다.

11,

"여섯 냥 오십 전이라니 말이 됩니꺼?"

유계춘 목소리가 울타리 밖에까지 들렸다.

"우짜모 되노?"

박수익의 목소리도 들렸다.

이명윤은 검동의 사립문 앞에서 걸음을 멈췄다. 도결 혁파가 급선무이기는 하지만, 체면을 무릅쓰고 노비 집을 들어설 수가 없었다. 박수익의 기별을 받고 산기촌까지 먼 걸음을 했는데, 막상 돌아가려니 선뜻 마음이 내키지 않았다.

"기제? 말이 안 되지, 그러니까 어떤 조치가 있어야 한다

카이."

박수익의 목소리가 또다시 들렸다.

"잘못했다가는 곤장만 뒈지게 맞고 쫓겨날 텐데, 뒷감당
은 누가 할라꼬?"

박수익은 비변사에 등소를 했다가 무고죄로 혼쭐이 난
적이 있어, 이번 등소가 걱정되는 모양이었다. 세월이 흘러
도 쉽게 잊히지 않을 것이다. 이명윤도 도결에서 제외해 달
라고 감영을 방문했으나 목사 낯짝도 못 봤다. 이번 도결은
올봄과는 달랐다. 도결과 통환이 동시에 시행되어 농사꾼
들이야 당연히 감당하기 어렵겠지만, 재산깨나 있는 양반들
도 버티기는 쉬워 보이지 않았다. 소작인에게 물리는 것도
한계가 있었다. 그렇다고 전직 조신이 마을 사람들의 존경
받는 것까지 포기할 수 없었다. 당장은 문제가 안 돼도 앞으
로가 더 걱정이었다. 아전들의 행패는 날이 갈수록 심해질
것은 자명했다. 이대로 어물쩍 넘어가면 머잖아 아전 나부
랭이들에게 뒷덜미를 잡힐 것이다. 이명윤은 마음을 다잡
았다.

"으흠……."

이명윤은 일단 기침을 했다.

"눈교?"

검동이 방문을 열었다.

이명윤이 방안으로 고개를 디밀었다. 고린내가 진동했다. 낡은 윷판이 방 한가운데 펼쳐져 있었다. 박수익이 윷가락을 종지에 담아 막 던질 태세였고, 윷판 주위를 마을 장정 네댓 명이 빙 둘러앉아 있었다. 언뜻 보기에는 동빽이[101]를 놀고 있었다.

"뭐하노?"

방 안 사람들의 시선이 일제히 이명윤에게 쏠렸다.

"교리 어른이 우짠 일 인교?"

검동이 사립문 바깥을 살폈다. 이명윤이 끄나풀을 달고 왔을지 모를 일이었다.

"뭐하나 와봤다 아이가……."

유계춘이 이명윤을 힐끗 보았다. 검동의 집까지 찾아온 것을 보니 도결이 엔간히 신경 쓰였던 모양이었다. 전직 조신이라도 아전들에게는 별 볼 일 없는 시골 양반이라는 것을 이제야 감 잡은 것 같았다. 올봄에도 큰소리치더니 결국 등소장에 마지막으로 수결했다. 마을 사람들의 으름장

---

101 동빽이 : 윷가락이 짧은 어른들의 윷놀이, 경상도 방언.

에 목사가 도결을 포기했기 망정이지 그렇지 않았으면 꼼짝없이 결전을 물었을 것이다. 어른 대접을 받으려면 그만큼 책임도 따르는 법이다. 체면이 있으니 행동하는 것까지 바라지 않아도 염출 몇 푼 안 내려고 격에도 안 맞는 생색이나 내다니 어른답지 못했다. 염출 몇 푼 되돌려 받으려고 노비를 수십 번 보내질 않나, 그것도 모자라 우병영에 고변까지 했다. 재물이라면 체면 따위는 신경 쓰지 않는다는 것을 모르는 바 아니지만, 이명윤의 졸렬한 행동까지 이해하려니 꼴사나웠다.

"……."

이명윤이 대답 대신 유계춘을 힐끗보았다.

"동빽이 노는 거 안 보이능교?"

유계춘이 퉁명스럽게 대답했다. 며칠 전, 교리 댁에 들렀을 때도 만나주지 않았다. 떡쇠의 귀띔으로 알았지만, 집안에 있으면서 만나주지 않는 교리 따위가 이회까지 오다니 못마땅했다. 염출 몇 푼에 목숨을 거는 전직 조신 따위와 마을 대소사를 의논할 이유가 없었다. 어쨌든, 교리 이명윤이 검동 집까지 찾아온 것은 의외였다.

"교리 어른이 우짠 일인교?"

유계춘이라고 이명윤의 방문이 반가울 리 없었다. 우병영 진무청에서 옥살이를 할 때 어머니가 이 교리 댁을 열 번도 더 찾아가 도와달라 애원해도 외면하더라고 아내가 입에 거품을 물었다. 결국, 외숙부가 대신 돈을 갚겠다고 우병사 백낙신에게 약속한 뒤에야 그는 진무청 옥사에서 풀려났다.

"그게, 그러니까……."

이명윤은 마땅한 말을 찾을 수 없어 우물쭈물했다. 주위를 둘러보았다. 미륵골 박수익, 용봉 이귀재, 대장장이 박수건, 육촌 동생 이계열, 유계춘의 외사촌 정지구, 지우 형제, 고종사촌 강쾌, 집주인 검동, 올봄 등소 때 참여했던 지도자들은 대부분 보였다.

방안 사람들이 이명윤을 일제히 바라보았다.

엉겁결에 방까지 들어왔으나 이명윤은 금방 후회했다.

"내가 잘못 온 것 같으이……."

이명윤이 자리에서 일어났다.

"교리 어른, 누추하지만, 일단 들어왔으니 앉으소."

박수익이 이명윤을 눌러 앉혔다.

"내가 앉아도 되는 자리가?"

이명윤이 엉거주춤 엉덩이를 방바닥에 붙였다. 군불을 땠는지 방바닥이 따끈거렸다.

"마을 일인데, 들어야지요."

박수익이 말했다.

유계춘은 애써 이명윤을 모른 척 외면했다.

"무슨 일인데?"

이명윤은 박수익에게 말했다.

지난번 보냈던 서찰에 대한 답변을 이회로 가름하려는지 박수익도 별다른 말을 안 했다. 그렇다고 다른 사람들이 모인 자리에서 서찰 이야기까지 할 수 없었다. 눈치를 주었지만, 아는지 모르는지 그는 무표정으로 일관했다.

박수익도 신경이 쓰였다. 이명윤에게 이회에 참석하라 기별은 했지만 후회하고 있었다. 가만있기도 불편했다. 소문이라도 퍼져 향임이나 훈장이 알면 우병영에 알려지는 것은 시간문제였다. 차라리 합류시켜 말이 새나가는 것을 미리 막아 두는 게 오히려 이로울 것 같아 주저앉혔다.

박수익은 유계춘을 힐끗 바라보았다. 이심전심인지 고개를 끄덕였다.

"교리 어른, 오늘 모임은 도결도 그렇지만, 우병영에서 통환을 추진한다는데 어떻게 대응할지 의논 중입니더."

박수익이 이회의 취지를 솔직하게 말했다.

이명윤의 눈이 갑자기 빛났다.

"나도 들었네. 그래, 어떻게 할 참인가?"

이명윤이 솔직하게 말해주어 유계춘은 차라리 잘 됐다는 생각이 들었다.

"그래서 말인데요, 교리 어른, 올봄처럼 등소를 하던지 다음 달 초하루 삭망 일에 목사가 망궐례를 할 때 격쟁이라도 해야 안 되겠능교."

이참에 이명윤이 무슨 생각을 하는지 유계춘도 알고 싶었다.

"망궐례라면 정월 초하루 말인가?"

"야."

이명윤은 잠시 머뭇거리더니 말을 꺼냈다.

"수익이 생각은 어떤노?"

이명윤은 유계춘을 제쳐두고 박수익에게 말했다.

"의논 중인데, 소문에는 목사가 워낙 완강해 정읍呈邑[102]으로는 힘들 것 같고요, 올봄처럼 한양 비변사까지 갈 각오

---

102 정읍(呈邑) : 읍에 소장을 내는 행위.

까지 해야 할 것 같십니더."

박수익이 말했다.

"그렇긴 하네만……."

이명윤은 말꼬리를 흐렸다.

"다른 방법이 없지 않은가?"

"그래서 이렇게 모인 거 아인교."

유계춘은 교리 이명윤의 의중을 파악하려 했으나 그의 모호한 표정으로는 가늠하기 어려웠다. 이해할 것 같았다, 조정의 녹을 먹었던 조신이니 함부로 처신하기도 마땅찮았을 것이다. 올봄에도 우물쭈물하더니 뒤늦게 정읍에 참여하면서 염출까지 독려했다. 올봄처럼 두 냥 다섯 푼도 아니고 여섯 냥이 넘는다고 했다. 게다가 우병영에서 통환까지 있을 거라는 소문이다. 마을 사람들의 목숨이 경각에 달렸다고 해도 과언이 아니다. 가만히 앉아서 굶어 죽으나 싸우다 죽으나 어차피 죽기는 마찬가지다. 차라리 야반도주라도 해 두류산으로 들어가 화전을 일구는 게 나을지도 몰랐다. 추수한 지 겨우 두어 달 지났다. 그런데 당장 끼닛거리도 떨어진 집들이 수두룩했다. 저들이 하는 대로 순순히 넘어갈 일은 더더욱 아니었다.

"향리가 무슨 말을 안 해주더나?"

이명윤은 의외로 관심이 많아 보였다.

유계춘은 이명윤이 합류한다면 그나마 방법은 찾을 수 있을 것 같았다.

"그 새끼들은 아전들이 시키는 대로 주둥이만 나불대는 거 모리는교?"

무실장(수곡장) 대장장이 박수견이 한마디 거들었다.

"……."

대장장이 말이 퉁명스러웠던지 교리 이명윤은 입을 다물었다.

"소문만 들었지 아직 아무 말 없었심니더."

박수익이 부연 설명을 하자 이명윤은 잠자코 있더니 자리에서 일어났다.

"그럼 나, 먼저 가겠네."

유계춘은 괜히 이회 정보만 노출한 것 같아 걱정이 앞섰다. 이명윤은 재산도 많은데 굳이 소작인들이나 대장장이 따위와 의견 나눌 이유가 없을 것이다. 자칫 그가 고변이라도 하는 날에는 오늘 이회가 진주목이나 우병영 아전들의 귀에 금방 들어갈지 모를 일이다. 얼마 전 진무서리가 이명

윤 집에 다녀갔다는 소문을 난향루 주모가 귀띔해줘 유계춘
은 알고 있었다.

"수익이, 앞으로는 신중하게 모여야겠네."

"알았네."

이명윤에게 기별했던 박수익이 미안했던 모양이었다.

"걱정하지 마시게, 이 교리는 내가 입단속 하겠네."

구석에서 조용히 앉아 있던 이계열이 말했다.

"그라머 계열이 성님이 이 교리 입단속 부탁하겠심더."

"알았네."

이계열이 방문을 열고 이명윤 교리를 뒤따라 나갔다.

12,

"훈장 어른, 마을이 시끄럽지요?"

김희순은 훈장 정영장을 빤히 바라보았다.

"말도 마소, 사람들이 몰려다니는 게 예사롭지가 않습니
더."

정영장이 비굴하게 웃음을 날렸다.

"그래요……."

우병사의 압박도 있었지만 사실, 도결에 대한 말 많은 사람들의 동태를 파악할 참이었다. 딴꾼을 내평리로 보냈는데도 신통한 정보가 없어 직접 챙기려고 마동리 훈장 정영장의 집에 들렀다가 읍으로 돌아가는 중이었다. 오산들을 지나는데, 가화천을 건너는 마동리 정자약이 눈에 띄었다. 돌다리를 건너 곧장 가면 미륵골이고, 덕천강으로 내려가면 산기촌 길이다. 그곳에는 그의 외거노비 검동의 집이다. 무슨 일일까. 볼일이 있으면 노비를 시키면 될 터인데 직접 나서는 게 수상쩍었다.

검동이 놈은 군역도 덜 채웠다. 두어 번 주의를 시켰는데 꿈쩍하지 않았다. 노비가 감히 주인의 군역을 빼먹다니 간땡이가 부어도 한참이나 부은 놈이었다.

"무슨 꿍꿍이를 벌이지?"

김희순은 덕천강 강가에 몸을 숨겼다. 이명윤이 가화천을 따라 내려왔다. 녹두실재를 넘어오는 모양이었다. 오산들길을 바삐 걸어가는 유계춘도 보였다.

"도대체 무슨 일이지…… 이회를 하려나……."

올봄에도 내평리 사람들이 비변사에 등소하겠다고 으름

장을 놓더니 아나나 다를까, 객사 앞에서 농민들이 난리를 피우는 바람에 우병영에서는 통환을 시행한다는 말조차 꺼내지 못했다. 내평리 사람들이 산기촌으로 속속 모여드는 게 아무래도 수상쩍었다. 당장은 도결 문제로 왈가왈부 말은 많아도 올봄에 비해 조용한 것도 이상했다. 통환을 시행한다는 소문도 이미 돌았을 것이다.

김희순은 서둘러 우병사를 찾았다.

"대감, 큰일 났심더."

"무엇이 말인가?"

백낙신은 눈을 크게 떴다.

"통환 말입니더. 더 늦췄다가는 실시하기도 전에 지난해처럼 무산될 것 같심더."

김희순은 눈깔을 희번덕거렸다.

"대감, 통환 시기를 조금이라도 당기는 편이 나을 것 같심더."

"그게 무슨 말이냐?"

"도결을 혁파하려고 남면에서 이미 등소 준비를 하는 것 같심더."

"알았다. 그러면 낼이라도 향리들을 향청에 모이도록 연락을 취하도록 해라."

백낙신은 김희순이 무슨 말을 하는지 금방 알아차렸다. 이미 진주 목에서 도결을 시행했으니 농민들이 가만히 있지 않을 것이다. 지난해 봄에도 어영부영하다가 시기를 놓쳐버렸다.

"대감, 모레 정오까지 향리들을 소집하겠습니다."

김희순의 입꼬리가 귀때기에 걸리는 것을 백낙신이 놓칠 리 없었다.

'무슨 꿍꿍이를 부리려고 저러지?'

"그렇게 해라."

김희순이 운주헌[103]을 나가자 백낙신은 이방 권준범을 불렀다.

"이방 있느냐?"

"예, 대감, 이방 들었십니더."

"그래, 시킨 일은 조사했느냐?"

"예, 우병사 대감, 내평리 유계춘의 집을 이미 조사해 놨심더."

---

103 운주헌(運籌軒) : 우병영 병마절도사의 집무공간(촉석성 내에 있음).

권준범은 며칠 전에 마동리 훈장 정영장의 노비를 시켜 비밀리에 조사시켰던 일을 생각하면서 슬며시 미소를 지었다.

"우후는 어디 있느냐?"

"촉석성 남문을 순시하는 중이라고 연락 받았심더."

백낙신은 권준범의 낭랑한 목소리가 마음에 들었다.

"당장 동헌으로 들라 일러라."

"예, 대감."

권준범이 내삼문으로 내달렸다.

　사립문 밖에서 사람들 웅성거리는 소리에 내평댁은 베틀방 방문을 열어젖히고 바깥을 내다보았다.

"눈교?"

"빨리 찾아!"

병사 수십 명이 사립문을 때려 부수고 느닷없이 집안으로 들이닥쳤다.

"아이고, 나리 무신 일인교?"

내평댁은 눈앞이 캄캄했다. 맏아들이 무슨 일을 저지른 게 틀림없었다. 한두 번 있는 일도 아니었다. 지난번에도 진무청에 구금되어 곤욕을 치르더니 이번에는 또 무슨 일을 저질렀는지……. 그만둘 때도 됐건만 맏아들은 멈추지를 않았다. 마을 일이라며, 굳이 나서서 화를 자초하다니……. 그렇다고 옳은 일 하겠다는데 나무랄 수도 없었다.

"아이고, 무신 일인교?"

내평댁은 사시나무처럼 몸을 부들부들 떨었다.

"저리 비켜, 할망구야!"

병사 한 놈이 내평댁을 밀쳤다. 그녀는 외양간으로 앞으로 나가떨어졌다. 목화씨를 앗던 며늘아기가 뛰어나와 내평댁을 안았다.

"어머님!"

유계춘의 아내가 비명을 질렀다.

"아이고, 아이고, 저놈들이 노인을 죽이네!"

유계춘의 아내가 병사들에게 기를 쓰고 달려들었다. 아들 정우가 제 어미를 막으며 버텼다.

"무신 일인교? 말을 해야 할 거 아인교?"

"아 새끼가 와이리 날 뛰노, 저리 비껴!"

병사들이 창으로 후려쳤다. 정우가 짚 낟가리에 나가떨어졌다. 안방을 뒤지던 병사들이 밖으로 나오더니 광으로 몰려갔다.

"아무것도 없는데요?"

병사 한 놈이 사립문을 바라보았다. 우후 신효철이 이방 권준범을 쳐다보며 그것 보란 듯이 눈을 부라렸다.

권준범은 머리를 갸웃거렸다.

"분명히 집안에 있다고 했는데……."

"장독대 옆 볏가리 밑을 뒤져 봐라."

권준범이 볏가리를 가리키자 병사들이 우르르 달려들었다.

"아이고, 안 됩더."

내평댁이 자지러지며 병사들에게 달려들었다.

병사들이 거적을 잡아채자 독 뚜껑이 나타났다.

"열어봐!"

권준범은 그것 보란 듯이 어깨를 으쓱거렸다. 신효철도 깜짝 놀랐다. 쌀독을 땅속에 감춰놓다니 그는 눈을 휘둥그레 떴다.

"열어봐!"

신효철이 명령을 내렸다. 독 뚜껑 깨지는 소리가 요란했다.

"아이고, 안 됨더."

내평댁이 독을 감싸 안으며 몸서리를 쳤다.

"저리 비켜! 이 할망구가 노망났나!"

"안 됨더. 영감 메밥 지으려고 남겨둔 쌀인데, 아이고 이 놈들아……."

내평댁이 악을 쓰더니 실신하고 말았다. 유계춘의 아내는 실신한 내평댁을 껴안고 실신했다.

"쌀 두어 됫박밖에 안 되겠는데요?"

병사가 시무룩하게 대답했다.

"그럴 리가……."

권준범은 쌀독을 숨겨놓았다는 정영장 놈의 말만 들었지 얼마나 숨겨놓았는지 확인하지 않았다. 어쨌든, 많고 적고의 문제가 아니었다. 그에게는 유계춘의 어머니가 쌀을 감췄다는 사실이 중요했다.

"자 확인했으니 돌아가자. 그리고 쌀은 증거물로 챙겨라."

신효철은 어이가 없었다. 아무리 그래도 그렇지, 쌀 두어 됫박을 증거물이라고 챙기는 이방 권준범을 멀거니 바라보았다.

오산마을을 지나려는데 박수익이 다급하게 유계춘을 잡아채 고샅으로 들이밀었다.

"계춘아, 일단 미륵골로 가자."

"와, 무신 일이고?"

유계춘은 초군들의 근황을 살피러 초군청을 다녀오는 길이었다.

"이유는 모리겠고. 너거 집에 병사들이 쳐들어와 쑥대밭으로 만들어 뿟다 아이가. 지금 가면 니도 붙들려 갈 수 있으니 일단 우리 집으로 먼저 피하고 보자."

"어무이는 우째됐노?"

"실신했다 카던데 아직 모리겠다."

유계춘은 우병영의 짓이라는 것을 눈치챘다. 어제 저잣거리에 소문이 돌았다. 도결에 반대한 놈들을 색출하라고 우병사 백낙신이 벌써 명령한 뒤라고, 게다가 걸리는 데로 잡아들일 거라고 주막 주모가 귀띔을 해줬지만, 설마, 이렇게 빨리 집까지 들이닥칠 줄은 몰랐다.

유계춘은 박수익을 따라 산기촌을 지나 가화천을 따라 올라갔다. 미륵산 기슭에 숨었다가 밤이 이슥해지면 녹두실재를 넘어 내평리 집으로 갈 참이었다. 병사들이 덕천강을 건너는 게 보였다.

박수익이 유계춘을 어깨를 눌러 주저앉혔다. 그의 말대로 일단은 피하는 게 옳을 것 같았다. 한두 번 당한 것도 아니었다. 어머니에게는 죄송한 일이지만, 노인을 잡아가서 태형은 못 할 것이다. 가진 게 없으니 문제 될 것도 없었다. 뺏어가 봐야 어머니가 힘들게 짠 무명 한두 필일 것이다.

밤이 이슥해서야 유계춘은 집에 도착했다. 사립문이 부서져 있었다.

"어무이……."

안방에서 아내가 부리나케 달려 나왔다.

"어디 갔다가 인자 오는교?"

아내의 얼굴에는 두려움과 반가움이 뒤엉켜 있었다.

"어무이는 우째됐노?"

"들어가 보이소."

유계춘은 안방으로 들어가 어머니 옆에 조용히 앉았다. 눈을 감고 있었다. 얼굴에는 아직 핏자국이 남아있었다. 마음이 아팠다. 하릴없이 빈둥거리는 것도 모자라 집안까지 쑥대밭을 만들어 놓았으니 기가 막혔을 것이다. 남의 일에 나서지 말라던 어머니 말이 떠올랐다. 땅뙈기가 있는 것도 아니었다. 남의 땅이나 부쳐 먹는 주제에 소작료를 더 달라며 내어주면 그뿐이었다.

"애비 왔나?"

"야, 어무이, 괜찮능교?"

내평댁은 아무렇지도 않다는 몸을 털고 일어났다.

"마, 나는 괜찮다. 걱정하지 말아라."

"누워 계시소."

유계춘은 일어나려는 어머니를 말렸다.

내평댁은 가부좌를 틀고 앉아 맏아들을 똑바로 바라보았다. 올바르게 살려면 부모도 처자도 버릴 수 있어야 할 것이다.

"애비야, 니는 며칠간 덕산이라도 다녀오너라. 여 있으면 안 되겠다. 무슨 말인지 알겠나."

내평댁은 맏아들이 분명 무슨 사고라도 쳤다는 것을 직감했다. 그렇지 않고서야 우병영 아전 나부랭이들이 병사들을 끌고 와 다짜고짜 집안을 뒤질 리 없었다. 그녀는 시렁 귀퉁이에서 꺼낸 도래미줌치(두루주머니)를 맏아들에게 쥐여 주었다.

"빨리 집을 떠나거라."

"이기 뭡니꺼?"

유계춘은 돈이라는 것을 금방 알아차렸다.

"얼마 안 되지만, 그거 가지고 어서 집을 떠나거라."

내평댁은 얼굴을 돌렸다.

어머니 눈물 흘리는 소리가 유계춘의 귀청을 후볐다.

"메로 쓸 쌀도 빼앗아갔다면서요?"

유계춘이 집으로 들어오자마자 아내가 가리킨 볏짚 낟가리 밑에 땅속에 묻어둔 독이 생각나서 한 말이었다. 뚜껑이 깨진 것을 보아 이방 권준범의 짓일 것이다.

"메는 무신 메고, 죽은 사람이 제삿날에 밥묵고 간다 카더나. 걱정 말아라. 내가 다 알아서 니 아부지에게 말할 끼까네. 걱정하지 말고 두어 달 숨어 있어라. 때 봐서 기별할 테니 그때 오이라."

내평댁의 목소리는 단호했다.

"······."

"애미야, 애비 내보내고 문 닫아 뿌라 고마."

유계춘은 더는 민망해서 말을 꺼낼 수 없어 자리에서 일어났다.

"어무이······."

"고마 나가라 안카나."

내평댁은 돌아누웠다.

사립문 부수는 소리가 들렸다.

내평댁은 맏아들이 뒷문 닫는 소리가 듣자마자 자리에서 벌떡 일어났다. 방문을 활짝 열었다.

"오밤중에 무신 일인교?"

안방 문을 열려던 병졸들을 향해 내평댁은 눈을 부릅뜨고 이방 권준범의 멱살을 틀어잡았다. 하잘것없어도 양반은 양반 집이다. 드레는 있어야 한다. 그녀는 울타리를 넘는 맏아들을 보고 나서도 이방 멱살을 놓지 않았다.

"아니 이놈의 할망구가 누구 멱살을 잡아!"

"나쁜 놈, 이놈아, 네놈에게는 부모도 없더냐, 쌍놈 같으니. 여가 어디라고 감이 야밤에 양갓집에 들어와 행패를 부리느냐 몹쓸 놈 같으니!"

내평댁의 악쓰는 소리가 마을을 쩡쩡 울렸다.

2부

두류산에 눈이 내리다

1,

두류산이 먹구름에 갇혔다. 눈이 올 징조였다. 골짜기마
다 일어난 바람이 덕천강으로 빨려들어 천지가 암흑이다.
내평리에도 눈발이 돋았다. 미륵산을 기웃거리던 눈발이
내평 들판을 덮었다. 미륵산, 미륵이 산다고 붙여진 이름이
다. 그 영험이 다했는지 미륵은 떠나고 불상만 덩그렇게 남
았다. 덕천강은 옥녀봉에 부딪혀 내평들을 휘감고 돌아 오
산들을 동쪽으로 가로질러 경호강과 만나 비로소 남강이 되
었다. 장마 때마다 떠내려온 흙더미로 내평들은 기름졌다.

눈발은 새파랗게 언 덕천강을 온통 새하얗게 덮었다. 얼
음장은 단단해 숨길조차 틀어막아 강물은 숨을 헐떡거렸

다. 미륵이라도 돌아와 숨통이라도 틔워주면 이처럼 답답하지 않을 것이다.

개들이 마을 어귀를 향해 일제히 짖었다. 눈이 온다고 짖을 개들이 아니었다. 그런데 개가 짖었다. 내평리에 아전 나부랭이가 나타났다는 신호였다. 똥개들이 마을 후미진 곳까지 콧구멍을 들이밀며 킁킁거렸다. 농사꾼들은 그들을 똥개라며 두려워해도 개는 아랑곳하지 않았다.

유계춘은 뒤켠에서 눈 덮인 내평들을 바라보았다.

'똥개 새끼들!'

덕천강을 건넌 똥개 한 마리가 두루마기를 펄럭거리며 내평마을 아랫담으로 들어갔다. 대가리를 잘래잘래 흔들 때마다 상투에 매달린 말총갓이 달랑거렸다. 틀림없이 우병영 아전 나부랭이일 것이다. 일단, 피하는 게 좋을 것 같았다. 유계춘은 사립문을 나섰다.

"어디 갈라고?"

내평댁이 유계춘을 불러 세웠다. 마실[1]이 잦아진 맏아들이 신경이 쓰였다. 올봄에도 염출 문제로 우병영 진무청 옥사에 갇혀 애를 태우더니만 얼마 전에는 우병영에서 집안을

---
1 마실 : 마을의 방언.

들쑤셔놓았다. 집으로 돌아온 지 얼마나 됐다고, 또 마실 나다니는지……. 맏아들이 마뜩잖았다.

"강쾌 집에 다녀오려고요."

마동리에 들를 거라 둘러댔으나 어머니의 예리한 눈길에 유계춘은 뜨끔했다.

"거는 와?"

이득도 없는 마을 일에 관여하지 말라는 뜻일 게다.

"눈도 오고 해서요?"

"이월 초여드레가 니 아부지 기제사데이……."

아버지 기제사忌祭祀까지 두어 달이나 남았다. 어머니가 뜬금없이 다그칠 때는 미리미리 마음가짐을 다스리라는 뜻이다. 집안일은 제쳐두고 마을마다 돌아다니며 이회니 향회니 거기에다 읍 주막까지 들락거리며, 이득도 없는 일에 관여하는 맏아들이 위태위태하게 보였을 것이다.

"암더."

오늘따라 어머니 심기가 불편해 보였다.

"금방 다녀오께요."

유계춘은 굳이 이유를 말하지 않았다.

내평댁도 더는 다그치지 않았다. 말린다고 안 갈 위인도

아니었다. 옳은 일이라면 물불 가리지 않는 게 제 아비를 똑
닮아 남에게 피해 주지 않는다는 것쯤은 그녀도 알지만, 이
일 저일 주접떨고 다니면 실수하기 마련이었다. 걱정이 앞
섰다. 그렇다고 장성한 맏아들이 위태위태해 보여도 잔소
리까지 늘어놓을 수 없어 조심하라는 말밖에 할 수 없었다.

"늦기 전에 오이라."

"야, 금방 올낌더. 어무이, 걱정 마이소."

어머니의 걱정 소리를 들었는지 아내가 마루로 나왔다.

유계춘은 못 본 척 고개를 돌렸다.

"아부지 어데 가실라고요?"

맏아들 정두가 아내를 흘끔거리며 말을 붙였다. 쌀 석 되
가 없어 정두는 서당을 그만두었다. 천자문이라도 떼야 소
학을 배우든지 할 텐데, 당장 먹을 양식도 없는데 공부가 가
당찮다며 아내가 서당을 그만두라고 한 것도 알았다. 유계
춘은 마음이 아팠다. 아비가 벌이도 없이 파니 세월을 보내
니 딱히 할 말도 없었다.

유계춘은 아내가 이명윤의 집에서 허드렛일로 얻어온 곡
식을 서당 훈장에게 가져다주는 게 싫었다. 아이들 공부는
제쳐두고 아전 놈들과 짬짜미하기에 바쁜 훈장, 농민들의

피나 빨아먹는 거머리 같은 놈에게 배울 게 있을 리 없었다. 어머니가 알면 경을 칠 일이지만, 다행히 정두가 무던히 참아주어 아직 모르는 눈치였다.

"니는 몰라도 된다."

유계춘은 굴침[2]스럽게 아들에게 내뱉었다. 제 어미의 부탁이라도 받았는지 정두는 아내를 힐끗 보더니 금세 입을 다물었다. 아내는 행주치마에 손을 비비면서 정지(부엌)로 들어갔다. 정두는 뒤통수를 쓱 긁으며 장독대 옆에 쌓아둔 짚단을 옆구리에 끼더니 아래채 외양간에 들어갔다. 엇부루기가 우당탕거렸다. 내년에는 어미 소를 돌려주어야 한다. 외숙부댁에서 배냇소[3]로 들여온 지 이 년이 지나서야 엇부루기 한 마리를 낳았다. 좋아하던 아들 정우가 설핏했다.

온 세상이 새하얗다. 된바람이 세차게 불었다. 눈송이가 악귀처럼 마당을 휩쓸었다. 유계춘은 휘양건 턱 끈을 단단히 잡아맸다. 목화솜을 넣었는지 귓불이 따뜻했다. 미륵골로 가려면 덕천강을 돌아가는 길보다 녹두실재를 넘어 가화천을 거슬러 올라가는 게 빨랐다. 한 마장밖에 안 돼도 눈이

─────────────

2 굴침스럽다 : 어떤 일을 억지로 하려고 애쓰는 태도가 있다.
3 배냇소 : 주인과 나누어 가지기로 하고 기르는 소.

쌓인 고갯길은 만만찮았다.

내평리는 아랫담에 스무 집, 웃담에 서른 집이 모여 살았다. 내평들과 맞닿은 아랫담은 이명윤처럼 부유하고 떠세나 떠는 집들이고, 웃담에는 논 한 뙈기 없어 소작농이나 짓는 떨거지들만 모여 살았다. 야반도주한 집이 많아 지금은 스무남은 집밖에 남지 않았다. 허물어진 담벼락 너머 정출의 집이 보였다. 그는 한가위 전날까지 이 집에서 살았다. 사립문은 반쯤 찌그러졌다. 언뜻 보아도 빈집이었다. 야반도주하기 전날만 해도 내년 소작으로 고민하더니 다음 날 아침 흔적도 없이 사라졌다. 야밤에 도주했는지 새벽에 달아났는지 알 수 없지만, 굴뚝에 남은 연기 자국으로 보아 이른 새벽녘인 것 같았다.

유계춘도 도망갈 궁리를 여러 번 했다. 제 농사를 지으나 소작농을 지으나 관가에 바치는 부세는 다르지 않았다. 차라리 두류산에 들어가 화전이라도 일구면 속이라도 편할 것 같았다. 그러나 어머니가 살아계실 동안은 틀린 것 같았다. 정지구 집도 조용했다. 지구와 지우는 외사촌 동생들이다. 젊어서인지 마을 일에 적극적으로 나섰다. 올봄 등소장을 작성할 때도 유계춘이 방문 초안을 작성하면 지구가 마무리

했다. 물론 마지막 점검은 이명윤이 봐줬지만……. 지우와 수익이 필사했고 통문은 초군청 좌장 이계열이 초군들을 시켜 마을마다 돌렸다.

정지구 집을 유심히 살폈다. 안마당에 눈이 쌓였는데 치우지 않았다.

'야반도주라도 했나?'

다행히 뒤란 굴뚝에 불 땐 흔적이 보였다. 아직은 버틸만한 모양이었다.

고갯길이 하얗게 도드라졌다. 녹두실재에 올랐다. 바람이 세차게 불었다. 고개 초입 가화천으로 가는 길에도 눈으로 덮여 땅은 숨을 헐떡거리고 있었다. 유계춘은 휘양건을 벗어젖히고 하늘을 향해 두 팔을 쫙 펴들었다. 그리고 목청껏 소리를 질렀다.

"야아~."

눈송이가 우수수 떨어졌다. 찬 바람이 매섭게 달려들었다. 그래도 좋았다. 답답했던 가슴이 확 트이는 것 같았다.

"세상이 이처럼 시원했으면……."

가화천은 덕천강으로 흘러들었다. 강변을 따라 조금 더 올라가면 박수익이 사는 미륵골이다. 다랑논배미가 촘촘하게 산비탈에 붙었다. 그의 아내와 해마다 조금씩 개간한 천둥지기[4] 논이다. 가물지만 않아도 벼를 심으면 소출이 제법 날 텐데, 지난여름에도 가뭄으로 벼가 죄다 말라 죽었다. 한 톨도 건지지 못했다고 툴툴대던 박수익의 얼굴이 설핏 떠올랐다. 그나마 남은 곡식은 마동리 훈장 정영장이 지난해 밀린 이자라며 빼앗아갔으니 속이 새까맣게 탔을 것이다.

"골짜기에 못[5]이라도 만들어 보지?"

위로할 참으로 박수익에게 슬쩍 말을 던졌다.

"그라면 뭐 하노, 몽땅 털어 가뿔 낀데······."

박수익의 축 늘어진 어깨가 안쓰러웠다.

미륵골 산비탈에 박수익의 집이 보였다. 고샅을 지나 몇 걸음 더 오르면 그의 집이었다. 사랑채 굴뚝에 연기가 났다. 군불이라도 때는 모양이었다. 쥐똥나무 울타리에 삭정이 다발이 쌓여 열매는 보이지도 않았다. 겨울 땔감치고는 많았다. 사립문 옆에 장작이 곰살궂게 쌓인 게 저잣거리에 내다 팔 모양이었다. 머위 줄기가 울타리에 고개를 처박고 있었다. 웬만큼 비만 내렸더라도 줄기를 뜯어 무쳐 먹었지 남

---

4 천둥지기 : 천수답(天水畓).

5 못 : 넓고 깊게 팬 땅에 늘 물이 괴어 있는 곳《늪보다 규모가 작음》. 작은 저수지.

겨두지 않았을 것이다.

"수익이 있는가?"

박수익 아내가 방문을 열었다. 그녀 시어머니가 쓰던 베틀을 넘겨준 뒤 여러 해 소원하게 지냈다. 성정도 바자위[6]어서 유계춘은 얼굴을 함부로 마주 보지 못했다. 그러니까 홀앗이[7]로 이 정도 집안을 이뤘을 것이다. 지금이야 오해가 풀려, 그나마 농담을 주고받아도 그의 아내를 대하는 게 썩 편하지만은 않았다.

"어서 오이소!"

박수익의 아내가 방문을 열고 나왔다.

"수익이 오데 갔심니꺼?"

"쪼매마 기다려 보이소. 각중(갑자기)에 미륵산에 목로(올무) 놓으러 간다 카던데예."

"야~. 그란데 깨똥나무(쥐똥나무) 열매는 우짤라고 죄다 따뿟능교?"

"아, 그거요, 참새들이 따묵기 전에 말렸다가 아 아부지에게 달여 먹일라고요."

_____

6 바자위다 : 성질이 너무 깐깐하여 너그러운 맛이 없다.
7 홀앗이 : 살림살이를 혼자 맡아 꾸려 나가는 처지.

그러고 보니 축담 한 편에 쥐똥나무 열매가 수북이 널려 있었다.

"수익이가 몸이 안 좋은교?"

"그기 아이고요, 코피가 자주 나더라고요, 열매라도 달여 맥이면 좀 나을라나 싶어서요."

유계춘은 적당한 말이 생각나지 않아 머뭇거렸다. 잦은 이회도 그렇지만, 먹고 살려면 삭정이라도 저잣거리에 내다 팔아야겠다며 이맛살을 찡그리던 박수익이 설핏했다.

"올 때가 다 됐심더. 사랑방에 군불 때 났으니 따실 낌더. 들어가 보이소."

박수익의 아내가 사랑으로 들어가라는 말에 유계춘은 망설였다. 돌아갈 수도 그렇다고 바깥주인도 없는 남의 집 사랑방으로 무턱대고 들어갈 수도 없었다.

사랑채 축담[8]에 장작이 더미가 가지런히 쌓여있었다. 군불을 땠는지 가마솥에서 김이 모락모락 올라왔다. 외양간이 텅 비어 있었다. 지난해에 마동리 훈장 정영장의 배냇소에서 엇부루기 한 마리를 얻었다고 자랑하더니 보이지 않았

---

8 축담(築垸) : 마당에서 마루로 오르는 중간에 만든 평평하고 좁은 마당, 경상도 방언.

다.

"쇠는 우쨌는교?"

"쇠요?, 아(아이) 아부지한테 물어 보이소. 지는 마, 복장
이 터져서 암 말도 몬 하게심더."

유계춘은 입을 다물었다. 괜한 말을 꺼냈다가 박수익 아
내가 금방이라도 눈물을 쏟아낼 것 같았다. 미륵골 우금에
개간한 땅에서 소출한 곡식도 몽땅 빼앗기고 일 년 동안 애
지중지 배냇소를 키워 엇부루기 한 마리 겨우 얻었을 텐데,
그놈마저 빼앗겼으니……. 그러잖아도 성격이 바자윈 박수
익 아내의 속 쓰린 마음이야 굳이 말할 필요가 없었다. 어디
에다 하소연할 때도 없었을 것이다.

"와, 그 있노, 사랑방에 안 드가고?"

삭정이를 수북하게 진 박수익이 지게를 울타리에 세웠
다. 사랑방으로 들어가기도 그렇다고 얼쩡거리기도 뭣해
머뭇거리던 차에 수익이가 오니 그나마 유계춘은 반가웠
다.

"니 올 때까지 기다렸다가 아이가."

유계춘이 너스레를 떨었다.

"들어가서 기다리면 되지……."

박수익은 아내를 흘끔거렸다.

"눈이 엄청시럽게 오제?"

유계춘은 얼른 대답했다. 그래야 박수익이 아내의 타박이라도 면할 것 같았기 때문이었다.

"말 마라."

"그래, 토까이(토끼)는 목로에 걸렸더나?"

박수익이 지게 위에 올가미가 얹혀 있었다.

"토까이가 내 잡어 묵을라 카더라?"

"그라머, 토까이 몰이를 혼자 할라 켔더나?"

"그거는 아이고. 눈도 오고 해서, 고마, 산을 내려 와뿌따아이가."

"기제, 혼자서는 힘들지……."

아무리 눈이 많이 와도 토끼몰이를 혼자서 할 수 없다는 것을 박수익이 모를 리 없었다. 마을 사람들이 힘을 모아도 한두 마리가 고작이었다. 아전들에게 당하고 소작인들에게 빼앗기고 살기가 팍팍했을 것이다. 눈 덮인 산속에서 혼자 토끼를 잡으려는 그의 심정을 유계춘은 이해할 것 같았다.

박수익이 무명 휘양건을 벗었다. 머리에서 뽀얀 김이 솟아났다. 그의 아내가 만들었을 것이다.

"방에 드가이소. 숭늉이라도 가지고 오께요."

안채 부엌으로 들어가는 아내를 박수익이 물끄러미 바라
보았다.

"됐다 고마, 욕보이지 말고 사랑방으로 드가자."

토끼몰이를 혼자 했다고 비아냥거리자 박수익이 서둘러
유계춘을 사랑방으로 밀어 넣었다.

"그래, 알았다."

박수익은 궂은 날씨에 미륵골까지 유계춘이 왜 왔는지
짐작이 갔다. 도결과 통환 때문일 것이다.

"와, 우짠 일이고?"

지게에서 삭정이를 부려놓고 사랑으로 들어가던 박수익
은 그때야 유계춘의 안부를 물었다. 사실, 그의 안부보다 도
결이 걱정이었다. 올봄에도 그가 없었으면 마을 사람들에
게 연명장을 끌어낼 수 없었을 것이다.

"눈도 오고 해서 왔제."

사실, 유계춘은 마을로 들어오는 우병영 똥개들을 피하
는 게 우선이었지만, 답답한 마음을 막걸리라도 한잔하면
나아질 것 같아 어머니에게 거짓말까지 하면서 박수익의 집
을 찾았다.

"묵을 것도 없는데 우짜노?

"물이나 한 사발 도."

유계춘은 목이라도 축이고 싶었다.

"알았다."

박수익은 사랑방 문을 열고 그의 아내를 불러 숭늉을 가져오라 일렀다.

"니는 알제?"

"뭐 말이고?"

"읍에 갔다 왔을 거 아이가?"

"아 그거……. 내도 잘 모리겠다."

유계춘은 뜸을 들였다.

"니가 모리면 우짜노?"

"이 교리 안 있나?"

"지랄하네, 이 교리를 우째 믿노."

한숨을 길게 쉬었다. 어머니가 이명윤의 염출을 갚기 위해 외숙부에게서 빌려온 돈도 아직 못 갚았는데 어이없게도 최수운을 따라다니는 담사리를 읍 주막에서 본 뒤로는 할 말을 잃어버렸다.

"나리, 담사립니다."

서낭당을 막 지나려는데, 상여집에서 담사리가 불쑥 튀어 나왔다. 그것도 훈장 댁 계집종과 함께였다. 유계춘은 깜짝 놀랐다.

"소인이 도망을 나오기는 했는데, 어디로 가야 할지……, 아는 곳도 없고……."

담사리는 계집종을 흘끔흘끔 바라보며 뒤통수를 긁적거렸다.

"그리고?"

유계춘은 담사리의 속내를 금방 알아차렸다. 훈장의 매질에 견디지를 못해 도망 나오기는 했는데, 갈 곳도 가진 것도 없어 상여집에 숨어 내외가 며칠간 쫄쫄 굶은 모양이었다.

"나리!"

담사리가 유계춘의 바짓자락을 잡고 꿇어앉았다. 어이가 없었다. 그냥 두었다가는 마을 사람들에게 붙잡혀 매 맞아 죽을 것이다. 그러잖아도 훈장 댁 노비들이 눈에 불을 켜고 마을을 샅샅이 뒤지고 다녔다. 유계춘은 봇짐을 풀었다. 도결을 혁파하고 남은 염출한 돈 쉰 냥을 꺼냈다.

"이보게, 담사리, 이 돈은 도결을 혁파하려고 마을 사람들이 조금씩 염출한 돈이네. 모두 줄 테니 그 정성을 잊지 말고 꼭 면천 하시게."

"예, 나리……."

담사리는 눈물을 찔끔거렸다.

"어서 가시게."

담사리가 허리를 굽신거리며 계집종을 끌어당겼다.

"그래, 어디로 갈 겐가?"

"……."

담사리가 눈물을 찔끔거리며 동쪽 하늘을 바라보았다. 유계춘은 종종걸음으로 덕천강을 건너는 담사리 내외의 웅크린 어깨가 측은해 보였다.

"염출 말이가? 고마, 잊어뿌라."

"……."

"올봄은 올봄이고, 지금은 지금 아이가."

위로한답시고 박수익이 한 말이겠지만 할 말이 없었다. 아무리 일을 잘 처리했더라도 남은 돈을 돌려주지 못한 것은 유계춘의 책임이었다. 혼자 감내하지 말라는 박수익의 말은 고마워도 속내까지 말할 수 없었다. 그리고 함부로 발설할 수도 없었다.

진무청 옥사에서 곤장 맞던 생각만 해도 온몸이 욱신거렸다. 하지만, 어쩌랴. 핏덩이로 태어나 애 장터에 파묻었던 아이가 밤마다 어른거리고 집을 뒤지던 병사들에게 맞아 앓아누운 어머니의 신음이 귓속에서 끊이지 않는데, 편하게 잠이 올 리 없었다. 밤마다 끙끙 앓아도 별다른 대안이 떠오르지 않았다. 그렇다고 이대로 당하고만 살 수 없었다.

"이번 설에도 지신은 밟아야 안 되겠나?"

유계춘은 말을 돌렸다.

"그래야지, 눈 걷히모 원당 솔밭으로 나갈끼구마."

농악놀이도 신경 쓰였다. 지난번 농악놀이 연습할 때 꽹과리는 문제 될 게 없어 보였지만, 이계열의 목소리도 구성없었고, 장구재비 박수견도 미적거리는 게 신경 쓰였다. 게다가 끼닛거리도 없는데 지신을 밟는다고 집집이 다니며 염출까지 내라면 반가워할 사람들도 없을 것이다. 농악놀이라도 해야 그나마 보리쌀 한 됫박이라도 거둘 텐데……, 그짓도 쉽지 않아 보였다.

"지구는 언제 온다 카더노?"

유계춘은 외사촌 정지구의 의중도 아직 파악하지 못했다.

"좀 있으면 올끼구마."

"그라모, 쪼매 기다렸다가 지구 오면 의논하자."

유계춘은 숭늉 한 모금을 들이켰다. 속이 시원했다. 어쨌든 읍 장날 주막에라도 들러 관가 돌아가는 정보라도 알아야 정읍을 하든지 격쟁을 하든지, 그것마저 안 되면 목숨 걸고 철시라도 해야 할 판이었다.

"진무서리가 이 교리 댁에 다녀갔다 카던데, 니는 들었나?"

넌지시 말을 던졌다. 유계춘은 이명윤을 믿지 않았다. 게다가 진무서리 김희순까지 다녀갔다니 무슨 갈개짓을 할지 모르는 일이었다.

"에나가?"

박수익도 처음 들었는지 놀라는 눈치였다.

"몰라, 향임에게 말만 들었다 아이가."

"계열이 성도 아나?"

"모를 낀데."

박수익은 초군들을 염두에 둔 것 같았다.

"초군청에서 아즉, 안 온 거 같더라."

부화곡 김윤화가 진무청에서 풀려나지 못했는지, 김윤화도 이계열도 연락이 닿지 않았다.

"초군청에 한 번 다녀 오이라."

박수익도 이계열이 이회에 자주 빠지는 게 신경 쓰였는지 한마디 거들었다.

"알았다. 내 한 번 초군청에 다녀오지 뭐."

"성님, 있능교?"

정지구, 지우 형제가 사랑방으로 들어왔다.

"인자, 오나."

"뭐 쫌 이야기는 됐는교?"

정지구가 유계춘을 바라보았다.

"아이다. 니 오면 이바구 할라고 기다렸다 아이가."

"목사가 부임하자마자 도결을 시행한다고 하니 뭐, 볼 거 있는교. 곧바로 이회 소집해서 행동으로 옮기면 될 거 아인교."

"그래도, 신중해야지."

유계춘은 고민이 생겼다. 앞뒤 가리지 않는 외사촌들이 신경 쓰였다. 목사와 우병사의 발 빠른 조치를 보면 정읍이나, 정영으로는 소용 없을 것 같았다. 격쟁을 하더라도 병사들이 저잣거리를 막아버리면 그만이었다. 곡괭이를 들고 달려들더라도 훈련된 병사들의 창칼에 맞설 수는 없었다. 씨알도 먹히지 않을 것이다. 그러면 결국, 철시밖에 없었다. 저잣거리를 쑥대밭으로 만들어야 장꾼들이 호응할 것이다. 역적으로 몰려 죽을지도 몰랐다. 굶어 죽으나 역적으로 죽으나 어차피 죽을 것이라면 목소리라도 내보자. 방안을 둘러 보았다. 박수익과 정지구의 꽉 다문 입술이 제자리에 멈췄다. 햇볕 한 줄기가 돋을볕[9]처럼 봉창을 뚫고 어둠침침한 박수익의 사랑방을 비췄다.

2,

목사 홍병원은 일찌감치 의관을 갖추고 객사에 들러 한양을 향해 망궐례를 올렸다. 그리고 등청 준비를 했다. 진시辰時 쯤에는 향리들의 의견도 정리될 것이다. 그들이 내놓은 결과는 중요하지 않았다. 어떻게 농민들을 설득하느냐가

---

9 돋을볕 : 아침에 해가 솟아오를 때의 햇볕.

문제겠지만, 그것도 잠시뿐일 것이다. 금방은 농민들이 들 고일어날지 모른다. 격쟁을 하겠다느니, 등소를 한다느니, 당분간 시끄러울 것이다. 하지만 별일 없을 것이다. 그들을 잠재우는데 열흘이면 충분하다. 앞잡이 몇 놈만 잡아들여 족치면 그만이다. 제아무리 지독해도 목숨 아깝지 않은 놈 은 없을 것이다.

"유계춘이라 했던가? 개뼈다귀 같은 놈……."

홍병원은 입맛을 다셨다. 며칠 전에 서찰을 이명윤에게 전하라고 이방에게 일러 놓았으니 이미 받아 보았을 것이 다. 그자만 설득하면 문젯거리 될 게 없었다. 전직 조신이라 고 함부로 날뛰면 역적으로 몰아붙이면 될 터였다.

'전직 조신 따위가 뭐 별건가.'

조정에 녹을 먹은 자라면 감히 곰파지 못할 것이다. 올봄 에 전임목사가 시행하려던 도결을 중단시켰다는 내평리 유 계춘이라는 자만 잡아들이면 될 것 같았다. 내평리는 향임 도 부르지 않았다. 마을 사람들과 결탁해 말 많은 놈이라서 마동리 훈장을 대신 불렀다. 이명윤에게는 서찰 끝에 향청 에 나와 회의에 참석해달라는 내용도 적어놓았다. 드레가 있는 조신이라 목사 서찰을 함부로 뭉개지는 못할 것이다.

동헌까지는 가까웠다. 넘어지면 코 닿을 곳이다. 교자를 대령시키라고 이방에게 일러 놓았다. 어젯밤에 눈이 내렸는지 저잣거리에 차가운 눈바람이 불었다. 홍병원은 하늘을 보았다. 사시巳時가 가까웠는지 해가 이미 선학산 위로 우뚝 솟았다.

"영감, 등청할 시간임더."

이방이 대문으로 대가리를 들이밀었다.

"그래, 향리들은 모두 도착했다던가?"

"예, 영감. 동헌에 모여있다고 합니다."

홍병원은 갓을 매만졌다. 진주는 예로부터 드센 고을이었다. 향리들과 한판 대결을 펼치려면 의관은 물론 표정까지 관리해야 드레가 있어 보일 것이다. 제아무리 대가 센 향리가 대두리[10]를 걸더라도 감히 목사를 능갈치지는 못할 것이다.

"으흠!"

교자轎子가 도착했다. 홍병원은 교자에 올라 양손으로 철릭을 뒤로 제치고 수염을 쓰다듬었다.

교자꾼이 비틀거렸다.

---

10 대두리 : 큰 다툼이나 시비.

"어허, 이놈들이……."

홍병원은 순간 아차 했다. 제대로 훈련된 병졸들이 아니란 것을 깜빡 잊었다. 교자 뒤를 보았다. 스무남은 병사가 뒤따랐다. 둥개[11]는 꼬락서니하고는……. 가관이었다.

"아이고, 저런, 창 잡은 꼴하고는……!"

금방이라도 손에 쥔 창을 떨어뜨릴 것처럼 어설펐다.

"여봐라!"

홍병원은 소리를 질렀으나 병졸들은 꿈쩍도 안 했다. 그저 목사가 하라니 창을 들고 따라나섰을 것이다.

홍문관 수찬으로 근무할 때부터 이명윤과 안면이 있었다. 그는 고지식하다는 소문을 달고 다녔다. 임금이 홍문관 교리를 제수했을 때도 그랬다. 모른 척 등청하면 될 것을 굳이 거절한 뒤 고향으로 내려갔다. 꼴에 청렴하다는 것인지. 아무튼, 별난 작자인 것은 확실했다.

"이명윤도 도착했느냐?"

"영감, 이 교리는 몸이 불편하여 향회에 참석하지 못한다고 어젯밤 늦게 전갈을 받았십니다."

"이런, 고얀……!"

---

11 둥개다 : 일을 감당하지 못하고 쩔쩔매다.

시골에 묻혀 사는 주제에 목사 명령을 거절하다니, 임금이 내린 교지를 거절할 만큼 덕망이 높은지 몰라도 이명윤의 처신이 괘씸했다.

"그렇게 몸이 부실하단 말이더냐?"

이명윤이 몸이 불편하다는 말에 홍병원은 어이가 없었다. 친히 서찰까지 보냈는데 관청에 나오지 않는다니, 목숨이 위태하더라도 명령을 따르는 게 국법이거늘 감히 고을을 다스리는 목민관까지 능멸하다니 그냥 두고 볼 일이 아니었다.

"영감, 많이 불편하다고 합니더."

"직접 가보았느냐?"

"아닙니다. 영감."

이방 김윤두는 이명윤이 괘씸했다. 올봄 도결 때에도 목사를 찾아와 그의 도결을 제외해 달라고 요청했다. 목사가 거절하자 휑하게 돌아간 뒤, 내평리 사람들에게 연명장을 돌려 비변사에 등소를 하겠다고 으름장을 놓았다. 결국, 목사는 도결은 포기하고 말았다. 그는 참여하지 않았다고 발뺌을 했지만, 그의 말을 곧이곧대로 믿을 사람은 아무도 없었다.

"아니, 이런 나쁜 놈이 다 있나?"

홍병원은 짜증이 났다.

"병문안이라도 다녀올까요?"

"병문안은 무슨……."

그럴 필요가 없을 것 같았다. 전직 조신 따위를 굳이 설득할 이유가 없었다. 설혹, 병문안한다고 그 좀팽이가 나서지 않을 것은 뻔한 일이라 괜히 시간 낭비만 할 것이다. 이명윤에게 굳이 설명하지 않아도 그는 관아의 의중을 충분히 파악하고도 남을 작자였다.

'고약한 놈 같으니라고!'

"병문안이라니 그만두어라."

이명윤이 향청 회의에 참석했더라면 도결에서 빼 줄 생각이었다. 향회 참석도 거부하는데, 굳이 병문안까지 갈 이유도, 도결을 제외할 이유도 없었다. 그에게 부탁할 필요도 기다릴 이유도 없었다. 이미 결정했으니 결전結錢은 이방이 알아서 거두면 될 일이다.

보장헌(동헌)에 향리 열대여섯 명이 얼쩡거렸다. 적어도 일흔 명은 될 거로 생각했다. 하지만, 상관없었다. 그들을 참석하라고 독려할 것도 참석하지 않는다고 달라질 것도 없었다. 머뭇거릴 이유가 없었다. 홍병원은 가슴 쭉 펴고 철릭

한 자락을 허리춤으로 당겨 올리면서 교자에서 내렸다.

향리들이 일제히 머리를 조아렸다.

"그래 얼마가 좋겠느냐?"

홍병원은 동헌에 도착하자마자 목소리를 높였다. 이미 알려진 마당에 그의 의중을 숨길 이유가 없었다.

"예, 영감, 부족하지만, 결당 여섯 냥 오십 전이면 될 것 같사옵니다."

이방이 고개를 굽실거렸다.

"그런가?"

"……."

"어찌 대답들이 없는가?"

홍병원은 좌수와 좌우 별감, 그리고 향리들의 눈을 뚫어지게 바라보았다.

"영감, 향리들과 이미 이야기를 끝냈습니다. 더 다그치지 않아도 될 것이옵니더."

문영진이 주둥아리를 무람[12]없이 나불댔다.

"그러면 그렇게 하고……, 이방은 부세 수취 계획을 세우고, 향리들은 마을로 돌아가서 농민들을 잘 설득하기 바라오."

---

12 무람없다 : 어른이나 친한 사이에 스스럼없고 버릇이 없다. 예의가 없다.

"예, 영감."

홍병원은 교의에서 일어났다.

향리들이 동헌에 엎드려 목사가 지나가기를 기다렸다. 홍병원이 엉덩이를 씰룩거리면 지나가자 향리들은 고개를 숙이고 양편으로 갈라섰다.

'둥개는 꼬라지들 하고는…….'

좌수와 별감이 목사 홍병원을 힐끗거렸다.

3,

"쩡~."

얼음장 터지는 소리가 귓전을 달구[13]치며 두류산이라도 주저앉힐 태세다. 가냘프게 시작했지만 얼음장이 깨질 만큼 그 소리는 옹골찼다. 그러나 한 번의 울음으로 깨지지 않을 것이다.

유계춘은 조약돌을 빙판에다 힘차게 던졌다. 맥없이 얼음판에 튕겨 건너편 강가까지 날아갔다. 최수운의 낮은 목

---

13 달구치다 : 꼼짝 못하게 몰아치다.

소리, 시천주라는 말이 유계춘의 머리를 어지럽혔다.

백성은 곧 하늘이다. 임금이라 할지라도 하늘처럼 받들라는 말일 것이다. 백성 없는 나라에 임금이 있을 수 없다. 무릇, 백성이란 사대부나 부유한 양반만이 아닐 것이다. 저 잣거리 장사꾼, 소작하는 농사꾼, 짐승 잡는 백정, 상전 모시는 노비와 기생 그리고 몰락한 양반 쪼가리도 세상 한쪽은 분명히 떠받치고 있다. 그러니 임금도 백성을 함부로 하지 않았다. 그런데, 고을 수령 따위가 잇속이나 채우려고 백성들이 굶든지 말든지 아랑곳도 하지 않고 도결을 시행하다니 유계춘은 남명 선생의 '우음偶吟'이라는 한시를 읊조렸다.

높은 산이 큰 기둥처럼 하늘 한쪽을 받치고 있다.
순식간에 무너져 내릴 듯 위태롭기도 하다 마는
하늘도 함부로 내리누르지 못하니 이 또한 자연이 아니던가.

유계춘은 가슴이 울컥했다.
"수익이 있나?"
"어서 들어 오이라."

박수익이 사랑채 방문을 열고 고개를 내밀었다.

유계춘은 박수익의 사랑방으로 들어섰다. 노비 검동이 먼저 와 있었다.

"날씨가 엄청 춥심더!"

부젓가락으로 화롯불을 뒤집던 검동이 유계춘이 방문 여는 소리에 뒤를 돌아보며 반겼다.

"혼자 오시능교?"

"혼자 오지 않으면?"

유계춘은 검동에게 되레 물었다.

"아직 안 왔는데요?"

"누가?"

검동이 멀뚱거리며 유계춘을 바라보았다. 이명윤이 유계춘과 같이 올 거로 생각한 것 같았다.

"이 교리요."

"안 왔나?"

이명윤과 함께 올 거라고 유계춘은 생각조차 안 했다.

"이 교리는……?"

유계춘은 박수익에게 되레 물었다.

"아직 안 오네."

박수익이 고개를 흔들었다.

"기별은 넣었나?"

"하모."

박수익이 대답했다.

"훈장은 머라 카더노?"

유계춘은 홍병원이 결행한 도결이 어떻게 진행됐는지가 궁금했다. 읍 저잣거리 주모 말은 도결을 시행하기 위해 면 리마다 향리와 훈장을 소집했다고 했다. 어떻게 결정하더라도 올봄에 시행하려던 두 냥 오십 전보다 훨씬 많다는 소문이 이미 돌았다.

"아직 못 들었다 아이가."

기별이 늦었는지 이명윤이 여태 도착하지 않았다. 그가 참석해야 정읍을 하던지 격쟁을 하던지 방향을 잡을 수 있다. 올봄 전임목사가 도결을 시행하려고 했을 때도, 그가 늦게 참석하는 바람에 곤욕을 겪었던 생각이 떠올라 유계춘은 걱정이 앞섰다.

"계춘이 자네 외숙부는 우째됐노?"

박수익은 생원 정자약이 신경 쓰였다. 향회 참석은 못하더라도 이회에는 꼭 참석하겠노라고 다짐까지 받았던 터였다.

"점심나절에 맹년(명년) 소작 문제로 외숙부 집에 잠깐 들렀는데 별다른 말은 안 하던데?"

유계춘은 어머니를 모시고 물길 좋은 논으로 소작을 부탁하려고 외숙부댁에 들렀던 터였다.

"그래……."

박수익이 화로를 끌어당겼다.

"계춘아 너무 신경 쓰지 마라. 올 때가 되면 오겠지."

외숙부도 답답했다. 약속을 한두 번 어긴 게 아니었다. 어떤 때는 훈장 정영장을 비난하더니 또 무슨 일인지 이회에 참석한다고 약속까지 해놓고 가타부타 말도 없이 나타나지 않았다. 외숙부나 이명윤같이 재산 좀 가졌다고 어기적거리는 사람들은 도무지 믿을 수가 없었다. 줏대가 없는지, 아니면, 먹고 사는 게 문제없으니 마을 일은 상관없다는 것인지, 필요에 따라 움직이는 것 같아 불편했다. 지금이야 재산이 있으니 편하겠지만, 아전들이 가만히 놓아 둘리 없었다. 머잖아 그들의 농간에 놀아날 게 뻔한데 바짓가랑이를 잡고 미련을 떨었다.

외숙부는 올봄 도결 때에도 어머니까지 동원해 겨우 수

결을 받았다. 하기는 걱정도 되었을 것이다. 아전 나부랭이들에게 잘못 보였다가 언제 낭패를 당할지 알 수 없었을 것이다. 어쨌든, 애 터지게 이회에 꼭 참석해 달라고 부탁한 박수익에게 미안했다.

유계춘은 뒤통수를 긁적거리며 눈만 껌뻑거렸다.

"검동이 니는 들었을 거 아니냐?"

"지가 듣는다고 아능교……."

검동이 미안했던지 툴툴거렸다.

사립문 움직이는 소리가 들렸다. 그들은 일제히 사립문 소리에 귀를 기울였다. 유계춘은 박수익과 검동을 바라보았다. 냄새를 맡은 갈개꾼일지도 모를 일이어서 바짝 긴장했다.

박수익이 방문을 빼꼼이 열었다.

"눈교?"

"……."

유계춘은 구석으로 몸을 피하면서 검동에게 화로를 옆으로 옮기라고 손시늉을 했다. 윷판을 방 한가운데로 옮겼다. 그리고 윷가락 네 개를 종지[14]에 담아 손아귀에 꽉 쥐었다.

---

14 종지 : 간장·고추장 등을 담아 상에 놓는, 종발보다 작은 그릇.

여차하면 날릴 생각이었다.

"수익이 있는가?"

이명윤이라는 것을 단박에 알았다. 문을 빼꼼히 열던 박수익은 그제야 안심이 되는지 문을 활짝 열었다.

"교리 어르신, 언릉 들어오이소. 날씨가 춥지예?"

이명윤은 사립문을 들어서자마자 주위 먼저 두리번거렸다.

"아무도 엄신더."

박수익이 이명윤을 안심시켰다.

"정 생원은 아직 안 왔나?"

"야……."

박수익이 유계춘을 바라보았다.

외숙부가 왜 오지 않았는지 아니면 이회에 참석하기로 약속을 했는지 유계춘이 알 리 없었다. 그렇다고 가만히 있기도 뭣해 머리만 긁적거렸다. 어쨌든 이명윤이라도 참석했으니 그나마 다행이었다.

이명윤은 유계춘을 보자 표정이 굳었다. 정자약이 대신 돈을 돌려줬지만, 그를 본다는 게 편하지 않았다.

유계춘도 불편했다. 한 번 염출을 했으면 그만이지 남은 돈을 돌려달라고 고변까지 한 처사는 어른답지 못했다. 대접이라도 받으려면 가난한 사람들보다 염출을 많이 내던지 그것도 아니면서 잰 체만 하려는 얍삽한 행동이 못마땅했다. 물론, 남은 돈은 마땅히 돌려 돌려줘야 하지만, 기다려 달라는데 그것마저 참아주지 않았다. 이제는 돈도 주었으니 죄인 취급 당할 이유도 도망간 담사리 내외 사정을 말할 이유도 없었다.

"계춘이는 읍에 나갔다 왔나?"

"아임더, 교리 어른만 기다리는 기죠……."

유계춘은 볼멘소리를 했다.

"허, 참, 이런 낭패가 있나, 읍에 다녀와야지."

박수익이 언성을 높이며 끼어들었다.

"계춘아 와 그라노, 교리 어른 말이 맞제. 읍에 다녀와야지……."

"내보고 손가락 빨고 다니라고?"

유계춘은 마음에 담아두었던 말을 꺼냈다.

"그런 말이 아니잖아, 교리 어른도 이해 할끼라. 니도 알제. 그라이끼네 인자 고마해라 카이."

"외숙부가 훈장 댁에 갔으니, 오면 알겠지 뭐."

유계춘이 퉁 하게 뱉어냈다.

이명윤은 무심한 척해도 유계춘의 말을 이해할 수 없다는 표정이었다.

"그라머 내일 한 번 더 모이자. 정 생원 있어야 안 되겠나. 그때 다시 보자."

이명윤이 못마땅하다는 듯 자리에서 일어났다.

"야, 그라입시더."

유계춘은 이명윤이 일어나자 거둬들였던 윷판을 다시 펼쳤다.

"검동아 윷가락 어딘노?"

"실건(시렁) 위에 있썸더. 한 번 보이소."

박수익이 이명윤을 사립문까지 바래다주려는지 뒤따라 일어났다.

"이 교리 벌써 갈라꼬?"

생원 정자약이 그때야 마당으로 들어섰다.

"와 이리 늦노?"

이명윤이 툴툴댔다.

"미안허이, 우짜다 보이 그리됐네. 안으로 들어가세."

사랑채로 향하는 정자약의 표정이 각다분해 보였다.

"그래 우째됐노?"

"골치 아프게 됐다 아이가."

정자약이 허둥거리며 사랑방으로 들어왔다.

유계춘은 외숙부 눈치를 살피며 한 발짝 뒤로 물러앉았다.

"생질도 왔나? 앞으로 나오이라. 뒤에만 있지 말고."

"됐심더."

유계춘이 퉁 하게 대답했다. 이왕 오려면 남들보다 빨리 오던지 늦게 와서는 생색이나 내려는 외숙부가 못마땅했다. 정자약이 두루마기를 뒤로 젖히더니 방바닥에 눌러앉았다. 방안에 있던 사람들은 모두 그의 입만 바라보았다.

"도결만 결당 여섯 냥 오십 전이고, 통환은 십만 냥이라 안 카나. 이쯤 되면 더는 물러날 곳도 엄다카이. 안 걸라?"

모두 눈을 동그랗게 뜨고 정자약만 바라보았다. 물러날 곳도 없어 보였다. 전직 조신이라고 아무리 우겨봐야 목사 홍병원이나 우병사 백낙신이 이명윤의 말을 들어 줄 리도 없었다.

4,

하늘이 맑았다. 옥녀봉에 오르면 두류산 천왕봉도 보일 것 같은 오랜만에 보는 푸른 하늘이었다.

까마귀가 떼가 산을 오르내리며 내평들을 어지럽혔다. 집안이 조용했다. 식솔들이 줄어 예년 같지 않았다. 이번 설은 조용하게 치를 예정이었다. 큰아들 내외와 손주들, 명절 때는 떡쇠 내외도 들락거려 인적이 끊어지지 않아 그나마 체면치레는 할 것 같았다. 이명윤은 사랑채 누마루를 어슬렁거리며 온통 대문에만 신경이 가 있었다. 맏아들 건효가 문안 오기만 기다리는데 아직 소식이 감감했다. 어젯밤 늦게 단성에서 김인섭이 다녀갔다. 오랜만에 방문을 한 것으로 보아 안부 차 들리지는 않았을 터. 분명 이유가 있을 텐데 건효가 여태 나타나지 않았다.

"떡쇠 어디 있느냐?"

이명윤은 심란했다. 김인섭이 단성에서 건효를 찾아온 것도, 홍병원이 서찰을 보낸 것도 왠지 불편했다. 목사 홍병원이야 홍문관 시절에 알았던 사이라 도결 문제로 도움을 청하는 것이겠지만, 김인섭의 방문은 심상찮아 보였다. 홍병원도 그렇지, 향임도 아니고 초야에 묻혀 사는 전직 조신에 서찰까지 보내 향청에 나와 달라고 했다. 도결 때문일 거라 짐작하지만, 이리저리 휘둘리는 게 싫어 몸이 아프다는 핑계로 나가지 않았다. 아무리 이명윤이라도 마을에서 할 수 없는 게 있었다. 목사는 영리해서 이미 눈치를 챘을 것이다.

도결도 결당 여섯 냥 오십 전이라고 했다. 말이나 되는 소린가. 게다가 전직 조신에게까지 결을 매기겠다는데 사정한다고 들어줄 것 같지도 않았다. 통환이던 도결이던 전직 조신은 제외하는 게 통상 관례였다. 그런데 올봄 도결 때도 제외하지 않았다. 전임목사를 만나러 동헌까지 찾아갔으나 들어가지도 못하고 이방에게 퇴짜맞고 돌아왔다. 이번에도 다르지 않을 것이다. 그런데도 서찰까지 보내 향회에 나오라는 것은 모르긴 해도 등소만은 막아달라는 부탁일 것이다.

"떡쇠야!"

이명윤은 노비를 불렀다. 썩어빠진 관리들의 놀음에 놀아나기 싫었다. 하지만, 향회에 참석하지 않더라도 홍병원과 따로 만나 부탁한다면 수취 대상에서 제외해줄지도 모를

일이다. 홍병원이라면 가능할 것이다. 홍문관 시절을 기억
한다면 어쩌면 전임목사보다 나을지 몰랐다.

"나리, 찾았는교?"

떡쇠가 중문을 열고 사랑채로 들어왔다.

"그래, 읍에 갈 차비를 차려라."

"예, 나리."

"앞장 서거라."

떡쇠가 봇짐을 지고 앞서 걸었다.

내평들을 지나 덕천강을 건넜다. 얼음장 밑으로 흐르는
물소리가 한낮 햇볕 때문인지 숙숙[15]하게 들렸다. 밤새 내
린 눈으로 내평들은 하얗게 햇살을 산란시켰다. 찔레 넝쿨
에서 영실[16]을 쪼아 먹으려던 참새 떼가 미륵산으로 날아올
랐다. 덕천강 강변에 모래밭을 개간한 땅에 목화 대가 앙상
하게 남아 지난해 소출을 가늠하게 했다. 지난여름은 가뭄
과 폭우가 번갈아 오는 바람에 목화 수확이 줄어 오승포는
고사하고 이승포 공납도 어려울 거라고 마을 사람들의 걱정
이 이만저만 아니었다. 집집이 두 냥씩 추가하면 되겠지만,

---

15 숙숙하다 (肅肅—) : 엄숙하고 고요하다.

16 영실(尙室) : 찔레나무의 열매《하설제(下泄劑)·이뇨제(利尿劑)로 씀》.

도결이니 통환이니 소문도 무성해 함부로 나서기도 어려웠다. 게다가 수년간 군포 공납이 지체되어 더는 미뤄달랄 수도 없었다. 목화 수확이 부족하다는 이유를 댔다가 인징이니 족징이니 마을이 또다시 시끄러워질 것이다.

남강 합수부에서 나룻배를 탔다. 언 강을 삿대로 얼음을 깼는지 겨우 배가 지나갈 만큼 뱃길이 열렸다. 얼음이 녹으면 예화문까지 쉽게 갈 수 있을 텐데, 어쩔 수 없이 이명윤은 청정을 지나 평거 역참 길을 택했다. 그 지역은 남강물을 끌어오지 못해 대부분 밭이었다.

이곳은 평거 역참 말을 훈련하던 곳이었는데, 임진란 이후에는 말[馬]이 줄어 평거지역 농민들이 앞다투어 밭으로 개간했다. 그런데 우병사가 에누리 없이 결전으로 거둬가는 바람에 청정 사람들의 원성이 자자했다. 역참에 역마가 어슬렁거렸다. 중마中馬(기마)는 안 보이고, 기름기가 자르르한 복마卜馬(짐 싣는 말) 스무남은 마리가 여물 먹기에 여념이 없었다. 역마보다 비루먹은 역노驛奴(말 관리하는 노비)들이 여물을 나르고 있었다.

"언제까지 저러고 있으려나?"

이명윤은 안타까웠다. 역노들은 아전들보다 한술 더 떴

다. 틈이 나면 말을 빼돌려 아전들과 거래해 뒷돈을 챙겨 달아났다. 상전들이 해처 먹으니 그들이라고 구경만 했겠는가.

이명윤은 향청을 지나 곧장 동헌으로 향했다.

"교리 나으리, 우짠 일인교?"

"목사 영감 계시는가?"

이명윤은 지난번처럼 이방이 막아서지는 못할 거라고 생각했다.

"몸이 편찮으시다더니요?"

그간의 사정을 이방 따위에게 말할 필요가 없었다.

"목사 영감 계시는가?"

"계시긴 한데……."

"그러면, 아뢰거라."

"이유를 알려주셔야 하는데?"

이방 김윤두가 눈깔을 희번덕거렸다.

"이놈이 그래도!"

이명윤은 언성을 높이며 김윤두를 쏘아붙였다.

"무슨 일이냐?"

목사 홍병원이 접견실로 나왔다.

"내평리에서 이 교리가 왔심더."

"어인 일이시오?"

이명윤은 이번에는 도결에서 제외해주겠지. 홍문관 시절 홍병원은 수찬이었고 그는 부교리였다. 전임목사야 생면부지여서 거절했겠지만 홍병원은 친분을 봐서라도 들어줄지도 몰랐다.

"영감, 일전에는 서찰을 받았으나 몸이 영 시원찮아 향청을 방문하지 못했습니다."

이명윤은 홍병원을 보자마자 읍소했다.

"서찰은 보았습니다."

홍병원은 목소리에 잔뜩 힘을 실었다. 오랄 때는 한 발을 빼더니 저렇게 고개까지 굽실거리는 꼬락서니하고는……. 그는 심통이 났다. 자존심도 상했다. 전직 조신 따위가 목사 명을 거역하다니……. 이번 도결에서 제외해 달라는 부탁이라도 하려나. 이명윤이 무슨 말을 하는지 두고 볼 일이다. 다급할 게 없었다.

"그런데, 예까지 어쩐 일입니까?"

이명윤은 목사가 차라도 한잔 권할 거로 생각했는데 객관에 앉은 채 그를 빤히 보는 게 탐탁지 않았다.

"저, 그게 그러니까⋯⋯."

"예, 말씀해 보세요."

홍병원은 홍문관 말직일 때도 잘난 척하던 이명윤을 곱게 보지 않았다. 임금이 제수한 교리 자리를 물렸을 때도 그랬다. 남들은 뒷돈을 수만 냥이나 들여도 될까 말까 한 관직을 단번에 거절하다니, 그의 학문이 얼마나 대단한지 알 수 없어도 굴러들어온 복을 차는 꼴을 보면서 비웃었던 기억이 났다.

"그게⋯⋯."

이명윤이 머뭇거리자 목사 홍병원이 한마디 내뱉었다.

"도결 문제라면 돌아가세요."

홍병원은 단호했다.

"전직 조신에게 결전을 매겼던 전례는 없습니다."

이명윤은 조곤조곤 전례를 들어 따졌으나 목소리는 떨고 있었다.

"조신이라도 관직에서 물러나면 일반 백성이나 다름없는데, 결전을 내는 게 당연하지요. 만약 교리에게 부과하지 않아 세수 부족분이 생기고 비변사에서 감찰이라도 나오면 책임질 건가요?"

이명윤도 지지 않았다.

"전직 조신에게 결전을 수취하지 않는 것은 이 나라 조선의 법임을 성종임금의 경국대전을 공부한 영감도 모르지는 않을 겝니다."

"경국대전이고 뭐고 안 된다고 하지 않았습니까?"

"목사 영감!"

이명윤은 지지 않을 자신이 있었다.

"이방은 어떻게 된 게야. 어서 교리를 물리지 않고!"

홍병원은 인정전 뒷배에 받쳤던 이만 냥이 생각났다. 그는 철릭을 휘두르며 접견실을 나갔다. 잘난 척하는 전직 조신 따위와 언쟁을 벌려 좋을 게 없었다.

"나쁜 놈! 오랄 때는 안 오더니."

홍병원이 툴툴 댔다.

이명윤은 더는 할 말이 없었다. 아무리 경국대전을 따져 묻고 통례를 찾더라도 마을을 다스리는 목사 말이 법이었다.

"교리 어른, 인자, 됐심니꺼. 고마 나가이소."

이방 김윤두가 비아냥거렸다.

"나쁜 놈들!"

이명윤은 부아가 치밀었다. 바람이 훅하고 동헌 안마당을 훑었다. 홍살문이 덜커덕거렸다.

5,

풀무를 바람골에 대고 디딤판을 밟았다. 대장간에 재가 날아올랐다. 아궁이에 재가 남았던 모양이었다. 박수견은 화덕에 숯을 쟁이고 부싯깃[17]을 찾았다. 보이지 않았다. 시우쇠를 덮었던 거적을 젖혔다.

"여기에 두었는데……."

박수견은 고개를 갸웃거렸다. 거적을 한 번 더 뒤적거렸지만, 부싯깃은 보이지 않았다. 분명히 시우쇠 더미 위에 올려놓은 뒤 거적을 덮었다. 숯 섬이 보였다. 서너 섬은 되었다. 참숯이라 쇠부질에 더없이 좋을 거라며 수첩군관 김수만이 소개해 줘 초군청 집강 이귀재에게 바리당 한 푼은 낮잡[18]게 주고 사놓은 것이었다. 참숯은 굴참나무라 화력도 좋

─────────────
17 부싯깃 : 부시를 치는 데 불똥이 박혀서 불이 붙는 물건《쑥 잎·수리취 따위를 볶아서 비벼 만듦》.
18 낮잡다 : 좀 넉넉하게 치다.

고 불길도 은근해 비싸더라도 시우쇠 부질에는 참숯만 한
게 없었다.

도래미줌치(두루주머니)를 뒤적거렸다. 동전 몇 푼이 부
싯깃에 뒤섞여 나왔다.

"정신머리를 어디에 두고 다니는지……. 아이고 머리
야!"

잊어버리면 안 된다고 무실장 대장간에서 춘심이 창호지
에 꼭꼭 싸매 도래미줌치에 넣어주었던 것을 깜빡 잊었다.
그녀만 생각하면 모든 게 아둔해졌다. 박수견이 생각해도
어이가 없었다.

'대장장이가 부싯깃을 잃어버리다니…….'

자칫 잘못해 화덕에 불을 못 지피면 대장간은 공치는 날
이라 부싯깃을 먼저 챙겼다. 예전에는 칡 잎사귀를 말려서
썼는데, 마른 쑥을 써보라는 왜 상인의 말을 따르니 불씨 앗
기에는 마른 쑥이 훨씬 나았다.

도래미줌치에 부싯깃을 챙겨 넣던 춘심이 생각났다.

"고년 참……."

춘심만 생각해도 박수견은 웃음이 저절로 나왔다. 화덕
에 부싯깃을 올려놓고 부싯돌을 때렸다. 불이 번쩍였다. 연

기가 나지 않았다. 한 번 더 때려도 마찬가지였다. 부싯깃을 뒤적거렸다. 젖어있었다. 그때야 고이티재를 넘을 때 눈 속으로 나자빠졌던 기억이 났다. 그때 허리춤에 동여맸던 도래미줌치에 눈[雪]이 들어갔던 모양이었다.

"재수가 없으려니 고쟁이까지 눈이 들어오다니⋯⋯. 니미럴!"

박수견은 축축한 아랫도리를 눈 탓으로 돌렸다.

"오늘은 꼭 마무리 지어야지."

저리 문영진의 타끈[19]한 심보가 신경이 쓰였다. 한 푼이라도 덧두리[20]를 주지 않으면 순순히 족보를 내줄 것 같지가 않았다. 지독하기로 소문난 저리 놈이 약속을 순순히 지킬지, 족보 생각만 하면 가슴이 조마조마했다. 박수견은 옷고름을 풀어헤쳤다. 매질로 단련된 탄탄한 젖가슴이 우람하게 드러났다. 부싯깃을 겨드랑이에 끼웠다. 차가운 기운이 온몸으로 퍼졌다. 체온으로라도 말려 화덕에 불을 붙일 참이었다.

"서방님?"

---

19 타끈하다 : 치사하고 인색하며 욕심이 많다.

20 덧두리 : 물건을 서로 바꿀 때에 그 값을 서로 따져 모자라는 금액을 채워서 내는 돈. 웃돈.

춘심이 대장간으로 들어왔다. 박수견은 숨이 턱 막혔다. 읍장 저잣거리를 구경하고 싶다기에 이른 새벽에 수곡 무실장에서 읍장까지 데려왔다.

"주막에 있지 대장간에는 뭘 하러 왔노?"

춘심을 나무랐지만, 박수견은 기분이 좋았다. 문영진을 만나 족보 양도할 날짜도 정해야 한다. 덧두리로 달라던 이백 냥도 챙겨두었다. 대장장이 짓거리는 두어 달이면 끝이다. 그동안 춘심이 옷감으로 쓸 명주도 청국 상인에게 부탁해 놓았다. 정월 초이튿날 가산창 부두 주막에서 넘겨받기로 했다.

"서방님, 일하는 거 보고 싶어서."

떡 벌어진 박수견의 구릿빛 가슴팍을 보는 순간 춘심의 얼굴은 홍당무가 되었다.

"아~잉, 서방님……."

허리를 배배 꼬며 춘심이 달려들자 화들짝 놀란 박수견이 몸을 뺐다.

"누가 보면 우짤라 카노!"

박수견은 얼굴이 화끈거렸다.

"문 안 열고 뭐 하노?"

촉석성 수첩군관[21] 김수만이었다.

"새복부터 우얀 일인교?"

박수견은 당황했다.

"우얀, 일이기는?"

궁둥이를 살랑거리며 주막으로 내빼는 춘심의 뒷모습을 망연히 바라보며 박수견은 눈을 떼지 못했다.

"야, 임마, 정신 채리라?"

박수견 하는 짓이 한심스러웠던지 김수만이 한마디 거들었다.

"저년이 서방 서넛은 잡아 무따 아이가. 아이고, 미친놈!"

박수견은 그때야 정신이 들었다.

"여는 우짠 일인교?"

김수만은 참숯 소개도 해줬지만 병영에 들여온 시우쇠나 무뎌진 병장기를 대장간에 빼돌려줬는데, 왜국 상인보다 절반이나 헐값이었다. 그는 서얼이라고 했다. 의령 산골에서 용봉 승음촌으로 이사해 홀어머니를 모시고 사는데, 살림이 팍팍하다고 늘 툴툴댔다. 어쨌든, 이심전심 그의 도움으로 돈을 버니 가깝게 지내 나쁠 것은 없었다.

─────────

21 수첩군관(手帖軍官) : 병영의 기록 장교.

"우짠 일이기는, 가는 길에 들렀지."

"부싯깃이 젖어 불이 안 붙네요."

"그래가, 우짜노?"

"부싯깃이 마를 때까지 기다려야지요. 그나저나 아침부터 우짠 일인교?"

"집에 가다가 문이 열려있어 들렀다 아이가."

"들어 오이소."

김수만은 손을 비비며 대장간으로 들어왔다.

"장사는 잘되나?"

"농사를 지을 사람이 있어야 삽 한 자루라도 사갈 낀데, 도결이니 통환이니 죄다 거둬가니 농사지을 기분이 나겠능교. 하루 이틀 만에 나온 이야기가 아입더. 보이소 해가 중천에 떴는데 저잣거리에 사람들이 보입니꺼, 텅 비따 아입니꺼."

박수견이 장사가 안된다고 먼저 투덜거리니 김수만은 딱히 할 말이 없었다. 사실, 망가진 창날 네댓 개와 시우쇠 댓 근을 진무청 창고에 감춰두었다. 흥정이라도 해 뒷돈이라도 챙기려고 들렀는데, 대장장이의 볼멘소리에 오히려 머쓱했다.

"그렇긴 하네만……."

박수건은 겨드랑이에서 부싯깃을 꺼내 화덕 아궁이 화도[22]에 부싯깃을 올리고 부싯돌을 때렸다. 불빛이 번쩍거리더니 연기가 피어올랐다. 그는 웅크렸던 허리를 폈다.

"올 사람이 있는 가배?"

"깜잡이[23]가 오기로 했는데 여태 안 오네요."

읍장에서 시우쇠 깜을 잡아야 무실장에서 담금질을 하려면 형틀에 넣어 농기구 모양을 만든 다음 매로 두들겨가며 쇠부질 한 뒤 농기구 용도에 알맞게 날을 벼린다. 낫은 날카롭게 벼려야 하지만, 괭이나 호미는 뭉툭하게 벼린 다음 수레에 실어 문암장이나 덕산장에 내다 팔 수 있다. 무실장이야 야철장을 불러놓았으니 깜잡은 시우쇠만 수레로 실어 나르면 되었다.

박수건은 저잣거리를 힐끔거렸다. 기다리던 춘심은 보이지 않고 깜잡이가 느릿느릿 걸어오고 있었다.

"빨리 좀 오이라."

---

22 화도(火刀) : 부싯돌을 쳐서 불이 일어나게 하는 쇳조각. 부시.

23 깜잡이 : 불에 달군 시우쇠를 농기구 크기에 알맞게 토막 내는 일을 하는 사람.

이번 달에는 밀린 장세도 내어야 하고 장역[24]으로 무명 두 필을 우병영에 공납해야 한다. 지난해까지는 한 필이었다. 백낙신이 우병사로 부임한 후부터 한 필이 더 늘었다. 마음은 급한데 느려터진 깜잡이 걸음걸이에 박수견은 숨통이 터질 것 같이 답답했다.

"에이, 씨발!"

박수견이 툴툴거렸다.

"장역도 늘었제?"

김수만이 생각해도 안타까웠다. 먹고 살기도 힘든데 장역이니 군포니 도대체 거둬가는 게 너무 많았다.

"야!"

박수견은 잔뜩 골이나 심통 맞게 대답했다.

"죽일 놈들!"

우병영에서 녹을 받는 수첩군관이지만, 백낙신이 하는 짓은 꼴사납기 이를 데 없었다. 훈련이나 병기 손질은 고사하고 농민들 착취에 혈안이 되어있으니, 임진년처럼 왜놈들이라도 쳐들어오면 성을 지키기는커녕 가장 먼저 내뺄 놈이었다.

---

24 장역(匠役) : 병영에 무기를 공급하는 대신 무명 한 필 공납.

"일 봐라. 내는 갈란다."

군관 급료도 몇 달 치가 밀렸다. 다가올 설도 그렇지만, 어머니 밥상에 올릴 보리쌀 한 됫박도 마련하지 못했다. 매일같이 개떡만 올리려니 김수만은 늘 마음이 불편했다. 어젯밤 집을 나설 때 아내가 바가지로 쌀독을 긁던 소리가 귀에서 맴돌았다. 아침마다 이밥이야 차리지 못해도 어머니 끼니는 걸리지는 않아야 할 텐데……. 뾰족한 방법도 없었다. 집으로 돌아가 초군을 따라 나무라도 하러 갈 참이었다. 밀린 급료라도 주면 좋으련만 기약이 없었다.

"잘, 가이소."

수첩군관이야 가든지 말든지 박수견은 관심이 없었다. 점심나절 주막에서 만나기로 한 저리 문영진이 더 신경 쓰였다. 지난번 만났을 때 이천 냥에 덧두리 오백 냥이면 된다더니 이백 냥이나 더 달랬다. 안동 김씨 족보가 비싸기는 비싼 모양이었다. 잔금 지급할 날도 보름 정도밖에 남지 않았다.

'중도금을 냈으니 별일이야 있으려고…….'

저리 문영진의 말을 들어보고 양단간에 결정을 지을 심산이었다.

"족보 받는 날이 이월 보름날이던가?"

춘심이 대장간으로 종종걸음으로 달려왔다. 박수견은 가슴이 쿵쾅거려 숨이 멎을 것 같았다. 무실장에서 술을 퍼마시며 화냥년 같이 날뛰던 것을 생각하며 금방이라도 때려죽이고 싶었지만, 허리춤에 명주 치마를 올려 쥔 뒤태만 보아도 아무 생각이 없어졌다.

'어이구, 니미럴!'

박수견은 사타구니를 거머쥐었다.

"주막에 올끼제?"

"그라께예."

"저리 나리는 왔더나?"

"언제예."

춘심은 허리를 비비 꼬았다.

박수견은 침을 꼴깍 삼켰다.

"저리 나리 오시면, 대장간으로 연락도?"

박수견의 말이 채 끝나기도 전에 춘심은 쪼르르 주막으로 내뺐다.

"아이구, 조것을 어째……."

마른기침을 캑캑거렸다.

"뭐꼬? 춘심이하고 흘레[25]라도 붙었나? 아이고, 미친놈!"

춘심의 뒷모습을 바라보던 깜잡이 영감이 박수견을 놀렸다.

"봤능교? 우째 저리도 이쁜지."

박수견이 온몸을 비비 꼬았다.

"침은 와그리 질질 흘리노! 그라고, 기둥 서방질 할라카모 돈이 좀 들긴데?"

박수견을 보다 못한 깜잡이 영감이 느물거렸다.

"가관도 아이구만. 춘심이 저년 삼패 기생년 아이가 내가 잘 안다 카이. 고마 정신 차리라 인마야."

"와, 내는 이뿌기만 하구만."

박수견은 머리를 잘래잘래 흔들었다. 저리 문영진에게 족보만 받으면 천것들이나 하는 대장장이 짓은 집어치우면 그뿐이었다. 노비 서너 놈 사들여서 농사를 짓게 하고 남는 논은 소작을 줘 사경(새경)만 받아도 평생 떵떵거리며 살 생각만으로도 어깨가 절로 으쓱거렸다.

---

25 흘레 : 교미(交尾).

6,

부두 곳곳에 상선들의 깃발이 나부꼈다. 낙동강을 거슬러 올라가면 촉석성 예화나루까지 쉽게 갈 수 있을 텐데, 선주는 가산창에 배를 정박하고 도부꾼들을 불러 모아 흥정을 했다. 게다가 가산창은 진주목에서 거둬들인 곡물을 한양으로 운송하는 집합소라, 부두를 들락거리는 청국 상인들과 시우쇠를 들여오는 왜인들도 많아 한 푼이라도 아끼려는 도붓장수들이 전국에서 모여들고 밀거래도 성행해 전국의 도붓장수들이 늘 분분[26]했다.

도붓장수 패거리들이 떠들썩거리며 주막으로 들어왔다, 대낮부터 술판이라도 벌이려는지 주둥이를 해벌쭉거렸다.

"주모, 국밥 댓 그릇 하고 막걸리도 서너 사발 주이소."

어투가 다른 게 진주 사람은 아니었다. 가산창에서 물목을 사들여 읍장이나, 수곡 무실장을 오가며 내다 파는 도붓장수들이었다. 그중 두어 명은 읍장에서 비단 두어 필 가격을 덤터기씌웠던 놈이라 피하는 게 좋을 것 같았다. 알은 채해서 괜한 시빗거리를 만들 필요가 없어 문영진은 모르는

─────────────
26 분분하다(芬芬─) : 여러 사물이 뒤섞여 어수선하다.

척 고개를 돌렸다.

"올 때가 됐는데……."

문영진은 주막 출입문을 기웃거리다 말고 하늘을 쳐다보았다. 해가 중천에 있었다.

'정오라고 했는데…….'

지공 마을이면 그렇게 멀지 않은 곳이라 읍 주막이나 난향루에서 만나도 될 일을 굳이 가산창까지 오라니 다른 용심이라도 있는지 문영진은 신경이 쓰였다. 하기는, 오백 냥이면 충분할 터인데 천 냥이라고 김성수가 큰소리칠 때 눈치를 챘어야 했다. 요리조리 피하면서 약속을 한두 번 어긴 것도 아니었다. 오늘은 기필코 담판 지어야 한다. 안동 김씨족보라고 이백 냥을 더해 이천오백 냥이라고 박수건에게 으름장도 놓았다. 어쨌든, 아무리 안동 김씨 족보라지만 한 질에 이천오백 냥이면 비싼 편이었다.

이십 년 전이기는 하지만 문영진도 삼백 냥에 족보를 샀다. 아무리 세월이 지나도 이천 오백 냥이면 터무니없는 가격이라 어이가 없었다. 대장장이 박수건이 놀라는 것도 무리가 아니었다. 천 냥이나 남는 장산데, 김성수의 야지랑쯤이야 견딜 만했다.

"어이, 저리?"

주막으로 들어오던 남강원 주사 김성수는 금방 문영진을 알아봤다. 엉터리 양반 주제에 족보 장사를 하다니…….

'돈은 가지고 왔을까?'

이백 냥을 더 받으면 괜찮은 장사였다. 김성수는 문영진의 봇짐을 먼저 보았다.

"주사 나리. 이리로 오이소."

문영진은 일단 호들갑을 떨며 주사 김성수를 반겼다. 남강원 건립이 더딘지 표정은 어두웠다. 서원 건립을 반대하는 유생들이 목소리가 이미 진주목에 파다하게 퍼졌다. 그런다고 짓지 않을 리 없겠지만 만만하지는 않을 것이다.

"남강원 건립은 잘 돼 갑니꺼?"

문영진은 김성수에게 슬쩍 간을 떠보았다.

"아이고, 골치가 많이 아프네……."

주사 김성수가 말꼬리를 흐렸다.

"주모, 여기 국밥 두 그릇 주이소."

"아, 네네."

나긋나긋한 주모 목소리가 주막을 가득 메웠다.

"국밥으로 끝낼라꼬?"

"아이고, 주사 나리! 그럴 리가 있겠심니꺼."

김성수의 음흉한 속내를 문영진도 알았다. 남강원 건립
은 제쳐두고 기생집이나 드나들며 주색잡기에 정신이 나갔
으니 돈이 필요할 것이다.

"주모, 막걸리도 한 병 주이소."

문영진은 막걸리보다 김성수가 들고 온 보퉁이만 눈에
보였다. 묵은 먼지 냄새가 폴폴 났다. 분명 족보일 것이다.
어떤 놈의 등을 후렸는지, 아니면 제 놈의 족보인지는 모르
겠지만 구하기는 구한 모양이었다. 돈이라면 사족을 못 쓰
니 무슨 짓이라도 했을 것이다. 아무래도 상관없었다. 천 냥
이 걸린 거래였다.

"기생집으로 갈까요?"

문영진은 김성수의 표정을 요리조리 살피며 야지랑을 떨
었다.

"대낮부터 기생집은 무슨……."

김성수가 문영진의 봇짐을 흘끔거렸다. 필시 돈을 더 달
라는 것이다.

"이백 냥이면 되지예?"

"이 사람아 그래도 안동 김씨 족본데 그 돈으로 되겠나.

조금만 더 써라."

문영진은 어이가 없었다. 한두 번 거래한 것도 아닌데 만날 때마다 올라가는 가격을 감당하기 어려웠다.

"아이고, 그라머 그만두이소."

문영진은 자리를 털고 일어났다.

김성수도 뒤따라 일어났다.

"아니, 이 사람아……."

김성수의 얼굴에 당황하는 표정이 역력했다. 문영진은 못 본 척 주막을 나왔다. 언제까지 끌려다닐 수 없었다. 이 일로 춘심이 년이 난향루에 얼굴을 자주 비치는 것도 신경 쓰였다. 혹시 매서가 알기라도 하면 아버지 체면도 말이 아니었다. 이쯤에서 말을 듣지 않으면 차라리 다른 사람을 알아보는 게 오히려 나을 것 같았다.

"이보게, 저리!"

김성수가 문영진의 바짓자락을 부여잡으며 주저앉았다.

'그러면 그렇지, 지깐 놈이 버텨봐야 별수 있으려고. 돈이라면 사족을 못 쓰는 놈이 돈 자루를 보고 그냥 지나칠 수 있겠어!'

"이 손 놓으이소!"

문영진은 돈 자루를 잡아채며 김성수의 손목을 매몰차게 뿌리쳤다.

　"아니, 이 사람아, 알았네, 알았어."

　허겁지겁 돈 자루에 매달리는 김성수의 손목을 문영진은 못 이기는 척 평상에 도로 앉았다.

　"안동 김씨 족보는 맞지요?"

　"걱정 마시게, 내가 안동 김씨 아닌가."

　양반질 하려고 딸까지 팔아먹었으니 김성수가 돈을 밝힌다고 나무랄 일도 아니었다. 문영진은 매서가 눈앞에서 어른거렸다. 그나저나 마동리 훈장 정영장에게 받은 뒷돈이 신경 쓰였다. 우병영 이방 권준범에게 열 량이나 쥐여줬으니 알아서 처리하겠지만, 아직까지 감감무소식이니 마음이 편하지 않았다.

　"나쁜 놈들!"

　남의 집 말림갓을 벌겋게 벌초 해버렸으니 아무리 덕망 높은 훈장이라도 가만히 앉아서 당하지 않을 것이다. 굽실거리는 훈장 놈의 꼬락서니가 문영진 눈앞에 어른거렸다.

　'꼴에 훈장이라고…….'

　문영진은 김성수를 흘끔거렸다.

"그라면 족보 먼저 넘겨 주이소."

문영진은 김성수가 가져온 보퉁이를 잡아당겼다.

"아니, 그게……."

먼지가 풀썩거렸다. 김성수 손이 부들부들 떨었다.

7,

해거름이 아직인데 저잣거리는 설렁했다. 지금쯤이면 장
사꾼들은 좌판을 벌이고 떨이 호객이 한창일 텐데, 어물전
도 포목전도 좌판 거두기에 여념이 없었다. 대장간도 마찬
가지였다. 초군청 앞 공터에 나무를 실은 지게들이 줄지어
서 있었다. 먼 산에서 기껏 나무를 해와도 사 가는 사람이
없으니 팔 도리가 없었다.

"아이고, 니미럴!"

이계열은 입에서 욕이 저절로 나왔다. 이아貳衙 뒤편 대
갓집 솟을대문으로 노비들이 장작과 삭정이를 지고 들락거
렸다.

"시팔 놈들……."

이계열이 욕을 쏟아냈다.

"회문[27]은 돌렸나?"

초군청 앞에 줄지어 세워놓은 지게를 보던 이계열은 울
화통이 치밀었던지 집강[28] 이귀재를 불렀다. 그는 용봉마을
초군들을 통솔하고, 농번기에는 네댓 마지기 소작농을 지
었다. 남는 소출이 없다며 초군을 자처한 지 벌써 여러 해가
되었다. 워낙 몸도 단단하고 영민해 용봉마을 초군을 이끌
고 읍 초군청 집강까지 맡았다.

"예, 좌장 어른. 부화곡은 수마(수만)이가 초군청에 들러
회문을 직접 받아갔고요, 용봉은 지가 시간이 없어, 관옥이
를 시켜 회문을 돌렸심더.

"윤화는 우째됐노?"

"이직도 진무청 옥사에 갇혀 있심더."

"수마이가 뭐라 카더노?"

"……."

이귀재가 말이 없었다.

이계열은 심기가 불편했다. 마동리 훈장 산에서 벌목을

---

27 회문(回文) : 여러 사람이 차례로 돌려 보도록 쓴 문장. 회장(回章),.
28 집강(執綱) : 초군들의 행정 사무를 보는 사람.

하다가 걸린 부화곡 김윤화가 우병영 진무청 옥사에 갇혔다. 이방 권준범에게 풀어달라고 몇 번을 간청했는데, 훈장 허락 없이 어렵다는 말만 되풀이하면서 발뺌했다. 그대로 뒀다가는 김윤화가 곤욕을 치를 것은 불 보듯 뻔했다. 농한기에 벌목을 못 하면 초군들의 생계도 문제였다.

"언제 모이라켓제?"

"섣달 초사흘 날임더."

"달도 없고 잘됐네."

이계열이 담담하게 말했다. 한두 번 있는 일도 아니었다. 훈장 정영장은 걸핏하면 우병영에 고변해 초군들을 잡아들였다.

이귀재는 입술을 앙다물었다.

"불길이 엄청 날 낌더."

훈장 노비들은 산기슭에 숨어서 실컷 놀다가 초군들이 나무를 지고 산에서 내려오면 그때 덮쳐 나무는 빼앗아가고 초군들을 붙잡아 두들겨 팼다. 한두 번 당한 것도 아니었다. 사실, 김윤화는 초군도 아니었다. 지난해 낳은 아들놈이 먹을 게 없어 굶어 죽었다. 그의 아내는 며칠을 실신했다가 겨우 일어났는데, 마을 사람들이 숨겨둔 보리로 죽을 쑤어 먹여 겨우 목숨을 건졌다.

"나쁜 놈!"

마동리 훈장은 욕심이 많아 우병영이나 진주 목 서리들과 짬짜미해 도결도 피해갔다. 우병영 이방 권준범의 동생 권종범이 뒤를 봐준다는 소문도, 저리 문영진이라는 소문도 들렸지만, 어떤 놈이 뒤를 봐주더라도 상관없었다.

"그래, 해거름이 지나면 바로 시작하자. 그런데 얼마나 모일란고?"

이계열은 본때를 보여주고 싶어도 초군들이 많이 모여야 가능한 일이다.

"다, 올낌더."

이계열은 우병영을 바라보았다. 백성들이야 죽건 말건 진주성에는 횃불이 붉게 타올랐다.

읍장 저잣거리에 초군들이 모여들었다. 하나같이 지게는 팽개치고 지겟작대기와 낫을 들었다. 수십 명은 족히 되었다. 부화곡, 용봉, 마동, 축곡, 가이곡까지 마을마다 스무 명만 참석해도 수백 명은 충분히 넘을 것이다.

이계열은 엄숙하게 말했다.

"부화곡으로 가자."

이귀재가 앞장섰다. 머리에는 무명 헝겊으로 동여맸다. 상투를 푼 머리카락이 바람에 날렸다. 부화 곡까지는 십오여 리에 불과했다. 지금 출발하면 해거름에는 산기슭에 도착할 것이다. 덕천강과 경호강 합수부를 지나면 오산들이다. 이곳에서 한 마장을 더 가면 축곡 내평마을 뒷산부터 훈장의 말림갓이었다.

산기슭이 조용했다. 초군들이 나무를 지고 내려오면 훈장 노비들이 숨어서 초군들을 기다리던 곳이었다. 이계열이 횃불을 들었다.

"이곳에 횃집을 만들어라."

이귀재가 장소를 정했다. 혹시나 산으로 불씨가 날아오르면 사태가 커질 것을 염두에 두었다.

"장작을 먼저 쌓고 생솔가지를 군데군데 끼워 넣어라."

이귀재가 초군들을 시켜 준비한 장작을 차곡차곡 쌓아 올렸다.

병사들이 횃불을 들고 나타났다. 초관[29]까지 앞장세운 우병영 이방 권준범이 뒤를 따랐다. 우후 신효철의 빼든 칼날

---

29 초관(哨官) : 관아 공무를 집행하던 종 9품 벼슬아치.

이 횃불에 번쩍거렸다. 그 뒤를 병사 십 수명이 뒤따랐다. 그들은 창을 들었다. 훈장이 우병영 병사 지원을 요청한 모양이었다. 그렇지 않고서 신효철이 병영을 비워두고 부화곡까지 올 리 없었다.

김수만은 낫을 머리 위로 들었다.

"가까이 오면 산에다 불을 확 질러 뿔끼다."

훈장 노비들이 몽둥이를 들고 병사들 뒤에 웅크리고 있었다.

권준범이 나섰다.

"이보게, 좌장 이러지 마시게."

권준범은 이계열과 또래다. 이계열이 나무를 팔아먹고 살지만, 그는 양반 중에 상 양반인 임금의 친척이었다. 지금이야 초군으로 살아도 임금이 되지 말라는 법도 없었다. 하긴 외척에 둘러싸인 임금이 할 일이야 별로 없겠지만, 어쨌든, 권준범 따위와는 비교되지 않았다. 단성 마을 조신 김인섭과 막역한 사이라는 것도 알았다. 그러나 훈장의 뒷돈이겠지만, 저리 문영진에게 열 냥이나 이미 주머니를 채웠으니 가만히 보고 있을 수도 없었다.

"김윤화를 어쩔 셈인가?"

"우병사에게 도둑놈을 풀어주라고 말해줄 테니 그만두시
게."

"이보시게 이방, 김윤화가 도둑이라니, 사람이 굶어 죽었
는데 그 무슨 섭섭한 말인가!"

이계열이 점잖게 말했다.

"우짜던지, 알았네."

"곧바로 풀려나지 않으면 이 산에 불을 질러버리겠네."

이계열은 낫을 휘두르며 분기탱천했다. 하지만, 불을 질
러 산불이 크게 번져 어느 쪽이라도 다치면 골치 아픈 일이
한둘이 아니었다. 서로가 힘들다. 우병영이나 목牧에서 초
군들과 초군청을 감시하는 것도 그 때문이었다.

"이보게 이방, 우병사에게 잘 말해 김윤화를 먼저 풀어주
시게."

"알았네, 조금만 기다려 주시게."

이방 권준범이 훈장을 불렀다.

"이쯤에서 그만두시죠. 서로가 피곤해지니, 김윤화 소행
이야 나쁘지만 그만 풀어주소."

훈장 정영장은 김윤화를 풀어주라는 이방이 못마땅해도
들을 수밖에 없었다.

"알았네."

훈장이 장죽으로 등때기를 긁었다.

"그만 돌아들 가시게."

권준범이 손을 흔들었다,

이계열도 손을 흔들었다.

8,

내평리에서 오산들을 가로질러 덕천강을 한 번 더 건너
면 산기촌으로 가는 가장 빠른 길이었다. 강물이 불어나 건
너지 못하면 녹두실재를 넘어 가화천 천변을 따라가는 길도
있었다. 강이 얼면 강변을 따라가도 되는데, 진달래가 만발
하면 그 길도 나쁘지 않았다. 진달래꽃도 따 먹고 송기도 벗
겨 먹으며, 털이 보송한 가화천 천변 버들개지 맛도 그만이
라 허기 면하기에 제격이었다.

가을은 겨울보다 못했다. 큰집(이명윤 교리 집) 감 서리
가 허기를 덜어주었는데, 노비에게 붙잡히며 가살[30]이나 떠

---

30 가살 : 간사하고 얄미운 태도.

는 육촌 형(이명윤) 꼬락서니가 싫어 이계열은 웬만해서는 덕천강 강변을 피해 녹두실재를 넘었다. 운이 좋으면 미륵 산에서 기슭에서 캔 칡뿌리로 허기는 면할 수 있어 다니던 길이었다.

태봉산과 미륵산 구릉지에 햇살이 간당거렸다. 이계열은 사립문에서 주인장을 불렀다.

"검동이 있는가?"

검동은 큰어머니가 시집올 때 데리고 온 교전 노비 순득 이와 혼인한 뒤 산기촌에 살림을 차렸다. 워낙 성실하고 힘 도 좋아 연통만 넣으면 금방 달려와 일 처리를 잘해줘서 굳 이 한 집에서 더부살이할 필요가 없어 살림을 내줬다고 생 원 정자약이 말한 적이 있었다.

"아재, 들어 오이소."

"계춘이는 안 왔나?"

"야, 아직 안 왔는데요."

"수익이는 와 있심더."

박수익이 먼저 도착한 모양이었다.

"사랑채로 들어가입시더."

이계열이 사랑방 방문을 열자 부젓가락으로 화롯불을 뒤

적이던 박수익이 고개를 들었다.

"어서 오이소."

"응, 그래. 계춘이는 연락 안 됐나?"

"곧 올낌더."

이계열이 화롯가에 주저앉았다.

"많이 힘들었다며?"

"야, 다 끝났심더. 이제는 털어 갈래도 가져갈 것도 없심더."

"부화곡 김윤화는 우째 됐는교?"

"진무청에서 풀려났다 아이가."

이계열은 우병영 이방 권준범의 일그러진 낯짝이 생각나 피식 웃었다. 사실, 단성 김인섭에게 부탁해 우후에게 뒷돈을 쥐여주고 김윤화를 진무청에서 빼냈는데 이방이 알 리 없었다.

"다행입니더."

검동은 울타리 넘어 덕천강을 바라보았다. 휘양건을 단단히 눌러쓴 사람이 강을 건너고 있었다. 읍으로 갈 거면 굳이 덕천강을 건널 필요가 없을 것이다. 분명히 산기촌으로 오는 사람이었다. 신경이 바짝 쓰였다. 어떻든 그는 노비 신분이었다. 족보를 사서 야반도주해 아무도 모르는 곳에서 새 삶을 살아도 노비 문서를 불태워버리지 않는 한 노비에 서 벗어날 수 없었다.

"검동아 늦었제?"

유계춘이 사립문으로 들어섰다.

"아임더, 계열이 아재도 좀 전에 왔심더."

이회를 한다고 잘못 소문이라도 나면 관아 진무청에 끌려가 집을 내줬다는 이유만으로도 죽도록 곤장을 맞았다.

"들어 오이라."

유계춘의 목소리를 들었는지 박수익이 사랑방 문을 열었다.

"이 교리는 언제 온다 카더노?"

"기별해놨으니, 곧 올끼다."

유계춘은 가화천을 바라보았다. 이명윤은 녹두실재를 넘어서 온다고 했다. 덕천강을 건너는 길보다 조금은 더 걸렸다, 돌다리를 건너면서 가화천을 유심히 살폈으나 그는 보이지 않았다. 설마 약속이야 어기려고……. 그리고 마을 일인데 함부로 발설하지는 못할 것이다.

"생질 왔나?"

외숙부 정자약이었다.

"야, 사랑방으로 들어가입시더."

유계춘은 한 번 더 가화천을 바라보았다. 녹두실재를 내려오는 이명윤이 두루마기를 펄럭거리며 걸어오고 있었다.

"교리 어른 옵니더, 방으로 들어가입시더."

유계춘을 뒤따라 이명윤도 검동의 집 사랑방으로 들어갔다. 박수익이 부젓가락으로 화로를 뒤적거렸다. 화톳불이 벌겋게 달아올랐다. 잘 탄 숯을 화로에 얹어 놓은 덕분이었다.

이명윤이 입을 뗐다.

"이대로 뒀다가는 모두 굶어 죽게 생겼다카이, 뭔 대책이라도 세워야 안 되겠나. 정 생원 생각은 어떤노?"

"정영이라도 해야 안 되겠능교."

한 마디 겨우 던진 정자약이 입을 굳게 다물어 박수익이 답답해서 한 말이었다.

"이번 목사는 앞뒤가 꽉 막힌 놈이라 카던데요."

정자약이 걱정스러운 듯 말꼬리를 흐렸다.

"그래도 굶어 죽는 것보다 안 낫겠는교."

유계춘이 외숙부를 바라보며 말했다.

"하긴, 그냥 앉아서 당할 수도 없고……."

정자약이 이명윤을 바라보았다.

"며칠 전에 목사 홍병원을 만나 따졌는데, 씨알도 안 먹히더라고……."

이명윤이 며칠 전에 목사에게 된통 당했던 게 짜증 나서 한 말이었다.

올봄에도 뒷북을 치더니만 이번에도 그러려는지 이명윤의 맥빠진 소리를 듣고만 있을 수 없어 유계춘이 거들었다.

"정소를 한답시고 목사를 잘못 건들었다가는 주모자만 다칠 텐데 앞장설 사람이 있겠능교."

유계춘이 볼멘소리를 했다.

"그거는 걱정 안 해도 된다. 홍병원은 나와 아는 사이라서 걱정 안 해도 된다 카이 내가 책임지꾸마."

이명윤이 큰소리를 쳤다.

유계춘은 교리 이명윤이 미덥지 않았다. 누가 뭐래도 시골에 눌러앉은 전직 조신일 뿐인데 목사를 너무 얕잡아 보는 것 같았다. 며칠 전, 목사가 조신이라고 도결을 피해갈 생각을 말라며 이명윤의 요청을 한마디로 일축했다는 소문이 읍에 자자한데 책임을 지겠다니 어이가 없었다.

"교리 어른이야 체면 때문에 나서지 못할 거 아니냐. 뒤를 봐 준다카이 계춘이 니가 나서는 기 어떤노?"

이명윤이 마땅찮았다. 돈 좀 있다고 큰소리치면서 염출 몇 푼 되돌려주지 않는다고 유계춘을 우병영에 고변까지 해 놓고 인제와 사정이 달라졌다고 뒷일을 책임지겠다니 박수익도 그를 믿지 않았다. 아무리 마을 어른이라도 이치에 맞지 않았다. 지난 일을 메지[31]도 안 짓고 넘어갈 일이 아니었다.

유계춘은 대답을 안 했다. 사실, 소작이나 짓는 주제에 나설 일이 아니었다. 어쭙잖게 나섰다가 올봄처럼 봉변이나 당하기 딱 알맞았다. 한두 번 당하는 일도 아니었다. 장정이 있는 집에서만 거두는 징포는 우병영에서 하는 일이라 당장 목숨이 걸린 일도 아니었다.

"그라면, 염출은 올봄만큼으로 하고 등소장은 내가 써 줄 테니 마을 사람들의 수결은 계춘이하고 수익이는 관청에 의송을 하는 게 어떤노?"

이명윤은 방안을 둘러보았다. 모두 그의 눈치만 바라보았다.

---

31 메지 : 일의 한 가지가 끝나는 단락.

"그라고 수결이 문제 되모 서낭당에 마을 사람들을 모아 놓고 연락을 주면 설득은 내가 하꾸마. 뒷감당도 걱정하지 말고."

큰소리는 쳤지만 사실 이명윤은 고민되었다. 땅뙈기 한 평 없이 소작 농사나 짓는 유계춘에게 책임을 맡기기가 미덥지 않았다. 직설적인 성격도 문제였다. 한 번 뱉은 말은 되 물리지 않았다. 물러서지 않는 것도 탈이었다. 때에 따라서 적당하게 물러서는 여유도 필요한데 그는 물러서지 않았다. 하지만, 마을 사람들을 설득해 힘을 모으고 이웃 마을과 연대하는 능력이 있었다. 올봄에 목사 신억이 도결을 포기한 것도 마을 사람들의 단합된 힘이 엄청났기 때문이었다.

"계춘아 이번에도 니가 씸 쫌 쓰라. 잡일은 내가 도와주께. 안 되겠나, 교리 어른이 부탁도 있고 하니."

박수익의 말에 유계춘은 반분이나 풀렸다.

"그라머 이번에도 제가 한번 해 볼게요."

마음이 썩 내키지 않았지만, 이회 분위기가 유계춘을 강요하고 있었다.

"알겠심더, 마동리 강쾌하고, 우리 동네 지구와 지우는 지가 연락하겠심더. 그라고 가이곡과 원당은 수익이 니가 좀 연락해도."

"알았다."

박수익은 흔쾌히 대답했다.

"섣달 보름날 정오에 아랫담 서낭당으로 모이라고 해도."

어머니가 아시면 경을 칠 일이지만, 유계춘은 마음을 단단히 먹었다.

"검동아, 니는 모린 척해라."

정자약이 검동을 다잡았다. 노비 주제에 마을 일 여기저기에 끼어드는 게 신경이 쓰여 한 말이었다.

"야, 알겠심더. 종놈이 뭐 알겠능교. 걱정 마이소. 주인마님."

걱정하지 말라는 말은 해도 검동은 자신이 없었다. 이 회장소를 제공했다는 소문이 감영에 알려지기라도 하면 물고 날 게 분명한데, 정 생원에게 약속한다고 해결 될 일이 아니었다. 당장이라도 진무서리가 다그치면 매에 못 이겨서라도 토설하고 말 텐데…….

'어떻게 하지?'

글피에는 정자약의 작은아들을 대신해 열흘간 우병영에 군역을 가야 한다. 이번 군역 나흘과, 빼먹은 군역 나흘

에 벌전 하루씩을 더하면, 열흘이라고 진무서리가 말해주었
다. 이번까지 군역을 치르지 않으면 진무청 옥사에 가둬 주
리를 틀 거라며 협박까지 했다.

"에이, 씨발 놈들!"

틈틈이 미륵산 우금에 개간한 무텅이 밭에서 돌도 주워
내야 하고 날씨가 풀리면 쟁기질도 해야 한다. 양반들 틈새
에 노비가 끼어들어 득 될 게 없었다. 그저 상전이 시키는
일이나 하면서 틈틈이 재산을 모아 이곳을 떠나는 게 상책
이었다. 검동은 가슴이 답답했다.

유계춘은 수심이 가득한 검동을 힐끗 보았다. 행세를 보
니 족보라도 사서 도망갈 모양인지 시원스럽지 않은 그의
대답도 생각에 잠긴 표정도, 뭔가 꿍꿍이가 느물거렸다.

9,

내평들에 땅거미가 깔렸다. 해거름까지 요란을 떨던 까
마귀 떼는 미륵산에 보금자리를 틀었는지 자취를 감췄다.
들판에는 볏짚 낟가리에서 남은 이삭이라도 주울 심산이었

던지 볏짚이 드문드문 널브러져 있었다. 이삭을 줍던 아이들이 짓일 것이다. 우병영 병사들이 유계춘의 집을 쑥대밭을 만들었다고 했다. 그의 모친은 병사들의 발길에 차여 위독하다는 소문도 돌았다.

중문을 나서던 언년이가 툇마루에 서성이는 이명윤을 발견하고 황급히 고개를 숙였다. 제집으로 돌아가려던 참이었는지 당황한 기색이었다.

"떡쇠는 기별이 없느냐?"

"예, 나리. 아직 엄심더."

읍장에서 먹墨을 사 오라 일렀는데 해거름까지 모습을 보이지 않으니 걱정이 됐다. 주막에서 술판을 벌이거나 저잣거리 투전을 하지 않으면 무슨 꿍꿍이라도 있는 게 분명했다. 지난번 박수익의 집에서 보았던 검동이 설핏 생각났다. 주인이 시키는 일만 하면 될 일이지, 노비 놈이 마을 일에 주접 거리다니……. 제 주제도 모르고 날뛰는 꼴이 가관이었다.

돈 몇 푼 벌었다고 노비가 양반 되지 않는다. 하긴, 마동리 훈장 정영장의 노비 담사리가 야반도주를 했다. 기껏 돈 들여 살림까지 차려주었다더니 밤새 도망을 가버렸다고 우병영에 연락을 취해놓았다고 했다. 두류산 내원골에는 도주한 노비들이 모여 화전을 일구며 산다는 소문도 돌았다.

"그래, 알았다. 일 보아라."

이명윤은 사랑으로 들어와 서안 앞에 앉았다. 마음을 가다듬고 연적을 들어 벼루에 물을 부었다. 한숨처럼 물을 토해내며 벼루에 찬찬히 퍼졌다.

"떡쇠 놈이라도 있었으면 먹이라도 갈아줄 텐데……."

이명윤은 먹을 집어 들었다. 단산오옥丹山烏玉, 중원에서 산 거라며 홍문관 시절 수찬이었던 홍병원이 선물해 준 거였다. '烏'자만 겨우 보이니 절반은 닳았다. 그자와의 인연이 다해간다는 뜻일 거다. 손목을 천천히 움직이며 벼루에 먹을 문질렀다. 맑았던 물이 점점 검어졌다. 명품 먹이라도 제대로 된 벼루를 만나야 비로소 제구실한다. 홀로 명품일 수 없다. 세상 이치도 다르지 않을 것이다.

'이렇게 간단한 이치를 이제야 깨닫다니…….'

이명윤은 먹물을 붓끝에 듬뿍 찍어 단숨에 등소장을 써 내려갔다.

무릇, 농민은 나라의 근간이라 했습니다. 그런데, 농

민들이 굶어 죽어가고 있는데, 도결을 시행한다고 하니 걷잡을 수 없는 슬픔에 젖었습니다. 하여, 조상의 제사를 물리더라도 산 노모의 끼니는 올려야 하지 않겠습니까. 청하옵건대, 이미 내려진 도결을 거두시어 부디 목민관의 혜량으로 농민들의 수고를 들어주시기 바라옵니다.

소장 끝에 호주 이름을 일일이 나열했다. 농민들의 어려운 사정을 목사도 알아야 할 것이다. 지난번 목에 들러 도결을 제외해 달라고 요구했을 때 퇴짜를 놓던 홍병원의 표정이 설핏 지나갔다.

"그만 돌아가시게!"

홍병원은 딴청을 부리며 시적[32]거렸다.

"이보시게……."

이명윤은 통사정했지만, 목사 홍병원은 고개를 돌렸다.

"그만, 돌아가는 게 신상에 이로울 걸세."

홍병원의 목소리가 귓전을 때렸다. 이명윤은 수치스러웠다. 공자 왈 맹자 왈은 목사 홍병원에게 장식일 뿐이었다. 그렇게 당당하게 임금에게 간언하던 수찬 홍병원은 어디에

---

32 시적거리다 : 흥미가 없어 느릿느릿 말하거나 행동을 하다.

서도 찾을 수 없었다. 사람의 한계를 그때야 알았다. 아무래도 이번 등소는 지난해와 달리 혁파하기 어려울 것 같았다.

'어떻게 하지…….'

이명윤은 고민에 빠졌다.

녹두실재에 올랐다. 가쁜 숨을 다잡으며 내평들을 내려다보았다. 어슴푸레한 연기가 마을 위를 떠돌았고, 덕천강 강변에 늘어선 버드나무가 짐승 내장처럼 구불거렸다. 미륵산 우금에도 잔설이 하얗게 눌어붙었다.

이명윤은 이마에 끼적거리는 땀을 훔치며 갓을 고쳐 쓰고 두루마기 옷고름을 여몄다. 갈개꾼을 피하려면 힘들어도 낮 길보다 야밤에 움직이는 게 낫다. 고개 초입에서 오른쪽으로 돌아가면 미륵골이다. 그는 두루마기를 다시 한번더 추스르며 걸음을 다잡았다. 박수익의 집까지 가려면 미륵골 오르막을 한참을 걸어야 도착할 수 있다.

"이보게, 이 교리 아닌가?"

이명윤은 뒤를 돌아보았다. 가이곡 생원 정자약이었다.

"자네도 이제 오는가?"

"그러네, 향임들의 눈을 피하다 보니 좀 늦었네 그려."

"별일 없었는가?"

"일이야 많아도 어디 다 말하고 살 수 있겠나, 이제나저 제나 세월만 삭이고 있다네!……."

"그렇겠군……."

이명윤은 정자약의 말을 이해할 수 있었다. 조신이라는 이유로 마을 일에 미주알고주알 간섭하기도 뭐 했다. 그저 잘 되기를 바랄 뿐인데, 그것도 여의치 않으니 이도 저도 할 수 없는 처지였다. 마을 사람들의 의견을 따를 수도 없고, 그렇다고 관가에서 하는 일을 두고 옳으니 그르니 말 보탤 처지도 아니었다.

정자약은 갓을 바로 잡았다.

"수익이 있나?"

안채 안방 문이 열리고 박수익의 아내가 고개를 내밀었 다. 박수익의 아내는 용봉리 김씨 집안에서 시집왔다. 안동 김씨라고 떠들었으나 행실은 쌍것이나 다름없었다.

'나쁜 년!'

박수익의 어머니는 진주 하씨로 읍내 대안리가 친정이 었다. 노년에 노망이 들어 베를빡(바람벽)에 똥칠한다고 그 의 아내가 바깥으로 내치기 일쑤여서 부부간에 갈등이 심했다. 거기에다 박수익은 이회니 향회니 하며 그의 사랑방에서 자주 만나니 그녀에게 방문객들이 반가울 리 없었다.

"열렸심더, 삽짝(사립문)을 밀어 보이소."

박수익 아내가 뚱하게 말을 뱉어내고 안방 문을 세차게 닫았다.

"이런 고얀……!"

박수익 아내의 거친 행동에 정자약은 말을 삼켰다.

"생원 어른, 오셨능교."

그때야 박수익이 사랑방에서 나왔다.

"교리 어른도 같이 왔심니꺼. 안으로 들어 오이소. 모두 모여 있심더. 자 이리로 오소."

박수익이 화로 옆자리에 이명윤과 정자약이 앉기를 권했다.

"계춘이는 안 왔나?"

박수익에게 물었다.

"계열이 형님하고 같이 온다고 합디다."

"그렇구먼."

교리 이명윤은 소맷자락에 넣어두었던 등소장을 꺼내 방바닥에 펼쳤다.

"수익이가 한 번 읽어 보이라."

"야."

박수익은 등소장을 호롱불에 비췄다. 역시 문과에 급제한 이명윤의 서체는 아름다웠다. 내용도 그럴듯해 홍병원이 보면 감탄할 수밖에 없을 만큼 정갈하게 쓰여 그의 짧은 식견으로는 감히 흉내 내기도 어려웠다.

"지가, 뭐 아는 거라도 있심니꺼. 지는 됐심더."

"이리, 줘 봐라."

정자약이 등소장을 받아들었다.

"지난해 등소장보다. 훨씬 잘 썼네. 됐다. 서명만 하면 되겠다. 벼루하고 먹 줘라."

정자약이 붓을 잡았다.

"야, 쪼매만 기다려 보이소."

박수익이 자리에서 일어나더니 시렁을 뒤적였다.

"아이고, 추버라. 다 왔능교?"

유계춘이 사랑방으로 들어왔다. 뒤이어 이계열도 들어왔다.

"성님 왔능교!"

유계춘은 이계열에게 눈을 끔뻑였다.

이계열이 교리 이명윤을 보더니 대뜸 인사를 했다. 사촌 간이라도 서로 말 섞기를 꺼렸는데 어쩐 일인지 먼저 안부까지 물었다.

"어, 동생도 왔나."

이명윤의 어쩔 수 없는 대답이었지만, 지금은 힘을 합쳐야만 읍에 정소할 수 있다.

"빠진 사람들 없는지 확인 좀 해도."

정자약이 유계춘에게 모인 사람들을 확인하라 일렀다.

"다 온 것 같은데요."

"그라머, 계춘이 니부터 서명해라."

"야, 알겠심더."

유계춘은 벼루에서 먹물을 듬뿍 찍어 이름 아래에 수결했다.

"다음에 수익이, 그라고 계열이도 준비해라."

정자약은 이계열과 동갑이라도 학식은 달랐다. 과거도 안 보고 가이곡에 눌러살아도 학식은 문과에 급제한 이명윤에게 뒤지지 않았다.

"그라머 누가 갈끼고?"

등소장 수결을 지켜보던 이명윤이 방안을 둘러보았다.

"계추이 하고 수익이가 다녀 오이라."

"……."

유계춘은 말을 아꼈다. 도결을 혁파하기 위해서는 지주 地主들이 나서야지 땅이나 부쳐 먹는 소작인이 나설 일이 아니었다. 지주가 나서는 게 옳았다. 올봄 도결 때에도 누가 감영에 제출할 것인가를 두고 말이 많았다. 결국 나서기는 했지만, 지금까지 아전들의 감시를 받으며 쫓겨 다니는 신세였다.

얼마 전에도 우병영 병사들이 집안을 쑥대밭으로 만들었다. 염출 문제도 해결되지 않았다. 어머니는 그들의 행패에 못 이겨 방안에 드러누웠는데 집에 들어가지도 못하고 이리저리 숨어다니는 처지라 쉽게 결정할 문제가 아니었다.

10,

우병사 백낙신은 오랜만에 진남루에 올랐다. 참으로 오랜만의 일이었다. 남강이 새파랗게 얼어붙어 작평은 오히려 더 넓어 보였다. 예화문 앞 나루에 나룻배가 강을 건너고 있었다. 사공이 얼음을 깼는지 장꾼들이 예화문 앞에 북적거렸다. 공북문 아래 대사지도 얼어붙었다. 연꽃이 만발하더니만, 계절을 거스를 수 없었던지 마른 줄기만 얼음 위로 꼿꼿하게 고개를 쳐들었다. 비봉산 아래 보장헌이 눈에 들어왔다. 목사 홍병원이 엉덩이를 방바닥에 비빌 것이다.

'부임한 지 한 달도 안 된 신임목사가 도결을 시행하다니……. 건방진 놈!'

감히 목사 주제에 경상 우병영 병마절도사와 상의도 없이 도결을 시행하다니……. 백낙신은 짜증이 났다. 병고전이 빈 지도 오래됐다. 이렇게 되면 더는 통환을 늦출 수가 없었다. 전라좌도수군절도사에서 경상 우병영에 부임한 지도 일 년이나 지났으니 그간 저지른 죄상이 병조판서 김병기 대감 귀에 들어가 고초를 치른 사건도 웬만큼 시간이 지났다. 이만큼 참았으면 바친 돈을 회수할 때도 됐다. 벼르던 통환이 늦어진 것도 짜증 나는 일인데 신임목사가 부임하자마자 선수를 치다니 통환을 시행하려고 일 년이나 기다렸다.

"우병사 대감, 소인 진무서럽니더."

김희순이 고개를 들이밀었다.

"무슨 일이냐?"

홍병원이 실시한 도결에 대한 백성들의 반응을 조사하라
서리 김희순에게 마을마다 정탐하라고 일렀는데 이제야 보
고하려는 것 같았다.

"올라가도 괜찮을는지요?"

김희순은 백낙신이 기다릴 거라 짐작했다. 도결을 조사
하라 일렀지만 차일피일 보고를 미뤄왔다. 농민들이 반대
할 것은 뻔했다. 굳이 끄나풀을 보내지 않아도 알 수 있었
다. 사실, 그들이 어떤 생각을 하느냐가 아니라 통환을 시행
하겠다는 우병사의 확고한 의지였다. 내평리 유계춘의 집
도 헤집어 놓았다. 더는 머뭇거릴 이유가 없었다. 적당하게
보고해 통환을 시행하면 모조를 거둬들이는 것은 누워서 떡
먹기였다. 한두 번 해 본 것도 아니었다. 앞잡이 몇 놈만 진
무청으로 잡아들여 볼기짝에 곤장 여남은 대만 두들겨 패면
잠잠해지기 마련이다.

"올라오너라."

김희순은 찢어진 눈을 게슴츠레하게 떴다.

"그래, 무슨 일이냐?"

백낙신은 진무서리를 똑바로 바라보았다.

"예, 대감."

마을마다 굶어 죽는다고 야단들이었다. 금시라도 읍으로 쳐들어와 무슨 일이라도 낼 것같이 민심이 흉흉했다. 이대로 됐다가는 우병영 통환은 또다시 물 건너갈 수 있었다. 홍병원이 도결을 시행해 부족한 포흠을 만회하려는데 우병사가 통환을 실시할 것인지, 그만둘 것인지, 결정도 못 하면서 농민들 눈치만 살피는 게 못마땅했다. 김희순이 사실대로 민심을 전했다가는 백낙신이 통환을 포기할지도 몰랐다. 그렇게 되면 우병영 병고전을 채울 방법이 없었다.

'어떻게 하지……?'

김희순은 고민이 됐다. 민심을 사실대로 보고해야 할지, 아니면 민심이야 어떻든 결손 환곡을 채우려면 통환을 시행해야 한다고 말해야 할지……. 우병사 백낙신을 흘끔거렸다.

"이놈아, 뭘 그리 빤히 보느냐, 어서 말하지 않고……."

"예, 대감……."

"어서 말을 하래도!"

백낙신의 언성이 높아졌다.

김희순은 마음을 굳혔다.

"우매한 농사꾼들이야 힘들다고 말하는데, 집집이 연기가 나는 것을 보면 그렇지도 않은 것 같심더. 얼마 전에 내평리를 다녀왔는데, 노인이 배고프다며 징징거리기에 그 집안을 둘러보았지요, 그런데 땅속에 독을 묻고 감춰둔 쌀만해도 석 섬이나 됐심더. 기제사 때 메로 쓸 쌀이라는데, 일 년 내내 기제사가 있는 것도 아닐 테고 뻔한 거짓말이데요."

"어흠, 그래서?"

백낙신은 진무서리를 빤히 바라보았다.

"소인이 땅속에 묻어 놓은 독 안에 숨겨둔 쌀을 찾아내 노인의 눈앞에 보여줬더니 그때야 사실대로 말했심더. 그렇듯, 백성들은 아무리 곡식이 많아도 배고프다 할 낌더. 이 참에 통환을 시행하여 백성들이 숨겨둔 곡식을 거둬들여야 파니한 백성들이 열심히 일할 거 아임니꺼."

"얼마나 감춰두었던가?"

백낙신은 한 번 더 다그쳤다.

"쌀 석 섬이었습니다."

"모조도 갚지 않고 그렇게나 많이 감춰뒀다는 말이냐?"

"예, 대감, 그러하옵니더."

백낙신은 김희순이 거짓말한다는 것을 알고 있었다. 내평리 사건은 우후 신효철에게 이미 보고를 받았다. 기제사에 메로 쓸 쌀 두어 대박을 모두 털었다고 가슴이 아프다던 우후를 호되게 꾸짖었던 기억이 났다.

"그래 알았다. 임술년 새해도 맞았으니 통환을 시행토록 할 것이니 향리들을 불러 모으도록 해라."

"예, 대감의 말씀대로 조치하겠나이다."

진무서리 김희순은 날아갈 듯이 기뻤다. 이제야 풀어 놓았던 고리대를 거둬들일 수 있을 것 같았다.

'그러면 그렇지……'

뒷배에 바친 돈이라도 챙기려면 백낙신도 별수 없었을 것이다. 전임목사가 도결을 시행한다고 건방을 떨었을 때도 지켜보던 백낙신을 겁쟁이라고 생각했는데 그때와는 확연히 달랐다. 결국, 전임목사는 파면되었고 우병사 백낙신은 살아남았다. 고리대를 뜯는 것도 죽이 맞아야 한다. 우병사는 우병사대로 서리는 서리대로 따로 놀았다가는 모조리 시궁창으로 떨어지고 말 것이다. 북치고 장구치고 합이 맞아야 한다. 남은 일은 향리들만 족치면 될 것이다.

우병영 운주헌에 향청 좌수와 좌·우 별감이 턱밑에 앉아

눈알을 굴렸다. 향리들도 그들 뒤에서 서로 둥개[33]는 꼬락서
니가 눈에 들어왔다. 저들을 다그치지 않으면 엉덩이를 뺄
게 분명했다.

'이놈들 어디 두고 보자!'

"오지 않은 면, 리의 향리들이 있느냐?"

백낙신은 교의에 등을 잔뜩 기댄 채 떠세를 떨었다.

"예, 대감 그것이……."

운주헌을 가득 차고도 남아야 하는데 의외로 향리들이
적게 참석했다. 물론 연락하지 않은 지역도 많았다. 특히 말
많은 남면의 내평리나, 서면의 원당리 그리고 동면의 용봉
리는 연락도 하지 않았다. 그렇다고 해도 칠십여 개 면에서
모인 사람이라고 하기에는 턱없이 적었다. 언뜻 보기에도
스무 명 남짓했다.

향리들을 헤아리느라 진무서리가 뒤스럭[34]거렸다.

'저런, 꼬라지 하고는……?'

백낙신은 짜증이 났다. 향리들이 반드시 회의에 참석하
라고 그렇게 일렀는데, 겨우 스무 명밖에 참석하지 않았다

---

33 둥개다 : 일을 감당하지 못하고 쩔쩔매다.
34 뒤스럭거리다 : 부산하게 이리저리 자꾸 뒤지다.

니…….

"모두 열여덟 개 면에서만 참석했사옵니다. 대감."

김희순은 눈을 힐끔거리며 백낙신에게 머리를 조아렸다.

"일흔 개 면이라고 하지 않았더냐?"

백낙신은 김희순을 빤히 내려다보았다.

"그리하옵니더."

"그런데 겨우 스무 명만 참석했다니 어떻게 된 일이냐?"

"사정이 있는 마을은 별도 연통을 할 거라 했심더. 그러니 대감께서는 염려하지 않으셔도 됩니더."

김희순이 어떤 꿍꿍이가 짐작이 갔다. 어쨌거나 통환을 시행하면 면面 리마다 연락하겠다니 문제 될 것도 없었다. 향회에 참석하지 않았다고 거둬들일 결에서 제외해줄 것도 아니었다.

"그래 알았다."

"대감, 결정하셔도 좋을 듯 합니더."

김희순이 동헌에 모인 사람들을 둘러보며 말했다.

"……."

백낙신은 어깨를 우쭐거리며 멀리 촉석루를 넌지시 바라보았다. 전라좌도수군절도사 때와 같은 실수를 저질러서는 안 된다. 그때는 병조판서 김병기 대감이 무마해주었다. 이번에도 같은 실수를 거듭하면 귀양은 물론 목숨까지 내놔야 할지도 몰랐다.

'들인 돈이 얼만데…….'

"좌수와 별감, 그리고 여기 모인 자리에 향리들은 들으시오. 마을마다 공동으로 정해진 결에 맞춰 공납하라 이르시오. 그리고 각 면, 리마다 균등하게 배분하여 육만 냥이 되게 진무서리는 철저히 감독하시오."

김희순의 눈이 반짝거렸다.

"진무서리는 즉시 통환 시행을 알리는 방문을 마을마다 붙이고 향리들에게는 별도로 통지해 공납에 차질이 없도록 하시오."

"대감의 명령을 즉각 시행하겠심니더."

망진산 등허리가 허우적거렸다.

백낙신은 엉덩이를 씰룩거리며 운주헌을 빠져나갔다.

11,

　남강이 새파랗게 얼어붙었다. 까마귀 떼들이 촉석성 성
벽을 따라 날아올랐다. 예화문 나루터에는 배를 타려는 장
꾼들이 득실거렸다. 읍장을 거둬들이고 엄정장으로 향하
는 보부상들과 장돌뱅이 도붓장수들일 것이다. 남강이 얼
지 않았으면, 영천강을 거슬러 올라가는 나룻배를 이용하는
게 수월하지만, 나룻배를 타고 강을 건너는 것으로 보아 삼
십여 리를 걸어서 갈 모양이었다. 뱃사공의 노질도 게을렀
다. 뱃삯으로 한 푼만 받으면 그뿐일 터, 굳이 노를 빨리 저
을 필요가 없을 것이다.

　해는 이미 두류산 등허리까지 내려왔다. 등짐 진 도붓장
수 한 패거리가 나룻배라도 기다리는지 성문 앞 주막에서
요기하기에 정신들이 없었다.

　이계열은 대곡 북창장을 거쳐 읍장으로 돌아오는 길이었
다. 난향루에서 유계춘과 약속을 해뒀기 때문이었다.

　"통환을 시행한다는 소문이 왜자[35]하던데, 들어봤나?"

　이마에 땀을 훔치던 도붓꾼이이 막걸릿잔을 들이키더니

---

35 왜자하다 : 소문이 퍼져 떠들썩하다.

야지랑스럽게 입을 열었다.

"에나가?"

막걸리를 마시던 장꾼이 말을 거들었다.

"에나지."

"진무서리가 딴꾼들을 시켜 벌써 마을마다 통지했다고
하던데?"

"그라머, 큰났네?"

"뭐가 큰나, 뒤져도 쌀 한 톨 안 나올 텐데……."

"그 새끼들이 가만히 있겠나?"

"살라카모, 야반도주라도 해야지, 아니면 굶어 죽던가."

"아이고, 썩을 세상. 자네는 어느 장으로 갈끼가?"

"묵을 것도 없는데, 이래서 무신 장사가 되겠노. 니도 안
봤나. 저잣거리에 장꾼들이 있더나?"

이계열은 가슴이 답답했다. 예화문을 바라보았다. 성문
지기는 성벽에 기대 꼬박꼬박 졸고 있었다. 수첩군관 김수
만은 몇 달치 봉급도 못 받았다고 투덜댔다. 그나저나 주막
에서 기다릴 유계춘이 생각나 도붓장수들의 수다를 더는 들
을 수가 없었다.

이계열은 주막 문을 열고 안으로 들어가자마자 안을 두

리번거렸다. 덩치 큰 사내가 앞만 우두커니 바라보고 있었다.

"마이 기다릿제?"

"성님, 이제 오는교?"

"예화문 주막에서 장꾼들 이야기 듣다가 늦었네."

"무신 이야긴데요?"

"우병사가 통환을 시행한다고…….

"아, 예, 지도 들었심더."

"그기 무신 말이고?"

"아전 놈들이 다 해쳐 묵고 병영 곳간이 텅텅 비었다는 말이지요."

유계춘은 이계열을 바라보았다. 용봉마을 초군들과 연통해 행동을 함께 하는 게 좋을 것 같아 초군 좌상인 그에게 부탁했던 거였다.

"용봉은 어떻든가요?"

"거도 시끄럽더라."

"이야기는 우째 됐는교?"

"어젯밤에 막걸리 한잔하면서 초군들을 만났는데 말만 해주면 적극적으로 행동하겠다 카더라. 고맙지 뭐. 지난번 김윤화 벌목 사건 때는 용봉에서 나설 수가 없어 미안하다고 하데.”

“그라머 됐심더, 내일 밤에 미륵골 수익이 집에서 보입시더.”

“알았네.”

“그럼, 나, 감세.”

“야, 그라모 먼저 가이소, 고생했심더.”

“고생은 뭐······.”

집안 사정도 물어보지 않는 유계춘이 마음에 걸렸다.

“너거 어무이 안부는 안 물어보나?”

“······, 잘 계시겠죠. 뭐.”

유계춘이 고개를 떨어뜨렸다.

“몸이 몹시 아프던데 우병영 감시가 소홀해지면 기별할 테니, 그때 한번 들여다 뵈어라······.”

이계열은 읍으로 오기 전에 웃담 유계춘의 집에 들렀는데, 내평댁은 병석에서 일어나지 못했는지 아무도 만나지 않으려고 했다.

저잣거리에 어둠이 짙게 깔렸다. 어깨를 늘어뜨리고 주

막을 나서는 이계열이 안쓰러웠다. 그럴듯한 양반이지만,
가끔은 왕족이라고 으쓱댔지만, 빛 좋은 개살구나 진배없
었다. 삼백오십 년이나 지난 왕족이 무슨 의미가 있냐며 풀
까지 죽을 때는 차라리 안쓰러웠다. 어쨌든, 하루 벌어 하루
사는 초군이다 보니 달리 행세를 할 수도 없었을 거였다. 친
구라고 단성의 김인섭을 만나더라도 말이 통할 리 없었다.
그는 사헌부 정언까지 지낸 조신 출신이라 처음부터 그와는
비교가 되지 않았다. 축 처진 이계열의 뒷모습이 측은하기
까지 했다.

"나리, 무슨 생각을 그렇게 깊이 하십니까?"

매서가 난향루 구석에 앉은 유계춘에게 말을 걸었다.

유계춘은 화들짝 놀랐다. 계집이지만 당당해 보였다. 교
방에서 물러난 퇴기의 모습이 아니었다. 그녀의 씩씩한 행
동은 아직도 할 일이 많아 보였다. 아버지 등에 업혀 고이티
재를 넘어가던 까만 얼굴에 콧물을 질질거리던 계집아이가
설핏했다.

"무슨 생각을 하기는……."

유계춘은 머쓱했다.

"나리, 안으로 들어 오이소."

매서는 난향루 뒤채로 유계춘을 안내했다. 이부자리 한 채가 방구석에 놓였고, 방 한가운데에는 서안 앞에 방석이 놓여 있었다. 벼루와 붓 두어 자루가 가지런히 놓여 방안은 단출했다.

유계춘은 방석에 앉기도 서먹해 우두커니 방문 옆에 서 있었다.

"나리, 저쪽으로 앉으세요."

매서가 서안 앞에 놓인 방석을 가리키며 유계춘에게 앉기를 권했다.

"그러세."

유계춘은 엉거주춤 방석에 궁둥이를 눌렀다.

매서는 술상을 서안 옆에 내려놓으며 다소곳이 앉았다.

"그래, 어떻게 돼가나?"

"나리 막걸리 한 잔 드시고 천천히 말씀하세요."

유계춘이 머쓱해 막걸릿잔을 들었다. 침이 목구멍으로 꼴깍 넘어갔다. 갑자기 주막이 시끄러웠다. 매서가 방문으로 고개를 돌리며 주막으로 향해 조붓하게 말했다.

"무슨 일이냐?"

"예, 행수 어른, 저잣거리 대장장이가 저리 양반을 만나야 한다며 행패를 부립니다."

주모 목소리였다.

"누구를 만난다고 하더냐?"

"저리 나리와 약속을 했답니다."

저리라면 매서 아버지 문영진이었다.

"기다리라고 해라. 내가 만나볼 테니……."

매서의 목소리에는 단호함이 곁들여 있었다.

"나리, 막걸리 한 잔 들고 계시면 쇤네 잠시 나갔다 오겠
습니다."

"……."

유계춘은 고개만 끄덕였다.

매서가 방을 나가자 유계춘도 자리에서 일어났다. 당장
은 그 어떤 정보도 얻을 수가 없을 것 같았다. 설혹 정보가
있다고 하더라도 어떻게 할 방법도 없었다. 이명윤과 외숙
부가 어떻게 나올지 알 수 없는 일이었다. 소작하는 사람들
이야 어떻게든 도결과 통환을 혁파하려고 하겠지만 그들은
날랐다. 등소장에 서명할 필요도 없었다. 결전은 소작인에
게 물리면 그뿐이었다. 인심이야 나겠지만 손해 볼 일은 없
었다. 결국 소작인들만 죽어 나가는 꼴이었다. 게다가 의송

을 하더라도 목사나 우병사가 포기하지 않으면 그뿐이었다.

유계춘은 방문 틈으로 주막 안을 내다보았다. 평상 가운데에 박수견이 버티고 있었다.

"저리 양반 아직 안 왔는교?"

박수견이 문영진에게 양도받으려던 안동 김씨 족보 때문일 것이다.

"예, 오늘은 늦을 거라 했으니 며칠 뒤에 들리는 게 좋을 것 같습니다."

매서가 조심스럽게 박수견에게 전했다.

"그라머……. 정월 보름날 다시 오께요."

어깨를 축 늘어뜨리고 난향루를 나가는 박수견 모습이 보였다. 일이 잘 풀리지 않는 모양이었다. 저리가 안동 김씨 족보라고 값을 더 처달란다고 불평하던 그의 모습이 설핏 떠올랐다.

"한 끼도 못 먹는데 족보가 무슨 소용 있을라고……."

유계춘은 난향루 뒷문으로 조용히 빠져나왔다.

12,

이백 냥을 더 쳐준 게 부아가 났다. 한 번 더 흥정해 볼 걸 그랬나. 김성수가 주접떠는 게 귀찮아 덧두리를 주고 말았지만 아까웠다. 그 돈이면 논 댓 마지기는 사고도 남을 텐데……. 어쨌든, 손해 볼 일은 없었다. 대장장이에게 덤터기를 씌우면 될 터였다.

"난향루로 찾아왔다고…….."

세 번이나 약속을 어겼으니 박수건도 엔간히 애가 탔을 것이다. 분통이 터질 만했다. 정월 대보름이면 스무날이나 남았다. 족보도 챙겨 놓았으니 서너 번 남은 읍 장날 난향루에서 흥정할 참이었다. 장롱을 바라보았다. 이천오백 냥짜리 안동 김씨 족보가 서성거렸다.

성을 가져야 비로소 인간이다. 천민들이 평생 모은 돈으로 족보를 왜 사려는지 양반들은 모를 것이다. 노비를 사는 데 말 한 필이면 충분하다. 그것도 건장한 젊은 노비를 살 수 있다. 노비가 몸져누워도 누구 하나 거들떠보지 않는다. 연이를 낳다 산통으로 죽은 아내를 생각하면 문영진은 지금도 치가 떨렸다.

"아이고 순슴아 이 나쁜 놈아!"

움막에서 악쓰는 소리가 들렸다.

"염병할 년 소리는 왜 질러!"

군역 다녀오는 남편을 위로는 못 해줄지언정 고래고래 악다구니나 하다니 이웃이 볼까 두려웠다.

"머 잘못 처묻나?"

"……."

아내가 이마에 땀을 삘삘 흘리며 움막 한쪽에 널브러져 있었다. 그 순간 순슴의 머릿속에 불안한 생각이 스쳤다. 이태 전에도 아들을 낳았으나 삼 칠도 안 돼 죽었다. 산모가 먹지 못했으니 젖이 나올 리 없었다. 등거를 물에 끓여 헝겊에 내려 국물을 먹였는데 결국 숨을 거두고 말았다.

아이 울음소리가 들렸다. 잃어버린 아들이 설핏했다. 순슴은 움막으로 뛰어 들어갔다. 아내 치마 밑에 피가 흥건했다. 정신이 아뜩했다. 아이를 가슴에 안고 아내를 바라보았다. 머리가 바닥으로 기울었다. 가슴이 철렁했다.

"여편네야 딸이야 딸이라고!"

순슴은 아내 목전에다 소리를 질렀다. 반응이 없었다. 얼

굴이 백지장처럼 핼쑥했다. 뺨을 때려도 마찬가지였다. 손
가락을 코에다 댔다. 느낌이 없었다. 겁이 더럭 났다.

"으앙!"

아이는 움막이 찢어질 것처럼 울어 젖혔다. 순승은 넋을
잃고 방바닥에 주저앉았다. 눈물도 나오지 않았다.

"아버지!"

매서가 언제 왔는지 방문 앞에 서 있었다.

"들어오이라."

문영진은 눈물을 훔쳤다. 매서 앞에서 약한 모습을 보이
기 싫었다. 남들 앞에서는 비루해도 딸에게는 당당하고 싶
었다. 그래 봐야 이미 알겠지만……, 겉으로라도 나타내기
싫었다. 제 어미를 생각하면 애지중지 키워도 모자랄 판에
관기로 팔아넘겼으니 할 말도 없었다.

"대장장이가 난향루로 아버지를 찾아왔던데요?"

"……."

문영진은 입을 다물었다. 딸에게까지 비루한 모습을 보
이고 싶지 않았다.

"아버지!"

어깨를 늘어뜨린 박수건의 모습이 매서 눈앞에서 어른거렸다.

"아버지, 가난한 사람들을 욕보이지 마세요."

매서는 적어도 아버지가 사람들을 욕보인다는 생각을 해본 적이 없었다. 어렵게 살았으니 도움은 못 줄지언정 해코지는 안 할 거라 믿었다. 그런데 오늘 낮에 난향루로 찾아온 대장장이 눈에는 원망이 가득해 혹여 아버지가 관여된 것일지도 모른다는 생각에 미리 다짐을 받아두려는 것이었다.

"니는 몰라도 되는 기라."

문영진은 소리를 버럭 질렀다.

"아버지……!"

매서가 눈을 치뜨고 바라보자 문영진은 손사래를 쳤다.

"아무것도 아니야, 걱정 안 해도 돼!"

문영진은 자리를 박차고 일어나 마당으로 나왔다. 노비가 쪼르륵 달려 나왔다.

"나리, 어디 출타라도 하시게요?"

"……."

문영진은 제자리에서 꼼짝도 하지 않고 서 있는 매서를 머줍게 바라보았다.

"독한 년!"

아버지를 가르치려는 매서가 부담스러웠다. 관기로 고생은 되었겠지만, 종년으로 비루하게 사는 것보다 차라리 나았다. 그리고 양반놈 뒤통수 후려 돈 좀 벌겠다는데 딸년이 되어 도와주지는 못해도 사사건건 간섭이나 하려고 들다니…….

"나쁜 년, 애비가 아니었더라면 제 년이 어떻게 감히 목사와 병사를 만나고 끼 굶지 않고 떵떵거리며 살겠어!"

순슴은 아무도 모르게 아내 시체를 거적에 말아 고이티재 기슭에 묻었다. 마을 사람들이 알았으면 금방이라도 무슨 일이라도 일어날 것처럼 호들갑을 떨며 파내라고 으름장을 놓았을 것이다.

"나쁜 년!"

아버지에게 저토록 앙칼지게 굴다니……. 제 년이 어떻게 여기까지 왔는데, 어린 연이를 안고 집집이 돌아다니며 젖을 얻어 먹이던 생각을 하면 아직도 가슴이 먹먹했다.

문영진은 딸을 힐끗 보았다. 입을 꼭 다문 게 말을 하려다가 참을 때 하는 예전에 없던 버릇이었다. 생각해 보면,

비렁뱅이 도사가 주막으로 들락거린 뒤부터였다. 그놈의
빌어먹을 비렁뱅이 도사는 화를 달고 다녔다.

3부

얼어붙은 덕천강

1,

고이티재에 올랐다. 우금마다 눈이 하얗게 무드럭[1]졌다. 까막까치들이 옥녀봉 멧부리[2]로 날아올랐다. 오랜만에 보는 풍경이었다. 우병영 아전들을 피해 집을 나선 지가 스무 날이나 되었다.

난향루에서 만났던 이계열의 표정은 어두웠다.

'어머니는 무사하실까?'

집으로 들이닥쳤던 우병영 병사들을 몸으로 막던 어머니가 설핏했다. 마을 일을 한답시고 쓸데없이 나대 가족들에

---

1 무드럭지다 : 두두룩하게 많이 쌓여 있다. (준말 앞에) 무덕지다.
2 멧부리 : 산등성이나 산봉우리의 가장 높은 꼭대기. 산봉우리.

게 몹쓸 짓을 했다. 그렇다고 소작을 해도 먹고 살기 어려웠다. 허리띠를 졸라맨다고 끼니 걱정이 해결되는 것도 아니었다. 장사라도 해볼 요량으로 왜 상인들이 드나드는 가산 창과, 뱃길로 함안 웃개나루와 구포 나루에도 다녀왔다. 그곳도 마찬가지였다. 아전들은 농민들만 갉아먹는 게 아니었다. 상인들도 마찬가지였다. 도붓장수로 나서려고 마음 먹었으나 아전들의 등살을 배겨날 자신도, 어머니의 부릅뜬 눈도 감당할 자신도 없었다. 허리를 졸라매고 소작이라고 지어봐야 부세 감당도 어렵다. 말림갓을 드나들며 벌목해 저잣거리에 내다 팔아도 장세니 뭐니 죄다 아전들에게 뜯겨 힘들기는 마찬가지일 것이다.

우병영 아전들에게 맞은 상처로 앓아누운 어머니는 아직 병석에서 일어나지 못한 것 같았다.

"나쁜 새끼들, 기제사에 메로 쓸 쌀까지 빼앗아가다니……."

진무서리 김희순이 짓일 것이다. 맏아들이 도망갈 시간을 주려고 어머니는 병사들의 창칼과 맞섰다. 어금니를 깨물며 악을 쓰던 어머니의 모습이 머릿속에서 지워지지 않았다. 효도는 못 해도 힘들게 하지는 말아야지, 유계춘이 생각해도 한심했다.

고갯마루에 된바람이 심술을 부렸다. 발목이 눈 속에 빠져 고이티재는 몰강[3]스러웠다. 봄이 오면 녹을 눈이지만 겨울나기는 언제나 버거웠다. 글피가 설이다. 어머니를 찾아뵐 생각에 유계춘은 가슴이 두근거렸다. 어머니는 아내가 잘 돌볼 거라 믿었다. 불효는 찾아서 한다며 빈정거리던 아내의 말이 머릿속을 옹골차게 두들겼다.

나팔소리가 가년스럽게 바람결 따라 들렸다가 끊어지기를 거듭했다. 골갱이[4]를 빼내고 처음 부는 버들피리 소리였다. 원당리 솔밭일 것이다. 유계춘은 휘양건 턱 끈을 다잡아 맸다. 어머니의 온기가 느껴졌다.

"피~ 삐리릭, 피~."

나팔 소리였다. 까만 얼굴에 눈동자만 반들거리던 연이가 생각났다. 네댓 살 어린 계집아이였다, 문연이…… 까만 얼굴이 너무 예뻤다. 깜부기라 놀리며 주둥이를 쏙 내밀며 줄행랑을 쳤다.

원당 솔밭이 눈앞에 보였다. 좌측 길은 연이가 살았던 고

---

3 몰강스럽다 : 인정이 없이 억세며 성질이 악착같고 모질다.
4 골갱이 : 물질 속의 단단한 부분.

역마을로 가는 길이다. 어머니는 쌍놈들이 산다며 절대 가지 말라고 했다.

"가시내야, 피리 불 줄 아나?"

유계춘은 버들피리를 만들어 연이에게 내밀었다.

"머시마가 미쳤나, 니나 불어라."

연이는 주둥이를 내밀며 이죽거렸다.

"에나가?"

유계춘은 버들피리를 정말 불 것처럼 입술에 댔다.

"그란다고 머시마가 되가 한입에 두말하나."

연이의 조그만 입에서 옹골찬 말이 튀어나왔다.

유계춘은 연이에게서 되레 빼앗은 버들피리를 불었다.

"피~."

소리가 나지 않았다. 유계춘은 창피했다. 피리를 다시 입술에 대고 힘껏 바람을 불어넣었다. 연이 얼굴도 붉어졌다.

"그것도 못 부나. 머시마야. 이리 줘 봐라."

연이가 버들피리를 냉큼 빼앗아 입에 물었다. 소리가 나지 않았다.

"가시내야, 배꼽에 심주고 용심用心껏 불어야지……."

유계춘의 얼굴도 붉어졌다.

피리 소리는커녕 연이는 눈물만 찔끔거렸다.

"바보!"

유계춘은 연이를 놀렸다.

"머시마야, 소리도 안 나는 기 피리가?"

연이는 속았다는 생각이 들었던지 버들피리를 냅다 던지고 목소리를 암팡지게 높였다.

"가시내야 그거도 못 부나……. 이리도!"

유계춘은 연이에게 버들피리 빼앗아 납작해질 때까지 잘근잘근 깨물었다. 그리고 입에 대고 바람을 힘껏 불어넣었다.

— 삐리리이피~.

소리가 나더니 멈추고 말았다.

"봐라, 머시마야. 소리가 안 나잖아. 제대로 만들지도 못하면서……."

주둥이를 쏙 내밀더니 연이는 득달같이 개울을 건너 달아나더니, 고역 마을 입구에서 두 손을 귀에 붙이더니 혀를 쏙 내밀고 집으로 들어가 버렸다.

"가시내가…… 확!"

유계춘은 약이 올랐다. 당장 붙잡아 때려주고 싶었다. 하지만 집안으로 들어가 버린 연이를 쫓아갈 수 없어 울타리만 우두커니 바라보았다.

"가시내, 잡히기만 해봐라!"

유계춘은 버들피리를 다시 입에 물었다. 그리고 힘껏 바람을 불었다.

―뻴리리리~릴리리삐."

버들피리 소리를 봄바람이 싣고 원당 들판으로 퍼졌다.

고이티재 초입에서 고역 마을을 바라보았다. 여남은 집이 옹기종기 보였고, 아이들이 마을 어귀 솔밭에서 치배들의 농악놀이에 맞춰 어깨를 들썩이고 있었다. 연이의 까만 얼굴이 설핏했다.

원당 솔밭에서 농기가 펄럭이고 꽹과리 소리가 들렸다. 상쇠의 꽹과리 소리에 목쇠와 끝쇠가 장단을 맞췄다. 나팔 소리가 가슴을 찡하게 후볐다. 징 소리는 긴 여음을 남겼고, 장구 소리가 다닥뜨려 앞치배들의 악기 연습이 한창 무르익었다. 글피쯤에는 당산제를 시작으로 정월 대보름까지 집집이 돌아다니며 지신을 밟아 액운을 누를 것이다.

"어서 오이라!"

유계춘을 언제 발견했는지 영기를 든 이계열이 반색했다. 박수익이 꽹과리 내드림가락(시작가락)에 유계춘이 어깨를 들썩거리며 손짓 춤사위를 보이자 치배들이 모여들었다. 한 마당 치를 태세였다. 상쇠와 목쇠가 미지기 다툼(상쇠와 중쇠가 마주보며 꽹과리 장단을 주고받는 일)을 벌였다. 이계열이 영기를 들고 당산나무를 돌기 시작했다. 농기를 든 집사가 그 뒤를 따랐다. 상쇠의 꽹과리가 머릿가락을 두들겼다. 중쇠와 끝쇠가 상쇠의 장단을 받아넘기자 징 소리가 울렸다. 북과 장구가 가락을 이어가자 버꾸재비들이 하늘을 날아오르며 뒤를 따랐다.

이계열이 선창을 했다.

"우리 대장 돌아 왔으니."

ㅡ개개개개 갱지갱갱 갱 개개 개개개개~.

"한 마당 놀아 보입시더."

ㅡ개개개개 갱지갱갱 갱 개개 개개개개~.

상쇠 박수익이 자진모리장단을 야지랑[5]스레 두들겼다. 덕석말이진 시작을 알리는 신호였다. 앞치배의 징과 북, 그리고 장구와 버꾸가 머리를 맞대며 상좌를 향해 절을 했다.

---

5 야지랑스럽다 : 얄밉도록 능청맞고 천연스럽다. (부) 야지랑스레.

뒷치배들이 그들을 둘러쌌고, 포수와 양반이 거드름을 피우며 그 뒤를 따랐다. 버꾸재비들이 두 손을 하늘로 쳐들며 윗놀이(상모놀이) 시작을 알렸다. 버꾸재비 초군들이 채상모를 돌렸다. 채끝이 파란 하늘을 가뒀다. 세상의 온갖 액운을 가둬버리겠다는 듯이 가두고 또 가둬 세상을 무너뜨릴 기세였다.

─갱 지갱갱 개개개개 갱 지갱~.

"우리 대주 와 이리 늦었노."

상좌 이계열이 선창을 했다.

─갱 지갱갱 개개개개 갱 지갱~.

"똥개들 때문에 늦었지요."

유계춘은 손짓 춤사위를 하면서도 가슴은 먹먹했다. 앓아누운 어머니를 찾아뵙지 못한 죄책감도 한몫했겠지만, 아전들과 당당하게 맞서지도 못하고 제 한 몸 살자고 도망갔다는 게 부끄러웠다. 감춰두었던 쌀 두어 됫박마저 빼앗아가는 판국에 이웃 사정까지 염려할 일은 아니지만, 마을마다 굶어 죽는 사람들이 부지기순데 모른 척한 게 낯 뜨거웠다. 이대로 뒀다가는 마을은 텅 비어 두류산에 화전을 일구며 사는 사람까지 잡아 오라는 감영 지시가 내릴지도 모를 일이었다.

상쇠의 꽹과리가 다드래기 가락(빠른 가락)으로 바뀌고 있었다. 얼린 굿으로 넘어가려는 모양이었다.

"좀, 쉬었다 합시다."

유계춘은 숨이 가빴다. 이 마을 저 마을 돌아다녀 지친 탓도 있겠지만, 어머니가 앓아누웠는데 어깨까지 들썩이며 춤을 춘다는 게 자식 된 도리가 아닌 것 같아 도무지 흥이 나지 않았다.

"우찌 댄 기고?"

땅바닥에 주저앉는 유계춘에게 다가와 박수익이 다짜고 짜로 물었다.

유계춘은 피식 웃었다.

"우째되기는, 여 있다 아이가."

"하긴, 글네."

박수익 피식 웃었다.

"영기는 누가 염출한 기고?"

지난번 연습할 때 영기가 볼품없었던 기억이 나서 물어 본 것이었다.

"이 교리가 글씨까지 멋지게 써서 보냈다 아이가."

영기를 염출해준 이명윤이 고맙다는 듯이 박수익이 장황하게 설명까지 했다.

"잘됐네."

유계춘은 짧게 대답했다. 이명윤이 뒷감당을 하겠다더니 정말 그럴 참인지, 아무튼 두고 볼 일이었다.

"오방 띠는 우짤라 카는데?"

"아, 띠…… 허리에 두르는 빨강 띠는 색이 바래 염출한 돈으로 무실장 포목점에서, 노란색과 파란색 띠는 작년에 쓰던 거로 할라꼬, 무명 저고리와 바지는 입던 거 입기로 했다. 그라고 그 안 있나…… 전립과 더그레[6], 뭐 그런거하고, 꺼먼색 쾌자[7]도 작년 거로 기냥 입을라꼬, ……돈도 엄꼬……."

"작년 꺼는 너무 낡아 보이던데……."

열심히 설명하던 박수익이 머뭇거렸다.

"그래도 우짜겠노."

유계춘도 딱히 할 말이 더 없었다.

---

6 더그레 : 각 영문의 군사, 마상재군(馬上才軍), 사간원의 갈도(喝道), 의금부의 나장(羅將) 등이 입던 세 자락의 웃옷. 호의(號衣).

7 쾌자(快子) : 옛 군복의 일종. 등솔기가 허리까지 트였고 소매는 없음《근래는 명절·돌날에 복건(幞巾)과 함께 아이들이 입음》.

"그라머, 지신밟기는 어디서에서 할끼고?"

원당 솔밭에서 농악놀이를 시작하는 게 좋을 것 같아 물어본 거였다. 수청거리가 좋긴 해도 초군들이 자주 모이는 곳이라 똥개들이 쉽게 냄새를 맡을 수 있었다.

"솔밭에서 시작할라꼬. 니도 와야제?"

"그라머 와야제. 오늘은 집에 가서 어무이 뵙고 올 수 있으면 오게."

유계춘은 어머니 병세가 걱정되어 이렇다 저렇다 대답할 처지가 아니었다. 박수익이 농악패를 잘 통솔하고 있으니 문제없을 것 같아 한 말이었다. 어차피 당산제는 원당마을 솔밭에서 지낼 거고, 아전들도 그때까지는 나대지 않을 것이어서 여러 정황을 고려해 결정했을 것이다.

"자, 그라머 오늘은 이쯤에서 끝내고, 초사흘 날 점심나절에서나 보자."

버꾸재비들이 상좌 이계열을 앞세우고 서낭당 입구에 준비해 놓은 막걸리 단지 옆으로 몰려들었다. 한 마당 놀았으니 배가 출출할 것이다. 대장장이 박수견도 보였다.

"이리오이라, 막걸리 한잔하고 가라."

이계열이 유계춘을 불렀다.

"야."

박수건이 농악패들에게 박 바가지로 막걸리를 따랐다. 이명윤의 집에서 빚은 막걸리라고 했다.

"걸리머 클 날긴데?"

"걱정마라 카이. 이 교리가 보내준 거 아이가."

"그랬구나."

이명윤이 제법 마을 일에 신경 쓰는 것 같아 그나마 다행이었다. 유계춘은 자리를 털고 일어났다. 오늘은 내평리 집에 들러 먼저 어머니를 봬야 할 것 같았다.

2,

내평들에 해거름이 짓게 깔렸다. 얼음을 지치던 아이들도 보이지 않았다. 이밥까지는 아니더라도 보리밥이라도 제상에 올려야 조상에게 체면을 세울 것이다.

"쩡~."

덕천강이 울컥하며 한숨을 토해냈지만, 어림없다는 듯 얼음장은 꿈쩍도 하지 않았다. 집마다 연기가 피어올랐다.

아이들이 술래잡기하는지 서낭당에 모여 떠들썩할 뿐 이따금 개 짖는 소리만 들렸다.

'똥개들은 돌아간 것일까?'

유계춘은 덕천강을 건너기 전에 마을 동정 먼저 살폈다. 이 교리 댁 솟을대문으로 사람들이 들락거렸다. 집채만 한 볏섬이 담장 너머에서도 보였다, 한 놈이 대문을 나왔다. 대가리를 살랑거리는 게 아전 놈 같았다. 그는 강변 억새 숲에 몸을 숨겼다. 홰를 틀던 참새 떼가 화들짝 날아올랐다.

이명윤 집을 나온 아전 놈이 읍으로 줄행랑치듯이 달아났다.

"똥개 새끼!"

유계춘은 아전 놈이 덕천강을 건너 오산마을로 사라질 때까지 억새 숲에 숨어서 지켜보았다.

　　북채 크지 않으면 쳐도 소리 나지 않는다네
　　……

남명 선생의 '천석종'이라는 한시漢詩 구절이 생각났다. 어찌 하찮은 양반 쪼가리가 선생의 높은 뜻을 흉내라도 내겠냐마는 천왕봉의 높은 기상도 땅거미에 저물고 있었다.
이 교리 댁 솟을대문이 보였다. 웃담으로 가려면 저 대문 앞
을 지나야 하지만, 유계춘은 선뜻 발걸음이 내디뎌지지 않
아 아랫마을 고샅길을 돌아가기로 마음먹었다.

"어무이?"

아무런 대답이 없었다. 유계춘은 집안을 두리번거렸다.
베틀 방에도 불이 꺼져있었다. 아직 어머니는 병을 털어내
지 못한 것 같았다. 안방 호롱불이 흔들렸다. 골목 입구를
돌아보았다. 아무도 보이지 않았다.

'설마……. 설날까지 잡으러 오려고?'

"어무이?"

유계춘은 다시 한번 더 어머니를 불렀다. 안방 문이 열리
더니 어머니가 밖을 내다보았다.

"눈교?"

"맏아들임더……."

유계춘은 골목 입구를 돌아보았다. 아무도 보이지 않았
다.

"빨리 삽짝 열어라."

어머니의 목소리가 건넛방으로 향했다.

"우찌된 긴교?"

아내가 허둥거리며 사립문으로 달려 나왔다.

"우리 대주가?"

어머니의 목소리가 다급하게 들렸다.

개소리가 자지러졌다. 유계춘은 골목 입구를 한 번 더 뒤돌아보았다.

"아가, 삽짝 바깥 쫌 살펴라."

아내가 얼른 바깥으로 나갔다.

"어무이, 괜찮능교?"

어머니는 손으로 입을 가리면서 뒷문을 가리켰다. 빨리 도망가라는 뜻이다.

유계춘은 방문에 귀를 대고 바깥 동정을 살폈다.

"금방 들어간 기 계추이 맞제?"

사립문 앞에서 사람 소리가 들렸다. 마을 개가 찾아온 모양이었다.

"아임더, 누가 왔다고 거라능교."

아내의 목소리가 앙칼지게 허공을 갈랐다.

"빨리 가거라."

뒷문을 여는 어머니 손끝이 파르르 떨렸다. 유계춘은 어머니가 열어준 뒷문으로 몸을 피했다. 그리고 울타리를 뛰어넘었다. 문을 닫던 어머니 손이 호롱불에 어른거렸다.

"수익이 있나?"

유계춘은 미륵골 박수익의 집에 도착했다. 늦은 밤중이지만, 오늘 밤이라도 신세를 져야 할 것 같았다. 다른 방법을 달리 찾을 수 없었다. 주위를 둘러보았다. 칠흑같이 어두웠다. 그의 집 뒤에서 영험도 없는 미륵 불상만 그를 우두커니 바라보았다. 미륵골을 바라보았다. 인적은 없었다. 이곳까지 똥개가 냄새 맡을 리 없겠지만, 한두 번 겪은 일도 아니어서 조심할 수밖에 없었다.

"눈교."

"날세, 계춘이."

"이 밤중에 우짠 일이고."

박수익이 고쟁이 바람으로 뛰어나왔다.

"들어 오이라."

"미안하게 됐네……."

"아이다. 퍼뜩 들어 오이라."

박수익이 사립문을 열었다.

유계춘은 엉거주춤 엉덩이를 방구들에 붙였다. 불을 지피지 않았는지 방바닥은 차가웠다.

"온기가 엄제?"

"괘안타."

"우찌된 기고?"

"똥개 새끼 때문에……. 쪼끼 왔다 아이가."

박수익은 그때야 무슨 일이 일어났는지 감이 잡혔다.

"미친 새끼들 아이가, 그래도 그렇지 내일이 설인데, 조상한테 제사는 지내게 해줘야지……."

박수익은 화가 났다. 죽을죄 지은 것도 아니고, 아무리 재물이 좋아도 그렇지, 설에는 좀 봐 줘야지……. 한밤중에 쫓겨 다니는 유계춘에게 미안했다. 사실 그가 나설 일은 아니었다.

"하룻밤만 신세 좀 지자."

유계춘은 박수익에게 입장 설명할 처지가 아니었다.

"걱정하지 마라. 저녁은 뭇나?"

"됐네. 고마 올라 가봐라."

귀찮았다. 무슨 영화를 누리려고 조상 제사도 지내지 못하고 쫓겨 다니는지 생각만 해도 한심스러웠다. 쾌쾌한 메주 냄새가 코를 찔렀다.

  온 거리 백성들아 다 모여라
  진주 남강을 다 메워 버리자
  한−쪽 발에는 대−님 메고
  허리춤에는 장도칼 차고

"으음, ⋯⋯?"
유계춘은 다음 구절이 도무지 생각나지 않았다.

  올가을 구시월에 무서리처럼
  휘몰아쳐 오라. 휘몰아쳐 오라
  동지섣달에 오는 큰 눈처럼
  온 세상을 덮어버리자

유계춘은 까마득히 잠이 들었다.

3,

이른 아침부터 바깥이 소란스러웠다.

"떡쇠 어디 있느냐?"

이명윤은 떡쇠를 불렀다.

"예, 교리 나리."

떡쇠가 부리나케 중문으로 들어섰다.

"바깥이 왜 이리 소란스러우냐?"

"예, 영감 마님."

떡쇠가 곤란하다는 듯 어물거렸다.

"무슨 일이냐?"

정초부터 시끄러운 게 신경이 쓰였다. 그렇지 않아도 도결이니 통환이니 농악패들까지 지신地神을 밟는다고 온 마을이 떠들썩했다.

"우병영 진무서리가 주인마님을 뵙고자 합니다."

이명윤은 머리가 복잡했다. 이번 설에는 친척들의 세배도 들이지 말라 일러 놓았다. 지난해 섣달 중순에 도결이 시행됐고, 그 액수도 어마어마하게 결당 여섯 냥 다섯 푼이라고 했다. 적은 돈이 아니었다. 우병영에서는 통환을 시행한다는 방문이 저잣거리에 나붙었다. 얼마가 될지 아직은 알수 없지만 액수도 만만찮을 것이다. 게다가 사정을 봐 주지않는다고 목사 홍병원이 직접 말했다. 자칫 잘못 처신하다가 부세 벼락을 맞을지도 몰랐다.

"그래, 어디로 모셨느냐?"

"사랑채로 모시기는 했습니다만……."

외부 사람을 들이지 말라는 엄명이 있었던 터라 떡쇠는 교리 이명윤의 눈치만 살폈다.

"이놈아, 외부 손님을 집안으로 들이지 말라고 하지 않았더냐. 벌써 잊었더냐!"

"저어, 그게……."

떡쇠는 말끝을 흐렸다.

"우병영 진무서리라고 했더냐?"

"예, 영감마님."

이명윤은 고민이 됐다. 진무서리라……. 하잖은 아전이라고 함부로 내칠 수도 없었다. 지난번 우병사를 만나려고 했을 때 갈개짓을 하더니 무슨 일로 집까지 찾아왔을까. 어떻든, 시오리나 걸어왔는데 만나지 않을 수도 없었다. 집까지 찾아왔을 때는 긴히 전할 말이 있을 것이다. 무턱대고 만나주지 않았다가 뒷감당이 버거울 수 있었다.

도결은 이회에서 이미 정읍을 하기로 의견을 모았다. 검동의 집 이회에서 마을 대표들과 향임들이 결정한 일이었다. 되든 안 되든 인제 와서 몽따¹ 수도 없었다. 정읍으로는 씨알도 먹히지 않을 거라는 의견이 지배적이었지만 이명윤이 고집을 피웠다. 조신이라 비아냥거려도 어쩔 수 없었다. 국법에 따르는 게 옳았다. 그런데 진무서리를 만난 게 알려지면 마을 사람들이 갈개꾼이라 손가락질할 것이다. 지난봄 염출 문제도 말들이 많았는데……. 잘못 처신했다가는 오해를 불러일으킬 수 있어 여간 조심스러운 게 아니었다.

"다른 말은 없더냐?"

"예, 나리, 출타했다고 할까요?"

"아니다. 곧 나갈 테니 손님을 사랑채로 모셔라."

"예, 나리, 기다리라고 하겠심더."

떡쇠는 거들먹거리는 김희순이 싫었다. 대문 밖에서 기다리라 일렀는데, 막무가내로 안으로 밀고 들어와 주인마님을 만나겠다니 짜증이 났다. 감히 서리 따위가 주인 허락도 없이 대갓집에 맘대로 들어오다니 생각만 해도 비위가 뒤틀렸다.

'한심한 놈 같으니…….'

이명윤은 허둥거리는 떡쇠를 나무랄 수 없었다. 우병영

---

8 몽따다 : 알고 있으면서도 일부러 모르는 체하다.

진무서리가 그리 호락호락하게 물러날 놈이 아니었다. 의관을 갖춰 입었다.

사랑채는 중문을 지나 왼편에 별도로 지은 세 칸짜리 가옥으로 행랑채와 가까웠다. 길손이나 손님이 찾아오면 하룻밤 편하게 쉬어가게 방마다 군불을 때게 아궁이도 따로 있었다. 어쨌든 집안으로 들어왔으니 진무서리의 말을 들어본 뒤에 결정해도 늦지 않을 것이다. 일전에도 우병사의 심부름꾼이 다녀간 적이 있었다. 딴꾼[9]이었는데, 서찰도 없이 진무청에 들러 달라는 말만 전하고 돌아갔다. 그때도 몸이 아프다는 핑계를 대고 가지 않았다. 그 뒤로 한참이나 뜸하더니 진무서리를 직접 보낸 것을 보면 급한 일이라도 있는 모양이었다.

이명윤은 사랑채 문을 열고 마루로 올라섰다. 축담에 가죽신이 나란히 놓여 있었다. 아전 나부랭이가 가죽신을 신고 다니다니 뒷돈깨나 챙긴 모양이었다.

"나리, 주인마님 들었사옵니다."

방문을 열기 전에 떡쇠가 기척을 알렸다.

---

9 딴꾼 : 포도청에 매여서 포교의 심부름을 하며 도둑을 잡는 데 거들던 사람.

이명윤은 헛기침을 두어 번하고 방문을 열었다.

"교리 어른 들어오시지요."

김희순이 상투에 갓을 달랑거리며 두 손을 비볐다.

"어쩐 일로 누추한 곳까지 다 들리시고……?"

이명윤은 김희순을 훑어보았다.

"번거롭게 해드려 죄송하옵니다."

김희순은 눈깔을 기름지게 희번덕거리며 주둥이를 나불
댔다.

"떡쇠야, 약주라도 올려야지, 어찌 차밖에 없느냐?"

"예, 주인마님, 준비해 올리겠심니더."

떡쇠는 입을 뾰루퉁하게 내밀며 안채로 달려갔다. 이명
윤은 김희순에게 최대한 예의를 갖췄다. 대사지에서 당했
던 것을 생각하며 당장이라도 내치고 싶었지만, 아무리 하
찮은 손님이라도 집에까지 방문한 손님에게 함부로 대할 수
없었다.

"아랫것들이 실수는 안 했습니꺼?"

김희순의 표정을 살폈다.

"아임더. 교리 어른."

김희순은 이명윤을 자세히 보았다. 진무청에서 봤을 때

는 형편없는 촌로 같아 어떻게 문과에 급제했는지 도무지 이해할 수 없었다. 튀어나온 이마에 광대뼈는 불거져 고집불통 노인이라 생각했다. 그런데 달라 보였다. 남다른 드레[10]도 있어 보여 잘못 처신했다가는 되레 당할지도 모른다는 생각이 언뜻 들었다.

"약주 한 잔 드세요."

이명윤은 아전 나부랭이에게 술까지 권할 생각은 없었다.

"예, 교리 나리."

김희순은 이명윤이 술병을 들어 올리자 황송했든지 아니면 양반행세를 하고 싶었던지 무릎까지 꿇으며 두 손으로 술잔을 받들었다.

'그러면 그렇지.'

이명윤은 일단, 기세를 잡았다는 생각이 들었다. 아전 나부랭이가 상투 틀고 갓만 썼다고 양반이 되는 것은 아니었다.

"그래, 어떻게 오셨소."

김희순은 두루마기 소매에서 서찰 한 통을 내밀었다.

---

10 드레 : 인격적으로 점잖은 무게.

"우병사께서 서찰을 교리 어른께 직접 전하라 하여 이렇게 찾아뵈었습니다."

김희순은 공손하게 머리를 조아렸다. 촉석성 대사지에서 떨던 떠세[11]는 온데간데없었다.

이명윤은 별일이라는 생각이 들었다.

"무슨 일이 있습니까?"

이명윤은 서찰을 받으면서 김희순에게 넌지시 물었다. 그의 표정은 전과 다르게 진지했다.

"아입니더. 우병사 대감께서 서찰을 전하라기에 실례를 무릅쓰고 들렀심더."

이명윤은 일단 서찰을 서안 위에 올려놓았다.

"찾아뵙고 고하는 게 당연한 일이라 생각합니다만, 보다시피 건강이 좋지 않아 움직이기가 어렵습니다. 아무튼, 곧바로 회신을 드릴 거라 우병사 대감에게 말씀 잘 올려주세요."

"그렇게 하겠습니다. 교리 나리."

이명윤의 드레에 기라도 죽었는지 김희순의 떠세는 찾아볼 수 없었다,

---

11 떠세 : 돈이나 세력을 믿고 젠체하고 억지를 쓰는 짓.

"떡쇠 바깥에 있느냐?"

"예, 주인마님."

"진무서리, 나가시니 안내해 드려라."

아전 따위와 마주 앉다니 이명윤은 생각만 해도 불쾌했다.

'감히 아전 따위가 거들먹거리다니…….'

예전 같았으면 얼굴조차 감히 들이대지 못했을 것이다. 전직 조신이라고 백번 양보해도 이명윤은 분통이 터질 지경이었다. 서찰을 꺼냈다. 창호지에 곱게 썼다. 서체도 깔끔해 명필은 아니더라도 무관이 쓴 서체라고 믿기지 않을 만큼 정갈했다.

임술년, 정월 스무아흐레

햇볕이 따사로웠다. 오랜만에 부는 마파람이다. 임술년도 보름이 지났다. 지신밟기도 엊그제 끝났다. 마을 사람들은 온통 도결을 어떻게 할 것이냐에만 쏠렸다. 목사에게 등소장을 의송했으나 예상대로 퇴짜를 맞았다. 이 와중에 굳이 우병영의 통환을 거론할 이유가 없었다.

이명윤은 의관을 차리고 사랑방을 오가며 날이 저물기를 기다렸다. 땅거미가 깔리며 덕천강을 건너 가이곡 정자약의 집에 들를 참이었다. 대낮에는 아무래도 보는 사람이 많아 불편했다. 그렇지 않아도 우병영 진무서리가 다녀간 뒤라 노심초사하는데, 사람들의 눈에 띄어 좋을 게 없었다.

땅거미가 깔렸다. 덕천강 강물 소리가 유난히 더 샜다. 이명윤은 집을 나와 가이곡으로 향했다. 강바람은 아직도 차가웠다. 휘양건을 추슬렀다. 정자약의 초가가 소담스러웠다. 그는 초시에 합격했으나 성균관에 입소하지 않고 고향에 눌러앉았다. 공부가 부족 하지도 않았다. 선대들이 파국을 겪은 게 그를 시골에 눌러앉게 했을 것이다. 대문 앞에 섰다. 그의 집은 웅장하지도 화려하지도 않아 깨끗하고 소담스러웠다.

"생원 있는가?"

"눈교?"

대문이 열렸다.

"내평 아랫담에서 왔다고 전하게."

검동이 대문 사이로 얼굴을 내밀었다.

"교리 나리 오셨능교."

"생원 계신가?"

"예, 나리 안으로 모시라는 명을 받았습니다."

노비 검동의 행실이 반듯했다. 떡쇠처럼 가볍지 않았다. 검동은 예의 바르게 잘 길든 게 정자약의 학문처럼 단정했다.

"어서 들어오시게."

생원 정자약이 마당에서 기다리고 있었다.

"조금 늦었네."

그의 집에서 모임을 하는 게 편하지 않았을 것이다. 진주목의 도결이 조용하게 마무리되기를 바랐지만, 엎친 데 덮친 격이라고 우병영에서 통환까지 저잣거리에 방문이 나붙었으니 별도리가 없었을 것이다. 이명윤의 생각도 다르지 않았다. 사태가 쉽게 해결될 기미가 보이지 않았다. 진무서리가 방문한 게 신경 쓰였다. 사랑채 축담에는 짚신이 여러 벌 보였다.

"어서 들어 오시게."

생원 정자약이 대문까지 나와 이명윤을 반겼다.

"교리 어른, 어서 들어 오이소."

인기척을 느꼈던지 미륵골 박수익이 방문을 열었다.

"들어가세."

정자약이 거들었다.

사랑방에는 사람들이 이미 가득했다. 사랑채는 정면 세 칸짜리 집이었다. 격벽을 걷어 올려 방안이 넓었다. 가운데는 놋쇠 화로 세 개가 칸마다 놓여 있었다. 따뜻했다. 오후 햇살이 좋았던 탓도 있었을 것이다. 유계춘이 뒤따라 일어났다. 이명윤은 그를 볼 때마다 불편했다. 염출 문제가 마무리 안 된 것도, 그의 거침이 없는 성격도 개운치가 않았다. 육촌 동생 계열이와 노비 검동도 보였고, 낯선 사람들도 여럿 있었다. 열대여섯 명은 됨직했다. 이명윤은 정자약의 옆자리에 앉았다.

"안 온 사람 없지예?"

참석한 사람들의 표정은 자못 심각했다.

"그라모⋯⋯. 확인 한번 시작해 보입시더."

"원당."

"여, 왔심더."

"손만 드이소."

박수익은 장중을 둘러보며 계속해서 마을 동임 이름을

불렀다.

"마동, 가이곡, 부화곡, 축곡, 내평, 말동, 축동……."

방안을 둘러보던 박수익은 동임 이름을 계속 불렀다.

"그라모, 동임들이 다 모였으니 계춘이가 회의 진행해라."

유계춘이 자리에서 일어났다.

"등소장을 목에 의송했는데, 소장을 제출한 동임 하운호
가 진무청에 끌려가 곤장만 실컷 맞고 돌아 왔심더. 그라
고…… 우병영에서 통환을 시행한다는 방문이 저잣거리에
나붙었는데, 다들 보셨지예?"

아무도 대답하지 않았다.

"다른 대안이 있어야 할 것 같심더. 우선 우째 할낀지 말
해 보이소."

유계춘의 말이 허허롭게 방안을 떠돌았다.

이명윤이 방안을 둘러보았으나 말하려는 사람은 없었다.
엊그제 우병영 진무서리가 집에 찾아와 전해준 백낙신의 서
찰에는 통환을 실시하니 마을 사람들을 잘 설득해 달라는
내용이었다. 협조하지 않으면 가만두지 않겠다며 경고까지
했다. 회의 결과를 본 후에 서찰을 회신하던지 우병사를 직
접 만나볼 생각이었다. 그런데 사람들의 표정은 어두워 쉽

게 결정 날 것 같지 않았다.

유계춘은 이명윤을 힐끗 보았다. 아리송한 그림자가 설핏 얼굴을 지나갔다. 고민이 많을 것이다. 당장 굶어 죽게 생겼는데 이 교리마저 결정 못 하고 입을 굳게 다물고 있으니 답답했다. 교리 댁에 진무서리 김희순이 다녀갔다는 것을 동임 하운호에게 들었다.

"통환 날짜가 다가오는데, 큰일임니더."

유계춘은 방안을 둘러보았다. 모두가 눈을 내리깔고 꿀먹은 벙어리처럼 방바닥만 내려다보았다. 그럴만했다. 괜히 나섰다가 곤장이나 맞을 텐데, 선뜻 나설 턱이 없었다.

박수익이 나섰다.

"그라머, 오늘은 이만하고 그믐께나 한 번 더 보입시더."

"그렇게 하세."

이명윤이라고 뾰족한 대안이 있을 리 없었다.

"오늘은 고마 끝내입시더."

박수익이 고개를 숙였다.

향임들이 자리에서 우르르 일어났다. 그들의 얼굴에는 안도하는 빛이 역력했다. 유계춘은 답답했다. 논뙈기 한 평 없는 주제에 나서기도 그렇고 이대로 주저앉으려니 안타까웠다. 뒷담을 가리키며 달아나라던 어머니의 꽉 다문 입술이 눈앞에 어른거렸다.

정월 대보름달이 옥녀봉 멧부리를 환하게 비추고 있었다. 덕천강에는 윤슬이 반짝거렸다.

"계춘아 미륵골로 가자."

박수익이 유계춘을 불러 세웠다.

유계춘은 한 달째 집에 들어가지 못했다. 그를 지켜보는 염탐꾼들 때문에 집에 들어갈 수도 지낼 곳도 마땅찮았다.

"녹두실재로 갈끼제?"

"아, 그래 그라면, 녹두실재 입구에서 보자."

미륵골로 가겠다고 했지만, 뻔질나게 드나들어 박수익도 그렇지만, 그의 아내 볼 면목도 없었다. 땅거미가 깔리면 어머니도 찾아뵐 겸 내평리 집으로 들어갈 거라 마음먹었다. 장독대 한쪽에 모신 용단지에 햇벼를 넣어두고 비손하던 어머니가 설핏했다.

임술년, 정월 스무아흐레

두류산 해거름이 무실장까지 내려왔다. 도붓장수들이 봇짐을 지고 발 빠르게 움직였다. 방물장수 아낙은 보퉁이를 머리에 이고 옷고름도 여미지 못한 채 허겁지겁 저잣거리를 빠져나갔다. 집안에 젖먹이라도 두고 온 모양이었다. 점심나절만 해도 북적거리던 장꾼들이 삼삼오오 패거리를 지어 빠져나갔다.

유계춘은 주막 구석에 앉아 저잣거리를 주뼛거리더니 평상에서 벌떡 일어나 손을 들었다.

"성님, 이리로 오이소."

"마이 늦었제?"

사내는 숨을 헐떡거리며 유계춘이 앉은 평상에 마주 앉았다.

"아임더, 지도 쫌 전에 왔심더."

"주모, 여기 막걸리 한 사발 주이소."

이마에 두건을 맨 사내는 주막에 들어오자마자 주모에게 막걸리를 주문했다.

"아이고, 나리 쪼매만 기다리소. 숨 넘어 가겠심더."

설거지하던 주모가 행주치마를 허리춤에 걷어붙이고 마당으로 고개를 내밀었다.

"춘심아 니가 나가봐라."

"야."

행주치마에 손을 닦으면서 춘심이 쪼르르 평상으로 달려왔다.

"막걸리 먼저 달라카이."

"아이고, 나리, 머가 그리 급한교, 쪼매만 더 기다리소. 금방 줄끼까네."

"알았네. 빨리 쫌 주게, 목이 타서 안 그라나."

이계열은 춘심에 눈을 찡긋했다.

"아이고 징그러버라. 눈은 와 찡긋거리는데. 서방질한다고 소문이라도 나면 우짤라고 그라능교."

춘심이 눈을 찡긋하더니 궁둥이를 씰룩거리며 부엌으로 들어갔다.

"아이고, 성님도 참, 대장간 수거(수건)이가 보면 삐지기 딱 좋아 보입니더, 고만 하이소."

"보라카지……."

이계열은 주막에 들어오자마자 막걸리를 주문하더니 그

때야 평상에 앉은 사내 앞에 앉았다.

"대장간은 문 닫았던데?"

이계열이 퉁명스럽게 말했다.

"야, 어데 간다 카던데예."

이계열은 춘심이 사라진 부엌을 잠깐 바라보더니 얼굴이
일그러졌다.

"그건 그렇고, 계추이 니는 우찌 지내노?"

"그럭저럭 지냅더."

"너거 어무이는 좀 어떠터노."

"누워만 계신다 카데예. 들여다 보지는 못했고요……."

유계춘이 눈시울을 붉혔다.

"약이라도 한 첩 지어드리지 그랬나."

"약요……?"

유계춘은 말을 하려다 멈췄다. 약이라도 지어드리고 싶
은 마음이야 굴뚝같지만 가진 돈도 없었다.

이계열은 허리춤에 도래미줌치(두루주머니)를 만지작거
렸다. 엽전 꾸러미가 손끝에 걸렸다. 읍장에서 나무판 돈이
었다. 다행히 정언 김인섭이 막걸릿값을 치렀기 망정이기
그렇지 않았으면 술값으로 날렸을 것이다. 그는 엽전 꾸러

미를 꺼내 유계춘에게 내밀었다.

"이거 얼마 안 되는데, 너거 어무이 약 사는 데 보태 써라."

"성님, 와 그라능교. 고마 됐심더. 묵을 거도 없을 텐데 쌀이나 사이소."

유계춘은 가슴이 뭉클했다. 장작 판 돈일 것이다. 아무리 어머니가 아파도 애 터지게 번 돈을 받을 수 없었다.

"그라지 말고 받아라 카이."

이계열을 알아주고 믿어주는 사람은 유계춘 뿐이었다. 집안에서도 쳐내놓은 사람이었다. 늘 외톨이었다. 육촌 형님 이명윤은 문과에 급제해 벼슬도 하는데 그는 한글도 깨우치지 못했다고 친척들은 아는 체도 안 했다. 그는 나이가 어려도 어른스러웠다. 말 한마디를 하더라도 편하게 해주었고 최고의 초군이라며 추켜세워 주기도 했다. 돈 몇 푼이 중요하지 않았다.

"와 그라능교, 도로 집어 넣어소."

"아이다, 이거는 내 마음이다. 받아라 카이."

"됐심더, 그건 그렇고 단성은 우짠다고 하던교?"

유계춘은 어머니의 약보다 단성 아전들의 포흠과 현령이 횡령한 이무미를 어떻게 처리했는지가 더 궁금했다.

"거도, 개판이라 카더라. 잘은 모리겠지만 감영에서 이무미를 농민들에게 되레 돌려주라 켔는데, 현감 놈이 돌려주지 않고 대구 감영으로 도망가다가 함양에서 붙잡혀왔다 카더라."

"그래요……."

유계춘은 잠시 생각에 잠겼다. 진주목이라고 다를 게 없을 것이다. 목사 홍병원도, 우병사 백낙신도 단성 현감보다 더하면 더했지 덜하지 않았다. 정읍이니 정영이니 정소를 한다고 절대 들어주지 않을 것이다. 머리가 아팠다. 그믐날 산기촌 검동의 집에서 이회를 열려고 통지는 이미 넣어놓았다. 교리 이명윤과 생원 정자약, 그리고 정내명은 틀림없이 단성처럼 등소 외에는 대안을 찾지 못할 것이다. 보지 않아도 뻔한 일이다. 재산이 있는 놈들이 나서서 화를 자초할 이유가 없었다. 분명 국법 테두리에서 움직이려고 할 것이다.

'어떻게 하지……?'

유계춘은 이들을 앞장세울 묘안이 떠오르지 않았다.

"성님, 모래 산기촌 검도(검동)이 집으로 오이소?"

"그래, 가께. 계추이 니가 오라카면 어데라도 갈 끼까네 내 걱정은 안 해도 된다 카이."

유계춘은 자리에서 일어났다.

마당 가운데 피워놓은 모닥불이 뭉근하게 타올랐다. 입춘이 지나서인지 날씨도 제법 풀렸다. 덕천강 강물 소리가 웅차게 들렸다. 쥐똥나무 울타리에 한편에 무드럭지게 옹기가 쌓여있었다. 검동이 시장에 내다 팔고 남은 옹기들일 것이다.

박수익은 마당에 모인 사람들을 둘러보았다. 생각보다 많은 사람이 모였다. 도결이니 통환이니 예전에 없던 일이 한꺼번에 터졌으니 마을 사람들도 궁금했을 것이다.

"다 모인능교."

박수익이 말을 꺼냈다.

"교리 어른과 생원 어른은 앞으로 나오시지요."

박수익이 마을 어른들을 앞으로 불러냈다.

"계추이 니가 나와서 말해라."

유계춘을 앞으로 불러냈다.

"마을마다 돌아다녀보이 어떠터노. 이바구 한 번 해봐라."

유계춘이 머쓱했던지 뒤통수를 긁적거리며 앞으로 나왔다.

"마, 지가 며칠 동안 장마다 돌아다녔는데, 마실마다 굶어 죽게 생겼다고 야단들입니더."

"어데 어데 가봤노?"

이명윤이 까칠하게 물었다.

"덕산장부터 엄정장까지 보름 동안 열두어 곳에 돌아다니며 향임들도 만나보고 마을 사람들도 만나 봤지예."

정읍呈邑으로는 이 사태를 극복하지 못한다는 것을 유계춘은 알았다. 나설 사람도 없었다. 죽을지도 모르는데 나설 리 없었다. 이득도 없는 일에 나섰다가 곤장 세례만 돌아올 것이다. 한두 번 겪은 것도 아니었다. 그들을 나무랄 수도 없었다. 동면東面이나 서면西面 향임들도 마찬가지였다. 목사와 우병사가 알게 모르게 아전들과 짬짜미한다는 것을 시근[12]든 사람이면 다 아는데 국법을 따른다고 될 일이 아니었다. 이명윤이 순진한 것인지 글깨나 안다고 잰 체하는 것인지 도무지 이해할 수 없었다.

"뭐라 카더노?"

이명윤이 유계춘을 채근했다.

"이대로 가다가는 다 죽는다고 합디다. 그러니 들고일어

---

12 시근(始根) : 근본이 되는 원인.

나야 한다고 말들은 하는데, 누가 할 거냐고 물으니 다들 말을 못합디다."

유계춘은 입을 꽉 다문 이명윤을 바라보았다. 그의 눈이 흔들렸다. 조신이라고 떠세를 떨어도 목사나 우병사가 거들떠보지도 않았다. 서찰이 두어 번 오간 것도 알고 있었다. 분명 이명윤을 이용하려는 수작일 것이다.

"그래서 드리는 말인데, 이월 초이틀 무실장 저잣거리에서 도회를 열어 이웃 마을 사람들 의견도 함께 들어 보는기 좋을 것 같심더."

"하필이면, 무실장이고?"

유계춘이 의심스러웠다. 도회를 하는데 하필이면 무실장이라니 설마 철시를 염두에 두는 것은 아니겠지……. 이명윤은 그의 뒷말을 다그쳤다.

"사람들이 최고로 마이 모인다 아입니꺼. 그라고 갱빈(강변)도 널버 사람들이 모이기도 조심더."

유계춘은 덤덤하게 말했다.

"이 교리, 계추이 말을 한 번 들어보는 것도 좋을 것 같은데?"

정자약이 끼어들었다.

이명윤은 생각에 잠겼다. 유계춘이 왜 도회를 추진하려는지, 그것도 무실장터에서. 박수익은 토지라도 있지만 그는 토지도 없었다. 그의 부친 백골징포 문제가 있긴 해도 그 일을 해결하려고 무실장 저잣거리에서 도회를 개최한다는 것은 선뜻 이해가 되지 않았다. 어쨌든, 도결과 통환을 혁파하려고 도회를 연다는데 굳이 말릴 필요는 없었다. 방법의 문제이긴 하지만…….

백낙신의 탐학은 끝이 없었다. 전라좌수사 환곡 포흠 분을 가로챈 게 들통나서 파면당했다. 작년에는 병고전[13]을 백성들에게 강제로 나눠주더니, 섬당 닷 냥을 거둬들여 남은 돈을 가로챘다. 청천지역 개간 땅에도 부세를 매겨 가로챘다. 그것뿐만이 아니었다. 그의 끝 없는 탐학을 꺾어놓지 않으면, 조정에 더 큰 잘못을 저지를지 모른다. 목민관의 탐학을 전직 조신으로써나 지역 명예를 보더라도 이명윤은 보고만 있을 수 없었다.

"내, 생각도 그렇긴 한데, 우째야 될지 의견들 한 번 모아보시게."

이명윤은 일단 한발 뒤로 물러났다. 정영을 하면 법 테두

---

13 병고전(兵庫錢) : 병장기를 만들려고 병영에 준비해 두었던 돈.

리 내에서 가능하다. 지난봄 신억 목사가 시행하려던 도결도 정읍으로 멈추게 했다. 물론 비변사에 등소할 거라 협박도 했지만, 결국 등소를 했기에 굴복시킬 수 있었다. 이번 사태는 우병영의 통환까지 겹쳐 농민들의 분노는 그때보다 더할 것이다.

"그라면, 이번에도 지난해처럼 통문은 계추이가 적고 지구, 지우가 좀 도와줘라. 어떤노?"

정자약이 거들었다.

"야."

유계춘은 생각에 잠겼다. 우병영 병사들의 집까지 쳐들어와 난장판을 만들어 어머니는 병들어 누웠다. 이번에는 더할 것이다. 게다가 염출 문제로 교리 이명윤이 주도해 마을 사람들에게 고변을 당해 우병영 진무청에 구류까지 살았으니 걱정되는 것도 사실이었다.

"잘못되면 진무청에 끌려가 곤욕만 치를 텐데, 지는 몬 하겠심더."

"그거라면 걱정하지 말게. 목사는 나와 홍문관 동기고 우병사도 면식이 있는 자이니 너무 걱정하지 마시게. 뒤 책임은 내가 처리해 줄 테니 정읍을 해서 안 되면 우병영에 정영까지 추진해 보자."

이명윤은 자신만만하게 말했다. 사실 자신도 있었다. 비록 도결에서 제외해 달라고 했다가 문전에서 퇴짜를 맞아도, 우병사 백낙신의 요청에는 일부러 나가지 않았다. 그들에게 이용당하는 게 싫었을 뿐이다. 정읍이나 정영을 하면 사정은 달라질 수 있었다. 그들이 아무리 나는 새도 떨어뜨리는 권력을 가져도 위법하지 않는 이상 농민들을 벌을 주지 못할 거라는 확신도 있었다.

"이런 큰일에는 마을 어른들이 나서야 안 되겠심꺼."

유계춘은 일단 뒤로 물러섰다. 큰일을 하는데 마을 어른들이 나서는 것은 지극히 자연스러운 일이다. 그래야 지난 해처럼 염출 문제가 발생하지 않을 것이다. 부자들이 각출하면 문제 될 것도 없었다. 염출 몇 푼 내놓고 돌려 달라면 쟁여놓은 재산이 있는 것도 아니고, 마음이 있어도 돌려줄 수 없었다. 결국에는 진무청에 고변해 서로 간에 마음만 상할 것이다.

"이번에도 염출을 해야 안 되겠나?"

염출 문제로 유계춘이 곤란을 겪었던 것을 알아, 사전에 문제점을 짚는 것이 옳을 것 같아서 이명윤이 한 말이었다.

"자, 그라면 염출은 작년만큼 하고요. 오늘은 이쯤에서 끝내겠심더. 그라고…… 초이틀 무실장날 모이는 것으로 하입시더. 장소는 별도로 통지 하겠심더."

박수익이 이회를 마무리지었다.

하늘에서 별찌[14]들이 두류산 천왕봉에 무수히 떨어졌다. 깜깜하던 하늘이 한순간 밝아지더니 금세 어두워졌다. 유계춘은 가슴이 벌렁거렸다.

"정읍이나 한다고!"

유계춘이 중얼거렸다.

이명윤이 우병사 백낙신이나 진주목사 홍병원을 몰라도 너무 모르는 것 같았다. 정읍이나 정영으로 통할 것 같았으면 도결이나 통환은 애초부터 시행도 안 했을 것이다.

임술년, 이월 초하루

읍 대장간에 초군들이 숯섬을 지고 들락거렸다.

"이쪽에 부려 주이소."

---

14 별찌 : 별똥별이나 유성을 나타내는 우리말, 유성(流星).

이귀재가 지게를 세웠다.

"나리, 대장간 뒤로 오이소."

박수견이 대장간 앞에 세워놓은 이귀재에게 짐 부릴 장소를 고쳐주었다.

"박 서방 바쁘네."

유계춘이 언제 왔는지 대장간 앞에 서 있었다.

"성님, 언제 왔능교?"

"지금 막 왔제."

"평상에 앉으소."

"바쁘나?"

"아임더, 다 대 감더. 쪼매만 기다리소."

숯을 내린 박수견이 대장간 좌판으로 나왔다.

"박 서방, 일 끝내고 초군청으로 좀 오이라."

유계춘은 박수견의 입담이 필요했다.

"야, 알았심더. 주막에 잠간 들렀다가 가께요."

"그렇게 하시게."

유계춘은 서둘러 초군청으로 향했다. 떠들썩거리던 초군들은 이미 무실장으로 출발했는지 보이지 않았다.

"성님, 있능교?"

유계춘이 초군청 출입문을 열었다. 초군 서넛이 자리에서 일어났다. 박수익이 뒤따라 들어왔다. 강쾌, 정지구, 정지우와 박수견도 뒤따라 들어왔다.

"박 서방은 주막에 들린다고 안 했나?"

"저리 새끼가 내일 만나자고 따로 연락이 왔심더."

"그래······."

만나려던 사람은 저리 문영진 같았다. 안동 김씨 족보를 샀다고 해맑게 웃었는데, 박수견의 어두운 표정을 보니 아직 못 만난 것 같았다. 여우 같은 저리 문영진이 호락호락할 리 없었다.

"다 왔나?"

이계열이 초군청으로 들어오는 사람을 안내했다.

"수만이는 아직 안 왔는데?"

"병영에 들렀다가 온다 카던데예."

박수견이 숯을 갈무리하면서 들은 모양이었다.

"김 형, 인사나 하이소."

유계춘에게 방구석에 앉은 사람을 소개했다.

"단성에서 온 김인섭이라 하오."

"유계춘이라 합니다."

김인섭이 젊지 않은 나이에 문과에 급제했지만, 사헌부 정언을 그만두고 고향 단성에 내려왔다고 이계열에게 들었다. 생각보다 드레가 있어 보였지만, 전직 조신이라는 말에 유계춘은 마뜩잖게 생각했다. 이명윤의 맏아들과 친밀하다는 말도 들었다. 벼슬에 눈이 먼 벼슬아치에 불과할 것이다. 어쨌든, 무엇보다 단성은 어떻게 도결을 처리했는지가 궁금했다.

"단성은 어떻게 했심니꺼?"

유계춘은 단도직입적으로 물었다.

"도망가던 현령을 붙잡아 관아에 감금해 났심더."

김인섭의 오만한 표정도 그랬지만, 현령을 붙잡아 관아에 감금해 놓았다니 유계춘은 정신이 번쩍 들었다. 이명윤이 하자던 정읍으로는 관가에서 들어줄 것 같지가 않았다.

"성님, 정읍으로는 택도 없심더, 잘못하면 지난해처럼 진무청에 끌려가 곤장이나 죽도록 맞을 게 뻔한데 이번에는 철시해야 하는 거 아인교."

유계춘의 말에 방안은 조용해졌다.

"이대로 가다가는 모두 굶어 죽고 말 끼다. 나는 계춘이 말이 옳다고 본다. 다들 생각이 어떤노?"

이계열이 맞장구를 쳤다.

박수익은 아내의 부릅뜬 눈이 설핏했다. 십여 년 전, 비변사에서 격쟁을 하다가 곤욕을 치른 뒤로 내평들 논 마지기도 아전들에게 빼앗겨버리고 도망가다시피 미륵골에서 죽은 듯이 숨어 살았다. 그 후로 아내는 마을 일에 절대 나서지 말라고 했다. 아내는 마을 사람들이 찾아오는 것도 싫어했다. 가슴이 떨렸다.

김인섭이 심각한 사람들의 표정을 보더니 상황을 짐작했는지 슬며시 초군청을 빠져나갔다. 이계열이 뒤를 따라 나갔다.

"인섭이 고맙네."

"아닐세."

초군청을 나간 김인섭은 총총히 저잣거리로 사라졌다.

"그라머, 통문 먼저 쓰자."

김인섭이 초군청을 나가자 유계춘은 더는 머뭇거려서는 안 되겠다는 생각이 들었다. 미적거리다가 우병영에서 알기라도 하면 일을 벌이기도 전에 체포될 것 같았다. 바로 통문 초안을 작성했다.

"우짤라고요?"

박수익은 뒷일이 걱정되는 모양이었다.

"우짜기는 우째, 계획대로 철시하는 기지."

유계춘은 뚱하게 말을 던졌다. 인제 와서 이것저것 고민할 필요가 없었다. 그는 이 교리가 써 놓았던 방문을 읽어 보았다. 그리고 곧바로 문장을 고쳤다.

"지구야, 함 봐라. 문구가 어떤지?"

정지구는 유계춘이 쓴 방문을 읽었다.

"곧바로 철시한다를 '혁파하지 않으면 철시한다'라고 고치는 거 어떠켔는교?"

"지우 생각은 어떤노?"

정지우가 통문을 들고 호롱불에 비춰보았다.

"아직 기별도 안 했는데 사람들이 모이겠능교. 그라이, 지우 성 말대로 문구를 바꾸고 도결 장소를 이월 초엿샛날 수곡 무실장으로 고치는 좋겠심더. 그라고, 다음 장날까지 시간을 버는 기 좋을 것 같은데요?"

"각 마을의 의견을 들어보는 것도 괜찮을 것 같심더."

정지우 생각이 옳은 것 같았다. 남면이라도 마을마다 사정이 다를 것이다. 내평리만 해도 그렇다. 이명윤과 정자약, 그리고 정내명의 의견은 유계춘과는 달라도 많이 달랐다.

그들은 법 테두리 안에서 등소를 하자는 축이고, 등소 따위로 해결될 문제가 아니라는 유계춘의 의견과 팽팽하게 맞섰다. 이웃 마을도 다르지 않을 것이다. 저잣거리를 철시해야 장사꾼들과 도붓장수들도 참여할 것이다. 정지구의 말대로 처음부터 철시하자고 방을 붙이면 우병영에서 가만히 두고 볼 리 없었다. 그러잖아도 집을 들쑤셔놓았는데, 당장 병사를 풀어 주모자를 잡아들이려고 할 것이다. 그렇게 되면 시작하기도 전에 일을 그르칠 수 있었다.

"그렇게 고치자. 오늘 밤에 통문을 여러 장 만들어 내일 새벽에 읍장 저잣거리마다 통문을 붙입시다."

"그러면 지구가 문구를 이 교리가 쓴 통문을 고쳐서 견본을 다시 만들어라. 그리고 지우와 쾌, 그리고 수익이는 그대로 베껴 쓰라."

철시라는 말에 박수건은 고민이 됐다. 며칠 후면 문영진에게 안동 김씨 족보를 넘겨받을 텐데, 철시라니. 혹시라도 잘못되면 들인 돈도 날리고 양반은 물 건너갈지 모른다는 생각이 들었다.

"계춘아 통문을 언문으로 써도, 한문으로 쓰면 초군들은 못 읽는다 카이."

이계열은 뒤통수를 긁적거렸다. 사실, 말은 알아들었지만 통문 내용은 정작 뭐라 쓰였는지 도통 읽을 수가 없었다.

"성님 걱정 마이소, 언문으로 바꾸께요."

"지구야, 한문으로 쓰지 말고 언문으로 쓰라."

"성님, 걱정 마이소."

이계열이 멋쩍어하자 정지구가 걱정하지 말라는 듯이 가볍게 웃었다.

"촉석성은 경계가 심해 통문 붙이는 기 어려울 낀데요?"

박수익이 걱정을 했다.

"내성 안에는 수마이가 붙이면 어떻겠노?"

김수만이 중영 수첩군관이라 촉석성 지리를 잘 알 것 같았다.

"그라입시더."

내성에는 김수만이 통문을 붙이겠다고 했다.

"그래, 고맙다. 그라고, 저잣거리는 박 서방과 계열이 성님이 담당하고 예화문, 지제문, 그리고 공북문은 내하고 나머지 사람들은 같이 갑시더. 오늘 밤 안으로 무조건 방문을 붙여야 됩니더."

내일 읍장이 개시되기 전에 통문을 저잣거리에 붙여놔야

사람들이 볼 것이다.

"계열이 성님."

유계춘은 초군들의 동원이 필요했다.

"와 말해봐라?"

"다른 장에는 지역 초군들에게 통문을 돌리라 카면 좋겠
는데……. 되겠능교?"

"하모, 걱정하지 마라. 회문도 언문으로 좀 써도. 뭐라고
썼는지 내용을 알아야 철시를 하든지 말든지 할 거 아이가."

이계열은 유계춘에게 언문으로 써달라고 말했지만 사실
창피했다.

"성님 걱정 마이소. 전부 언문으로 써 드릴게요."

유계춘은 얼굴을 붉히는 이계열에게 되레 미안했다. 글
좀 안다고 한문으로 써서 부탁했으니 사려 깊지 못했다는
생각에 오히려 미안했다.

"그라머, 걱정 안 하지."

이계열은 유계춘을 보며 씨-익 웃었다.

"읍오리 초군, 가서리 초군, 용봉 초군, 많지 예? 모두 합
해서 통문이 얼마나 필요 합니꺼?"

"이삼백 장이면 안 되겠나."

"알았심더."

지난봄에는 농사꾼들만 모여 정읍을 했다. 이번에는 그들로는 안 될 것 같았다. 초군들을 동원해 철시까지 해야 도결과 통환을 혁파할 수 있을 것이다. 이명윤과 외숙부 정자약을 설득하는 것도 문제였다. 가만히 두고 보지만 않을 것이다. 그들에게 철시는 집안의 몰락일 수 있었다. 농민들 뒤에 점잖게 숨어서 떠세나 떨려고 할 것이다. 그러나 유계춘의 생각은 달랐다. 부정한 것을 뻔히 알면서 행동으로 나서지 않고 재산만 지킨다고 양반행세를 다하는 것은 아니다. 존경을 받으려면 대의를 저버리는 어리석은 짓을 해서는 안 된다. 조계 할아버지 생각도 다르지 않을 거라는 확신이 들었다. 죽을 수도 있는 일이다. 유계춘은 마음을 단단히 먹었다.

임술년, 이월 초이틀

봉창이 어둑했다. 오랜만에 낮잠도 실컷 잤다. 핫옷[15]을

---

15 핫옷 : 솜을 두어 지은 옷. 솜옷.

걸치고 집을 나서려다가 장독대에 가지런히 놓인 물그릇과 접시에 든 쌀 한 줌이 보였다. 그 옆에는 오색 실타래가 보였다.

밤새 읍내 저잣거리에 방문을 붙이고 새벽녘에야 내평리 집에 도착했는데, 장독대 용단지 앞에 어머니가 비손하고 있었다.

"어무이?"

어머니는 유계춘이 부르는 소리를 듣지 못했는지 꼼짝하지 않았다.

"어무이? 지 왔심더."

유계춘이 재차 어머니를 불렀는데도 어머니는 비손만 하고 있었다.

"제발 우리 대주를 보살펴 주이소."

유계춘은 마음이 아파 더는 어머니의 비손을 보고 있을 수 없었다.

"날씨도 추운데, 고마 들어 가입시더."

어머니는 그때야 고개를 돌렸다.

"우리 대주 오나?"

어머니 눈에는 이슬이 맺혀있었다.

"야, 고마 들어 가입시더."

"그래, 일은 잘 봤나?"

"야, 그만 방으로 들어가입시더."

어머니는 아무 말 없이 베틀방으로 들어갔다.

"안방으로 안 들어가시고……."

유계춘은 말끝을 흐렸다.

"됐다. 그냥 놔둬라."

잠시 뒤 베틀 돌아가는 소리가 들렸다.

입춘이 지났는데 녹두실재 바람이 차가웠다. 유계춘은 무명으로 누빈 휘양건을 여미며 내평들을 바라보았다. 땅거미 위로 연기가 자욱하게 깔렸다. 미륵산 멧부리에 잔설이 사시랑[16]이 처럼 깔렸다.

박수익의 사랑방 축담에는 짚신과 가죽신이 어지럽게 놓여 있었다. 유계춘은 헛기침을 했다.

"흐~험."

방문이 열리더니 박수익이 고개를 내밀었다.

---

16 사시랑이 : 가늘고 약한 물건이나 사람.

"빨리 들어 온나."

유계춘은 안채를 바라보았다. 방문이 삐죽이 열려있었다. 바람 때문인지 박수익 아내의 한숨 때문인지 호롱불이 흐느적거렸다. 그의 아내가 그렇게 말렸는데, 박수익은 십여 년 전 아전들이 빼앗아간 내평들 논을 찾아야 한다며 이번 도회에 적극적으로 참여한 게 아내를 골나게 했던 것 같았다. 어쩌면 미륵골에서도 쫓겨날지 모르는데…….

"늦었네."

방안에는 사람들이 가득했다. 내평리, 마동, 가이곡, 원당과 산기촌, 대략 보아도 열대여섯 명은 돼 보였다.

"계춘이 빨리 앉아봐라. 이기 우찌된 일이고?"

"뭐가요?"

"다른 통문이 읍에 나붙었다고 하던데, 설명 좀 해봐라."

유계춘은 어떻게 설득할 것인가를 밤새 고민했지만 저들을 설득할 뚜렷한 방법이 없었다. 어쩌면 그의 판단이 잘못됐을 수도 있었다. 하지만 마음을 단단히 먹었다. 여기서 밀렸다가는 도결이나 통환을 혁파할 수 없을 것 같았다.

"그라고 이회에서 결정한 대로 해야지 니 맘대로 철시하자는 통문을 저잣거리에 붙이면 우짤라 카는데."

이명윤이 목소리를 높였다.

"그라머, 우짜면 되는데예?"

유계춘도 지지 않았다. 조신들이야 있는 재산만 조금 축내면 그뿐이지만, 소작 농사를 짓는 농민들은 굶어 죽게 생겼다. 작년 가을에 마동리 훈장 정영장은 박수익의 배냇소는 고사하고 겨우 얻은 엇부루기까지 빼앗아 가버렸다. 한 해 동안 힘들게 여물 먹이고 풀 뜯어 먹여서 겨우 엇부루기 한 마리 얻어 기뻐하던 박수익의 아내 모습이 설핏 지나갔다.

"나라에는 법이 있고 백성들은 그 법을 따르는 게 도리다. 그런데 국법에도 금지하는 철시를 하겠다니 말이나 되는 소리냐. 어디 대답이나 좀 들어보자."

이명윤은 유계춘에게 호통을 쳤다.

"교리 어른은 배 굶어 본 적이 있능교? 있으면 말씀 좀 해보이소."

유계춘도 맞받아쳤다. 배도 굶어보지 않은 사람이 법 운운한다는 것이 도대체 이해할 수 없었다. 사람 위에 법이 존재한다는 것이야 하루 이틀 겪은 것도 아니지만, 국법을 지키려고 굶어 죽을 수는 없었다. 저들에게는 법이 중요할지 몰라도 유계춘의 생각은 달랐다. 사람이 살아야 법을 지키든 말든 할 것이다. 농사꾼들도 먹어야 살 수 있다. 법을 지키려고 수 없는 사람들이 굶어 죽어도 국법만 지킬 것인가. 적어도 비렁뱅이 젊은 도사 최수운의 말을 들은 뒤로는 유계춘의 생각도 달라졌다. 사람 안에 천주가 있다는 말은 믿지 않아도 사람이 살아야 국법도 존재하는 것이다.

"이 사람아 배를 굶어도 국법은 지켜야지, 그게 백성 된 도리가 아니더냐."

임금도 모르고 국법도 모르는 놈이 나라에 충성하기를 바라는 것은 어불성설이었다. 이명윤은 근본도 없이 나대는 유계춘을 상대하기도 싫었다. 철시 통문을 회수하지 않으면 큰일이 날 것 같았다.

"잔말 말고 빨리 통문을 회수하게."

유계춘은 이명윤에게 대들었다.

"그렇게는 몬 하겠심더. 그라고, 오늘이 읍 장날인데, 장꾼들이 이미 다 봤을 낌더. 교리 어른이 회수하라고 한들 소용 엄심더."

유계춘은 교리 이명윤 말을 들은 척 만 척 그를 외면했다.

"생질, 그대로 두면 큰일 나네, 더 늦기 전에 빨리 회수하게.”

외숙부 정자약이 이명윤을 거들었다. 정내명은 고개를 돌렸다.

“그만, 일어나시게.”

이명윤이 자리에서 일어났다.

“벌을 받아도 내가 받고 죽어도 내가 죽을 낍더, 교리 어른이 무슨 상관입니꺼. 가실라면 가이소. 어떤 일이 있어도 통문은 회수할 수 엄심더.”

“아니 저런 미친놈이 누굴 죽이려고!”

이명윤은 더는 말을 잇지 못하고 방문을 박차고 나갔다. 그 뒤를 생원 정자약과 정내명도 유계춘을 흘끔거리며 뒤따라 나갔다.

“계춘아? 괜찮겠나?”

이계열이 걱정되었는지 근심스러운 얼굴로 유계춘을 바라보았다.

“우짤낍니꺼, 이래도 죽을끼고 저래도 죽을 낀데 가만히 앉아서 죽을 바에는 소리라도 지르고 죽을람더. 그라고 계열이 성님도 자신 엄시면 따라가이소.”

유계춘은 이계열과 박수익 그리고 그를 걱정스럽게 바라

보는 외사촌 정지우와 지구를 번갈아 바라보았다.

"걱정하지 마이소. 저들이야 쌀 여남은 섬 부세로 내면 그만이지만 우리 농사꾼은 굶어 죽심니더, 야반도주하는 마을 사람들이 한둘인교."

"하모, 하모."

이계열이 고개를 끄덕였다. 지난해 끼닛거리가 없어 쌀 두어 말 꿔달라고 교리 집에 들렀다가 무식하기 이를 데 없다고, 욕만 실컷 먹고 쫓겨났다. 다시는 가지 않을 거라 다짐했다. 유계춘의 말은 속속들이 맞았다. 틀린 말이라고는 한 곳도 찾아볼 수 없었다.

"이대로 쭉 밀고 가자."

박수익이 끼어들었다. 그의 어머니도 굶어 죽었다. 사람들은 아내가 굶겨 죽였다고 말들은 하지만, 사실은 먹을 것이 없어 집안 식구 모두 나흘이나 굶었다. 자식이 무능한 탓이라고 자신을 탓했지만, 세상이 바뀌지 않으면 그도 자식도 굶어 죽을 것이다. 부모도 봉양하지 못한 자식이 어찌 자식이라 말할 수 있겠는가. 자식 도리를 다하지 못한 게 부끄러워 감히 입 밖에도 꺼내지 못했던 말이었다. 개떡과 피죽만 먹으면서 두어 달이나 버틴 게 어머니는 그나마 운이 좋

은 편이라며 위로해주던 마을 사람들에게 부끄러웠던 기억
이 났다. 주먹을 불끈 쥐었다.

"걱정 마이소, 지는 마 성님 편입니더."

정지구와 지우 그리고 고종사촌 강쾌도 힘을 북돋워 주
었다.

유계춘은 생각에 잠겼다. 이명윤과 외숙부가 대열에서
이탈했다. 예견한 일이었다. 하지만, 끝까지 설득할 참이었
다. 아무리 욕심이 가득한 사족들이라도 함께 행동해야 철
시하더라도 설득력이 있을 것이다. 그래야 백낙신도, 홍병
원도 함부로 하지 못할 것이다. 그들이 돌아갔으니 도결과
통환 혁파는 이미 물 건너간 일일지도 몰랐다.

유계춘은 고민이 됐다. 이명윤이 홍병원에게 정보를 내
줬을지도 모르는 일이었다. 외숙부 정자약이야 그럴 리 없
겠지만 이명윤은 믿을 수 없었다. 지난해 도결 때는 정보 흘
린 것도 모자라 마을 사람들을 꼬드겨 우병영에 고변해 염
출 문제까지 유계춘에게 덤터기를 씌웠다.

"나쁜 놈!"

이명윤이 큰소리를 치고 돌아갔으니 내일 아침이면 우병
영 병사들이 집을 들이닥칠지도 모를 일이었다.

베틀 소리가 힘겹게 들렸다. 평생을 베를 짜도 이밥 한 끼는커녕 밥솥에 옵쌀 한 줌 편하게 올려놓지 못했다. 유계춘은 울타리 너머로 집안을 들여다보았다. 용단지가 장독대 가운데에 놓여 있었다. 대주가 우선이라며 장독대 귀퉁이에 모셔두고 이른 새벽 우물에서 길러온 깨끗한 물을 대접에 가득 채워 놓았다. 오색 실타래가 가지런히 놓여 있었다. 또 다른 대접에는 어디서 났는지 하얀 쌀이 복스럽게 가득 담겨 있었다.

유계춘은 베틀방을 바라보았다. 가슴이 저렸다.

"어무이, 불효자를 용서 하이소."

베틀방을 향해 절을 올렸다. 어쩌면 다시는 볼 수 없을지도 몰랐다. 아내에게도 자식들에게도 미안했다. 어머니의 베틀 소리가 덜거덕거렸다. 유계춘은 발길을 돌렸다. 오늘은 아니더라도 내일은 틀림없이 우병영 병사들이 들이닥칠 것이다. 집안은 다시 엉망이 될 것이다. 어머니는 또다시 쓰러질 것이다. 그렇다고 죽이지는 못할 것이다. 이쯤에서 멈추기에는 너무 멀리 달려왔다. 멈출 수 없었다. 그의 손으로 쌀 한 줌 집안에 보탤 수 없으니 있으나 마나였다. 굶어 죽으나, 칼 맞아 죽으나 달라질 것도 없었다.

두류산 천왕봉에 뭇별들이 쏟아지고 있었다. 저 별들이 별찌가 되어 한꺼번에 쏟아지면 천왕봉도 무너져 내릴까. 내평들에 바람이 으스스하게 불었다.

청암리와 가서리

아침 해가 선학산을 밝혔다. 매서는 잠에 떨어진 유계춘을 조용히 바라보았다. 아직 숨소리가 거친 게 깊은 잠에 떨어진 것 같았다. 놋대야에 손을 담갔다. 미지근했다. 네댓 번은 물을 갈았다. 젖은 무명천을 곱게 접어 그의 머리맡에 놓고 자리에서 일어났다. 그녀의 움직임은 젖을 입에 문 채 잠든 아기를 요[17] 위에 뉘는 어머니처럼 조심스러웠다.

문 닫는 소리에 잠을 깼다. 비단 치마가 문틈으로 스르륵 빠져나갔다. 유계춘은 숨이 턱 막혔다. 천정을 바라보았다. 횟가루 단청이 깨끗했다. 옹이 자국이 드러난 서까래가 고스란히 눈으로 들어왔다. 눈물이 나왔다. 수십 년, 아니 평

---

17 요 : 사람이 눕거나 앉을 때 바닥에 까는 침구의 하나《속에 솜 · 짚 · 털 등을 넣음》.

생을 머릿속에 그렸던 여인이었다.

"연이⋯⋯."

버들피리 소리가 봄바람에 실려서 덕천강까지 날아갔다.

"나리, 일어났심니꺼?"

매서가 방으로 들어왔다. 유계춘은 잠든 척 돌아누웠다. 눈물 흔적이라도 감춰야겠다는 생각 때문이었다.

"나리, 일어난 것 알고 있심더. 세안이라도 하셔야지요."

매서는 이 가난한 양반이 안쓰러웠다. 가진 것도 없는 양반 쪼가리라고 푸념하던 유계춘을 안아주고 싶었다.

"⋯⋯."

"주막에 손님이 기다리고 있심더. 어서 일어나 조반이라도 드셔야 사람들을 만날 수 있지요. 물 식기 전에 세안 먼저 하시고 주막으로 나오소. 준비해 놓겠심니더."

매서는 무명천을 물에 넣었다. 온기가 남아 세안하기에 딱 알맞았다. 무명천을 꼭 짜 물기를 뺀 뒤 곱게 접어 베갯머리에 놓았다. 김이 올라왔다. 따뜻했다. 그녀는 유계춘을 물끄러미 보았다. 세상의 모든 일을 혼자 감당하려는 듯 그의 얼굴에는 고심한 흔적으로 얼룩졌다.

유계춘은 입을 다물었고 몸을 움직이지도 않았다.

"어이, 계추이 여기네!"

박수익이 평상에서 손을 들었다.

"와 이리 늦었노?"

사람들의 눈을 피해 동트기 전에 마을을 출발했던 게 살짝 억울했다.

"술이 덜 깼는지, 속이 더부룩하네."

유계춘은 뒤통수를 긁적거리며 겸연쩍어했다. 그렇다고 난향루에서 잤다고 말할 수도 없었다.

"그건 그렇고, 이 교리는 별말 없더나?"

유계춘은 말을 돌려 이 분위기를 바꿀 요량이었다.

"아직까지는……."

박수익은 말꼬리를 남겼다.

"와, 먼 일이라도 있나. 말해봐라.

박수익은 주위를 두리번거리더니 소매에서 서찰을 꺼내더니 유계춘에게 내밀었다.

"머꼬?"

"몰라, 나도 안 봤다."

박수익의 표정에는 이미 서찰을 본 것 같았다. 유계춘은 서찰을 폈다.

"청암리 강우묵이 보낸 거 아이가?"

유계춘은 뜨악해서 박수익을 바라보았다.

"정원팔이 수결도 있네?"

"가(그 사람)는 가서리 사람 아이가?"

"맞꾸마."

유계춘은 입을 다물었다. 이월 초이렛날 수곡 무실장에서 도회를 한다고 이미 읍과 각 면, 리마다 통문을 보냈는데 객사 앞에서 격쟁을 한다고 남면에서도 참여해 달라는 서찰이었다.

"자네 생각은 어떻노?"

유계춘은 박수익의 생각을 물었다.

"그러게……."

박수익도 생각해 보지 않았던지 말 꺼내기를 망설였다.

"잘못하면 일을 그르칠 수 있으니, 이렛날 도회에 사람들이 모이면 그때 결정해야 안 되겠나?"

마을 사람 몇 명이 모여 격쟁을 한다고 목사가 도결을 혁파해 줄 리도 없겠지만, 잘못 처신했다가 시작하기도 전에 힘들게 준비했던 철시 계획조차 한순간에 물거품이 될 수 있었다.

"격쟁으로는 택도 엄따카이, 니도 해봤잖아."

오래 전에 박수익은 한양 비변사에서 격쟁을 하다가 죽을 만큼 곤장만 맞고 돌아왔던 것을 유계춘이 기억하고 있었던 모양이었다.

"글체……!"

박수익의 생각도 유계춘과 다르지 않았다.

"그라면, 야들에게는 미안하지만 이 서찰은 못 본 것으로 하자."

그들은 서로 눈을 바라보았다.

"그럼 수익이 자네는 곧장 미륵골로 돌아가라."

"니는 우짤라꼬?"

"어데 쫌 가볼 때가 있다."

"알았네."

박수익을 돌려보낸 뒤 성안으로 들어가려는데 예화문에 사람들이 모여들었다. 유계춘이 무심코 지나가려는데 앞서 가던 도붓장수들의 귓속으로 빨려들었다.

"머꼬?"

"무실장에서 도회 연다 카네!"

"와?"

등에 말총을 잔뜩 짊어진 갓쟁이가 끼어들었다.

"보면 모리겠능교?"

"언문으로 써놨으니 보면 알 낌더."

유계춘은 발걸음 빨리했다. 일단 읍을 벗어나야 할 것 같았다. 이미 우병영에서 병사를 풀어 체포에 나섰을 것이다.

4,

"철시를 하다니……."

나라에는 엄연히 법이 있는데, 철시라니……. 무뢰배들이 농민들을 꼬드겨 흉계를 꾸미는 게 틀림없었다. 정읍도 정영도 있었다. 철시라니……. 턱도 없는 짓거리였다. 전임목사처럼 쉽게 포기할 것 같았으면 애초부터 시작하지도 않았다. 들인 돈이 얼만데……. 남강원에게 가져다 바친 이만냥이 눈앞을 어른거렸다. 농사꾼들이야 이명윤을 꼬드기면 쉽게 설득할 수 있을 테지만 무뢰배 주모자들이 문제였다. 병사를 풀어 잡아들이면 그뿐이지만, 도망가다가 잡혀 온 단성 현감 소문이 저잣거리에 도는 게 신경 쓰였다.

"이방 있느냐?"

홍병원은 이방을 불렀다.

"영감, 이방 대령했심더."

김윤두는 신경이 쓰였다. 저잣거리에 감히 철시하자는 방문을 붙이다니. 설혹 붙여도 예화문이나, 지제문 두어 곳에 붙이는 게 고작이어서 병사들을 시켜 떼버리면 그만이었다. 그런데 이번에는 달랐다. 그것도 언문으로 쓰인 방문이었다. 저잣거리를 지나는 장꾼들이나 초군들도 쉽게 읽을 수 있었다. 성문에만 붙인 것도 아니었다. 저잣거리 담벼락이나 울타리, 주막 입구는 물론 민가 곳곳에 붙어 있어 떼기도 쉽지 않았다. 게다가 병사들을 시켜 방문을 떼버리면 한 시각도 지나지 않아 다시 나붙었다.

"저잣거리에 나붙은 방문을 보았느냐?"

"예, 영감, 병사를 시켜 통문을 떼고 있기는 하옵니다만……."

홍병원은 짜증이 났다. 떼고만 있다니, 붙인 놈을 찾아

요절을 내야지 이방이 하는 짓이라고는 도대체가…… 하는 꼴 하고는……. 믿을 놈이 없었다. 머리를 조아린 김윤두를 빤히 내려다보았다.

'눈알 굴리는 꼴하고는…….'

뒷돈 챙기는 것을 제외하면 제대로 하는 일이 없었다.

"모두 떼 내었느냐?"

"영감, 통문을 떼자마자 다시 붙이니……?"

"이놈아 붙이는 놈을 찾아내야지 붙여놓은 것만 떼서 어떻게 하자는 것이냐?"

"……예, 영감."

김윤두는 할 말이 없었다. 잘못 어물거리다가 되레 목사에게 당할 것 같아 입을 다물었다.

"그건 그렇고……. 으음, 내평리에서는 별 정보가 없느냐?"

내평리라면 이명윤에게 보낸 서찰일 테지만, 사실 몸이 아프다는 핑계 외에는 회신조차 없었다.

"예, 영감 그러하옵니다만……."

김윤두는 더는 할 말이 없었다. 두 다리가 멀쩡한데도 이명윤은 몸이 아프다는 핑계만 댔다. 우병영 진무서리도 다

녀왔다고 했다. 그의 말도 다르지 않았다. 중병도 아닌데 목
사가 만나자면 냉큼 출두해 만나야지 전직 조신 주제에 핑
계만 대고 떠세 질이나 하다니 그냥 두고 볼 수도 없었다.

'나쁜 놈!'

아전 따위는 안중에도 없었다. 홍병원의 처세도 빙충맞
았다. 병사들을 보내 집안을 들쑤셔놓으면 될 일을 서찰이
나 보내 체면이나 구기다니.

"아직 연락이 없습니다만……."

김윤두가 게슴츠레 눈을 뜬 목사 홍병원을 힐끗 보았다.
어쩌면 이명윤에게 서찰 보낸 것을 후회할 것이다.

"저리는 어디 있느냐?"

김윤두에게 맡겨서 될 일은 아닌 것 같았다. 홍병원 문영
진의 의견을 들어볼 참이었다.

"저리는 가산창에 출타 중이라 내일이나 돼야 돌아올 낍
니더. 목사 영감."

"그렇지……."

도성으로 운송할 선적 물목을 점검한다며 가산창에 들렀
다가 내일 오후에 도착할 거라던 기억이 났다.

"그렇겠구나."

문영진이라도 돌아와야 도성의 정황을 알 수 있다. 도결을 시행하기는 했지만 꺼림칙했다. 병조판서 김병기 대감이 무탈해야 하는데……. 홍병원은 시행한 도결이 잘못되었을 때 뒷배가 필요했다. 안동 김씨가 조정을 두루 장악했다지만 세상일이란 알 수 없었다. 홍문관에서 잘나가던 부교리 이명윤이 사직한 데는 이유가 있었을 것이다. 임금은 그에게 어떤 역할을 기대했겠지만, 입바른 말만 주청하는데 인정전 뒷배들이 탐탁했을 리 없었다. 어쨌든 저리가 돌아와야 조정 정황을 짐작할 수 있을 것 같았다.

임술년 이월 초엿새

덕천강 물소리가 제법 소란을 떨었다. 가장자리는 얼어붙어도 강 가운데는 물살이 찰랑거렸다. 얼음장 밑에서는 이미 봄이 온다는 징조였다. 박수견은 이회를 주도하던 유계춘에게 철 이른 봄을 느꼈다.

'철시한다고 목사나 우병사가 들어 줄까?'

어림없는 소리였다. 배불리 먹고 싶지 않은 사람은 없을 것이다. 그런데도 가슴이 울컥거리는 것은 또 무슨 조화일까. 오락가락하는 마음을 그도 가늠하기 어려웠다. 어쨌거나 더는 이곳에서 머무를 수 없었다. 문영진을 만나 안동 김씨 족보만 받아 진주를 뜨면 그뿐인데……

박수견은 대장간 좌판에 앉아 저잣거리를 두리번거렸다. 문영진을 만나려고 읍장 저잣거리 주막에 갔지만 그놈은 나타나지 않았다. 가산창에서 조운선 물목을 점검한 뒤 수곡 무실장 주막에 들릴 거라는 말만 남겼다. 그런데 정오가 지나도록 저리 놈 그림자조차 보이지 않았다.

"설마 이번에는 약속을 어기지 않겠지."

두류산에 해가 기우는데 문영진은 나타나지 않았다. 박수견은 저잣거리만 애 터지게 바라보았다. 십 년 동안 이를 악물고 모은 돈이었다. 잔액도 모두 지급해 족보만 넘겨받으면 되었다. 춘심도 주막에서 기다리라고 해놓았으니 이경쯤이면 대장간에 도착할 것이다. 봇짐도 이미 꾸려놓았다. 농사꾼들이야 정읍을 하든지 철시를 하든지 그가 알 바 아니었다.

저잣거리에 도붓장수가 평소보다 많이 붐볐다. 해거름부터 도회를 연다고 온 마을에 방문을 붙였으니, 서면 사람들은 물론이고 하물며 남면 사람들과 동면에서까지 몰려온 것 같았다. 근래에 보기 드문 저잣거리 풍경이었다. 변복한 아전들도 눈에 띄었다. 저들마다 속셈은 다를 것이다. 그나저나 무실장에 두류산 해거름이 내렸는데 문영진은 나타나지 않았다.

'또 거짓말을 한 건가?'

주막 뒤편으로 변복한 아전 나부랭이 서너 명이 나타났다가 사라졌다. 제 놈들이 아무리 모습을 감추려고 해도 거들먹거리는 꼬락서니까지 감추지 못해 우병영 딴꾼이라는 것쯤은 금방 드러났다. 부화곡 초군 김윤화가 빈 지게를 진 채 덕천강 강변으로 걸어가자 딴꾼들이 저잣거리를 흘끔거리며 뒤를 따라갔다.

"박 서방도 도회에 참석해야지?"

유계춘이 언제 왔는지 박수건에게 말을 붙였다.

"하모, 가야지예."

박수건의 머릿속에는 안동 김씨 족보에 온 신경이 가 있는데 도회 따위가 머릿속에 들어 올 리 없었다.

유계춘은 주먹을 불끈 쥐더니 오른팔을 하늘로 올렸다. 박수건도 따라 했다. 무슨 뜻인지 몰라도 아무튼 기운이 나는 것 같았다. 해거름이 가까워져 오자 저잣거리에 사람들은 점점 불어났다. 그들은 장 볼 생각은 없는지 죄다 덕천강 강변으로 몰려갔다. 그 뒤를 변복한 우병영 딴꾼들이 슬금슬금 뒤따라갔다.

"도회에 안 가고 뭐하노?"

꼴 보기 싫은 이계열이 언제 왔는지 대장간 좌판 앞에 서 있었다.

"왔능교?"

박수건은 시큰둥하게 말했다.

"가자, 무신 말하는지 들어봐야지."

이계열은 박수건을 보는 둥 마는 둥 강변으로 바삐 걸어갔다.

"미친놈, 나무나 하던지……."

사람들이 북적거려 문영진이 왔는지 안 왔는지 알아볼 방법도 없었다.

"아이고, 씨팔놈!"

박수건은 이러지도 저러지도 못한 채 마냥 기다리는 수밖에 없었다.

'올 때가 됐는데…….'

초이틀 읍장 주막에서 문영진을 만났을 때 분명하게 말했다. 옆에 있던 춘심도 들었다. 박수견은 저잣거리를 두리번거리며 강변으로 몰려가는 장꾼들이 뒷모습만 멍하게 바라보았다.

'안동 김씨 족보만 받으면 되는데…….'

박수견은 이러지도 저러지도 못하고 발만 동동 굴렀다.

무실장 강변에는 수백 명이 넘는 농민들이 둥글게 진을 치고 있었다. 지게를 진사람, 방물 보퉁이를 인사람, 등짐을 진사람, 인산인해가 따로 없었다. 머리에 두건을 맨 사람이 주먹을 불끈 쥐며 손을 치켜세웠다.

"목사가 십만 냥을 내라 하고, 우병사는 사만 냥을 거두겠다고 합니더. 이게 말이나 됩니꺼?"

주먹을 하늘로 치켜든 사람이 두건을 풀어 하늘에 휘휘 휘두르더니 상투까지 풀어헤쳤다. 머리카락이 바람에 날렸다.

"안 됩니다."

장꾼들이 덩달아 손을 하늘로 치켜들었다.

"정읍을 합시다."

서면 청암리 강우묵이었다.

초군들이 지겟작대기를 하늘로 치켜들며 철시를 하자고 장꾼들을 선동했다.

"철시를 합시다."

장꾼들은 약속이나 한 듯이 정읍을 하자고 주먹을 하늘로 치켜들었다.

"자, 여러분 잘 들어보소. 우병영까지 통환을 시행했는데 정읍을 한다고 목사가 도결을 철회하겠십니꺼. 곧바로 정영을 해도 시원찮습니더, 그러니 이 자리에서 대표자를 뽑아 우병영에 보내야 합니다. 여러분 어떻습니까?"

"보냅시다. 보냅시다."

목사와 우병사를 성토하는 장꾼들의 목소리가 무실장을 뒤덮어 천왕봉이라도 무너뜨릴 기세였다. 갓끈을 턱주가리에 단단히 묶은 딴꾼들이 장꾼들 사이사이 끼어들어 도회장을 염탐하고 있었다.

유계춘이 장내로 들어와 흥분한 장꾼들을 진정시켰다.

"자, 여러분, 목사는 도결을 내라 겁박하고 우병사는 통환을 내지 않으면 병사들을 끌고 와 사람들을 마구 두들겨패 죽입니더. 농사꾼들은 개떡이나 피죽으로 끼니를 때우는데, 그놈들은 관아에 앉아 쌀밥을 처먹고 있십니다. 우병영 병졸들이 기제사에 쓸 메쌀까지 훑어가는 실정입니다."

진무서리가 병졸들을 데리고 볏가리에 숨겨놓았던 쌀을 들춰내면서 이죽거리던 표정이 설핏 떠올랐다.

"지금 정읍 정영이라고 했습니까? 저들은 눈도 깜짝하지 않을 겁니다. 지난봄에는 운 좋게도 정읍만으로 목사를 굴복시켰습니다. 그러나 지금 목사와 우병사는 그렇지 않습니다. 여러분도 보지 않았습니까. 이웃이 개돼지처럼 매를 맞아 죽거나, 굶어 죽어가고 있심더. 다음 차례는 여러분 중에 누가 될지도 모릅니다. 농사꾼들이 개돼집니까? 이 사태를 혁파하기 위해서 시장 철시만이 답입니다. 철시를 주장합니더."

흥분을 했는지 목소리까지 거칠었다. 장꾼들은 울대에 핏대를 세워 소리를 지르는 유계춘의 기세에 장꾼들은 금세 조용해졌다.

"아니 저 새끼 유계춘이 아냐?"

변복을 한 김희순이 눈깔을 희번덕거렸다,

"맞네, 유계춘이……."

권준범이 김희순에게 속삭였다.

"저 새끼, 어디로 가나 잘 지켜보게."

우병영 우후 신효철이 진무서리 김희순에게 지시했다.

"예, 장군."

"도회가 끝나는 대로 체포하게."

우후 신효철은 변장한 병사들에게 지시했다. 우병사의 지시를 무시하는 작자들을 그대로 둘 수 없었다. 한 놈도 남김없이 체포해 주리를 틀어서라도 주모자를 색출해 더는 소요를 일으키지 못하게 해야 한다.

"진무청에 잡혀가 곤장 맞아 죽는 거 아이가?"

"그러게 말이야. 우병사가 보고만 있을 리가 없어. 그러잖아도 사람 죽이기를 파리 목숨보다 가볍게 아는 놈인데……. 나는 그만 갈란다."

장꾼들이 쑥덕거리며 도회장을 빠져나갔다.

이명윤이 장내로 들어왔다.

"철시는 절대 안 됩니더. 나라에는 임금이 있고 국법이 있는데, 국법을 어기면서까지 소요를 일으키면 역모가 됩니다. 여러분들은 죽음이 두렵지 않습니까? 철시는 절대 안 됩니다."

이명윤이 철시를 하자는 유계춘을 비난하고 나섰다.

"철시는 절대 안 됩니다."

장꾼들 사이에서 철시는 절대 할 수 없다며 양반 쪼가리들이 나섰다.

"계춘아, 일단 피해야 하겠다. 우병영 병사들이 포위하고 있다."

이계열이 유계춘에게 피하라고 말했다.

"걱정 마이소 잡혀가면 되지요. 뭐가 무섭십니꺼. 이래 죽으나 저래 죽으나 달라질 것도 없심더."

이명윤이 유계춘을 노려보았다.

유계춘도 지지 않았다. 저들은 재산이 있어 조용히 넘어가기를 바랄 것이다. 하지만, 그는 그럴 수 없었다.

"자 그러면 정읍 정영하는 거로 하고 대표자를 뽑아 등소장을 관가에 의송합시다."

도회장은 다시 술렁거렸다. 그럴 것이다. 철시를 하게 되면 죽을 수도 있으니 아무래도 무리였다. 박수익은 고민에 빠졌다.

"누구를 대표로 목사에게 보낼 겁니까?"

장꾼들은 이미 정영으로 쏠렸다. 목청을 돋운다고 달라질 것 같지도 않았다. 유계춘은 이계열의 말대로 일단 우병영 병사들을 피하는 좋을 것 같았다.

"성님, 초군들은 어떻게 됐습니까?"

"오늘 저녁에 모일 끼다. 지금은 계춘이 니는 일단 피하는 게 좋을 것 같데이."

도회장 분위기가 이상하게 돌아가는 것 같아 이계열은 일단 피하라고 말했다.

"알았심더."

유계춘은 도회 장을 빠져나와 주막으로 향했다. 장꾼들이 병사들을 피해 종종걸음으로 무실장을 빠져나갔다. 그들에게 도결이나 통환을 혁파하는 것은 상관없는 일 같았다. 농사를 지어야 어차피 빼앗길 것인데 애 터지게 목소리를 높여봐야 득 될 것도 없었다. 수많은 사람이 정소를 해도 목사나 우병사는 꼼짝도 하지 않을 것이니 양반을 내려놓고 장돌뱅이 짓이 나을지 모르지만, 사람이 곧 하늘이라던 최수운의 말이 퍼뜩 떠올랐다.

"굶어 죽어나 맞아 죽으나 어차피 죽기는 마찬가지다. 그럴 바에는 차라리 하늘이 되어 보자."

유계춘은 대장간을 바라보았다. 안동 김씨 족보는 구했는지 대장간 문은 굳게 닫혀있었다. 오늘 밤에 야반도주할 거라던 그의 해맑은 얼굴이 떠올랐다.

5,

도회에서 연설하던 유계춘이 갑자기 사라져 버렸다. 우
후 신효철은 병사들을 풀어 그의 행방을 추적했다.

"병사들은 각 길목을 지켜라."

신효철은 유계춘이 아직 무실장을 빠져나가지 못했을 거
라 짐작해 내린 지시였다.

"계춘이 성님 빨리 피하라고 하세요."

수첩군관 김수만이 지나가면서 빠르게 말을 전달했다.
이계열은 멈칫하더니 눈을 끔뻑거렸다. 도회를 염탐하러
우병영 수첩군관까지 동원한 모양이었다.

"알았네."

이계열은 용봉 초군 정원팔을 불렀다. 그는 미리 준비해
주었던 꽹과리를 두들겼다. 누군가가 위험하다는 초군들만
의 신호였다.

─개개개 개갱 개갱 개개갱갱.

꽹과리 소리가 자지러지게 두드리자 장꾼들의 시선이 정원팔에게 쏠렸다. 여기저기서 징 소리가 들렸고 장구 소리가 들리더니 버꾸재비들이 도회장으로 밀려들어 왔다.

"허얼씨구 들어간다아~"

─개개개 개갱 개갱 개개갱갱.

"저얼씨구 들어왔네에~"

도회장에 모인 사람들은 생뚱맞다는 생각이 들었지만, 흥겨운 농악 가락에 한 사람 두 사람 농악패들과 어울리더니 금세 손을 흔들며 도회장은 아수라장이 돼버렸다.

이계열은 손가락을 펴 엄지와 집게손가락을 접었다 펴며 신호를 보냈다. 박수익은 농악패들을 이끌고 무실장 입구로 향하며 우병영 똥개들의 위치를 파악했다. 우후와 진무서리가 주막으로 향하는 게 보였다.

이계열이 두 손을 높이 들었다. 덕석말이진법을 수행하라는 농악패 좌장의 신호였다.

나팔소리가 길게 울리자 징 소리가 났다. 틀림없이 정지우가 징을 쳤을 것이다. 어느 곳에서 징을 치는지 알 수 없지만, 분명한 것은 그를 보고 있다는 것이다.

─징~~.

징소리가 여음을 길게 남겼다.

─갱개개 개갱개갱 개갱에 개개에 개개개갱.

버꾸재비들이 상쇠와 목쇠를 뒤따라 무실장으로 들어가는 입구 양편으로 갈라서서 저잣거리로 들어가려는 우후와 진무서리, 그리고 이방을 덕석말이진 안으로 몰아넣었다.

"이놈들 비키지 못하겠느냐?"

신효철이 목소리를 높였다. 군복을 입은 것도 칼을 찬 것도 아닌데 그가 우훈지, 병졸인지 아니면 초군인지 알 수 없는데 그의 명령이 먹힐 리 없었다. 농악패들은 그들을 둘러싸고 덕석말이진을 풀었다가 말기를 반복하며 진 안에서 놓아주지 않았다.

유계춘이 저잣거리를 빠져나가는 게 보이자 이계열은 그때야 진을 풀었다. 유계춘이 이미 도망갔다는 뜻이었다.

"아니, 이놈들이 내가 누군 줄 알고……."

신효철은 초군들의 짓이라는 것을 눈치를 챘지만 군복을 입지 않은 상태에서 그들을 통제할 방법은 없었다.

"아이고, 우후 나리 아잉교?"

이계열은 몰랐다는 듯이 신효철에게 깍듯이 인사를 했다.

신효철은 눈알을 부라리더니 두고 보자는 듯이 진무서리
와 같이 휭하게 가버렸다.

"빌어먹을 놈!"

이계열은 땅바닥에 침을 퉤하고 뱉었다.

6,

우후 신효철은 수곡 도회 주모자 체포도 안 하고 빈손으
로 우병영으로 돌아갈 수 없었다. 장군이라는 위치도 그렇
지만, 우병사 백낙신에게 갖은 욕은 다 얻어먹을 것이다. 불
편한 일이다. 어쩌면 명령 불이행죄로 파면시킬지도 몰랐
다. 우후 신효철은 뒤를 돌아보았다. 이방과 진무서리, 뒤를
따르는 얼치기 병사들의 몰골은 가관이었다. 쾌자를 입혀
창칼을 들어도 오합지졸인데, 흐트러진 상투에 두건까지 맸
으니 차라리 비렁뱅이였다.

"이방은 우병영으로 돌아가게."

권준범을 병영으로 돌아가라 일렀다.

"장군께서는 어떻게 하시려고?"

권준범은 우후가 마음에 들지 않았다. 그렇다고 서리 주제에 장군에게 이러쿵저러쿵 말할 처지가 아니어서 병사들을 이끌고 읍으로 향했다.

"진무서리는 나를 따라오시게."

신효철의 명령은 단호했다.

김희순은 잠시 머뭇거리다가 우후를 따라 무실장 주막으로 들어갔다. 유계춘이 숨을 만한 곳이었다. 수곡 무실장에 왔을 때, 주막 뒤란에 물품 보관하는 창고를 본 적이 있었다. 통시기(변소)와 붙어 있어 사람들이 가까이 가지 않으면 아무도 눈치챌 수 없는 외진 곳이었다. 그곳을 의심했다. 초군들의 농악 놀음에 놓치긴 했지만 분명 유계춘이 숨을 곳은 주막밖에 없었다. 저잣거리를 들어오다 이명윤의 노비 떡쇠를 보았다. 그가 빠르게 뛰어가더니 느닷없이 주막 앞에서 멈췄다. 그러면 그렇지 분명 그곳이었다.

"유계춘, 순순히 나와!"

유계춘은 신효철의 출현에 깜짝 놀라 뒤로 주춤 물러났다.

"네놈이 나를 속이려고 했더냐?"

유계춘은 초라한 모습을 보이기 싫었다.

신효철은 쾌재를 불렀다.

"아니, 장군……!"

유계춘은 더는 도망갈 궁리를 포기했다. 아무리 힘세고 날랜 남정네라도 우병영 종오품 장군을 당해낼 수는 없었다.

김희순도 깜짝 놀랐다. 칼만 무식하게 휘두르는 군인으로만 알았는데 신효철에게 이런 기지가 있다는 게 놀라웠다. 그냥 허투루 보아 넘겼다가는 어떤 후환이 들이닥칠지 모르는 일이어서 간담이 서늘했다.

"포박 해라!"

유계춘은 순순히 포박을 받았다.

우후에게 끌려나가는 유계춘을 이계열이 바라보았다.

박수건은 강변 도회장에서 들려오는 농악패들의 꽹과리 소리가 났을 때부터 무슨 일이 일어난 것을 직감으로 느낄 수 있었다. 기다리던 저리 놈은 오늘도 바람을 맞았다. 벌써 세 번이나 됐다. 이제나저제나 문영진만 기다리는데 저잣거리로 황급히 달려오는 유계춘이 보였다. 그는 대장간 입구 덕석을 내리고 몸을 숨겼다. 그리고 바깥에서 일어나는 사태를 눈여겨 살폈다. 변복하고 저잣거리를 어슬렁거리던 수첩군관 김수만이 이방을 따라 고이티재로 향하는 것도 목격했다. 무슨 일이 일어난 것만은 분명했다.

박수견은 대장간 바닥에 독을 덮어두었던 덕석을 바라보았다. 달라진 것은 없었다. 일단 안도의 한숨을 내쉬었다.

"그러면 그렇지……. 그나저나 어떻게 하지?"

손가락을 세어 보았다. 족보도 없이 도망가면 언젠가 붙잡혀 모든 것을 잃는다. 박수견은 생각만 해도 숨이 턱턱 막혔다, 그럴 수는 없었다. 쌍놈 소리 듣는 게 문제가 아니었다. 조리를 돌려 죽이고 말 것이다. 뻔한 일이다. 내일이 읍장이니 춘심에게 부탁해 난향루 행수기생 매서에게 문영진을 만날 수 있게 사정이라도 해 보는 수밖에 없었다. 떠들썩거리던 주막이 조용했다. 막걸리를 마시던 초군들이 모두 취해 떨어지기라도 했나…….

읍장에 내놓을 시우쇠 몇 덩이를 지게에 올려놓고 주막을 엿보았다. 유계춘이 포박당해 끌려가고 있었다. 박수견은 가슴이 철렁했다.

'사태가 어떻게 돌아가는 것이야?'

유계춘이 주막에 숨은 것을 우후가 어떻게 알았을까. 이명윤의 노비 떡쇠가 설핏 떠올랐다. 도회장을 조심스럽게 기웃거리며 교리 뒤를 따라가던 떡쇠. 설마, 드레가 남다른 이명윤이 떡쇠를 시켜 갈개짓을 했을까…….

'떡쇠를 시켰을까?'

"살캥이도 아니고, 여서 뭐 하노?"

박수건은 소스라치게 놀랐다. 등 뒤에 이계열이 서 있었다.

"좌상 어른은 아즉 안 갔능교?"

태연한 척 이계열에게 말을 붙였다.

"니 뭐하냐고 물었다. 도둑괭이도 아니고 염탐이나 하고 있다니. 니가 밀고했나?"

"아이고, 좌상 어른, 밀고라니 무슨 택도 없는 말을 합니꺼."

박수건은 가슴이 철렁했다. 대장장이지만 밀고나 하는 갈개꾼은 아니었다.

"밀고 안 했으면 됐다. 그만 가봐라."

이계열을 보는 순간 도망가려던 계획이 탄로난 것 같아 박수건은 가슴이 덜렁거렸다.

"야."

고개를 숙이고 엉거주춤 물러나는 꼬락서니를 보니 박수견은 아닌 것 같았다. 주막 뒤란 창고는 아무도 모르는 곳인데 신효철이 알아냈다니 누군가 고자질한 게 틀림없는데……. 도대체 감이 잡히지 않았다.

이계열은 육촌 형 이명윤을 의심했다. 과거에 급제할 만큼 영리하지만 고자질할 만큼 드레가 없진 않았다. 하지만 알 수 없는 게 양반들이었다. 유계춘이 우병영에 체포되었더라도 철시 계획은 중단하지 않을 것이다. 이계열은 고민에 빠졌다.

우병사로 끌려온 유계춘은 진무청 옥사에 갇혔다. 처음 갇힌 것도 아니어서 낯설지도 않았다. 곤장을 맞았는지 옆 옥사에서 앓는 소리가 들렸다. 내일 아침 해뜨기 전에 형틀에 묶이겠지. 그리고 곤장 열 대를 맞으면 기절할 것이다. 그러면 물을 퍼붓고 정신을 차리면 또 곤장을 칠 것이다. 정신 줄을 놓을 때까지……. 새파란 하늘에 제법 모양을 갖춘 달까지 보였다.

"야, 유계춘 정신 차려?"

옥지기가 다그치는 바람에 유계춘은 눈을 떴다. 매서가

옥사 앞에 서 있었다.

"나리, 괜찮습니까?"

"……."

유계춘이 진무청 옥사에 갇힐 때마다 매서가 도움을 주었다. 이제는 말 붙일 체면조차 없었다.

"어떻게 알았느냐?"

"아버지가 알려 주었습니다."

매서는 유계춘이 안타까웠다. 이득도 없는 일을 자초해 곤욕을 치르다니……. 죽지 않으면 끝날 일이 아니다.

"그랬구나."

유계춘은 초라한 모습을 매서에게 보이고 싶지 않았다.

"돌아가시게."

매서는 아무 말이 유계춘을 바라보았다.

"나리 며칠만 기다리세요."

"그만두시게, 이래 죽으나 저래 죽으나 특별할 거라도 있더냐."

더는 매서 도움을 받고 싶지 않았다. 제발 돌아가 다시는 오지 말았으면, 그의 초라한 몰골을 보이기 싫었다. 유계춘은 눈을 감았다.

"……."

유계춘의 말이 못마땅했던지 매서가 걸음을 멈추고 제자리에 서서 뒤돌아보았다. 슬픈 눈이었다. 옥지기를 불러 엽전 꾸러미를 건넸다. 뒷돈을 쥐여주고 장옷을 머리에 뒤집어쓰더니 진무청 옥사를 나갔다.

매서가 사라지자 투쟁가 마지막 구절이 떠올랐다. 며칠을 생각해도 떠오르지 않던 가사였다. 동지섣달에 내리는 눈처럼 온 세상을 다 덮어버리고 싶었다. 그러면 두류산 천왕봉이라도 견뎌내지 못할 것이다. 이 구절이면 됐다. 구차하게 살 이유가 없었다. 동지섣달 눈처럼 온 세상을 다 덮어버리자. 유계춘은 마지막으로 정리한 언가를 조용하게 불러보았다.

온 거리 백성들아 다 모여라
한ー쪽 발에는 대님 매고
허ー리 춤에는 장도칼 차고
진주 남강을 다 메워버리자

올가을 구시월 된서리처럼
휘몰아쳐오라. 휘몰아쳐오라

동－지 섣달 큰 눈－처럼
온 세상을 덮어버리자－－－

휘몰아쳐 오라. 휘몰아쳐 오라
동－지 섣달 큰－눈－처럼
온 세상을 덮어버리자－－－,
온 세상을 덮어버리자－－－

　눈이 가물거렸다. 장독간의 용단지가 깨졌다. 하얀 쌀이
물을 담아둔 대접에 쏟아졌다. 오색실이 바람에 날려 장독
간을 뒤덮었다. 비손하던 어머니 얼굴이 일그러졌다. 유계
춘은 마음이 아팠다. 평생 효도 한 번 제대로 한 적도 없었
다.
　"어무이……."
　유계춘은 더는 어머니를 뵐 면목이 없었다.

4부

광풍이 몰아치다

1,

글피면 경칩이다. 개구리가 땅속에서 나와 하늘을 보는 날이다. 컴컴한 땅속이 얼마나 무서웠을까. 덕천강이 쿨럭거렸다. 겨우내 얼어붙었던 강물 풀리는 소리일 것이다. 미륵산 부엉이가 어기뚱[1]하게 울었다.

유계춘의 말이 귓전을 맴돌았다.

"죽어도 내가 죽는데 교리 어른이 무슨 상관인교!"

"그래도 철시는 안 된다."

통문을 보는 순간 이명윤은 화가 치밀었다. 읍장과 무실장만 철시하더라도 진주목이나 우병영에 공납 물품이 끊어

---

1 어기뚱하다 : 말이나 행동 따위가 교만하고 엉큼한 데가 있다.

져 아전들과 병사들의 녹봉을 지급할 수 없게 된다. 게다가 달마다 조정에 공납하는 물품도 멈출 수밖에 없다. 이런 사태를 앉아서 지켜볼 비변사가 아니었다.

"철시라니!"

큰일 날 일이다. 죽으려고 환장한 놈이었다. 국법에 따라 정읍이나 정영을 해도 곤장에 맞아 죽을지 모르는데, 철시라니……. 농민들이 힘들다는 것을 모르는 바 아니다. 하지만, 무서운 일이다. 이명윤은 고민에 빠졌다. 잘못 처신했다가는 화를 자초할 수 있었다. 홍병원이야 차치하더라도 우병사 백낙신은 가만히 앉아서 당하지 않을 것이다. 전라좌도 병마절도사 때 저지른 비리만으로도 무거운 죗값을 치러야 할 놈이었다. 그러나 그의 뻔뻔스러운 처세로 경상우도 병마절도사로 부임할 만큼 뒷배가 두둑했다.

내평들을 바라보았다. 들판 가장자리에 미륵산 멧부리가 헐떡거렸고, 논두렁 여기저기서 연기가 피어올랐다. 아이들은 연기 속을 내달렸다. 놀란 참새 떼가 강변 갯버들을 휘저어 막 돋은 버들개지를 바람에 날렸다.

"나리, 떡쳤니더."

"무슨 일이냐?"

"읍에서 손님이 왔는데, 나리를 뵙자고 합니더."

"무슨 일이라고 하더냐?"

홍병원이 보냈을 것이다. 이명윤은 난감했다. 무실장 도회에서 다라[2]졌던 유계춘의 표정이 설핏했다. 설득할 방법이 없었다. 그자는 결국 철시를 포기하지 않을 것이다. 그의말도 틀리지 않았다. 마을 사람들이 수결한 등소장을 우병영에 정소한다고 목사나 우병사가 이미 시행한 도결과 통환을 거둬들이지 않을 것이다. 그리고 당장 식솔들이 끼니를거르는데 정읍이나 정영으로 해결할 수 있을 거라고 믿는농사꾼들은 없을 것이다. 차라리 두류산으로 숨어들어 화전을 일구면 일궜지……. 거기에다, 면, 리와 저잣거리마다철시한다는 방문까지 내다 붙였으니 포기하기도 어려울 것이다.

"직접 뵙고 말씀 올린다 카네예."

손님과 다툼이라도 벌렸는지 떡쇠 놈의 숨소리가 갈[3]랬다.

"잠깐만, 기다리라고 해라."

---

2 다라지다 : 됨됨이가 야무지고 여간한 일에는 겁내지 아니하다.
3 갈래다 : 혼란스러워 갈피를 잡기 어렵게 되다.

이명윤은 도결이니 통환이니 그 어느 것에도 관여하기 싫었다. 목사나 우병사 처사도 온당치 않지만 철시하겠다는 유계춘도 옳지 못했다. 목민관이 부정한 방법으로 농민들을 괴롭히더라도 국법 테두리 내에서 항의해야 한다. 나라의 근간인 국법을 어겨서는 안 된다. 고민이 깊어졌다. 잘못 처신했다가 이러지도 저러지도 못하고 이용만 당하기에 십상이었다.

사랑방으로 들어갔다. 갓 두어 벌이 가지런히 벽에 걸려 있었다. 공단으로 지은 도포와 비단 두루마기가 반듯하게 개켜져 반닫이 위에 놓여 있었다. 아내가 다림질해 놓았을 것이다. 상투를 다시 틀고 탕건 매무시를 바로잡았다. 한쪽에 밀쳐두었던 서안을 방 가운데로 당겨 붓과 벼루를 가지런히 놓았다.

"떡쇠 있느냐?"

"예, 나리."

떡쇠가 문 앞에 기다렸던지 냉큼 대답했다.

"사랑방으로 뫼셔라."

골이 났는지 떡쇠 놈의 목소리가 굴침스럽다.

섬돌 밟는 소리와 가죽신 벗는 소리가 가볍게 들리더니

장지문이 열렸다.

"나리, 이방 김윤둡니더."

이명윤은 넉장[4]거리는 이방 김윤두의 꼬락서니가 마뜩잖
았다.

방석을 내밀었다.

"이리 앉으시오?"

시골에 눌러앉은 전직 조신이 별것이겠냐마는 정좌한 이
명윤의 엄청난 드레에 김윤두는 흠칫했다. 이번 사태만 수
습하면 더는 볼일 없는 시골 사족이다. 내처버려도 그만일
시골 양반일 뿐인데. 대가리에 먹물 조금 들었다고 떠세 질
이라니 거들먹거리는 꼬락서니가 못마땅했다.

"목사 영감, 심부름 왔지예."

김윤두는 어깨를 폈다.

"무싯날[5]인데, 발걸음을 다 하시고……."

이명윤은 이방 나부랭이와 깊은 말을 섞을 이유가 없었
다.

"목사 영감이 교리 어른을 만나 뵀으면 하는데 동헌으로

---

4 넉장거리다 : 네 활개를 벌리고 뒤로 벌렁 자빠짐.
5 무싯날 : 정기적으로 장이 서는 곳에서, 장이 서지 않는 날.

출타할 수 있겠는지요?"

"무슨 일이라고 하시던가?"

"목사 영감에게 직접 물어보소."

김윤두가 능갈치게 말했다.

"그렇게 하겠네……."

철시만은 막아야 한다는 생각에는 홍병원의 요청이 아니더라도 이명윤도 고민 중이었다.

'철시라니. 말이나 되는 소린가.'

국법을 어기고 나라 경제를 마비시키려는 행위는 임금을 욕보이는 짓이다. 역모나 다를 바 없었다. 이유야 어떻든 용서받을 수 없을 일이다. 철시는 반드시 국법으로 다스렸다. 세상 돌아가는 것을 모르면 시키는 대로 따르면 될 일이지 무지한 농사꾼들을 꼬드겨 철시를 종용하다니……, 이 사태를 막지 못하면 여러 집안이 멸문지화를 당할지도 모른다.

"그럼세."

김윤두가 자리에서 일어났다.

"그렇게 알고 돌아가겠심더."

이명윤은 대답하지 않았다.

"떡쇠 있느냐?"

"예, 나리."

"손님 나가신다. 대문까지 모셔라."

아무리 이방이라도 아전 따위와 거래할 일은 없었다. 이처럼 중차대한 일을 목사나 우병사와 직접 의논해야 그나마 해결의 실마리를 찾을 수 있을 것이다. 이방 따위와 나눠야 할 일이 아니었다. 그리고 향촌에 칩거하는 전직 조신으로써 마땅히 해야 할 일이다.

"내평리 유계춘이 진무청 옥사에 감금된 것은 들었지요? 그라고, 교리 어른이 목사 영감을 만나신 후에 처리하는 것이 옳을 것 같심더."

문턱을 넘던 김윤두가 갑자기 돌아서더니 눈을 힐끗거리며 야지랑 떨었다. 이명윤은 깜짝 놀랐다. 유계춘이 우병영 진무청에 갇힌 것을 신효철이 벌써 홍병원에게 보고한 모양이었다. 이방 나부랭이가 함부로 주둥아리를 족대기[6]는 것도 불편한데 눈까지 힐끗거리며 협박하는 이유가 있을 것이다.

'하긴, 그놈이 그놈이지!'

우후 신효철이 줏대가 있을 리 없었다. 이명윤은 대답하

---

6 족대기다 : 남을 견디기 어렵도록 볶아치다.

지 않았다. 아전 나부랭이가 좌지우지할 일이 아니었다. 설혹, 그렇다 하더라도 목사를 제쳐두고 그와 가랠[7] 일은 더욱 아니었다. 대문을 나서는 김윤두를 눈여겨보았다. 어디를 보더라도 믿기 어려운 놈이었다. 전례도 없는 도결을 전직 조신에게 내라는 것도 불편한데, 업신여기기까지 하다니…….

홍병원을 만나려고 동헌에 들렀을 때 도결이라는 말을 꺼내지도 않았다. 그런데 뒷돈 먼저 달렸던 놈이었다. 주릅[8]질에 눈이 멀어 앞뒤 못 가리는 아전 놈이 목사 말을 전하면서까지 야지랑 떨다니…….

"나쁜 놈!"

김윤두 따위는 차치하더라도 격해진 마을 사람들의 마음을 다잡는 게 우선이었다. 유계춘이 진무청 옥사에 감금됐으니 해결하기가 쉽지 않아 보였다.

---

7 가래다 : 맞서서 옳고 그름을 따지다.
8 주릅 : 흥정을 붙여 주고 구전을 받는 일을 업으로 하는 사람.

2,

북두칠성 꼬리별이 비봉산에 얹혔다. 이경二更이 가까운 게 촉석문 닫힐 시간이 다 됐다. 동장대 문루에 횃불이 하나 둘씩 꺼졌다. 이계열은 가슴이 조마조마해 민가 고샅에 몸을 숨겼다.

"교대시간이 지났는데……."

동장대 횃불이 모두 꺼졌는지 온통 깜깜했다. 이계열은 촉석문을 바라보았다. 병사들이 바삐 움직였다. 곧 성문을 닫을 모양이었다.

"무슨 일이라도 있나? 수마이가 옥지기에게 뒷돈을 미리 줬다고 했는데……."

이계열은 비봉산을 바라보았다. 북두칠성 꼬리별이 산 능선에 비스듬하게 누웠다.

"성님!"

이계열은 화들짝 놀랐다. 두류산에서 호랑이 만났을 때도 눈 하나 깜짝하지 않았는데, 수첩군관 김수만이 부르는 소리에 소마9를 지릴 뻔했다.

_____

9 소마 : 오줌을 점잖게 이르는 말.

"어이구! 놀래라."

이계열은 가슴을 쓸어내렸다.

"와, 인자 오노?"

김수만이 횃불을 수채에 쑤셔 박았다.

"너무 늦은 거 아이가?"

이계열은 약속 시각이 많이 지체되어 물어본 거였다.

"혼자 왔지요?"

대답은 하지 않고 김수만이 되물었다.

"니가 혼자 오라고 안 했나?"

집강 이귀재가 따라오겠다는 것을 이계열이 말렸다. 옥사를 들락거리는 사람이 많으면 우병영 이방이 눈치챌 수 있다는 게 이유였다.

"따라오이소."

김수만의 표정도 굳어 있었다.

가슴이 벌렁거렸다. 골짜기가 깊은 산속에서도 눈 하나 깜짝 않았다. 횃불이 훤한 성안에서 가슴을 졸이다니……. 어이가 없었다. 김수만이 앞장섰다. 촉석루를 지나 진무청으로 가는 길목에는 병사들이 삼엄하게 지켰다. 이계열은 가슴이 쿵쿵거렸다. 깊은 산속을 마음대로 휘젓고 다닐 때도 이처럼 긴장한 적은 없었다.

성안 분위기는 확실히 살벌했다. 옥사는 횃불이 타올라 대낮처럼 밝았다. 순라군이 한차례 지나가자 김수만이 옥지기에게 다가가 무어라 몇 마디 주고받더니 옥지기들이 자리를 피했다.

김수만이 뒤를 돌아보며 오라는 손짓을 했다.

담장에 숨어 수첩군관의 신호를 기다리던 이계열은 재빠르게 옥사에 다가갔다.

"성님, 시간이 엄심더 후딱 일 보시고 나오이소."

김수만이 턱으로 옥사를 가리켰다.

이계열은 대답 대신 손을 들었다. 그는 옥사 안으로 들어갔다. 앓는 소리가 여기저기서 들렸다. 칼을 찬 죄인들이 방마다 득실거렸다. 누가 누군지 짐작조차 안 됐다. 옥사 이곳저곳을 기웃거렸지만 유계춘을 찾을 수 없었다. 옥문을 바라보았다. 김수만이 손을 비비며 발을 동동 구르고 있었다. 그는 마음이 다급했다.

"계춘아!"

옥사에 대고 나지막하게 이름을 불렀다.

"성님."

유계춘은 깜짝 놀라 헝클어진 머리카락을 뒤로 넘겼다.

"계춘아, 어딨노!"

피비린내가 진동했다.

"여깁니더. 우찌된 일인교?"

이계열은 소리나는 옥사를 향했다. 머리를 산발한 유계춘이 바깥을 고개를 돌렸다. 피비린내가 진동했다.

"시간 없으니, 내 말 잘 들어라."

이계열은 목소리를 낮췄다.

"……."

유계춘의 눈은 반짝 빛났다.

"계추이 니가 옥사에서 나오는 대로 바로 행동 할끼다. 그날이 덕산 장날이다. 무조건 옥사에서 나오이라. 알았제. 각 면, 리 초군들에게 통문은 모두 돌렸고 준비도 다 끝났다. 니만 나오면 된다. 알았나!"

"……."

유계춘은 대답대신 고개를 끄덕였다. 옥사에서 빨리 나오라니. 누가 빼내 주기라도 한다는 말인가. 덕산 장날이면 모레다. 아무리 생각해도 옥사를 빠져나갈 방법이 없어 보였다.

"그라머, 그때 보자."

이계열은 주먹을 불끈 쥐었다.

유계춘도 눈을 껌뻑거렸다.

진무청 옥사를 빠져나가는 이계열의 뒷모습을 보면서 유계춘은 입술을 바짝 깨물었다. 비봉산을 바라보았다. 구름 한 점 없이 말간 하늘에 북두칠성이 하늘 높이 힘차게 꼬리를 세웠다. 눈물이 나왔다. 장독대 용단지에 새벽마다 비손하던 어머니가 설핏했다.

"이대로 끝나버리는가……."

삭신이 쑤셨다. 셀 수도 없이 곤장을 얻어맞았으니 아픈 게 당연했다. 곤장만으로 분이 풀리지 않았던지 어제는 주리를 틀었다. 뒷배를 대라는 게, 신효철의 심문이었다. 유계춘은 어금니를 깨물었다. 가슴에 천주를 모시라던 최수운의 말이 떠올랐다. 이미 처형을 당했을지 모르지만 그자의 허무맹랑한 말이 위안이 된 적도 있었다. 하지만, 行하지 않는 학문이 무슨 소용이 있겠는가. 아전들이나 목사가 한 뙈기 땅이라도 서로 차지하려고 싸운다면 농민들은 모조리 굶어 죽고 말 것이다.

남명 선생의 말씀도 다르지 않았다. 백성들이 하늘을 받친다고 했다. 한사람이 죽으면 또 다른 사람이 받치고, 그리고 마지막 남은 한 사람까지……. 그러나 마지막 한 사람이 죽을 때까지 백성들도 참아주지만 않을 것이다. 그들은 들불처럼 일어날 것이다. 유계춘이 아니더라도 또 다른 사람이 나서서 싸울 것이다.

유계춘은 하늘을 보았다. 별들이 촘촘히 떠 있었다. 옥사에 감금되면 아무것도 할 수 없었다. 그저 죽지 않으려고 발버둥 칠 도리밖에는……. 뜻이 있어도 한 걸음도 나아갈 수 없었다. 지금 생각하면 허허로운 일이었다.

북두칠성 꼬리별이 비봉산 능선에서 깜빡거렸다. 유계춘은 입술이 바짝바짝 타들어 갔다. 옥사 여기저기에서 앓는 소리가 들려왔다. 모조를 공납하지 않았다고 붙들려와 곤욕을 치르는 농사꾼들이다.

"유계춘을 끌어내라."

우후 신효철의 소리에 유계춘은 노루잠[10]을 깼다. 이른 아침부터 치죄할 모양이었다. 옥지기들이 우르르 옥사로 몰려오고 뒷짐을 진 우후가 형틀 앞에 떡 버티고 섰다. 아

---

10 노루잠 : 깊이 들지 못하고 자주 깨는 잠.

침부터 치죄하다니…… 오늘도 주리를 틀라나……. 머리가 혼란스러웠다. 어젯밤 주먹을 불끈 쥐던 이계열이 생각나서 유계춘은 어금니를 지그시 깨물었다. 이를 악물고 버텨이 옥사에서 살아나가야 한다.

'덕산 장날이라…….'

유계춘은 이계열이 했던 말을 되새겨 보았다. 덕산 장날이면 이틀밖에 남지 않았는데…….

"예, 장군."

옥지기가 서둘러 유계춘의 목에서 칼을 벗겨냈다.

"끌고 나와!"

옥지기도 지쳐 보였다.

유계춘은 옥사에서 끌려 나와 옥사 마당에 꿇어앉았다. 온몸이 허물어질 것 같았다. 헝클어진 머리카락 사이로 형장을 살폈다. 어찌 된 영문인지 형틀도 차려놓지 않았다. 형장刑杖도 한쪽에 치워져 있었다.

"네 이놈! 네놈 아비 제삿날이 내일이렷다!"

우후 목소리가 자못 험상궂었다.

'제삿날이라니…….'

아닌 밤중의 홍두깨라더니. 아버지 기제사는 열흘 전이

다. 제사도 지내지 못한 불효막심한 자식이라도 제삿날은 알고 있었다. 뜬금없는 말에 유계춘은 어리둥절했다. 우후 신효철의 입가에 옅은 미소가 설핏 지나갔다.

"아버지 제삿날이라니……."

유계춘은 영문을 몰라 말꼬리를 흐렸다. 지난여름 옥사를 나올 때도 지금과 비슷했다. 염출했던 돈도 돌려주지 않았는데 풀려났다. 어머니가 이명윤에게 머리를 조아리며 부탁했을까, 아니면 매서가 그녀의 아버지 저리에게 부탁했을까. 가능성이 없어 보였다. 어머니가 이명윤에게 사정했을 수 있지만 그가 들어줄 리 없었다. 욕심이 덕지덕지한 겉과 속이 다른 조신이었다. 사람들이 배곯아 죽어가는데 국법을 지키라니. 그래도 마을 사람들에게 존경은 받고 싶은 모양이었다. 머리가 혼란스러웠다.

"말미를 줄 테니 다녀오너라. 만약에 허튼수작이라도 부리면 네놈 애미까지 곤장 세례를 면치 못할 테니 명심하고."

우후의 말은 단단했지만 어설펐다.

"……."

유계춘은 입을 다물었다.

"사흘이야. 이월 열이튿날 신시辛時까지 진무청에 도착

해야 한다. 알았느냐?"

유계춘은 대답하지 않았다.

신효철은 허리춤에 찬 도래미줌치(두루주머니)를 만지작거렸다. 두툼했다. 유계춘이란 놈이 패악스러워도 경우를 모르는 놈이 아니라는 것을 지난해에 투옥됐을 때부터 알았다. 적어도 부모를 놔두고 제 놈만 살겠다고 도망갈 놈은 아니었다.

"알았느냐?"

"……야!"

무슨 이유인지 알 수 없어도 유계춘은 마지못해 대답했다.

우병사도 틈틈이 뒷돈을 챙기는데, 제 발로 굴러들어온 재물을 굳이 사양할 이유가 없었다. 어깨를 으쓱거리던 백낙신의 모습이 설핏해 신효철은 허리를 흔들어 보았다. 두루주머니의 무게감이 온몸으로 느껴졌다. 가히 기분 나쁘지 않았다.

"포승을 풀어주어라!"

우후 신효철이 옥지기들에게 명령했다.

유계춘은 얼결에 진무청 옥사에서 풀려났다. 이유도 몰

랐다. 군이 이유까지 알 필요가 없었다. 풀려나가는 게 무엇보다 급선무였다. 얼마나 주리를 틀렸든지 뼈 마디마디가 쑤셨다. 생각만 해도 징글징글했다. 수없이 매를 맞아도 이번처럼 정신 잃을 정도는 아니었다. 기소 이유가 역모라고, 가당치도 않은 죄목을 붙인 것을 보면 철시는 우병사도 부담스러운 것이 분명해 보였다.

"굶어 죽게 생겼는데 뭔들 못하겠나. 나쁜 놈들. 역모라니……."

공모자를 토설하라며 집요하게 추궁하더니 갑자기 휴가를 다녀오란다. 그것도 삼 일씩이나…… 미친놈이었다. 아버지 제사에 다녀오라는 말은 또 무슨 말인지, 악랄한 신효철도 조상 제사는 지내는 모양이었다. 아니면 무고한 농민을 잡아들여 매질한 게 양심의 가책이라도 받았는지 모르지만 도무지 이해할 수 없는 놈이었다.

공북문을 나오니 살 것 같았다. 유계춘은 진무청을 올려다보았다. 산처럼 우뚝했다. 생각만 해도 끔찍했다. 대사지가 눈앞에 보였다. 여름내 수놓았던 연꽃은 말라비틀어진 채 얼어붙어 얼음 녹기만을 기다리는 듯했다.

이계열을 만나야겠다는 생각에 지제문으로 향했다. 면,

리 초군들에게 통문을 돌렸다지만 사람들이 도회에 참석해
야 격쟁을 하든지, 철시를 하든지, 양단간에 결정할 것이다.

저잣거리에 장꾼들이 제법 붐볐다. 유계춘은 초군청으로
향했다. 보장헌 맞은편에 난향루가 보였다. 매서가 언뜻 떠
올랐다. 신효철에게 뒷돈이라도 안겼을까. 그녀라면 가능
할지 몰랐다.

장옷으로 얼굴을 가린 매서가 진무청을 나서는 유계춘의
뒤를 조심스럽게 밟았다. 유계춘이 초군청으로 골목으로
들어서는 것을 확인한 뒤 그녀는 포목점 앞에서 발걸음을
멈추더니 곧장 낭청방 골목으로 사라졌다.

초군청 고샅에서 가마 한 대가 난향루로 향했다.

　3,

장구를 무릎 앞에 당겼다. 오랜만에, 정말 오랜만에 잡은
장구채였다. 매서는 가슴이 쿵쾅거렸다. 오른손에 채 편을
들고 왼손바닥으로 북편에 댔다.

　―덩 덕쿵 쿵 덕쿵 쿵 덕쿵

북편을 가만히 두들겼다. 까칠한 쇠가죽 질감이 손바닥에 전율을 일으켰다. 채편을 잡았다. 뭉그러졌는지 손마디에서 미끄러져 나갔다. 삼십여 년 동안 장구를 두들겼으니 그럴만했다.

－덩 덕쿵 더러러러 쿵 기덕 쿵덕

북편 양단을 쌍 채로 굿거리장단을 쳐보았다. 참으로 오랜만에 치는 한량무 장단이었다. 목사가 부임하면 난향루는 정신없이 바빠진다. 연회 준비하랴, 음식 준비하랴. 수청 기생은 온종일 몸단장에 신경 썼다.

매서는 열 살적에 아버지 손에 이끌려 교방 동기童妓로 들어왔다. 별천지였다. 뭐라 해도 배불리 먹을 수 있어 좋았다. 하루 한 끼도 겨우 먹다가 세 끼나 먹으니 좋을 수밖에 없었다.

내실에서 앓는 소리가 들렸다. 매서는 신경이 바짝 쓰였다. 곤장과 주리를 얼마나 틀렸으면 몸이 저 지경이 됐을까. 장지문을 열었다. 아직 정신이 들지 않았는지 아니면 정신 들기를 거부하는 것인지, 사내는 일그러진 얼굴은 펴지 못하고 신음만 토해냈다. 모두가 꺼릴 때 버들피리를 건네며 놀아주었던 사내아이, 그녀와 놀아준 유일한 사람이었다.

매서는 놋대야를 바라보았다. 김이 모락모락 올라왔다. 무명 헝겊에 따뜻한 물을 흠씬 적셔 사내 이마의 땀을 닦았다. 얼굴을 찡그렸다. 어젯밤에는 볼기짝에 짓물러진 상처를 물로 닦아냈다. 사타구니는 헐어 제대로 눕지도 못했다. 이렇게 치죄를 당하고서 살아있다는 게 신기할 정도였다. 그녀는 놋대야를 들고 자리에서 일어나 사내를 물끄러미 내려다보았다. 마음이 아팠다.

장지문 닫는 소리가 들렸다. 유계춘은 눈을 떴다. 천장 사이로 서까래가 가지런했다. 진흙에 짚을 섞어 바른 천장이 아니었다. 낯설지가 않았다. 몸을 일으키려고 했으나 허사였다.

"나리, 정신이 듭니까?"

여인의 목소리는 분명 아내가 아니었다. 유계춘은 눈을 감은 채 목소리를 더듬었다. 누굴까. 눈은 뜰 수 없었고 움직여지지도 않았다. 살결에 닿은 촉감도 거친 무명천이 아니었다.

'여기가 어딜까?'

갸름한 여인의 턱이 눈에 들어왔다. 그때야 난향루 매서의 방일 거라는 생각이 퍼뜩 들었다. 힘들고 고통스러울 때는 항상 가까이에 있었다. 유계춘은 눈을 도로 감았다. 장지문 닫는 소리가 들리고 치맛자락 끄는 소리가 귀를 간지럽혔다. 그는 치마 스치는 소리를 따라갔다.

따뜻한 손길이 가슴을 쓰다듬었다. 이불이 깃털처럼 들렸다. 어디서 불어오는지 알 수 없는 봄바람이 귓전에서 맴돌았다. 유계춘은 가슴이 두근거리고 숨이 끊어질 것 같아 눈을 떴다. 아무것도 보이지 않았다. 젖가슴이 뭉클하게 압박했다. 숨이 턱턱 막혔다. 주체할 수 없는 뜨거운 열기가 사타구니를 압박했다. 이불을 젖혔다. 그리고 힘껏 끌어안았다. 작은 몸뚱이가 그의 가슴에서 파닥거렸다. 매서 뺨에 눈물이 흘러내렸다. 유계춘은 온 힘을 다해 그녀를 몸속으로 끌어들였다. 눈물이 났다. 문풍지가 파르르 떨었다.

빈자리가 허전해 눈을 떴다. 동이 트는지 봉창이 뿌옇게 밝아왔다. 유계춘은 옷을 찾았다. 피딱지가 얼룩진 유계춘의 옷과, 깨끗한 무명옷이 한 벌이 머리맡에 나란히 놓여 있었다. 그는 피 묻은 옷을 입었다. 그리고 조용히 뒷문을 열었다.

"성님!"

유계춘은 몸을 가까스로 지탱하면 초군청으로 들어섰다.

"어, 계춘이 아이가. 우찌된 일이고?"

이계열은 깜짝 놀랐다. 유계춘은 어젯밤까지 진무청 옥사에 갇혀 있었다. 머리는 산발하고 고개 들 힘도 없어 보였다, 사실, 고민이 많았다. 도회 날짜도 얼마 남지 않았고 통문까지 돌려놓았는데, 진무청 옥사에 갇혔으니 이러지도 저러지도 못했다. 다른 대안도 없어 고민에 빠져있었다. 이번 도회를 무산시키면 초군 좌상의 체면도 말이 아니지만 겁도 났다. 막상 우병사와 맞선다는 것이 두려웠다. 역모죄로 몰려 죽을지도 모르는 일이다.

"그리 됐심더."

진무청에서 곧바로 초군청으로 온 것 같은데, 난향루 매서의 방에 누워 있었다. 유계춘이 생각해도 어이가 없는데 이계열이 놀라는 것은 당연했다.

"어서 안으로 들어 오이라."

이계열은 한 시름 놓았다. 유계춘이 초군청에 나타나자 수군거리던 초군들이 그의 주위로 모여들었다.

"자—자, 오늘은 그만 돌아가고 내일 오시에 다시 만나서

이야기하자."

이계열이 초군들을 물리치려 하자 유계춘이 나섰다.

"아임더, 안으로 들어오이소."

유계춘에게 주어진 시간은 이틀뿐이다. 내일이 덕산 장날이다. 더는 지체할 수 없었다. 이번에 들고 일어나지 않으면 농민들은 굶어 죽을 것이다. 우병영 아전들도 가만히 두고 보지만 않을 것이다. 이참에 아전들 주둥이를 뭉개 놓지 않으면 이배[11]들의 천지가 될 것이다. 힘들어도 이번 기회를 놓치면 모든 게 끝장이다. 사타구니가 끈적거렸다. 주릿대로 문드러진 상처가 덧난 모양이었다. 그는 얼굴을 찡그렸다.

"괜찮나?"

유계춘의 표정만 살피던 이계열은 걱정이 앞서는 모양이었다.

"괜찮심더."

유계춘은 어깨를 곧바로 세웠다.

"성님, 오늘 밤 안으로 수청거리로 가야 함데이."

이귀재가 언제 왔는지 유계춘을 걱정스럽게 바라보았다.

---

11 이배(吏輩) : 이서(吏胥)의 무리.

"성님, 괜찮은교?"

"어, 귀재 왔나. 걱정 안 해도 된다."

유계춘은 자리에서 일어났다.

"성님, 연락은 다 됐다고 했지요?"

이계열에게 물었다.

"그래, 연락은 진작에 다 했지. 오늘 밤에 가서, 종화, 백곡 초군들은 수청거리에 모여서 덕산장으로 갈끼고, 동면과 용봉 초군들은 북창장부터 시작할끼다. 그라고 읍오리 초군들은 그때 합류 할끼다."

"알았심더."

유계춘은 사실 초군들이 모일지 걱정했는데 다행이었다.

"내평리는 우째할 끼고?"

"수익이가 알아서 할 낀데, 일단 만나봐야지요."

유계춘은 걱정이 됐다. 박수익의 아내가 한사코 말려 마음고생이 심할 것이다.

"초군들은 걱정 안 해도 된다카이."

"그라머, 저녁에 수청거리에서 보입시더."

유계춘이 초군청을 빠져나와 원당 솔밭으로 향했다.

4,

덕천강 강물이 숨을 쉬었다. 갯버들은 버들개지를 날렸다. 내일이 수청거리에서 도회가 열리는 날이다. 정영을 하든지 철시를 하든지 양단간에 결정 날 것이다. 어쨌든 대장간 문은 닫아야 한다. 저잣거리 장사꾼들도 술렁거렸다.

"박 서방은 우짤끼고?"

어물전 김씨가 좌판에서 생선을 거두면서 말했다.

"우짜꼬, 골치 아파 죽겠심더."

끄나풀들이 혈안이 돼 저잣거리에 돌아다녔다. 먹고사는 일인데 그들이라고 앉아서 당하지 않을 것이다. 시장이 철시하면 어차피 아전들이나 장사꾼들도 피해 보기는 피차 마찬가지다. 문영진에게 안동 김씨 족보라도 넘겨받았다면, 이 꼴 저 꼴 안 보고 육복치를 넘어 도망가면 그뿐일 텐데 이도 저도 할 수 없었다. 눈치 보기도 쉽지 않았다. 아전 편을 들어 철시를 안 하면 농사꾼들이 대장간을 형체도 없이 부숴버릴 것이고, 철시에 가담하자니 아전들이 저잣거리에서 쫓아낼 게 뻔했다. 박수견은 이러지도 저러지도 못하고

전전긍긍했다.

"수겨이 니도 수청거리에 갈끼가?"

포목점 김씨도 곤란한 모양이었다.

"우짜겠는교……."

박수견은 주막 앞 저잣거리를 힐끗거렸다. 춘심이라도
오면 족보고 뭐고 다 내팽개치고 내빼고 싶었다.

"박씨는 우짤라 카는교?"

어물전 김씨도 눈치를 보는 것 같았다.

"아전들이 가마이 있겠나?"

"수청거리 도회에 참석하지 않으면 벌전을 매긴다 카데
에."

박수견은 머리가 지끈거렸다. 춘심의 마음도 시들해졌는
지 노랫가락도 부르지 않고 눈치만 보았다. 몰래 사둔 패물
이라도 먼저 주려니 믿을 수 없었다. 게다가 문영진은 온다
고 하면서 약속을 밥먹 듯 어겼다. 이번에는 꼭 만나야 하는
데…… 저잣거리에는 그놈의 그림자도 보이지 않았다.

"나쁜 새끼! 조금 일찍 서둘렀으면 지금쯤 육복치를 넘고
도 남았을 텐데……."

박수견은 매번 약속을 미루는 문영진이 야속했다. 아무

리 안동 김씨 족보라지만, 이백 냥이나 더 받아 처먹으면서 제 놈은 약속도 지키지 않았다. 화가 치밀었다. 어쨌든 족보라도 받아야 도망을 하든지 시위를 하든지 할 텐데, 이 핑계저 핑계로 돈만 챙기고 나타나지 않으니 도무지 불안해 견딜 수가 없었다. 그는 대장간을 뒤적거렸다. 쇠부질도 못 한 시우쇠와 숯섬이 뒤란에 수두룩하게 쌓여있었다.

"니미럴!"

농사철이 다됐는데 논갈이는 하지 않고 이회니 도회니 무슨 회합에만 몰려다니니 농기구가 팔릴 리 없었다.

"철시는 또 뭐꼬?"

농사꾼이 농사는 안 짓고 몰려다니기만 하니 농사를 포기한 것이 아니라 짓지 말자고 결의라도 한 것 같았다. 하기는 농사를 지어야 피죽 한 그릇 제대로 못 먹으니 그럴만했다. 정월 대보름에는 농사지대본이라 쓴 농기까지 들고 마을마다 돌아다니며 지신까지 밟더니만……. 그새 잊어버렸나.

박수견은 혹시 떨어뜨린 엽전이라도 있을까 봐 대장간 구석에 뒤적거렸다. 깨끗했다. 문영진에게 넘겨줄 잔금 이백 냥만 남기고 엽전을 봇짐에 챙겨 울타리 밑에 묻어 놓았으니 없을 수밖에. 명주 네 필과 춘심에게 줄 패물과 금붙이도 함께 챙겨 놓았다. 안동 김씨 족보만 넘겨받으면 철시를 하든지 정영을 하든지 그는 상관없었다.

"박 서방 뭐하노?"

"성님이 우짠 일인교? 진무청에 붙잡혀갔다 카더만."

"잠깐 내 보내 주데."

유계춘은 대장간 좌판 앞에서 어정거리는 박수건이 안타까웠다. 약아빠진 문영진이 약속을 지킬 리 없었다.

"어데 가는교?"

"덕산 가는 길에 잠깐 들렀다. 아이가."

덕산 장날은 내일이다. 두어 시각이 지나면 땅거미가 내릴 텐데, 수청거리 이회에 참석하려는 모양이었다. 박수건은 두류산을 바라보았다. 희끄무레하게 구름이 능선에 걸려도 천왕봉은 여전히 바람을 품고 있었다.

"덕산 자(장에)는 와요?"

"도회에 참석해야지, 박 서방은 안 갈 끼가?"

"……."

오늘 밤에 야반도주할 판인데 덕산장이라니, 박수건은 도회에 참석할 생각은 애초부터 없었다.

"보고요……."

"그라머, 나중에 봄세."

철시할 거라는 방문이 면, 리마다 나붙자 저잣거리도 한산했다. 그러나 유계춘은 원당으로 발길을 돌렸다. 솔밭으로 갈 참이었다. 바람이 스산하게 불었다.

검은 그림자가 서낭당에서 얼쩡거렸다. 고종사촌 강쾌였다.

"일찍 왔네?"

유계춘이 아는 체를 하자 생각에 잠겼던 강쾌가 뒤돌아보았다.

"성님, 진무청에서 우째 빠져 나왔능교?"

"나가라 카데. 얼빠진 놈들이."

유계춘도 머리가 복잡했지만 대수롭지 않게 말했다.

"계열이 성님은 만나봤능교?"

"초군청에서 만났다 아이가. 계획대로 진행한다고 말했다 아이가."

강쾌가 입술을 꼭 깨물었다.

유계춘은 더는 고민할 필요가 없었다. 이계열이 초군들을 동원했으니 계획을 돌이킬 수도 없었다. 앞으로만 가는 수밖에 없었다.

"수익이는 언제 온다 카더노?"

강쾌는 말을 아꼈다.

"오전에 수익이 성님 집에 들렀는데 형수만 있더라고요."

박수익은 아내 등쌀에 자리를 피했을 것이다. 한양 비변
사에서 격쟁을 벌리고 죽지 않을 만큼 두들겨 맞았다. 지난
해 등소할 때도 연명장을 함께 추진했는데, 얻은 것은 없었
고, 정작 몸만 병신이 되어 돌아왔으니 그의 아내가 바가지
를 긁을 만했다.

"석철이한테 이야기 했제?"

"초군 말인교?"

"그래."

"계열이 성님이 석철이와 허호한테 말해 놨으니 성님만
가면 곧바로 움직일 낌더."

유계춘은 말을 아꼈다. 강쾌도 부담이 많을 것이다.

"오늘 저녁에는 수청거리에 먼저 가자. 그라고 내평리로
가자."

강쾌는 아무 말 없이 유계춘의 뒤를 따랐다,

임술년, 이월 열사흘

미륵산에 보름달이 우뚝 솟았다. 미륵이라도 돌아오려는
지 덕천강 윤슬이 유난히 빤짝거렸다. 정월 대보름만큼은
아니더라도 달빛을 등지고 밤길을 걸으니 그런대로 괜찮았
다. 강물 소리도 제법 힘찼다. 덕천서원 건너편에 횃불이 불
타올랐다. 경칩이 지났는데 두류산 골바람은 여전히 냉기
를 품었다. 휘양건을 당겨 턱 끈을 다잡아 맸다. 어머니 숨
소리가 힘겹게 들렸다.

우병영 우후 신효철이 집안을 엉망으로 만들었다. 어머
니는 병사들의 창에 찔려 앓아누운지 보름이나 됐는데 차도
가 없다는 소식만 들었다. 아내가 바가지로 쌀독 긁는 소리
가 들렸다. 시집온지 이십 년이 돼도 이밥 한 끼 편하게 먹
이지 못했다. 유계춘은 가슴이 아렸다.

홰에 불을 붙였다. 건너편에서 신호가 왔다. 강을 건널
수 있게 얕은 곳을 알려 주는 신호였다. 유계춘은 잠방이를
무릎까지 걷어 올려 대님으로 단단히 묶었다. 그리고 짚신
을 벗어들었다. 덕천강 강물은 살을 에는 듯 차가웠다. 갯버

들이 우거지면 꺽지와 송사리 떼가 물길을 따라 올라오면 천렵이라도 해 주린 배라도 채울 수 있을 것 같았다.

"동지들 유계춘이 우병영 진무청 옥사에서 풀려나 곧바로 이곳으로 왔소!"

이계열이 초군들에게 유계춘을 소개하자 깜깜하던 수청거리에 횃불이 순식간에 타올라 대낮처럼 밝았다. 시위꾼들은 머리에 두건을 매고 농기구를 들었다. 낫, 쇠스랑과 곡괭이 심지어 지겟작대기까지 들어 올리며 함성을 질렀다. 횃불 넘어 두류산 천왕봉이 내려다보았다.

"아는 사람도 있겠지만 이번 시위는 유계춘이 통솔을 할 거요. 그러니 여러분들도 그의 말을 따라야 할 것이오."

이계열의 목소리가 우렁찼다.

유계춘이 주먹을 불끈 들어 올리자 함성이 수청거리를 넘어 덕천골을 온통 뒤흔들었다.

"우리는 마냥 저들에게 당할 수는 없소. 농민들도 먹어야 살 수 있소. 그리고 저들이 저지른 포흠 곡을 우리는 결코 낼 수 없소. 이번 도결과 통환을 혁파할 때까지 우리는 결코 한발짝도 물러나서는 안 되오. 농민들은 살아도 산 게 아니요, 죽어도 눈을 감지 못할 거요. 우리는 저들이 포기할 때까지 끝까지 싸워야 하오."

초군들의 머리에는 초군이라는 쓴 두건을 맸다. 손에는 죽창, 지겟작대기 쇠스랑을 들었다. 유계춘이 주먹을 다시 들어 올렸다.

"싸웁시다. 와!"

가슴이 벅찼다. 죽어도 좋을 것 같았다. 며칠 전, 진무청 옥사에 갇혔을 때는 희망이 없었다. 그런데 옥사에서 풀려났으니 하늘이 준 기회였다. 유계춘은 말을 계속 이어나갔다. 왜 시위를 해야 하는지, 그리고 저들이 무엇을 잘못하는지, 농민들이 무엇을 얻어야 하는지 알아야 한다.

"첫째, 환곡은 분급해야 합니다. 그래야 흉년이 들었을 때 끼니라도 때울 수 있습니다."

─와, 와, 와.

"둘째, 이배들이 도둑질한 포흠을 농민들에게 전가하지 말아야 합니다. 저들이 횡령한 포흠을 왜 농민들에게 갚으라고 합니까."

─와, 와, 와."

"셋째, 관청 창고가 비었다고 도결을 올려 받지 말아야 합니다. 그리고 결전을 내지 못했다고 친족에게 부담을 지우지 말아야 합니다. 흉년이 들어 못 갚는 모조를 왜 일가친 척들이 갚아야 합니까."

유계춘은 잠시 말을 멈추고 시위꾼들을 바라보았다. 그들은 숨을 죽였다. 죽은 사람이 병영에 갈 것도 아니다. 그리고 '죽었으면 그뿐이지 백골징포는 무슨 희한한 말인지'라던 어머니의 격진 넋두리가 귓전을 두들겼다.

"넷째, 백골징포는 하지 말아야 합니다. 죽은 사람이 병영에 갈 것도 아닌데 징포를 한다는 게 말이나 됩니까. 전쟁도 없습니다. 왜적이 쳐들어오지도 않는데 군포 징수를 줄여야 합니다."

싸움은 시작됐다. 유계춘은 숨을 거칠게 쉬었다.

이계열이 나섰다.

"날이 밝으면 금만리와 백곡리부터 시작할 거요. 그리고 가서리와 종화리 초군들은 덕산장에서 합류할 겁니다. 알겠능교?"

"와, 와, 와!"

수백명의 시위꾼 목소리가 수청거리를 열광의 도가니로 몰아넣었다. 덕천강 건너 덕천서원이 희끄무레하게 보였다. 남명 선생의 '천석종'이 떠올랐다.

저 천석들의 종을 보라.
북채 크지 않으면 쳐도
소리가 나지 않는다네.

유계춘은 주먹을 불끈 쥐고 하늘 높이 들어 올렸다. 조그마한 주먹 하나야 나약하기 이를 데 없어도 작은 주먹이 모이고 모이면 천석들의 종인들 못 울리겠는가. 가슴이 두근거렸다.

유계춘은 수청거리에 시위꾼들을 뒤로하고 곧바로 내평리로 향했다. 천왕봉에 걸린 달이 점점 이지러지고 있었다.

임술년, 이월 열사흘 — 새벽

내평들에 안개가 짙게 깔렸다. 나팔소리가 들렸다. 미륵산을 주저앉힐 기세였다. 두건을 맨 사람들이 하나둘 서낭당으로 모여들었다. 그들은 혼자이거나 한두 사람씩 짝을 이뤄 얼굴을 내밀었다. 당산나무를 둘러놓았던 오방기五方旗가 펄럭였다. 나팔 소리가 길게 울리자 꽹과리 소리가 자지러졌다. 뒤이어 징소리, 북소리, 장구 소리까지 울려 퍼졌다. 쥐죽은 듯 조용하던 내평 마을이 술렁거렸다.

유계춘은 가슴을 졸였다. 이회를 수없이 하고 마을 사람들의 의견도 들었다. 방문을 붙이고 통문도 돌렸다. 그런데 모인 사람은 겨우 스무 명 남짓했다. 농악패들을 제외하면 겨우 열 명 정도였다. 그는 농기를 높이 들고 숨을 가다듬었다. 그리고 서낭당 제단에 올라섰다.

"여기 모인 사람들은 몇 안 되지만, 우리는 기필코 이배들의 무지막지한 행패를 굴복시킬 겁니다. 농사꾼도 사람입니다. 일 년 내내 힘들게 농사지어 저들의 배꼽 만 채워주기 바쁘니 결국 우리는 굶어 죽고 말 거요. 여기 모인 사람들이라도 한마음으로 힘을 뭉쳐 아전 놈들의 못된 버르장머리를 반드시 고쳐주어야 하오. 내가 당장 개를 잡아서 맹세하려고 하니 여러분들도 각기 입술에 피를 바르고 맹세합시다."

사람들이 술렁거렸다. 박수익이 동이를 들고 왔다. 갓 잡은 개 멱을 따서 받은 피였다. 사람들이 서로 눈치를 보면서 머뭇거렸다. 유계춘이 먼저 독에 든 피를 바가지로 퍼서 꿀꺽꿀꺽 마셨다.

사람들이 새파랗게 질렸다. 이번에는 박수익이 피를 벌컥벌컥 들이켰다. 붉은 피가 입술을 타고 흘러내렸다.

"자, 우리도 맹세합시다. 죽어도 같이 죽고 살아도 같이 삽시다."

박수익이 주먹을 불끈 쥐고 손을 높이 들었다. 그의 입술에서 붉은 피가 뚝뚝 흘러내려 보는 사람들의 간담을 서늘하게 했다.

"맹세합시다."

정지우, 지구, 형제가 시위대 속에서 나와 피를 마셨다. 마을 사람들은 이구동성 손을 들고 내리기를 반복했다. 한 사람이 박수익에게 다가왔다.

"피 한 사발 주이소!"

결연한 목소리다. 독에서 바가지로 푼 피를 내밀었다. 한 사람씩 뒤를 이어서 피를 마셨다. 반드시 도결과 통환을 혁파하고야 말겠다는 듯한 그들의 표정은 서서히 결기가 채워지기 시작했다.

이계열이 시위꾼을 바라보면서 유계춘이 잡은 농기를 함께 흔들었다.

"여러분! 함께합시다. 초군들도 합세할 겁니다."

유계춘이 진무청 옥사에서 마무리했던 언가諺歌를 선창
했다.

    온 거리 백성들아 다 모여라 진주 남강을 다 메워버
리자
    －개개개개 개갱개개 갱 개개
    한 쪽 발에는 대님 매고 허리춤에는 장도칼 차고
    －개개개개 개갱개개 갱 개개
    지난가을 구시월에 무서리처럼 휘몰아쳐 오라. 휘몰
아쳐 오라
    －개개개개 개갱개개 갱 개개
    동－지 섣달 크은 눈－처럼 온 세상을 덮어버리자

이계열이 농기를 들고 앞장서서 마을로 들어갔다. 조용
하던 마을이 술렁거리기 시작했다. 아낙들이 울타리 넘어
고개를 기웃거렸다. 아랫담 동임 조석철이 지겟작대기를
들고 나왔다. 그 뒤를 따라 초군 열대엿이 지겟작대기와 몽
둥이, 쇠스랑을 손에 쥐고 뒤를 따랐다. 죽창을 손에 든 초
군도 보였다. 이마에는 초군이라 쓴 두건을 맨 사람들도 있
었다.

솟을대문이 우뚝하게 눈앞에 나타났다. 이명윤의 집이었

다. 유계춘은 잠시 행진을 멈추고 박수익을 바라보았다. 알
았다는 듯이 꽹과리를 자지러지게 쳤다. 그러나 솟을대문
은 굳게 닫혀 꿈쩍도 하지 않았다. 벌전[12]이라도 매겨야지
그냥 두어서는 안 될 것 같았다. 행진하던 유계춘이 돌아섰
다.

"우리는 목숨을 걸고 투쟁하는데 시위에 참석하지 않는
사람들에게는 벌전을 매깁시다."

"그럽시다. 다섯 전은 매겨야 합니다."

시위대 여기저기서 이구동성 벌전을 매기자는 소리가 드
높았다. 목숨을 걸고 하는 시위다. 이대로 가다가는 대열
을 이탈하는 사람들이 나올 수 있었다. 단속하지 않으면 시
위대는 목소리만 내다가 뿔뿔이 흩어질 수 있었다. 초반부
터 단단히 단속해 둬야 나중에는 이로울 것이다. 나팔을 불
고 꽹과리를 쳐대도 이명윤 집의 솟을대문은 꿈쩍하지 않았
다.

"자, 웃담으로 갑시다."

유계춘은 웃담으로 시위대를 이끌었다. 마을 여기저기서
연기가 솟아올랐다. 먹어야 산다. 아무리 흉년이 들어도 백

---

12 벌전(罰錢) : 약속이나 규칙을 어겨 벌로 내는 돈.

성들이 굶게 해서는 안 된다. 환곡이 필요한 이유였다. 그런데 환곡 이자를 네댓 배나 붙이니 원곡 갚기도 힘들었다.

앞치배들이 풍악을 울리자 웃담 남정네들이 길거리로 몰려나와 시위대열에 합류했다. 버꾸재비들이 상모를 돌렸다. 한마당 놀아볼 참이었다. 남정네들이 농악패들과 뒤엉겨 둥실둥실 춤을 추었다. 풍악 소리에 아랫담 남정네들이 한꺼번에 몰려나왔다. 순식간에 모인 사람들이 쉰 명은 넘었다. 스무 명으로 시위해봐야 그 기세는 금방 사그라들 것이다.

유계춘은 자신이 생겼다.

"자, 덕천강 건너 마동리로 갑시다."

훈장 정영장을 끌어낼 요량이었다. 아내가 삯바느질로 얻은 쌀 두어 되마저 몽땅 챙겨가는 노랑이[13] 영감탱이였다. 아이들을 가르치는 훈장이랍시고 갖은 못된 짓을 일삼았다.

"갑시다."

시위대의 목소리는 내평 마을을 휘저어 놓았다.

---

13 노랑이 : 속이 좁고 인색한 사람의 별명.

임술년, 이월 열사흘 ─ 아침나절

이명윤은 툇마루에서 덕천강을 건너는 시위꾼들을 바라
보았다. 마동으로 갈 모양이었다. 지금 세력 정도라면 우병
영에서 쉽게 시위꾼들을 제압할 수 있을 것 같았는데 시간
이 지날수록 사람들은 점점 불어났다. 아랫담을 지날 때까
지 스무 명쯤 됐다. 웃담을 돌아 나오더니 쉰 명은 훨씬 넘
었다. 의외로 많은 사람이 모였다. 그는 고민에 빠졌다. 이
대로 두었다가 사람들이 불어나면 사달이 날 것은 뻔한 일
이었다. 저들이 정말 철시라도 하면 이러지도 저러지도 못
한 채 궁지에 몰릴지도 몰랐다.

시위꾼들이 농악패를 따라 덕천강을 건너고 있었다. 마
동과 가이곡, 원당 사람들까지 합세하면 백여 명을 넘어 그
세력도 상당할 것이다.

"마동으로 가려나?"

이명윤은 마음이 혼란스러웠다.

임술년, 이월 열사흘 — 저녁나절

돌담이 소담스러웠다. 담장은 볏짚 이엉으로 덮어 장마에도 문제없을 만큼 새끼줄로 단단하게 조여 맸다. 안채와 사랑채, 서당도 새 이엉으로 씌웠다. 담장 안에는 볏섬이 서너 개가 우뚝 섰다. 열 섬은 됨직해 보였다. 솟을대문은 아니어도 두꺼운 송판으로 잇댄 대문도 제법 규모를 갖췄다.

"이 집이 뉘 집인고?"

대문 앞에서 이계열이 농기를 휘둘렀다.

─갱개개개 갱개개개.

박수익이 꽹과리를 치자 정지구가 나팔을 걸쭉하게 불었다.

"훈장 놈의 집이라네."

─갱개개개 갱개개개.

"쌀 한 됫박 꾸어달라."

─갱개개개 갱개개개.

"말씀 한 번 들어보소."

─ 갱개개개 갱개개개.

노비가 대문을 빼꼼히 내다보았다. 담사리 놈이었다. 한 끼도 제대로 못 얻어먹었는지 피골이 상접한 몰골이었다. 지난가을에 달아났다가 우병영 병사들에 붙들려와 훈장 정 영장에게 매 맞아 죽을 뻔했다는 소문이 파다했다.

담사리가 옷섶을 여미더니 대문을 활짝 열어젖히고 시위 꾼 뒤에 숨었다.

"머하는 놈들이야?"

정영장이 늦잠이라도 잤는지 눈을 비비며 마당으로 나왔 다.

"아이구, 훈장 어른 조반은 드셨능교?"

이계열이 비아냥거렸다.

"아니! 이놈들이……."

훈장 정영장은 대문 밖에 가득한 사람들을 보았는지 눈 이 휘둥그레지더니 한 걸음 주춤 물러났다.

"훈장 어른 아침진지도 못 먹었는 것 같아요?"

박수익이 정영장의 코앞에 얼굴을 디밀었다. 배냇소로 애터지게 얻은 엇부루기까지 빼앗아간 놈이었다.

'나쁜 새끼!'

박수익은 그때 생각만 해도 이가 부득부득 갈렸다.

"아니 이놈이 미치기라도 한 게야……?"

농악패들의 농악 소리를 들었는지 마동리 초군들과 청년들이 들이닥쳤다. 사람 수로 보아 가이곡 초군들도 함께 온 것 같았다.

"훈장 집에는 볏섬은 와저리 만노! 황금이라도 들었는지 함 빠개 보자."

"아니 이놈들이……. 담사리야. 이놈 담사리 어디 있느냐? 이놈들을 우병영에 빨리 고변하지 않고……."

시위꾼들이 집안을 헤집어 놓자 정영장은 우왕좌왕 허둥대며 고래고래 고함을 질렀으나 담사리는 나타나지 않았다.

초군들이 죽창으로 볏섬을 찔렀다. 벼가 쏟아져 나오자 시위꾼들이 함성이 터져 나왔다. 쇠스랑으로 볏가리를 뜯어내자 볏섬이 와르르 무너졌다. 시위꾼들이 환호했다. 보리쌀 한 바가지가 없어 개떡으로 겨우 한 끼를 때우는데, 엄청나게 쏟아지는 벼를 본 시위꾼들이 흥분하는 것은 어쩌면 당연할지 몰랐다,

유계춘은 시위꾼들 향해 말했다.

"우리 목표는 도결과 통환을 혁파하는 것이오. 그깟 나락(벼) 한 섬이 무슨 대수요. 훈장댁 볏섬을 무너뜨리지 마시

오, 아전 놈들에게 빌붙어 목숨을 구하려는 훈장이 불쌍하지도 않소. 더는 해코지 하지 마시오."

징영장은 마을 대표로 목사와 우병사 의견을 모두 들어줬다. 마을 사람들이 반대했던 도결과 통환까지도. 게다가 결전까지 면제받았다고 어깨까지 으쓱거리며 마을을 활보하는 되먹지 못한 인간이었다. 볏섬에 불을 질러도 시원찮을 놈이었다. 그러나 이제 시작인데, 시위꾼들의 전열을 가다듬기도 전에 흥분하면 뒷감당이 쉽지 않을 것이다.

"훈장 놈이 향청에서 목사와 짬짜미하는 기 뻔한데 그냥 놔둘 수는 없소. 한두 번 당합니꺼!"

시위꾼들의 목소리는 거칠었다.

"그렇소, 훈장을 가만 놔둘 수 없소."

훈장을 욕하는 소리가 시위꾼 여기저기서 들렸다.

"알았소, 그러나 지금은 안 됨더."

유계춘은 단호하게 시위꾼들을 제지했다. 박수익의 배냇소도 강제로 몰고 갔다고 했다. 생각하면 분통이 터질 일이다. 하지만 지금은 참아두어야 한다. 시위꾼들은 광에서 쌀독을 들춰내 부숴버렸다. 하얀 쌀이 마당에 흩어졌다. 깨진 용단지에서 쏟아진 쌀을 움켜쥐고 울부짖던 어머니 모습이

눈앞을 스쳤다. 독 깨지는 소리가 미륵산에 부딪혀 아침 햇
살처럼 되돌아왔다.

"자, 이쯤에서 그만둡시더. 우리는 빨리 원당 솔밭으로
가야 하오."

유계춘은 수청거리가 궁금했다. 하늘을 보았다. 해는 미
륵산에 우뚝 올라섰다. 지금쯤이면 백곡리와 금만리 초군
들도 들고일어나 수청거리 초군들과 합세할 시각이었다.
덕산장은 가서리 초군들이 주동할 것이다. 늦어도 정오까
지는 덕천서원을 지나 원당 솔밭으로 향하고 있어야 한다.

볏섬이 불타올랐다. 시위꾼들의 함성이 하늘을 찔렀다.
이계열을 바라보았다. 타오르는 불길에 놀랐는지 아니면
불에 타는 쌀이 아까웠는지 그의 얼굴이 붉었다. 볏섬에서
쏟아진 쌀을 처음 본 시위꾼들이 흥분할 만했다.

"성님, 덕산에서 연락 왔능교?"

"좀 전에 부화곡 김윤화가 왔다 갔다 아이가. 못 봤나?"

"못 봤심더, 우찌됐다고 하던교?"

"지금쯤 백곡 삼거리에서 금만리 초군들을 만나고 있을
끼다."

"그런데, 가이곡 초군들도 온 것 같데예?"

사람들이 의외로 많이 모인 것 같아서 유계춘이 물어보았다.

"하모, 왔제."

"그라머, 우리도 원당 솔밭으로 빨리 이동 합시더."

"그라자."

유계춘은 시간을 지체할 수 없었다. 내일 정오까지는 가서리 초군들과 무실장에서 합세하기로 약속을 해놓았기 때문이었다.

"자, 원당 솔밭으로 갑시더!"

곡괭이를 둘러맨 훈장 놈의 노비 담사리가 비쩍 마른 허리를 꼿꼿하게 세우고 시위꾼들의 뒤를 따랐다.

임술년, 이월 열나흘─덕산장

저잣거리에 나붙은 방문을 보았다. 그렇다고 가게 문을 안 열 수도 없었다. 가게 문을 닫으려니 먹고 살 일이 걱정이고, 문을 열어도 시위꾼들이 해코지할 게 두려웠다. 이러지도 저러지도 못한 채 눈치만 보며 장꾼들이 저잣거리에서 술렁거렸다. 문암장에서 넘어온 도붓장수들이 좌판을 펼쳤다. 덕산에서 곡물을 사들여 한양으로 나를 모양이었다. 저잣거리를 기웃거리던 어물전에 아낙들도 좌판을 벌였다. 가산창 뱃머리에서 생선을 떼 이른 새벽에 출발해 이십 리 길을 걸어왔을 것이다.

"괜찮겠지머."

생선을 좌판에 내려놓은 아낙이 도붓장수들을 흘끔거렸다.

"그래도……."

방물장수 아낙도 보퉁이 풀기를 주저했다.

─갱개개 개개개개 갱개개 개개개개."

농악 소리가 들렸다. 농기農旗를 든 초군이 앞장서서 덕산장 저잣거리를 들이닥쳤다. 상쇠의 꽹과리가 자지러지자, 징소리가 저잣거리를 긴장시켰다. 앞재비들이 두 줄로 나열했다. 버꾸재비들은 채상모를 돌리며 저잣거리를 둥글게 돌기 시작했다. 이마에는 하나같이 초군이라 쓴 두건을 맸다. 장꾼들도 농악패들의 뒤를 따라 춤을 추었다.

도붓장수들이 바짝 긴장했다.

"장사 할 낀교?"

초군들이 좌판 도붓장수에게 시비를 걸었다. 패거리가 몰려들었다. 여남은 명이 훨씬 넘었다.

"장사하면 우짤낀데?"

도붓장수 한 명이 초군에게 시비를 걸었다.

"철시한다는 방문 못 봤능교?"

"봤다. 왜?"

초군들 표정이 일그러졌다.

"야, 이 새끼야. 장사하지 말라 안 카드나?"

초군들이 도붓장수 패거리를 둘러쌌다. 도붓장수들이 허리춤에서 단검을 뽑아 들었다. 초군들은 죽창을 겨눴다. 당장이라도 싸움이 벌어질 것처럼 험악한 분위기였다.

"이 새끼들 여가 어딘 줄 아나?"

초군들이 지겟작대기를 도붓장수 패거리에게 일제히 겨눴다.

"와! 한번 붙어볼까?"

초군들이 지겟작대기를 휘두르자 저잣거리는 순식간에 아수라장으로 변했다.

"야, 뒤엎어!"

도붓장수들이 안 되겠던지 봇짐도 버려둔 채 고샅으로

밀려났다. 초군들의 함성과 장꾼들의 비명이 여기저기에서 튀어나왔다. 내원골 어귀에서도 풍악소리가 들렸다. 시천리와 삼장리 초군 수십 명도 저잣거리에 들이닥쳤다. 도붓장수들이 놀랐는지 슬슬 꽁무니를 빼더니 줄행랑을 쳤다. 좌판 부서지는 소리가 요란했다. 가게는 부서지고 여기저기서 불기둥이 솟았다.

초군들은 문 열린 가게마다 찾아가 기물을 부수고 불을 질렀다. 장꾼들은 불을 끄느라 정신없었다. 하지만 초군들의 수는 점점 많아졌고 농악패 풍악은 드높이 퍼졌다.

"자, 훈장 집으로 갑시다."

삼장리 훈장 이윤서는 덕산장 입구에 서당을 차려 농민들의 돈을 갈취했다. 그것뿐이 아니었다. 도결을 결정하거나 통환을 결정할 때도 향임을 젖혀두고 향회에 참석해 목사나 우병사의 주둥이를 자처하며 날뛰던 진정한 똥개 새끼였다.

"이윤서는 똥이나 처먹어라!"

초군들이 서당 앞에 장사진을 쳤다.

이윤서는 방문을 빼꼼히 열더니 뒷담을 넘어 줄행랑을 쳤다. 자리를 피하고 싶었을 것이다. 노비들이 우왕좌왕하는 사이 서당에서 불길이 타올랐다.

"부셔라!"

누군가가 소리를 지르자 장독 깨지는 소리가 났다. 사랑채와 안채에서도 불길이 치솟았다.

"훈장 놈을 잡아라!"

초군들이 이윤서를 뒤쫓았다. 그는 몇 걸음도 가지 못하고 개골창에서 초군들에게 붙잡혔다.

"아이고, 왜들 이러나……."

대가리는 땅에 처박은 채 두 손만 들어 올려 싹싹 빌었다.

"훈장 어른이 향회에 참석해 목사 의견에 동의했다고요?"

"난들 어쩌겠나. 목사가 눈을 부라리는데. 아이고 이 사람아 내가 잘못했네. 목숨만은 살려주시게……."

"산으로 끌고 가서 파묻어 버립시더."

초군들은 훈장 이윤서 멱살을 잡았다.

"아이고, 나 죽네."

이윤서 집 노비들은 이미 줄행랑치고 서당은 텅 비었다. 초군들이 훈장 이윤서의 멱살을 끌고 저잣거리로 나왔다. 바짓가랑이가 벗겨졌다. 훈장이 바짓단을 잡아당겼다. 농민들 목숨보다 제 놈의 체면이 중요했던지 끌려가면서까지 허리춤은 놓지 않았다.

정원팔은 당황했다. 처음부터 서당을 부술 생각은 없었다. 그렇다고 흥분한 시위꾼들을 나무랄 수도 없었다. 시위를 이어가려면 질서를 지켜야 초군들의 동요를 막을 것이다. 갈개꾼들이 염탐한 정보를 금방 쏘개질을 할 테고, 언제 아전 놈들에게 되치일지 모를 일이었다.

덕산장은 불길로 휩싸였다.

"자, 무실장으로 갑시다."

정원팔은 덕천강을 따라 무실장으로 향했다. 초군들이 뒤를 따랐다.

강물은 새파랗고 갯버들은 버들개지를 날렸다.

임술년, 이월 열닷새—무실장

저잣거리는 한산했다. 땅거미도 덕천강으로 물러났다. 곧 어두워질 것이다. 내일이 장날인데 채비하는 가게도 없었다. 덕산에서 온다는 보부상들은 수곡창에도 들리지 않았다며 마치 큰일이 날 것처럼 허둥지둥 말도 없이 읍으로 곧장 가버렸다.

"무슨 일이 있어도 문영진을 만나야 하는데……."

박수건은 문영진이 오기만을 학수고대했다. 춘심은 소식도 없었다.

"난향루 행수기생에게 덜미가 잡혔나?"

박수건은 마음이 싱숭생숭해 뒤꼍에 감춰둔 봇짐을 바라보았다. 거적이 삐죽이 보였다. 누가 보더라도 쓰다 버린 낡은 거적이었다.

'별일이야 없겠지…….'

"춘심이라도 왔으면……."

박수건은 모든 게 귀찮았다. 족보만 받으면 당장이라도 도망가고 싶었다. 주막에 들렀다. 맨정신으로는 도저히 잠을 이룰 수 없을 것 같았다. 주막도 횅했다. 장날이 아니니 그럴만했다. 평상에 앉아 주모를 불렀다. 주모가 정지에서 고개를 내밀더니 대뜸 이죽거렸다.

"춘심이 찾나?"

"왔지예?"

박수건은 당연히 춘심이 왔을 거로 생각했다.

"해가 저물어야 오지, 아직 안 왔다. 때가 되면 오겠지. 뭘 그리 기다리노."

박수견은 마음이 편치 않았다. 이계열을 바라보는 춘심의 게슴츠레한 눈초리도 불편했다.

'기집년이 아무한테나 꼬리를 치다니……'

"주모, 막걸리나 한잔 주이소."

"쪼매만 기다리소."

주모가 막걸리를 준비하는지 부산스럽게 정지와 뒤란을 들락거렸다.

고이티재에서 부엉이 소리만 음흉스럽게 들려오고 인적은 없었다. 문영진은 이번에도 약속을 어길 모양이었다.

"나쁜 새끼!"

박수견은 어금니를 잘근잘근 깨물었다.

"잡히기만 해봐라……"

임술년, 이월 열엿새

꽹과리 소리에 눈을 떴다. 봉창은 훤했다. 지난밤에 먹은

막걸리가 과했던지 머리가 지끈거렸다. 가게 문을 열고 저
잣거리를 내다보았다. 거리는 한산했다. 문을 열었던 가게
들은 시위꾼들의 진입에 좌판 거둬들이기에 바빴다. 좌판
거두기를 거부하는 가게는 박살이 났다. 얼른 가게 문을 내
렸다. 박수견은 술기운이 확 달아났다. 잘못하다가는 도주
고 뭐고 어쩔 수 없이 시위대에 가담하지 않으면 대장간은
부서지고 벌전까지 내야 할 판이었다.

"수견이 뭐 하노?"

이계열이 대장간 문을 열고 들어왔다.

박수견은 얼른 뒷문으로 피했다.

"니, 어딨는지 다 안다. 고마 나오이라."

머리를 긁적거리며 박수견은 대장간으로 들어왔다.

"니는 벌전 닷 냥 낼래, 아이면 시위에 참석할래. 대장간
을 확 부숴버릴까?"

이계열이 부아가 났는지 눈알을 부라렸다.

"가면 될 거 아인교."

어병하게 지게나 지던 초군 이계열이 아니었다. 때려 부
수지 않으면 직성이 풀리지 않는지 눈에 보이는 대로 부셨
다.

"박 서방이 알아서 하게."

유계춘이 끼어들었다.

정초부터 무실장을 들락거리며 방문을 붙여대더니 결국 이런 사달을 일으키고야 말았다. 농사꾼도 아닌데, 시위대에 참여하라고 압박하다니. 대장장이로 개처럼 번 돈이다. 그 돈을 벌전으로 내라니, 그것도 닷 전씩이나 턱도 없는 일이었다. 농사도 안 지었다. 그렇다고 나무나 팔아먹는 초군도 아닌데, 벌전이라니 말이나 되는 소린가. 시위꾼들도 뒷돈을 챙기는 아전들과 다를 게 없었다. 박수견은 저잣거리를 둘러보았다. 초군들로 가득했다.

"아이, 뭐 벌전을 냅니까. 지도 따라나서면 되지요."

박수견은 자리를 피하고 싶었다, 대장간을 둘러보았다. 바지춤을 대님으로 매고 며칠 전 박달나무 자루를 끼운 쇠스랑을 집어 들었다. 이계열을 흘끔 보았다. 그는 반분이나 풀렸는지 눈초리를 내렸다.

"그래? 그라면 빨리 나오이라."

유계춘은 멀찍이서 박수견을 바라보았다. 누구는 목숨까지 내놓았다. 그런데 벌전 운운하다니. 언젠가는 배신할 놈이었다. 장돌뱅이 대장장이를 믿을 수는 없었다. 상황이 달라지면 아전 놈들에게 쏘개질까지 할 것이다. 어쨌든 덕산 장과 수곡 무실장은 제대로 장악했다. 문암장은 조그맣게 열린다. 그러니 굳이 신경 쓸 필요는 없었다. 이제 읍으로 쳐들어가면 된다. 우병영 병사들과 맞닥뜨릴 것이다. 시위 꾼들이 다칠지도 모른다. 어쩌면 죽을 수도 있었다. 병사들 의 칼과 창을 지겟작대기로 맞서기는 버거웠다.

"성님, 용봉리에서 연통 왔능교?"

"왔지, 글피에는 까치뜰(작평)에 집결한다 카더라."

이계열의 표정은 굳어 있었다.

"그래요?"

시위속도 조절이 필요했다. 무작정 읍에 들어가 우병영 병사들과 맞서 싸우기는 쉽지 않았다. 창칼을 지닌 그래도 훈련된 병사들이 촉석성을 지키는 한 쉽게 공략당하지 않을 것이다. 그들은 훈련받은 병사들이었다. 함부로 공격하기 어렵다. 시위꾼들이 읍까지 진출해 집결할 수 있다면 촉석 성을 공격하기에 수월할지도 모른다. 훈련된 병사라지만, 노비들이나 양반들의 군역을 대신하는 부곡민들이 대부분 이어서 동시에 성을 공격하면 우병영도 흔들 수 있을 것 같 았다. 유계춘은 입술을 꽉 다물었다.

"그라면, 날도 저물어 가는데 내평리에서 하룻밤 쉬어가 입시더."

촉석성 공략하려면 수첩군관 김수만을 만나 먼저 상의하는 게 좋을 듯해 유계춘은 시위꾼 이동 방향을 내평리 택했다.

임술년, 이월 열이래

이명윤은 머리가 복잡했다. 시위꾼들이 내평 마을을 휘젓고 갔으니 지금쯤 무실장을 뒤집어놓았을 것이다. 가서리 훈장 이윤서를 욕보이고 집을 부숴버렸다는 말도 들렸다. 저들은 곧 읍으로 쳐들어갈 것이다. 감영에 고변하려니 시위꾼들 후환이 두렵고, 회유하기에는 이미 때가 늦었다. 이명윤은 이러지도 저러지도 못하고 지켜보는 수밖에 없었다.

"떡쇠 있느냐?"

"예, 나리."

떡쇠도 심드렁했다. 시위꾼들이 집을 부수고 욕보이지

말라는 법도 없었다. 지난봄에 염출 문제로 유계춘을 따르는 사람들과 의견이 충돌했다. 그들의 주장도 틀리지 않지만 전직 조신으로서나, 성리학의 덕목으로 보아도 염치없는 행동은 아니었다. 쓰고 남은 돈은 돌려주는 게 옳은 일이다. 증빙할 수 없는 돈도 있었겠지만 논외의 일이다. 다행히 전임목사가 도결을 포기하는 바람에 좋은 결과를 얻었다. 그의 수고만은 아닐 것이다. 마을 사람들의 단결된 힘도 한몫한 것은 분명한 일이다. 하지만 마을 어른으로서 품어주지 못한 게 못내 아쉬웠다.

"시위꾼들이 어디쯤 있다고 하더냐?"

"원당 솔밭에서 진을 치고 있다고 합니더."

곧 내평리로 들어올 모양이었다.

"식솔들은 어디에 있느냐?"

"안채에서 시위꾼들이 올까 봐 걱정하고 있심더."

'그럴 테지……'

일단, 이 고비를 넘겨야 할 것 같았다.

"마님을 사랑으로 모셔라."

"예, 나리."

떡쇠가 고개를 갸우뚱거리며 안채로 들어갔다.

"영감, 어쩌시려고요?"

내자[14]도 소문을 들었는지 얼굴에 근심이 가득했다.

"으음, 그게 그러니까……."

이명윤은 내자 보기가 민망했다. 어쩌다가 이렇게까지 상황을 나쁘게 만들었는지…….

"노비들을 시켜서 안마당과 뒤란에 솥을 있는 데로 다 걸어 시위꾼들에게 요깃거리라도 대접할 수 있게 하소. 안주도 장만하고……."

이명윤의 아내는 어리둥절했다. 평소 마을 사람들에게 인색하더니 시위꾼들에게 요깃거리를 대접하라니 그녀는 고개를 갸웃거렸다.

"떡쇠야."

이명윤은 잠시 숨을 골랐다.

"예, 나리."

원당 고역 마을에 가서 소 잡을만한 백정 한 사람을 데리고 오너라. 삯은 넉넉히 준다고 미리 일러주고."

"나리 백정은 불러서 뭐 할라고요."

"음, 그게……, 며칠 전에 산기촌 검동이가 몰고 온 배냇

---

14 내자(內子) : 남 앞에서 자기 아내를 일컫는 말. 실인(室人).

소가 엇부루기라고 했제?"

"예, 나리, 궁둥이에 살이 통통하게 오른 엇부루기가 맞심더."

검동은 배냇소를 잘 길렀다. 논갈이할 만큼 길이 들지 않았지만 내년에는 큰일을 할 만큼 잘 키워 힘쓸 일이 줄어들었다고 떡쇠가 싱글벙글하던 게 기억났다.

"그놈을 잡아 쇠고깃국을 끓이라고 일러라."

이명윤의 아내가 눈을 동그랗게 떴다.

"아니, 영감, 쇠를 잡으시려고요."

"예, 부인. 시위꾼들이 저렇게 고생하는데 쇠고깃국이라도 대접해야 안 되겠는교."

"아니, 그게 그러니까……."

이명윤의 아내는 말을 잃어버렸다. 배냇소를 불려왔다고 그렇게 좋아하더니 그놈을 잡아 쇠고깃국을 끓이다니……. 시위꾼들이 무섭기는 무서운 모양이었다.

"그렇게 하소."

사랑으로 들어왔다. 시위꾼들이 어떻게 나올지 이명윤은 감이 잡히지 않았다. 그의 생각대로 순순히 물러날지 아니면, 가서리 훈장 이윤서처럼 욕을 보이고 집을 부숴버릴지,

이 사태를 모면할 방법이 잘 떠오르지 않았다. 일단 저들과 맞닥뜨려야만 방법을 찾을 수 있을 것 같았다.

나팔소리가 울렸다. 미륵이 우는 소리였다. 수백 년이나 기다렸지만 미륵은 변죽만 울렸다. 조선 개국 이래 미륵은 사라졌다. 공자가 나라를 다스렸지 미륵이 아니었다. 그런데 저들은 아직 미륵이 올 거라 믿었다. 오래전에 떠나버린 미륵이 내평 마을을 다시 찾아올 리 없었다.

이명윤은 의관을 차려입었다. 그리고 북쪽 한양을 향해 절을 올렸다. 임금의 친족으로 살아온 지 오백 년이 다됐다. 싫으나 좋으나 임금이 치세가 온 누리에 전달되기를 기원해도 모자랄 판이다.

"전하!"

이명윤은 하염없이 눈물을 흘렸다. 백성을 도탄에 빠뜨린 친족으로 할 일을 다 하지 못했다는 자괴감이었다.

"못난 후손을 용서하지 말아 주시옵소서……."

나팔소리가 마을 입구에서 들렸다. 농악패들이 눈에 선했다. 시위꾼들이 덕천강을 따라 내평리로 몰려오고 있었다. 이명윤은 흐트러진 상투를 틀어 올려 탕건을 매만졌다. 그리고 윤이 반짝거리는 말총갓이 눈에 들어왔지만 헌 갓을 썼다. 대문에서 꽹과리 소리가 자지러지게 들렸다. 시위꾼들이 대문 앞에 도착한 것 같았다. 그는 사랑채를 나가 중문으로 향했다,

"떡쇠 있느냐?"

"예, 나리."

떡쇠가 손을 비비면서 허둥대고 있었다.

"대문을 열고 저들을 집안으로 들여라."

미륵산 땅거미가 내평리로 밀려오고 있었다. 떡쇠가 대문으로 부리나케 달려갔다. 징소리가 길게 울렸다. 이명윤은 축담을 천천히 걸어서 내려갔다. 미소를 한껏 얼굴에 담았다. 시위꾼들과 맞서려면 이 순간부터 체면 따위는 중요하지 않았다. 그가 할 수 있는 일은 여기까지였다.

유계춘이 맨 앞에 서 있었다.

"교리 어른."

유계춘의 눈에는 살기가 번뜩였다.

"어서들 들어오시게."

시위꾼들의 마음을 누그러뜨리는 게 우선이었다. 소고

깃국 냄새가 대문까지 빨려 나왔다. 유계춘은 부라퀴[15] 같은
이명윤의 내숭이 마음에 걸렸다. 그는 마음속을 알 수 없는
사람이었다. 이번에는 무슨 생각으로 대문을 순순히 열어
주는지 뒷일이 신경쓰였다.

"저녁이라도 먹고 시위를 해야 하지 않겠나?"

이명윤의 갑작스러운 행동에 유계춘은 당황했다. 그는
시위대를 편하게 대해줄 위인이 아니었다. 이회가 끝나고
하루가 지나면 목사에게 정보를 고스란히 넘겨주었다. 하
물며 아전 나부랭이까지 죄다 안다는 것을 유계춘도 알았
다. 난향루는 차치하고 읍 주막에만 들려도 금방 알 수 있었
다.

유계춘이 입을 닫아버리자 농악패들도 시위꾼들도 조용
해졌다.

"떡쇠야, 손님들을 집안으로 모셔라."

"예, 주인마님."

떡쇠가 신이 난 듯 이리저리 시위꾼들은 자리로 안내했
다. 안마당과 뒤란에 멍석을 스무 개나 깔았는데 앉을 자리
가 턱없이 모자라 대문 밖에서 기다리는 사람들이 수두룩했

15 부라퀴 : 자신에게 이로운 일이면 악착같이 덤비는 사람.

다.

"주인마님, 자리가 억수로 모지람더?"

떡쇠가 우는소리를 했다.

"그렇구나."

"떡쇠야, 광에 쌓아둔 쌀섬을 이웃에 나눠주어라. 그리고 그들에게 저녁을 짓게 하고 시위꾼들도 패를 나누어 먹게 하면 되지 않겠느냐?"

"예, 주인마님."

떡쇠는 신이 나서 이리 뛰고 저리 뛰어다녔다.

광에 쌓아둔 쌀을 모두 비워도 다시 빼으면 문제 될 게 없었다. 이명윤은 이 고비를 넘기는 게 더 중요했다.

식사가 끝난 시위꾼들은 사랑채 마당으로 몰렸다. 멍석을 펴고 윷가락을 종지 담아 멍석 위로 던졌다. 모가 나오든 도가 나오든 상관없었다. 시위꾼들의 목소리는 내평 마을을 흔들었다.

유계춘은 쌀밥으로 저녁을 배불리 먹고 윷놀이를 하며 떠드는 시위꾼들을 바라보았다. 매일 개떡으로 한 끼를 때웠으니 배가 고팠을 것이다. 이명윤이 저녁상이라도 차려주니 그나마 다행이었다.

아랫담, 웃담 할 것 없이 아낙들이 교리 댁을 들락거리며 쌀을 가져가 저녁상을 차렸다. 아직 저녁을 먹지 못한 시위꾼들은 집집이 패를 나누어 들어갔다. 이삼십 집은 넘어 보였다. 오랜만에 내평 마을은 잔칫집이었다. 마을 사람들이 언제 이렇게 흥겨운 적이 있었든가. 뒤돌아 생각해 보아도 처음이었다. 배불리 먹는다는 게 이런 것일까. 저들이 원하는 것은 등 따시고 배 굶지 않는 것이리라.

오늘 밤은 내평리에서 밤을 새울 것이다. 그리고 내일 평거역에 집결해 진주목과 우병영에 도결과 통환 혁파 완문[16]을 요청할 것이다.

우병영에서 통환을 혁파한다는 완문을 준비 중이라는 소문이 시위꾼들 사이에 나돌았다. 목사에게도 완문을 준비하라 지시했다는 소문이다. 유계춘은 소문을 믿지 않았다. 백낙신이 누군가. 비리를 밥 먹듯 저질러도 눈 하나도 깜짝하지 않던 놈이었다. 시위대를 흔들려는 계략일지도 몰랐다. 채신머리없게 농사꾼들에게조차 거짓말을 하려는 모양이다.

"나쁜 놈!"

---

16 완문(完文) : 관아에서 어떤 처분에 관하여 발급하던 증명서.

우병사 백낙신의 수결을 반드시 확인해야 안심할 수 있다. 누가 뭐래도 이번에는 아전들의 횡포를 막아야 한다. 보이지 않는가. 이명윤이 어쩔 수 없어 내놓은 저녁 한 끼에 행복해하는 시위꾼들을. 아니 농사꾼들을……. 목숨 부지하려면 국법을 지키라고 고함을 지르던 이명윤의 설익은 말이 귓전에서 머뭇거렸다.

임술년, 이월 열여드레

청천은 역시 맑았다. 덕천강과 경호강이 서로 만나 강물은 오히려 맑아졌다. 평거역 앞에는 시위꾼들이 수없이 모여 농악패들과 어울렸다. 수천 명은 됨직했다. 버꾸재비를 따라 춤을 췄고 함성을 질렀다. 내평 마을을 떠날 때보다 열 배는 더 되는 것 같았다. 남면의 축동, 가차례, 성을산리 사람들까지 모였는지 시위꾼들은 셀 수 없이 많이 모여 유계춘도 놀랐다. 농민들도 힘을 모으면 배곯지 않는 세상도 만들 수 있을 것이다.

"계춘아, 이 교리가 목사 만나러 진주목에 들어간다는데 그냥 놔둬도 되겠나?"

이계열이 걱정되었던 모양이었다.

"만나야 안 되겠는교."

오히려 이명윤이 나서주어 다행이었다. 엇부루기까지 잡아 시위꾼들에게 나눠주고 요깃거리도 주었으니 이제는 발을 빼려고 해도 못 뺄 것이다. 어쩔 수 없이 시위꾼들의 편을 들어야 할 것이다. 그의 행동을 지켜보는 게 좋을 것 같았다. 시위꾼들의 기세가 언제까지 유지할지 모른다. 목사와 우병사에게 완문을 먼저 받아내야 한다. 그러려면 그가 목사를 만나도 나쁠 게 없었다.

"그래도 괜찮겠나?"

"성님, 시위꾼들이나 잘 단속해 주이소. 살상이라도 나면 일이 더 커져 그때부터는 어떻게 될지 알 수 없심더."

"알았네."

"그라고, 수마이에게 내일 정오에 객사 앞 저잣거리에 모이라고 전해 주이소."

"알았네."

이계열이 제자리로 돌아갔다.

"주인마님, 진주목에서 사람이 왔심더."

홍병원이 사람을 보내다니 이명윤은 머리가 아팠다. 시위꾼들이 마을을 휩쓸고 지나갔는데 아전을 만나야 할지 말아야 할지 딱히 판단이 서지 않았다. 시위꾼들에 음식까지 주었으니 인제 와서 발을 뺄 수도 없었다.

"누구라고 하더냐?"

"일전에 들렀던 이방 놈입니더."

"무슨 일이라고 하더냐?"

"만나 뵙고 말씀드린다고 합디다."

떡쇠가 뚱하게 대답했다. 이방 놈이 떡쇠에게 함부로 대한 모양이었다.

"사랑으로 모셔라."

"예, 주인마님."

이명윤은 서안을 앞에 놓고 가부좌를 틀었다.

"이방 김윤둡니더, 들어가도 되겠능교?"

방문 앞에서 들어가도 되겠냐며 물었다. 지난번 방문했을 때는 건방을 떨더니만 어쩐 일인지 손까지 가지런하게 모으며 공손하게 절까지 했다.

"들어 오시게."

무슨 일로 왔는지 알 수 없지만, 이방의 말을 들어본 뒤에 결정해도 늦지 않을 것 같았다.

김윤두는 방문을 열자마자 무릎을 꿇고 절까지 넙죽 했다. 대가리를 꼿꼿이 쳐들고 양냥거릴 때는 언제고 인제 와서 절까지 하다니, 별 미친놈을 다 보는 것 같았다. 시위꾼들이 무섭긴 무서운 모양이었다.

"무슨 일로 오셨는가?"

"나리, 목사 영감이 나리를 뵙고자 합니더."

"그러니 무슨 일이냐고 묻지 않았는가?"

"여기······."

김윤두는 그때야 옷소매 속에서 서찰을 꺼냈다.

이명윤은 서찰을 폈다. 홍병원의 글씨체였다. 그의 서채는 여전히 미끈했다. 홍문관 수찬 때는 영의정 김수근도 그가 쓴 글씨를 보고 칭찬이 대단했던 기억이 났다.

"······?"

서찰을 본 교리 이명윤은 고민에 빠졌다. 도결을 혁파한다는 완문을 써 줄 테니 시위꾼들을 해산해 달라는 요청이었다. 시위꾼들이 저잣거리 가판대를 때려 부수고 불을 질렀다. 마을을 휩쓸고 평거역까지 점거했는데 그의 말을 들을 리 없었다. 곡식을 풀어 음식을 먹였다고 그것으로 시위를 중단해 달라는 염치까지 없었다.

"나리?"

김윤두가 머리를 조아렸다.

"목사를 뵙는 게 어떠하신지요?"

이명윤은 고민에 빠졌다. 만나서 나쁠 것은 없었다. 되든 안 되든 만난 뒤에 고민해도 늦지 않을 것이다. 홍병원의 서찰대로 완문이라도 써주면 시위꾼들이 해산할지 모를 일이다. 그리되면 그에게도 운신의 폭이 있었다.

"그러세, 바깥에서 기다리시게."

"떡쇠야 읍으로 갈 테니 채비하도록 해라."

"예, 주인마님."

이명윤은 서둘렀다. 이왕 목사를 만나려면 빨리 만나는 게 좋았다. 시위꾼들이 촉석성 병사들과 전투라도 벌이다가 사람이라도 죽으면 그때는 걷잡을 수 없이 일이 커질 것이다.

단성 사람들이 북면 시위꾼들과 합세해 오죽전에 도착했다는 전갈이 들어왔다. 오죽전은 눈앞이다. 시위꾼들의 고함이 들렸다. 용봉리 초군들은 동면 시위꾼들과 합세해 작평에 모였다고 했다. 유계춘은 이명윤이 홍병원을 만난 결과를 기다리는 중이었다. 평거역에서 머뭇거릴 시간이 없었다. 같은 시각에 객사에서 만나야만 그 세력을 목사에게 보여줘 겁을 줄 필요가 있었다.

해가 중천에 떠올랐다.

"자, 읍으로 들어갑시다."

유계춘이 손을 높이 들었다.

시위꾼들이 농기구를 높이 들어 호응했다. 그들의 이마에는 초군이라 쓴 두건을 맸고, 목소리는 진주목을 남강에 떠내려 보낼 만큼 하늘을 찔렀다.

온거리 백성들아 다 모여라
진주 남강을 다 메워 버리자

한쪽 발에는 대님 매고
허리춤에는 장도칼 차고

올가을 구시월에 무서리처럼
휘몰아쳐오라. 온 세상을 덮어버리자

동짓섣달 큰 눈처럼
휘몰아쳐 오라 온 세상을 덮어버리자

농기와 영기令旗가 저잣거리에 펄럭거렸다. 농사지대본,
천하대장군, 마을을 대표하는 각양각색의 깃발들이 하늘에
나부꼈다. 시위꾼들의 노랫소리도 하늘 높이 그리고 멀리
멀리 퍼져나갔다. 온 세상을 다 덮을 것처럼 굶주림에서 벗
어나고 싶었을 것이다.

유계춘은 가슴이 울컥했다. 억압받지 않아도 열심히 농
사지으면 배부르게 먹을 수 있을 거로 여겼다. 그러나 늘 배
고파 허덕였다. 배곯아 죽은 부모를 등에 업고 깊은 산속에
내다 버려 굶어 죽어가는 처자식을 보았을 것이다.

서면과 북면 사람들은 서장대 성벽을 따라서 지제문으로
향했다. 나루를 건넌 동면 시위꾼들은 예화문을 지나 제지
문으로 들어왔다. 비봉산 아래 객사가 우뚝하게 보였다. 유
계춘은 화가 치밀어 올랐다. 백성들은 굶어 죽는데 매관매
직을 일삼는 것을 보고도 곰파지 못하는 임금이 임금일 수
가 없었다.

저잣거리에 시위꾼들의 함성으로 가득 찼다. 가게 부서

지는 소리가 요란스럽게 들렸다. 상인들이 도망가느라 정신이 없었다. 유계춘은 촉석성을 올려다보았다. 창을 든 병사들이 저잣거리를 내려다보았다. 내아 주위는 더 살벌했다. 병사들이 겹겹이 둘러쌌다. 향청에 모인 아전들은 삼삼오오 모여 술렁였다. 그들도 시위꾼들이 읍으로 몰려온다는 말은 들었을 것이다.

이방 김윤두가 고개를 잘래거리며 동헌으로 들어서고 있었다. 갓을 머리에 걸치고 살랑거리던 때와는 영 딴판이었다. 이명윤이 그 뒤를 따랐다. 시위꾼들이 막아섰다.

"야, 이 새끼야, 여기가 어딘데 니 맘대로 드갈라 카노?"

김윤두가 멈칫거렸다. 평소 같았으면 뺨따귀를 한 방 갈겨버렸을 텐데 그럴 분위기가 아니었다.

"아니 그게 아니고……."

김윤두가 뒤따르는 이명윤을 힐끗 보았다.

이명윤이 시위꾼을 향해 말했다.

"목사가 도결을 혁파한다는 완문을 써 준다고 하니 동헌으로 잠시 들여보내 주시오."

이명윤은 목소리에 힘을 주었다. 이미 서찰로 교감했으니 목사가 빈말하지 않을 거라는 확신도 있었다. 완문을 써

주지 않으면 그때 가서 시위꾼들과 타협해도 늦지 않을 것이다.

"이 교리는 목사에게 완문을 받아 낼 수 있소?"

수첩군관 김수만이 이명윤을 다그쳤다.

시위꾼 주제에 가타부타 조건까지 부연하는 게 언짢았지만, 지금 분위기를 잘못 읽었다가는 낭패를 당할 수가 있어 이명윤은 꾹 참아두었다.

"목사와 만나 결딴낼 참이니 잠시만 들여보내 주시게."

이명윤은 일단 여지는 남겨두었다,

"들어가게 해줍시다."

유계춘이 수첩군관 김수만에 말했다.

"목사에게 완문을 받으러 가는 길이니 이 교리를 들여보내고 기다려 봅시다."

시위꾼들은 그때야 길을 터 주었다.

이명윤은 홍살문을 들어섰다. 보장헌이라는 현판이 눈에 들어왔다.

"내아에 계신다고 하지 않았더냐?"

동헌으로 들어가는 김윤두가 거짓말이라도 할까 봐 에둘러 빠져나갈 구멍을 틀어막을 참이었다.

"동헌에 계십니더."

목사가 내아에 있든 동헌에 있든 이명윤은 문제 될 게 없었다. 홍살문을 지나 동헌으로 발길을 옮겼다. 위압감이 들었다. 예전에는 느끼지 못했던 일이다. 창덕궁 인정전을 밥 먹듯 드나들어도 아무렇지 않았다. 그는 시위꾼들을 돌아보았다. 모든 시선이 그를 향해 있었다. 저들이 원하는 것은 종이 쪼가리에 적은 완문 한 장이 아닐 것이다.

홍병원이 교의에 앉아 그를 기다리고 있었다. 그의 얼굴은 어둡다 못해 차라리 창백했다. 의기양양해 거드름을 피우며 삿대질하던 모습은 온데간데없었다.

"교리, 나 좀 도와주시게."

이명윤이 도착하자 홍병원은 교의에서 벌떡 일어나 보장헌 입구까지 버선발로 뛰어나왔다.

이명윤은 참담했다. 한때 홍문관 수찬으로 일할 때 당당하던 모습이 언뜻 머리를 스쳤다.

"무슨 일인가?"

"무뢰배들이 저렇게 설치니 난들 어떡하겠나. 내 저들이 원하는 데로 완문을 써 줄 테니 저들을 마을로 돌아가게 해주게. 내 이렇게 비네."

홍병원은 두 손을 모아 싹싹 빌었다.

"이 사람, 목사, 왜 이러시나."

홍병원 이미 써 놓은 완문을 교탁에 펼쳤다.

이명윤은 완문을 찬찬히 일어 보았다.

완문을 작성해 지급한다. 본 읍의 이른바
도결은 농민의 원에 따라 지금 혁파하니
이에 따라 영구히 따르는 것이 마땅하다
......

홍병원의 필체는 이 혼란 중에도 차분히 써 내려갔다. 자
존심이 상하겠지만 화가 난 시위꾼들을 잠재우는 게 우선이
었을 것이다. 이명윤은 목사를 힐끗 보았다. 사색이 되어있
었다. 하긴, 그럴만했다. 이번 사태를 조용히 처리하지 못하
면 비변사에서 가만두지 않을 것이다. 정오품 수찬이 정삼
품 목사를 어떻게 꿰찼는지 모르지만 여간 곤란하지 않을
것이다.

"알았네, 한번 해 봄세."

이명윤 완문을 들고 일어섰다.

"이보게 이 교리, 제발 좀 부탁하네."

홍병원이 입구까지 따라 나와 부탁한다는 말까지 아끼지
않았다.

"……."

이명윤은 대답하지 않았다. 그가 결정할 수 있는 것도 아
니었다. 홍살문을 나서면서 동헌을 바라보았다. 창덕궁 인
정전보다 높아 보였던 보장헌이 초라하기 이를 데 없었다.
권세도 이와 다르지 않을 것이다. 위에서 내려다보면 모든
게 작아 보인다. 그러나 내려놓고 나면 덧없는 것 또한 권력
이다. 이런 이치를 목사 홍병원도 조만간 알게 될 것이다.

이명윤은 완문을 시위꾼들을 향해 들어 올렸다.

"목사에게 완문을 받았소!"

시위꾼들의 환호성이 터졌다. 유계춘도 손을 들어 환호
했다. 지난해 봄에 도결을 혁파할 때보다 더 진한 감정이 북
받쳐 올랐다. 그러나 여기서 물러나면 안 된다. 우병사 백낙
신이 어떻게 나올지 알 수 없었고, 조정은 물론 비변사의 허
락도 받지 않았다. 목사가 고을을 다스린다지만 상위 기관
우병사 허락도 남았다. 그가 완문을 써 주겠다고 약속한 지
하루를 넘겼다. 게다가 완문은 비변사 장계를 올려 임금의
재가를 받아야 마무리되기 때문이었다.

시위꾼들의 함성은 한층 더 높았다. 밤새 토론하며 정읍 정영을 해도 꼼짝 않던 목사가 철시 한 번으로 완문을 내놓았다. 국법을 준수해야 한다며 압력을 행사하던 전직 조신의 의견까지 무색하게 해버렸으니 함성이 드높을 수밖에 없었다.

　"자, 우병영으로 갑시다."

　"우싸! 우싸!"

　시위꾼들의 함성이 저잣거리를 메웠다. 농악패들의 축제가 시작됐다. 상쇠들의 꽹과리를 치자 수많은 농기가 하늘에 휘날렸다. 시위꾼들이 치배들의 뒤를 따랐다. 상모 패들은 채를 돌리고 기뻐 날뛰며 시위꾼들은 저마다 손짓춤을 추며 한바탕 저잣거리를 돌았다.

　"아전 놈들의 집을 찾아 박살 내뿝입시다."

　"아전 놈들의 집을 부수려면 나를 따르시오!"

　향청에서 서책을 관리하는 재임[17] 하철용이었다. 아전들의 틈새에서 마음고생이 많았던 모양이었다.

　시위꾼들은 하철용의 뒤를 따라 고샅을 향해 몰려갔다.

---

17 재임(齋任) : 성균관이나 향교에서 숙식하는 유생으로서 그 안의 일을 맡아보던 임원.

일부는 개성상인들을 집집이 찾아다니며 재물을 약탈하고 기물을 부줬다. 아귀 짓을 한 상인들의 집은 불을 질렀다.

유계춘은 걱정이 앞섰다. 완문을 받아내면 도결과 통환은 혁파할 수 있을지 모른다. 그러나 저들도 가만히 당하지만 않을 것이다. 대대로 세습하다시피 이어온 권력을 쉽게 놓지 않을 것이다. 그들의 반격은 불을 보듯 뻔했다. 뒷감당을 잘못하면 더 큰 화를 당할지 몰랐다. 철시를 주장할 때부터 고민했던 일이었다. 시위가 계속될수록 걱정은 더했다.

임술년, 이월 열아흐레

병사를 거느린 우병사 백낙신이 탄 교자가 느릿하게 촉석문을 나와 지제문으로 나왔다. 그의 얼굴에는 위엄이 서렸다. 영장 이준서와 우후 신효철이 투구에 갑옷까지 차려입고 호위했다. 허리에는 칼을 빗겨 차고 좌우에 늘어서서 전쟁터에 나가는 장수처럼 보무도 당당한 행군이었다. 진무서리 김희순과 이방 권준범도 갓을 달랑거리며 뒤를 따랐고, 전립에 장창을 빗겨 든 병사 수십 명도 그 뒤를 따랐다.

말이 대가리를 가로 저었다. 갈퀴가 기름지게 햇살에 번뜩였다. 평거역 마부들이 제 살붙이처럼 애지중지 기르던 말일 것이다. 시위꾼들이 우병사 행차를 피해 저잣거리 양편으로 물러났다.

우병사 행차는 천천히 그리고 느릿하고 위엄있게 객사로 다가갔다. 전쟁에서 승리한 전사처럼 위엄이 하늘을 찔렀다. 시위꾼들이 주춤주춤 물러났다. 객사 앞에 도착한 백낙신은 교자에 앉아 어깨까지 으쓱거리며 아래로 내려다보았다. 오만하기 이를 데 없었다.

"이런 무례한 놈들 같으니라고, 어서 해산하지 못할까!"

우병사의 목소리는 저잣거리를 공포에 몰아넣기에 충분했다.

유계춘은 물러나지 않았다.

"우병사도 완문을 내놓으시오. 우리 농민들은 우병영의 통환을 받아들일 수 없소!"

유계춘은 주먹을 높이 들었다.

"이놈들아 경상 우병영 병마절도사 백낙신이 언제 너희에게 완문을 써준다고 하더냐. 그리고 곡식을 빌려 갔으면 모조리도 갚는 게 당연한 일이거늘 어찌 통환을 거둬들이라는 것이냐. 도적놈들이 아니더냐!"

시위꾼들이 우병사 백낙신의 교자로 점점 좁혀갔다. 우후와 영장이 말에서 내려 교자에 접근하려는 시위꾼을 막았다.

"우병사 백낙신은 말에서 내려 완문을 내놓아라."

시위꾼들 속에서 수첩군관 김수만이 백낙신에게 삿대질하자 여기저기서 고함이 터졌다.

"아니, 저놈들이 정신이 나갔나!"

감히 정이품 당상관 병마절도사에게 함부로 손가락질하다니. 배워먹지 못한 천한 농사꾼들 같으니라고, 백낙신은 머리끝까지 화가 치밀었다.

"여봐라, 영장은 뭐 하고 있느냐? 어서 저놈들을 당장 잡아들이지 않고!"

백낙신의 추상같은 호령이 떨어졌다.

시위꾼 한 사람이 우병사 백낙신에게 돌을 던지자 여기저기서 돌이 날아왔다. 우후가 칼을 빼 들고 돌 던진 자를 체포하려는데, 시위꾼들이 죽창과 지겟작대기를 들이밀었다. 병사들이 창을 겨누며 시위꾼 앞으로 몰려나왔다. 시위꾼들의 욕설이 여기저기서 튀어나왔다.

"야, 이 새끼야, 니가 저지른 죄를 하늘도 알고 땅이 아는데, 말 등에 앉아 우쭐거리다니 어서 땅바닥에 내려와 사죄라도 해라."

우후와 영장이 시위꾼들에 밀려 주춤했다.

"작년 환곡 때, 니놈이 횡령한 사만 냥을 내놓으면 통환을 할 필요가 없지 않느냐."

"아니, 저놈이."

백낙신은 대답을 주저했다.

"야, 이놈아, 병고전으로 고리대를 놓아 이자로 받아먹은 돈도 내놔야지."

시위꾼들의 삿대질은 갈수록 거세졌다. 병사들은 점점 우병사 행차 가까이 조여들었다.

시위꾼들의 저항은 거셌다.

"청천에 개간한 땅에서 마음대로 거둬들인 세수는 언제 토해낼 거냐?"

시위꾼들이 죽창을 내밀기만 해도 찔릴 만큼 우병사 교자 가까이 좁혀왔다. 일촉즉발이었다. 눈치를 살피던 병사들이 비실비실 한두 놈이 달아나기 시작했다. 백낙신은 주위를 둘러보았다. 촉석문을 나설 때만 해도 한산하던 저잣거리가 시위꾼들로 꽉 들어찼다. 머리에 초군이라 쓴 두건을 맸다. 수천 명은 더 되어 보였다. 수십 명의 병사로는 제 몸 건사하기도 어려울 것 같았다. 잘못 건드렸다가 시위꾼에게 밟혀 죽을지도 모른다는 생각이 언뜻 들었다.

진무서리 김희순이 교자 밑에서 오돌오돌 떨고 있었다. 우후 신효철의 말을 타고 촉석성으로 도망가는 게 보였다.

"아니, 저런……."

우라질 우후 놈이 상관을 시위꾼 속에 내팽개치고 저만 살자고 도망을 하다니……. 영장 이준서를 찾았다. 그도 촉석성으로 말머리를 돌리고 있었다. 시위꾼들이 백낙신의 교자를 막아섰다.

"영장은 통환과 관계없으니 길을 터 줍시다."

시위꾼들의 목소리가 들렸다.

"영장, 이준서 이놈!"

백낙신은 울화통이 터졌다.

이준서도 시위꾼들과 내통했다는 말인가. 어쨌든 백낙신은 이곳을 빠져나가야만 살 수 있을 것 같았다. 진무서리를 내려다보았다. 교자 밑에서 살려달라고 시위꾼들에게 애원하고 있었다.

"저런 나쁜 놈!"

이 모든 사태가 김희순이 시위꾼들에게 정보를 흘린 탓일 거로 생각했다. 갈기갈기 찢어 죽여도 시원찮을 놈이 살려달라니, 염치가 없어도 한참이나 없는 놈이었다. 여우처럼 교활한 놈. 죽지 않으려고 발버둥을 치는 꼬락서니가 차라리 애처로워 보였다. 백낙신은 진무서리 놈을 처단하면 이 위기를 벗어날 수 있을 것 같았다.

"여봐라, 진무서리 놈을 끌어내라!"

시위꾼들에게 막혀 달아나지 못한 병사들이 우물쭈물했다.

"뭣들 하느냐, 얼른 끌어내지 않고!"

병사들의 움직임도 아둔했다. 백낙신은 시위꾼들에게 꺾인 기세를 병사들에게 보이기 싫었다.

병사들이 달아나기 시작했다. 시위꾼들에게 갇힌 백낙신을 지키는 것보다 제 목숨이 더 중요했다. 김희순이 교자 밑에서 끌려나왔다.

"아이고, 우병사 대감, 왜 이러십니까!"

김희순은 사시나무 떨듯 떨었다. 지제문을 나설 때 기개는 어디로 갔는지 우병사 백낙신의 목소리에는 힘이 없었다.

"이놈이 포흠만 저지르지 않아도 문제없을 것 아니냐. 그러니 제 놈의 죄를 토설할 때까지 매를 쳐라!"

병사들이 머뭇거렸다. 김희순 때문에 곤욕을 치르지 않은 병사는 없을 것이다. 그렇다고 해도 시위꾼들 앞에서 매를 칠 수 없었다. 뒷일도 걱정이었다.

우병사는 교자 밑에서 끌려 나온 김희순의 무릎을 꿇렸다.

"치라고 하지 않느냐!"

우병사의 명령에 병사들은 매질을 시작했다. 김희순이 비명을 질렀다. 소름이 끼쳤다. 그 소리는 비통하게 저잣거리로 퍼져나갔다. 갓은 부서지고 두루마기는 찢어졌다. 뱃가죽이 터져 창자가 누렇게 쏟아져 나왔다. 피비린내가 저잣거리에 진동했다.

백낙신은 시위꾼들을 둘러보며 할 일을 했다는 듯 어깨를 으쓱거렸다. 김희순의 처형을 바라보던 시위꾼들이 조용했다. 그의 생각은 적중했다. 저놈만 처형하면 촉석성으로 돌아갈 수 있을 것 같았다. 성안에 들어가 성문만 굳게 닫아걸면 수천 명이 성을 공격하더라도 걱정할 것 없었다.

그런 뒤에 경상감사와 비변사에 장계를 올리고 청원군을 기다리면 될 것 같았다.

"장작을 가지고 오니라."

병졸들이 장작을 날라왔다.

김희순은 아직 숨이 붙었는지 울대가 쿨럭였다.

"장작에 불을 붙이지 않고 무엇하느냐?"

병사들이 장작에 불을 붙였다.

백낙신이 김희순을 치죄하는 것을 보던 시위꾼들도 긴장했다. 장작더미에서 불길이 타올랐다. 시체처럼 널브러졌던 김희순이 시위꾼들 속으로 기어 나왔다. 시위꾼들이 뒤로 물러났다.

백낙신의 불호령이 떨어졌다.

"저놈을 불속으로 던져라."

병사들이 머뭇거렸다.

"뭣들 하느냐? 던져넣지 않고!"

백낙신의 명령은 추상같았다.

아무리 지독한 백낙신이라도 설마 산 사람을 불속에 던질 줄은 몰랐다. 이 미친 광경을 시위꾼들은 숨죽이며 지켜보았다.

"이놈이 농민들이 애써 지은 곡식을 착복했으니 불에 태워 죽여도 시원찮을 놈이 아니더냐, 저놈을 불속에 던져넣어라!"

백낙신은 거침이 없었다. 불속에 던져진 김희순이 비명을 질렀다. 검은 연기가 타올랐다. 노린내가 저잣거리에 가득 메웠다.

"산 사람을 불속에 던지다니!"

시위꾼들이 술렁거렸다.

"김희순이 불에 타 죽으면 죄가 더 많은 우병사 백낙신도 태워 죽여라."

시위꾼의 고함이 튀어나왔다.

그의 죄를 김희순에게 뒤집어씌워 상황을 모면하려던 백낙신은 시위꾼들의 성난 함성에 당황했다.

백낙신의 잔혹함을 비난하는 목소리가 여기저기에서 튀어나왔다.

"저, 쳐죽일 놈의 백낙신, 산 사람을 불속에 던지다니……. 짐승만도 못한 놈!"

시위꾼들은 피를 보자 흥분하기 시작했다.

"그러게, 정신이 나간 놈이야!"

"김희순의 죄가 화형이라면 백낙신은 능지처참해야 합니다. 여러분 안 그렇습니까?"

백낙신은 시위꾼들이 잠잠해질 기라 자신했는데 그게 아니었다.

"아니, 그게……."

"우병사를 교자에서 끌어 내려라!"

시위꾼들이 교자꾼을 끌어내고 백낙신의 교자를 대신 맸다.

"우병사 대감, 소인들이 모시겠습니다."

시위꾼들은 백낙신을 교자에 태우고 저잣거리를 오가며 조리를 돌렸다.

"쉬이, 우병사 대감 나가신다. 길을 비켜라."

교자가 지나가는 곳마다 사람들은 한마디씩 던졌다.

"저런 쥑일 놈."

저잣거리에 나온 사람들은 저마다 한마디를 아끼지 않았다. 손가락질하며 비아냥거렸다.

'아니, 이놈들이, 나를 어쩌려고…….'

어쩌다가 이런 봉변을 당하는지, 우후 신효철과 영장 이준서를 당장 파직시킬 거라며 이를 부드득 갈았다. 시위꾼들이 교자를 땅바닥에 내팽개치자 백낙신은 저잣거리에 나뒹굴었다. 정신이 혼미했다.

"대감, 이제 완문을 주시겠습니까?"

유계춘은 공손히 백낙신에게 말을 붙였다.

땅바닥에 주저앉은 백낙신은 이마의 땀을 훔치더니 눈을 껌뻑거렸다.

"그래 알았다. 지필묵을 가져오너라."

우병사는 여전히 떠세를 떨었다.

유계춘은 지필묵을 가져다주었다.

백낙신은 눈을 한번 껌뻑거리더니 붓에 먹을 찍으면서 손을 부르르 떨었다.

임술년 이월 열아흐레

비봉산 땅거미가 객사를 덮었다. 저잣거리 불길은 좀처럼 가라앉을 기미가 보이지 않았다. 상인들은 어디로 달아났는지 얼씬도 하지 않았다. 그들의 집은 불에 탔거나 부서졌다. 시위꾼들은 무차별적으로 재물을 약탈했다.

매서는 난향루 문을 닫아걸고 집으로 향했다. 시위꾼들이 힐끗거렸다. 장옷을 깊숙이 뒤집어 썼다. 고샅으로 들어섰다. 대문은 부서졌고 집안은 죄다 털려 엉망이었다. 아버지는 시위꾼들을 피해 달아났는지 보이지 않았다. 그녀는 이런 날이 올 줄 알았다. 도둑질도 웬만큼 해야지 과하면 문제가 생길 거라고 아버지 문영진에게 몇 번을 말씀드렸는데 아랑곳하지 않더니 이런 사달이 나고 말았다.

대문을 지나는 시위꾼들이 술렁거렸다.

"이방 놈이 보이지 않는데요?"

"샅샅이 뒤져."

권준범을 찾아다니는 시위꾼들이었다. 그는 아버지 문영진과 친분이 가까웠다. 매서는 난향루로 가려고 객사 앞을 지났다. 불길이 치솟았다. 비명이 까무러치게 들렸다. 노린내가 저잣거리에 진동했다. 그녀는 시위꾼들 사이를 비집고 조심히 다가갔다. 잠방이가 찢어질 만큼 두들겨 맞은 이방 김윤두가 불속에서 살려달라 아우성치고 있었다. 아버지를 살리려고 불속으로 뛰어든 그의 아들 권만두도 그 자리에서 매 맞아 죽었다고 시위꾼들이 수군거렸다.

매서는 온몸이 얼어붙었다.

"아버지는 어떻게 되었을까?"

찾을 방법이 없었다. 매서는 한달음에 난향루로 돌아왔다. 설렁했다. 이미 달아난 기생이 스무 명은 더 된다고 주모가 말했다.

"춘심이는요?"

"그년은 벌써 도망갔지."

굳이 춘심이를 나무랄 수 없었다. 대장장이 서방을 따라 야반도주하겠다며 조르던게 엊그제였다. 매서는 고민에 빠졌다. 아버지를 구하려면 유계춘에게 도움을 청하는 수밖에 없었다. 하지만 금방 포기했다. 그를 욕보이고 싶지 않았다. 들어줄 리도 없었다. 그렇다고 그녀까지 달아날 수 없었다. 남아서 아버지의 죗값이라도 받아야 조금은 편할 것 같았다.

임술년, 이월 스무날

선학산이 붉게 물들었다. 동이 틀 모양이었다. 유계춘은 눈이라도 잠깐 붙일 요량으로 향청 빈방을 찾았다. 기물들

은 죄다 부서졌고 서류들이 흩어져 향청은 엉망이었다. 부
스럭거리는 소리가 들렸다.

"나리?"

유계춘은 소리 나는 쪽으로 고개를 돌렸다. 마동리 훈장
정영장의 노비 담사리였다.

"여서 머하노?"

담사리는 뒤통수를 긁적거렸다.

"돌아갈 집도 엄꼬요……."

유계춘은 위로해줄 말이 없었다.

"……."

담사리가 품속에 손을 넣더니 서책 한 권을 꺼냈다.

"머꼬?"

"노비 문서 같은데 나리께서 한 번 봐 주이소."

유계춘은 할 말이 없었다. 담사리가 노비 문서를 태워버
릴 모양이었다. 노비 문서를 들여다보았다. 이름이 빼곡하
게 적혀 있었다. 최수운을 따라다니던 그의 모습이 설핏했
다.

"우짤라꼬?"

"태워버리려고요."

유계춘은 아무 말 안 했다.

"못 본 거로 할 테니 니가 알아서 해라."

유계춘은 고개를 돌렸다.

앞치배들의 풍악이 들리고 시위꾼들의 노랫소리가 보장
헌까지 들렸다. 유계춘은 향청 벽에 기대 시위꾼들이 부르
는 노랫말을 흥얼거렸다. 풍악 소리가 귓전을 때렸다.

이거리 저거리 갓걸이
진주 망건 또 망건
짝 바리 휘양건
도래미줌치 장독간
머구 밭에 덕서리
칠팔 월에 무서리
동지 섣달 대서리

목사 홍병원만 굴복시키면 어느 정도 성과도 올릴 수 있
었다. 우병사 백낙신은 이미 객사 앞에 붙잡아 두었으니 당
장 비변사로 장계를 올리지 못할 것이다. 하지만 언제까지
잡아둘 수 없었다.

피비린내가 읍을 덮었다.

'매서는 어떻게 됐을까?'

유계춘이 진무청으로 돌아가지 않았으니 매서도 무사하지 못할 것이다. 시위꾼들의 함성이 예사롭지 않았다. 진주 관아로 쳐들어간 모양이었다. 유계춘은 자리를 털고 일어났다. 내아 입구에 사람들이 북적였다.

"이방 김윤두를 내놓아라!"

시위꾼들이 우병영 진무서리를 처단했으니 관아에서도 이방 김윤두를 내놓으라고 목사 홍병원에게 요구하고 나섰다.

"김윤두의 목을 내놓지 않으면 동헌에 불을 지르겠다. 목사는 당장 대답하라."

홍병원은 내아에 숨어 꼼짝달싹하지 않았다.

이귀재가 내아로 들어가 목사 멱살을 잡아채 끌어냈다.

"이방을 내놓아라!"

"나는 모른다고 하지 않았나."

목사가 애원했다.

"내놓지 않으면 동헌에 불 질러뿔끼다!"

"아니 이 사람아, 불을 지르다니. 잠깐만 기다리시게."

시위꾼들이 내아를 샅샅이 뒤져도 이방을 찾을 수 없었

다. 이미 도망간 게 틀림없었다.

"이보게, 동헌에 없으면 도망간 게지 이미 찾아보지 않았는가."

수첩군관 김수만은 홍병원을 방에 남겨두고 마루로 나왔다.

"이방이 이미 도망간 것 같으니 잡으러 갑시다."

김수만이 앞장서서 김윤두를 찾아 나섰다. 그 뒤를 정원팔과 또 다른 시위꾼이 따랐다.

이귀재가 나섰다.

"목사를 교자에 태워 저잣거리에서 조리를 돌립시다."

"그럽시다."

시위꾼들이 이구동성 함성을 질렀다. 시위꾼들이 내아입구에 놓인 교자를 들었다. 이귀재가 홍병원의 멱을 끌고 나와 강제로 교자를 태웠다.

"아이구 나 죽네. 이 사람들아 나 좀 살려 주게, 뭐든지 들어주겠네. 말 먼저 해 보시게."

시위꾼들이 교자를 들어 올렸다. 균형이 안 맞았는지 교자가 기우뚱거렸다.

"아이고, 아이고!"

홍병원이 죽는다고 고래고래 고함을 지르며 엄살을 피웠다.

"목사 양반, 저잣거리 구경 한 번 가보입시더. 우병사도 있으니 같이 한 번 놀아 보입시더."

이귀재가 홍병원에게 대 놓고 비아냥거렸다.

"이놈들아 너희들이 목민관을 조롱하면 되겠느냐?"

"예, 목사님, 백성들을 제대로 다스려야죠."

"나는 너희들이 힘들지 않게 하려고 노력하고 있는데, 어떻게 백성들이 목민관을 욕보이려고 하느냐?"

"아이고, 영감은 도결을 십만 냥 거둬들인다면서요?"

시위꾼들은 홍병원의 말을 조목조목 반박했다.

백낙신이 교자에서 고개를 푹 숙이고 있었다. 밤새 이곳에서 시위꾼들에게 시달렸으니 경상 우병영 병마절도사라 하더라도 버티기 힘들었을 것이다.

'이놈들 두고보자.'

백낙신은 이를 부득부득 갈았다.

'풀려나기만 해봐라, 어디 가만두나…….'

그렇다고 고함을 지를 수도 없어 속만 부글부글 끓였다.

김수만이 김윤두를 포승줄로 꽁꽁 묶어 객사 앞으로 끌

고 왔다.

"이 쥐새끼 같은 놈이 간도 크게 주막 정지(부엌)에 대가리를 처박고 있더라니까요?"

이귀재가 김윤두 멱살을 들어 올렸다.

"아이구, 나 좀 놔 주게. 시키는 대로 다 할 테니."

김윤두는 두 손으로 싹싹 빌었다.

"목사 영감, 이방을 붙잡아 왔으니 할 말 해 보이소?"

이귀재가 목사 홍병원을 향해 비아냥거렸다.

"국법에 정한 도결이 결당 두 냥인데, 영감은 여섯 냥 오십 전이나 거두려는 이유가 어디 있소. 어디 말이나 좀 들어 보입시더."

홍병원은 말하지 못했다. 목사가 되려고 뒷돈 이십만 냥이나 들였는데 한 푼도 못 건지게 생겼다. 저놈의 우병사 백낙신이 통환만 시행하지 않아도 문제 될 게 없었다.

"아니 이 사람들아 도결을 혁파한다는 완문도 써 줬는데 백성들을 다스리는 목민관을 이렇게 잡아두면 되겠느냐?"

홍병원이 시위꾼들에게 풀어달라고 애원했다.

"기다려 보이소."

이귀재가 김윤두를 바라보았다.

"저 쥐새끼 같은 놈도 벌을 줘야지."

초군들이 장작을 쌓아 불을 붙였다. 불길이 순식간에 활활 타올랐다. 시위꾼들이 몽둥이로 등을 내리칠 때마다 김윤두가 저지른 죄를 하나씩 하나씩 외쳤다. 비명이 저잣거리로 퍼졌다. 저잣거리 시위꾼들의 눈길이 객사 앞 불길로 쏠렸다. 죽지도 않은 김윤두를 불속으로 집어 던졌다. 살가죽 타는 누린내가 온 저잣거리에 퍼졌다.

백낙신도 홍병원도 매 맞아 불에 타는 김윤두를 보더니 혼비백산하며 벌벌 떨었다.

이 광경을 말없이 지켜보던 유계춘이 나섰다.

"우병사는 나라를 지켜야 하고, 목사는 백성을 다스리는 목민관입니다. 우리가 얻을 것을 모두 취했으니 저들을 본래의 자리로 보냅시다."

김수만이 완강히 맞섰다.

"안 됩니다. 저놈들의 죄악이 한둘이 아닌데 이대로 돌려보낼 수 없십니더."

"그만 하시게."

유계춘은 단호했다. 사람은 곧 하늘이라던 최수운의 말이 가슴을 후볐다. 비록 죄를 저질렀지만 저들도 사람이라

죽는 것은 당연히 두려울 것이다. 게다가 저들을 죽인다면 우리도 저들과 다르지 않을 것이다. 김수만이 흥분하는 것을 모르지 않았다. 우병사가 성문을 닫고 버텼다면 더 많은 사람이 죽었을지 모른다. 그러나 저들이 어리석은 목민관이라서 차라리 잘된 일인지도 몰랐다.

"그라면, 재산이라도 몰수해야 합니더."

김수만이 씩씩거리며 백낙신과 홍병원을 바라보았다. 금방이라도 때려죽일 기세였다.

"이보게 수마이 자네 어무이를 생각해 보게⋯⋯."

유계춘은 돌아가신 어머니를 생각했다. 김수만에게도 병든 노모가 돌아가실 날만 기다린다는 것을 초군들에게 들은 적이 있었다. 저들은 우리가 단죄하지 않아도 나라에서 벌을 줄 것이다.

김수만은 고개를 떨궜다.

"저놈들의 죄가 하늘과 같으나, 우리 초군들은 이쯤에서 돌려 보내라는 대장의 말을 듣지 않을 수 없소."

"좋소, 대장 말을 들읍시다."

저잣거리에 시위꾼들의 함성이 퍼졌다.

시위꾼들이 백낙신의 오라를 풀어주자 쏜살같이 촉석성

으로 줄행랑을 쳤다. 우병영 절도사가 저 꼬락서니니 국법이 아무리 지엄한들 소용 있을 리 없었다. 목사는 한술 더 떴다. 엉금엉금 기어가는 꼴이라니 더는 할 말을 잊었다. 백성을 다스리는 목민관이라고 지껄였든가. 유계춘은 할 말을 잃어버렸다.

"목사 홍병원을 교자에 태워야겠는데요?"

유계춘은 피식 웃음이 나왔다.

김수만이 봐도 비틀거리며 달아나는 목사가 한심했던 모양이었다.

"지가 하까예."

김수만이 홍병원 앞에 교자를 세웠다. 엉금엉금 교자로 올라가는 꼬락서니를 보고 있자니 유계춘은 한숨이 저절로 나왔다. 저런 자를 목민관이라고 보냈으니 백성들을 제대로 다스리지 못하는 것이 어쩌면 당연한 일일 것이다.

두류산 천왕봉이 눈앞을 스쳤다. 사시사철 그 자리에 우뚝 서 있었다. 언제 보아도 변함이 없었다. 봄에는 꽃향기를 가슴 깊숙이 들이마시고, 여름에는 푸른 수풀에서, 가을에는 잘 영근 과실 향내를 맡으며, 흰 눈을 이불 삼아 하늘을 바라보며 어엿하고 변함없이 그 자리에 있었다. 하늘을 보왔다. 해가 중천에 있었다. 유계춘은 피곤이 몰려왔다.

"매서야?"

"……?"

옷장 안에서 인기척이 들려 매서는 깜짝 놀라 경대를 옆
으로 밀었다.

"아부지?"

"그래."

"잠시만 기다리세요."

매서는 방문을 살그머니 열었다. 인기척이 없었다. 그렇
다고 안심하기에는 일렀다. 마루로 나와 한참 더 귀를 기울
여 인기척을 확인했다.

"아버지 나오세요."

저리 문영진은 그때야 장롱문을 열고 방으로 나왔다.

"집에 가봤느냐?"

"예, 무뢰배들이 엉망으로 만들어놨더라고요."

문영진은 말이 없었다.

"시위꾼들이 아버지를 찾아 혈안이 되어있으니 일단, 멀
리 피하는 게 좋을 듯합니다."

"미안하구나."

매서는 귀를 의심했다. 다그치기만 하던 아버지가 느닷없이 미안하다니 더럭 겁이 났다.

"뒤란 굴뚝 밑을 파면 옹기가 있을 것이다."

"아부지?"

"아니다. 너에게 못된 짓을 너무 많이 했구나."

문영진은 눈물을 흘렸다.

"그래서 말인데, 내가 도망가더라도 멀리 가지 못할 것이다. 그러면 너라도 옹기 안에 숨겨둔 금붙이를 가지고 이곳을 떠나라."

"아버지를 두고서 제가 어디로 가겠습니까."

문을 두드리는 소리가 들렸다. 시위꾼들이 들이닥친 모양이었다.

"아부지 일단 장롱으로 다시 숨으세요. 제가 처리하겠습니다."

문영진이 장롱으로 숨는 것을 확인한 매서는 방문을 열고 대문으로 향했다.

"뉘시오?"

"성님, 춘심이에요!"

"네가 웬일이냐?"

매서는 일단 안심이 됐다. 시위꾼이라도 찾아와 집안을 뒤지면, 꼼짝없이 아버지는 죽음을 면치 못했을 것이다.

"서방님을 못 만났어요."

춘심은 울먹거렸다. 서방이라면 대장장이 박수견일 것이다.

"그놈이 너를 기다린다고 하지 않았느냐?"

"그런데 저리 양반과 약속이 있다며 읍으로 간 뒤에 돌아오지 않았습니다."

"……."

매서는 춘심에게 해줄 말이 없었다. 아버지가 대장장이 박수견과 안동 김씨 족보 거래한다는 것을 그녀도 알았다.

춘심이 훌쩍거렸다.

"아무튼, 조금 기다려 보아라."

매서는 춘심을 구석진 별실로 안내했다.

"울지 말고……."

방으로 돌아와 장롱문을 열었다. 아버지가 없었다. 매서는 당황했다. 대문 밖을 내다보았다.

"문영진을 잡아라!"

시위꾼들이 아버지를 뒤쫓고 있었다.

임술년, 이월 스무하루

읍 저잣거리에는 아직 연기가 자욱했다. 부서진 집들은 유령 같았고 옷가지들이 흩어져있었다. 굳게 닫힌 촉석루 너머 망진산이 우쭐했다. 객사 앞 저잣거리에 이마에는 초군이라 쓴 두건을 맨 수천 명의 시위꾼이 들락거렸다.

유계춘은 단 위에 올라서서 객사 앞에 모인 시위꾼들을 바라보았다. 그들의 열망이 피곤조차 잊어버린 듯 눈은 빛났다.

"여러분!"

유계춘은 주먹을 불끈 쥐고 손을 높이 들었다. 웅성거리던 시위꾼들이 숨소리를 죽였다.

"우리는 하나의 힘으로 뭉쳤습니다."

시위꾼들은 지겟작대기와 쇠스랑을 높이 들고 저잣거리가 떠나갈 듯 함성을 질렀다.

"그리고 해냈습니다."

"와! 와! 와!"

"우병사와 목사에게 완문完文도 받아냈습니다. 우리가 모두 힘을 합쳐 이뤄낸 결괍니다."

시위꾼들의 함성은 남강물도 멈춰버릴 것 같았다.

"경칩도 지났습니다. 곧 못자리도 봐야 하니 이제는 본업인 농사일로 돌아가야 합니다."

시위꾼들의 함성은 행복이었다.

예화문 나루 주막에 돛단배를 타려는 시위꾼들이 북적거렸다.

5부

들불

1,

시위꾼들이 솟을대문을 빠져나갔다. 집안은 아수라장이
되어 전쟁터를 방불케 했다. 이명윤은 내내 웃음을 잃지 않
으려고 애썼다. 긴 하루였다. 뒤숭숭한 집안을 돌아보았다.
안마당과 뒤란에 걸었던 솥단지를 광으로 옮기느라 식솔들
이 분주했다. 그릇은 부엌과 광으로 옮겼다. 볏섬 두 개를
헐어 시위꾼들에게 밥을 해먹여 빈 볏섬이 되었다. 볏짚은
뜯어 외양간에 깔고 외양간 두엄은 마당으로 꺼냈다. 이명
윤은 식솔들의 가벼운 발걸음이 거슬렸다.

외양간에서 어미 소가 울었다. 젖 앓이 울음이다. 젖이
찬 모양이다. 졸지에 사라져버린 제 새끼를 찾을 것이다. 돌

아올 리 없었다. 불행은 예고하지 않는다. 창졸간에 덮쳐 모든 것을 앗아가 버린다는 것을 미련한 짐승 따위가 알 리 없었다. 마음에도 없던 대접으로 시위꾼들의 행패는 모면했다. 하지만, 이명윤의 마음은 썩 편하지 않았다.

정읍이나 정영으로 대응해야 하는데……. 단성 김인섭은 마을 사람들이 수결한 등소장을 우병영에 등소했다고 아들 건효에게 들었다. 어떻게든 국법을 지키려고 애썼을 것이다. 임금의 은혜를 입은 조신이 지엄한 국법을 어길 수 없었을 것이다. 어겨서도 안 된다. 시위꾼들에게 재산을 털어 음식을 먹인 것도 모자라 잠까지 재워 보냈으니 국법에 따라 벌 받아 마땅하다. 변명할 여지도 할 말도 없었다. 유계춘이 무례하다고 굳이 핑계를 대지 않아도 조신으로서 그들을 가르치지 못한 죄가 가볍지 않을 것이다. 이명윤은 허탈했다.

이명윤은 닥쳐올 위기를 헤쳐나갈 방법이 언뜻 떠오르지 않았다. 식솔들이 한 해 먹을 곡식을 털어 시위꾼들을 대접했으니 딴소리는 못할 것이다. 그것으로 집안이 거덜 나는 위기를 넘겼으니 그나마 다행이었다.

"떡쇠 있느냐?"

"……."

문만 열어도 쫓아오던 떡쇠 놈이 몇 번을 불러도 나타나지 않았다.

"이놈, 떡쇠야?"

떡쇠 놈이 보이지 않았다.

"나리, 떡쇠가 안 보이는데요?"

떡쇠 찾는 소리를 들었던지 행랑아범이 사랑채로 허겁지겁 달려왔다.

"떡쇠가 보이지 않다니, 그게 무슨 말이냐?"

"집안에는 안 보입더."

"허 허, 그놈 참……."

떡쇠 놈이 시위꾼을 따라가기라도 했다는 말인가. 이명윤은 기가 찼다.

"행랑아범이 떡쇠 놈 집에 다녀오이라."

"예, 나리."

떡쇠 놈이 사라진 게 불편했다. 혼자서는 도망가지 않았을 것이다. 분명 제 여편네 언년이도 꿰차고 갔을 텐데……. 말 서너 필은 그냥 날려버렸다. 이명윤은 사랑방으로 들어가 반닫이를 확인했다. 자물쇠가 망가져 있었다. 서랍을 열었다. 떡쇠 놈의 노비 문서가 보이지 않았다. 뒤진 흔적으로 보아 언년이 노비 문서까지 훔쳐 간 것 같았다.

"연놈들이 도적질까지 한 겐가!"

이명윤은 부아가 치밀었다.

"나리, 행랑아범입니더."

"그래, 떡쇠는 찾았는가?"

서낭당 근처 떡쇠 집에 갔던 행랑아범이 돌아온 모양이었다.

"예, 나리, 집안이 텅 빈 것이 야반도주한 거 같심더."

일을 열심히 하길래 계집종까지 붙여 살림을 차려줬더니……. 은혜도 모르고 야반도주를 한 것 같았다. 천것들에게 오냐 오냐 이쁘게 봐줄 필요가 없었다. 연놈들이 상전 수염까지 뽑아 달아난 모양이었다. 떡쇠 놈의 행동이 수상쩍기는 했다. 하던 일도 팽개치고 제집에 가버리질 않나, 밤마다 이회니 도회니 싸돌아다니더니만……. 이명윤은 기가막혔다.

"떡쇠 놈이 어디로 도망갔는지 수소문해 당장 잡아들이도록 해라. 알았느냐?"

"예, 나리."

행랑아범이 이명윤을 흘끔거리며 돌아섰다.

"아니, 저, 저, 저놈이……!"

행랑아범의 얼쩡거리는 꼴이 이명윤은 못마땅했다. 어릴 때 제 아비를 따라와 반평생을 함께 살아도 여태까지 한 번도 흘끔거린 적이 없었던 충직한 종놈이었는데, 그랬던 놈이……. 이제는 상전에게까지 흘끔거리다니…….

"저런, 못된 놈!"

어쩌면 세상이 변해가는지 모를 일이다. 유계춘 따위가 대가리를 빳빳하게 쳐드는 것도, 행랑아범이 상전에게 아무렇지도 않게 흘끔거리는 것도, 떡쇠가 제 여편네를 데리고 몰래 노비 문서까지 훔쳐 야반도주한 것도, 변하는 세상과 무관치 않을 것이다. 더군다나, 농사지어야 할 농사꾼들이 아무렇지도 않게 양반을 업신여기는 것도, 세상이 변하고 있다는 징조일 것이다. 이명윤은 마음을 단단히 먹어야겠다는 생각이 들었다.

시위꾼들이 집마다 다니며 시위에 가담하지 않은 가구에 벌전을 거둬들이고 거절하면 집까지 부순다고 했다. 읍에서 비리를 저지르거나 농민들의 재물을 함부로 빼앗은 아전들을 처형했다는 소문도 돌았다. 우병사 백낙신은 진무서리를 불에 태워죽였다고 했다. 그것도 직접, 끔찍했다. 역모를 저지른 죄인이라도 옳고 그름을 감영이나 비변사에서 따져야 한다. 하물며 재판도 안 한 채, 그것도 제 놈의 수족과 같은 아전들을 시위꾼들이 보는 앞에서 산 사람을 불에 태워 죽이다니 무뢰배들이나 하는 짓거리였다.

덕천강 건너 마동리에서 불길이 치솟더니 함성이 들렸다. 훈장 정영장의 집이었다. 남강원 건립에 부역할 사람을 보내지 않는다고 마을 사람들에게 행패를 부리더니 시위꾼들이 들이닥친 모양이었다. 조신들도 반대하는 남강원 건립에 공역하다니 그것도 뒷배 안동 김씨 서원이라고 했다. 먹고 살기 힘들다고 농민들이 시위까지 하는 마당에 훈장의 짓거리가 농민들이 보기에도 가당찮았을 것이다.

이명윤은 분주하게 움직이는 식솔들을 물끄러미 바라보았다. 한 해 동안 먹을 것을 몽땅 시위꾼들에게 날렸으니 채워 넣을 일이 막연했다. 다행히 완문을 받아냈으니 도결이나 통환 결수는 줄어들 것이다. 그나마 다행이었다.

이명윤은 방으로 들어가 소작농 장부를 뒤적거렸다. 육촌 동생 이계열의 이름이 눈에 띄었다. 소작농 서너 마지기 부치지만 소출은 제일 못했다. 올봄에는 다른 소작인을 찾아봐야 할 것 같았다.

"건효 있느냐?"

이명윤은 아들을 찾았다. 일어날 사태에 방비책이라도 마련해 놔야 할 것 같아서였다.

"예, 아버지."

"단성에 다녀오너라?"

"무슨 일입니꺼, 아버지?"

무턱대고 단성을 다녀오라는 아버지 이명윤의 심각한 얼굴을 건효는 금세 느낄 수 있었다.

"생원 김령에게 이 서찰을 전해라."

떡쇠가 도망갔다는 말에 이명윤은 노비도 믿을 수 없었다. 그래도 믿을 놈은 피붙이뿐이라는 생각에 아들 건효에게 심부름을 시킬 요량이었다. 밤새 생각해 쓴 서찰이었다. 이번 사태가 수습되면 비변사에서 조신들을 추궁할 것이 뻔해, 생원 김령과 미리 의논이라도 해두는 편이 좋을 것 같았다.

2,

땅거미가 깔렸다. 비봉산도 망진산도 고개를 숙였다. 운주헌도 보장헌도 쥐죽은 듯 조용했다. 촉석성 성문은 굳게 닫혀 병사들의 움직임도 없었다. 작평을 빙빙 돌던 까마귀 떼가 촉석루로 날아와 까악거렸다.

초군청을 들락거리는 초군들과 농민들, 그들의 얼굴에는 해냈다는 자긍심이 가득했다. 하지만 유계춘의 표정은 굳어 있었다.

"계춘아!"

"예, 성님."

이계열이 머뭇거리며 뒤통수를 긁적거렸다.

"말씀 하이소?"

"아니, 그기 아이고……. 수마이한테 연락이 왔는데 대여촌 노랭이 영감 성석주라고 알제? 그 새끼 집을 왕창 빠샤뿌다고 하네, 그라고……. 남면 쪽은 이귀재가 앞장섰는데 청강마을 최부자 집도 아작 내뿟다 카더라."

"……."

유계춘은 대답하지 않았다. 그들이 아전 놈들에게 빌붙

어 농민을 괴롭힌 것은 틀리지 않아 응징하는 것이 옳았다.
철시에 가담하지 않은 집에 벌전을 내라고 협박한 것은 가
담자가 많아야 힘이 생기고, 뒷수습도 수월할 거라 여겨 그
힘으로 목사나 우병사를 압박해 완문을 받으려고 했다. 한
데, 의외로 쉽게 원했던 것을 얻었다. 유계춘은 사태가 더
커지는 게 부담스러웠다.

"우병영은 어때요?"

"영장 이준서를 만났는데, 백낙신이 장계를 올렸다 카더
라."

"야……."

유계춘은 입을 다물었다.

"그라머 우리는 우찌 되는기고?"

이계열은 백낙신이 장계를 올린 게 걱정되는 모양이었다.

"백낙신이 비변사로 장계를 올렸다고 하니 조만간에 객
사 앞 봉명루에나 지제문에 방문이 붙을 낍니더, 그때까지
기다려 보입시더. 그라고 이제 시위는 그만하고 우병사나
진주목사가 어떻게 일을 처리하는지 지켜보다가, 그때 가서
우짤 건지 결정 하는기 어떻겠능교."

"그렇게 하세."

이계열의 반응은 시무룩했다. 걱정도 될 것이다. 아전 몇 놈을 불태워 죽였으니 마음이 편할 리 없었다.

강쾌가 초군청으로 상기된 얼굴로 들어왔다. 억눌렸던 마음을 마음껏 풀어내니 그럴만했다.

"잘 돼 가나?"

유계춘은 남면으로 간 시위꾼들이 걱정됐다. 동면 대여촌 방향은 수첩군관 김수만이 앞장섰으니 크게 걱정할 게 없었다.

강쾌는 잠시 머뭇거리더니 말을 쏟아냈다.

"개천리 사람들은 단 한 명도 참여 안 했는데 이유라도 따져 볼라꼬, 그라고……. 또 그럴만한 이유를 대면 벌전만 거두려고 갔는데, 마을 동임이 이백 냥이나 먼저 내놓데. 새끼들 겁을 묻는 모양이더라."

유계춘은 아무 말 하지 않았다.

강쾌는 말을 계속됐다.

"옥천사가 문제 많았잖아, 그 중놈들이 아전 새끼들과 짜고 도결이나 통환도 면제됐다 아이가."

"그랬지……."

유계춘이 추임을 넣었다.

"그래서, 그놈의 절에 불을 확 사질러 뿔라고 소촌역을 막 떠날라 카는데 중 네댓 명이 찾아왔는데……."

"중들이 와 왔는데?"

이계열이 끼어들었다. 개천사 중들은 늘 말썽이었다. 사찰 뒷산에 초군들이 나무를 하려다가 중들과 싸운 적이 한두 번이 아니었다. 개천리 사람들까지 나서서 산 초입에서부터 못 들어가게 지랄을 떨었다.

"그라이까네, 내말 들어봐라."

강쾌는 마음이 다급했던지 말까지 더듬었다.

"중 한 놈이 말하데. 절에서 음식을 준비해 놨으니 일단 절로 먼저 가자고 하더라. 그래서 배도 고푸고 해서 시위꾼들과 이야기 해 보니, 그러자고 해서 개천사로 먼저 들어갔지. 그라고 절 입구에서 사람 수를 세어봤는데 대략 육, 칠백 명은 더 돼 보이더라고."

"마이 참석했네. 몇 개 면에서 갔는데?"

유계춘은 참석한 사람들이 의외로 많다는 생각이 들었다.

"영기令旗가 스무 개는 훨씬 넘더라고, 한 마을에서 이삼십 명만 가담해도 그만큼 안 되겠나. 그라이까네, 음……,

영천강 주변 남면에서는 죄다 시위에 참석한 것 같더라고."

강쾌는 얼굴까지 붉혔다.

"그란데, 중 놈들한테 당한 것 같기도 하고……."

강쾌는 말을 멈추고 어물거렸다.

"와, 무슨 일인데?"

유계춘은 심각해 보이는 강쾌의 표정에서 곤란한 문제가 있다는 것을 알아차렸다.

"그게 아니고……."

"걱정하지 말고, 뭔 일인지 말해봐라?"

유계춘은 강쾌를 안심시켰다.

강쾌는 용기를 냈는지 이마를 쓰다듬으면서 말을 꺼냈다.

"그, 중놈들이 말이야……, 쌀을 육십 섬이나 내놓더라고, 나 참, 기가 차서……. 그라고, 또 짚신 오십 죽하고, 짚신은 해진 사람만 신으라 카데. 그라고 담뱃잎도 내놓았는데 오십 파는 넘을 것 같더라고."

"잘됐네, 중놈들이 미리 선수 친 거지 뭐, 돌중인 줄 알았는데 그래도 양심은 있었던 모양이구마."

이계열이 끼어들어 별것 아니라는 투로 말했다.

사실, 아전들과 짜고 중들이 농민들에게 해코지한 짓에 비하면 별것도 아니었다.

　"식사도 절에서 하고 잠도 거서 잤는데 그냥 나올 수가 없더라고."

　강쾌가 무슨 말을 하려는지 유계춘은 눈치챘다. 사실 벌전을 많이 받아도 걱정이었다. 수많은 사람이 참여하고 완문도 받아낸 마당에 벌전을 거두더라도 처리할 방법이 마땅치 않았다. 지난봄에 염출 문제로 진무청 옥사 신세를 두어 달이나 졌고 매도 많이 맞았다. 일 년 전의 일이다. 그런데 벌전에 대한 용처를 마을 사람들과 마음 터놓고 이야기하지 못했다. 교리까지 지낸 이명윤도 이해하지 못하는데, 시위꾼 모두를 이해시킨다는 게 그리 만만한 일이 아니었다.

　"개천사에 객사를 증축하더라고……."

　강쾌가 다시 이마를 쓰다듬었다.

　"무신 일인지 뜸 들이지 말고 말해 봐라?"

　유계춘이 강쾌를 다그쳤다.

　"아니, 그래서……."

　강쾌가 말하기 곤란했던지 뒤통수를 긁적거렸다.

　"괘안다. 말해 봐라."

그때야 마음을 먹었던지 강쾌가 입을 열었다.

"옥천사 객사 증축 비용으로 다 기부해뿌다마."

상의 없이 저지른 일이라 미안했던 모양이었다. 뚝심 하나는 강쾌를 따를 사람이 없었지만 그런 지혜까지 있는 줄 몰랐다. 고종사촌 동생이라 믿고 맡겨도 일을 그르칠까 걱정이 많았다. 이런 경우에는 그보다 더 지혜로웠다. 강쾌는 지난봄부터 염출 문제로 진무청 옥사에서 곤란을 겪을 때 가까이에서 지켜보았기 때문일 것이다. 유계춘은 머리를 긁적거리면서 미안해하는 강쾌가 오히려 고마웠다.

"그것 때문에 그리 고민했나?"

유계춘은 큰일이라도 저지른 것 같아 바짝 긴장했다.

"야……."

유계춘의 처분을 바란다는 말일 거다.

"잘 처리했네, 사실 벌전을 어떻게 처리할까 걱정을 좀 했거든. 알잖아. 무신 말인지?"

"성님, 미안함더."

강쾌는 정말 미안했던지 무릎까지 꿇었다.

"아이다. 일어나라 카이, 내가 다 부끄럽데이."

유계춘의 고민을 강쾌가 처리해 줘 정말 다행이었다.

"그라머, 쾌야, 그 일은 됐고. 이제는 시위도 그만해야 안 되겠나?"

"야, 그라입시더."

"그러면, 내일까지만 하고 일단 해산했다가 우병사가 어떻게 나오는지 보고, 이월 그믐날 정오에 객사 앞에 모이는 기 어떻겠노?"

유계춘이 생각해 두었던 계획이었다. 우병사 백낙신이 장계를 올렸다니 이월 그믐쯤이면 비변사에서 움직임이 있을 것이다.

"그라께요."

"수만이하고 귀재한테도 전달해도."

"알았심더. 그라머 내일 정오에 해산 하께요."

유계춘도 부담스러웠다. 도결은 홍병원이 스스로 결정한 일이지만 우병영의 통환은 달랐다. 백낙신을 윽박질러 완문을 받아낸 것이라 찜찜한 것도 사실이었다. 완전히 해결됐다고 하기에는 아직 일렀다. 그것을 빌미로 저들이 언제 반격해 올지 알 수 없었다.

갈개꾼들도 문제였다. 시위할 때는 농민들에 휩쓸려 행동해도 시위가 끝나면 아전들에게 빌붙어 똥개 짓을 하니

476 1862,

찾아내기가 여간 어렵지 않았다. 유계춘은 아침나절에 초군청을 기웃거리는 끄나풀을 붙잡아 패대기를 치고 욕을 퍼부었던 기억이 났다.

"개새끼들!"

초군청을 나가는 강쾌를 유계춘은 물끄러미 바라보았다.

3,

예화문 앞 나루에는 시위꾼들로 북적거렸다. 사람들의 눈이 불편했다. 매서는 장옷을 깊숙이 눌러썼다.

"성님?"

춘심이 앞서가던 매서를 불렀다.

"……"

매서는 대답 대신 나룻배에서 내리는 춘심을 돌아보았다.

"우짤긴데예?"

"……"

매서는 대답하지 않았다. 아버지도 죽었고 이 세상에 핏

줄 하나 없이 혼자 남았는데 앞으로 어떻게 이곳에서 살 거냐는 말일 것이다. 그러잖아도 이제 막 아버지 시신을 남강에 뿌리고 돌아오는 길이어서 마음이 편할리 없었다. 처절하게 죽은 아버지의 마지막 모습이 아직도 눈에서 지워지지 않았다. 이유까지야 알 수 없지만, 다그치는 춘심이 야속하다는 생각이 들었다. 죄를 지어 시위꾼에게 매 맞아 죽어도 저리 문영진은 그녀에게는 아버지였다.

매서가 대문을 열고 나갔을 때 아버지는 이미 시위꾼들에게 쫓기고 있었다. 그녀도 허둥지둥 그들을 뒤따라 가는데 반대편 골목에서 시위꾼에 들이닥치면서 아버지가 길바닥에 나뒹굴었다. 그 순간 몽둥이가 여기저기서 날아들었다. 순식간에 아버지는 온몸이 피투성이가 되어 쓰러졌다. 여차하면 당장에 불속에 던져버릴 것 같이 분위기는 험악했다. 아버지라고 나설 수도 없었다.
"야, 이 새끼야 내 돈 내놔라."
대장장이 박수건이었다.
"그래, 알았어, 돈 내줄 테니 제발 살려만 도."
아버지가 손을 싹싹 빌었다.

"당장 돈 내놔, 이 새끼야!"

박수건은 밤새 문영진을 찾아다녔다. 당장이라도 도망가고 싶은데 만날 수가 없었다. 족보가 없으니 도망간들 소용이 없었다. 안동 김씨 족보가 아니더라도 상관없었다. 만나자고 약속해놓고 요리조리 피하니 미칠 노릇이었다. 족보만 받아도 시위꾼들이 무실장에 들이닥치기 전에 떠났을 것이다. 더는 문영진의 말을 믿을 수가 없었다. 거짓말을 한두 번 한 것도 아니었다. 이천 오백 냥을 통째로 꿀꺽 삼키다니…….

"쥑일 놈!"

이가 부득부득 갈렸다. 사람들에게 쌍놈이라 손가락질까지 받으며 대장장이로 번 돈을 한입에 꿀꺽 삼켜버리다니 도저히 문영진을 그냥 놔둘 수가 없었다. 박수건이 몽둥이를 들어올렸다.

"아부지……!"

아버지를 내려칠 기세였다. 매서는 끝장이라는 생각이 들었다.

"서방님, 안 돼요!"

춘심이 박수건을 가로막았다.

"아이고, 서방님 제발 저리 나리를 살려주이소!"

박수견은 당황했다. 춘심이 뜬금없이 나타나 돈을 후려 먹은 문영진을 살려달라니 어이가 없었다.

"아니, 춘심아……."

춘심이 매서를 바라보았다.

매서가 무릎을 꿇었다.

"이년이 돈을 돌려 드리겠습니다. 목숨만은……."

매서는 차마 아버지를 살려달라는 말까지 입에서 나오지 않았다,

"저 새끼 불에 던져!"

시위꾼들이 문영진을 번쩍 들어 불속에 던지면서 함성을 질렀다. 순식간의 일이었다. 머리카락이 타는지 노린내가 진동했다. 온몸이 오그라들었다. 뱃가죽 터지는 굉음이 들렸다. 누런 내장이 쏟아졌다. 비명이 하늘을 솟구쳤다. 잦아졌던 불길이 다시 활활 타올랐다.

매서의 얼굴이 일그러졌다. 살려달라 고래고래 고함을 질렀다. 그러나 이미 엎질러진 물이었다. 하늘이 노랬다.

"아부지!"

매서는 오열했다. 죄를 지었지만, 고통스러워하는 아버

지를 차마 보고 있을 수 없었다. 이렇게 허무하게 보낼 수는 없었다. 못 한 말이 아직 많은데 그냥 보낼 수 없었다. 그녀는 정신을 잃었다.

"성님, 괜찮아요?"

춘심의 목소리에 눈을 떴다. 매서는 지난밤에 일어난 일들이 꿈이길 바랬다.

"……."

매서는 말문이 막혀 숨조차 쉴 수 없었다.

"아부지는?"

춘심은 눈물만 찔끔거리며 말이 없었다.

그러나 현실이었다. 고통스러워하던 아버지 모습이 눈앞에 일렁거렸다. 매서는 자리에서 일어났다.

"성님, 어쩌시려고요?"

"아부지 시신이라도 수습해야지."

그때야 아버지 시신을 수습해야겠다는 생각이 들었다.

"가자……."

매서는 난향루를 나섰다. 춘심이 뒤를 따랐다. 사람들이 볼까 두려웠다. 새벽녘이라 저잣거리는 한산했다. 타다만 아버지 시신은 참혹했다. 그녀는 가슴이 아렸다. 슬퍼할 여유도 없었다. 시신을 조심스레 수습해 난향루로 돌아왔다. 매장할 생각도 겨를도 없었다. 불에 탄 시신을 매장한들 무슨 소용이 있겠는가. 대를 이을 자식도 없었다. 수습한 뼛조각을 곱게 부숴 단지에 담은 뒤 춘심에게 사공을 불러오라 일렀다.

이른 아침 예화문 나루에서 나룻배를 띄웠다. 성문을 드나드는 사람들이 힐끗거렸다. 경칩이 지났는데 남강 바람은 매서웠다. 매서는 장옷을 단단히 동여매고 나룻배에서 아버지 유골을 강물에 뿌렸다. 평생 선량한 사람들의 피를 빨았으니 명복 빌 명분도 아쉬울 것도 없었다. 숨을 헐떡이던 아버지의 모습은 세월이 아득히 지나도 쉬이 잊히지 않을 무덤까지 가지고 갈 업보였다.

매서는 춘심을 바라보았다. 그녀의 인생도 별반 다를 게 없었다. 춘심의 부모도 기생이거나 노비였을 것이다. 아니면 백정이나 부곡민이었을 지도 모르지만, 적어도 여자로 태어나 피어보지도 못하고 꺾인 슬픈 인생이었을 것이다. 춘심이 기생질로 평생 모은 돈을 기둥서방이 몽땅 들고 달아났다고 징징거릴 때는 가슴이 미어지듯 아팠다. 그러다가 만난 서방이 대장장이 박수견이었다.

"매서야, 이거 며칠만 보관 좀 해라."

아버지가 뜬금없이 찾아와 허름한 보퉁이를 내밀었다.

"이게 뭡니까?"

좀처럼 없던 일이었다.

"그냥 묻지 말고 보관만 해놔라, 내 곧 가지러 올 테니."

그게 끝이었다. 매서는 아버지가 맡겨둔 보퉁이가 궁금해 장롱에서 꺼내 풀어보았다. 족보였다, 그것도 안동 김씨, 남강원 주사 김성수의 족보였다. 주색잡기에 정신이 없어 난향루에 자주 드나들더니 급기야 족보까지 아버지에게 팔아먹은 것 같았다. 분명히 안동 김씨, 남강원 주사 김성수의 족보였다. 결국 재산을 탕진하고 논 두어 마지기에 족보까지 팔아넘긴 모양이었다.

'미친놈!'

족보마저 팔아먹은 주사 김성수도 그렇지만, 그 족보를 사들여 대장장이에게 흥정했던 아버지도 한심해 보였다.

"춘심아 내일이라도 대장장이를 난향루로 모셔오너라."

"……."

춘심은 말이 없었다.

"성님……."

춘심은 가슴이 뜨끔했다.

4,

폭풍이 쓸고 간 읍 저잣거리는 흉흉했다. 상인들의 집은
죄다 불에 타거나 부서져 서까래는 내려앉아 흔적을 띄엄띄
엄 남겼다. 아전들의 호화로운 집도 마찬가지였다. 불에 탄
기둥만 우두커니 서서 줄행랑친 주인을 기다리고 있었다.

지제문에 사람들이 모여 웅성거렸다.

"머라고 써있노?"

"옆에 붙은 한글 방문 봐라. 똑 같은 거 아이가?"

"비수무리 한 거 보이까네, 똑같네."

"머라고 써 있노?"

"가마있어 봐라……."

방문을 유심히 바라보던 사람들이 웅성거렸다.

"수령한테만 죄를 묻는다 카네."

"에나가?"

유계춘이 방문 앞에 다가섰다,

　농민은 원래 대대로 임금의 적자[1]다. 그런데 그들을 보호해야 할 병사나 수령이 잘못하여 농민을 난민(亂民)으로 만들었으니 그 죄는 반드시 물을 것이다. 그러니 농민들은 각자 제자리로 돌아가 곧 닥쳐올 농사철을 대비해 농사지을 준비를 하라. 그리고 나의 안핵은 농민들에게 벌주는 게 목적이 아니라 농민들의 시위한 근본 원인을 파악하고, 그 폐단을 해결하고 바로잡아 진주 농민을 다시 살리는 데 있다.

그럴듯한 말만 골라 잘 포장했다. 어리석어 적자赤子일 수밖에 없는 농민을 보호를 해주지 못할망정 왜 홀대하는지, 여태까지는 적자가 아니었다는 말인가. 모호한 내용이었다. 임금이 임금다우려면 백성을 굶기지 말아야 한다. 백성 없는 임금이 있었던가.

유계춘은 안핵사[2]의 속임수라 생각했다. 그럴듯하게 글

---

1 적자(赤子) : 임금이 '갓난아이'처럼 여겨 사랑한다는 뜻에서, 백성을 이름.
2 안핵사(按覈使) : 지방에서 발생한 민란을 수습하기 위하여 파견하던 임시 벼슬.

재주를 부린 방문 몇 줄로 농민들의 고통을 보듬을 수 있다는 발상이 가소로웠다. 안핵사의 방문을 곧이곧대로 믿을 수 없었다. 시위꾼들이 집으로 돌아가면 곧 피바람이 불어 닥칠 것이다. 그는 긴장했다.

변복한 아전 네댓 명이 지제문 앞에서 얼쩡거렸다. 염탐꾼이 분명했다. 벌써 주모자를 체포하라는 안핵사의 지시가 떨어진 것 같았다.

우병사 백낙신과 목사 홍병원은 한양 비변사로 압송되었다. 나는 새를 떨어뜨리려다 제 화살에 심장을 맞았다. 교자를 타고 저잣거리를 돌아다니면서 의기양양했던 모습은 온데간데없었고, 수레에 갇혀 머리를 산발한 모습은 차마 눈 뜨고 볼 수 없을 만큼 초라했다.

"저놈이 목사라고……?"

진주목사와 경상 우병영 병마절도사를 실은 수레가 저잣거리를 지나가고 있었다. 목에는 칼을 찼고 머리는 풀어헤쳤다. 그들의 당당하던 모습은 어디에서도 찾아볼 수 없었다. 저잣거리에 모인 사람들이 에누리 없이 돌을 던지고 비난을 퍼부었다. 손가락질도 서슴지 않았다. 하지만 저들은 다시 돌아올 것이다. 멀찍이 서서 끌려가는 수레 뒷모습을 바라보던 유계춘은 오히려 가슴이 답답했다.

신임목사와 경상 우병영 병마절도사가 하루 차이를 두고 진주에 도착했다. 시위 주모자를 잡아들일 계획을 먼저 세운다는 소문도 들렸다. 한바탕 피바람이 불어닥칠 조짐이었다.

안핵사가 온다는 말도 들렸다. 시위꾼들은 긴장했다. 매관매직을 일삼았던 썩은 관료라도 임금을 대신해 국법을 집행하는 사람들이다. 백낙신을 저잣거리에서 밤새 윽박지르고, 목사 홍병원을 교자에 태워 조리를 돌렸으니 그 짓이 옳든 그르든 누군가는 그 죗값을 치러야 할 것이다. 더군다나 그들이 수결한 완문은 휴지가 될 것이다.

지제문에서 얼쩡거리던 변복한 아전들이 유계춘을 보자 어디론가 줄행랑을 쳤다.

수첩군관 김수만이 초군청에 들어왔다.

"성님, 초군들을 다시 불러모아야 하겠습니더."

"와, 무슨 일이라도 있나?"

유계춘은 시침을 뚝 뗐다.

"신임 우병사 신명순이 주모자를 체포한다고 우병영의 병사들을 끌어모으고 있심더."

김수만의 심각한 표정은 당장 무슨 일이라도 일어날 것 같았다.

"성님······."

유계춘은 이계열을 바라보았다.

"알았네. 통문만 써도 초군들은 내가 돌리게."

"귀재는 언제 온다 카드노?"

"좀 있으머 올낍더."

이귀재가 초군청에 들어왔다.

"고생했데이."

유계춘은 이귀재의 눈치를 살폈다.

"고생은 무슨······. 그나저나 일이 심각하게 돌아간다 며?"

"예상했던 거 아이가."

유계춘은 별거 아니라는 듯이 말했다.

"그라고, 이왕 왔어이 오늘 밤에 내캉 통문 좀 같이 쓰 자."

"그라자."

병사를 모은다는 소문을 들었던지 이귀재의 얼굴은 굳어 있었다.

"남면과 서면은 내가 통문을 돌릴 테니, 북면하고 동면은 니가 쫌 돌리도?"

"알았데이."

유계춘은 어머니 산소에 들러야겠다는 생각을 했다. 어머니 임종도 지켜드리지 못했다. 박수익이 늦게 전해주었지만, 설사 알았어도 뵐 수 없었을 것이다. 결국 어머니 걱정은 현실이 되었다. 효도는 못 할지언정 부모를 죽음에 이르게 한 자식을 용서해서는 안 된다. 어머니가 숨을 거두면서도 알리지 말라고 아내에게 말했다고 했다. 그는 가슴이 아팠다. 그 죄를 죽음으로나마 갚을 것이다. 여태까지 목민관을 욕보이고 살아남은 사람은 없었다. 어쩌면 이 길이 살아서 어머니를 뵙는 마지막일 것이다. 각오한 일이지만 편치만은 않았다.

녹두실재에 올랐다. 능선을 따라 조금만 더 올라가면 어머니 무덤이다. 마른 봉분이 보였다. 장사지낸 지 한 달 보름밖에 안 됐다. 봄이 오면 풀이 돋아나겠지……. 미륵산 언

저리에 냉이가 파릇파릇 새순을 밀어냈다. 겨우내 땅속에 웅크린 채 따뜻한 햇볕을 기다렸을 것이다. 어머니도 기뻐하실 것이다. 유계춘은 무덤 앞에 꿇어앉았다. 반듯한 돌이 놓여 있었다. 박수익이 표시라도 해놓아야 한다면서 우금에서 주워온 돌이다.

"어무이, 죄송합니더."

유계춘은 눈물을 글썽거렸다. 세상을 바꿀 수는 없어도 열심히 땀 흘려 농사지으면 배는 굶지 말아야 한다. 저들이 아무리 갓걸이 놀음에 미쳐 날뛰어도 봄이 온다는 것을 보여줘야 한다.

내평들을 바라보았다. 들판을 가로지르는 덕천강을 따라 갯버들이 줄지어 고개를 들었다. 푸른 아우성이 들려왔다. 곧 물이 오르고 버들개지가 움을 틔울 것이다. 새순은 실컷 따먹고 배가 부르면 줄기를 꺾어 버들피리 만들어 너른 들판을 향해 냅다 불어보고 싶었다. 소리가 안 난다고 앙탈을 부리던 얼굴이 까만 계집아이 연이가 언뜻 스쳤다.

5,

매서가 예화문 나루에서 남강을 하염없이 바라보았다. 언뜻 물결에 비치는 아버지의 환영은 일그러졌다. 평생 사람들의 피를 빨았으니 웃을 수가 없었을 것이다. 아쉬울 것도 없었다. 숨을 헐떡이든 아버지의 마지막 모습은 그녀의 가슴을 갈가리 찢어 놓았다. 하지만 세월이 지나가면 찢어진 가슴도 꿰매져 종래에는 사람들에게 잊힐 것이다.

지제문에 도착하자 사람들이 몰려 웅성거렸다. 백성들은 죄가 없으니 본업에 종사하라는 방문이었다.

"미친 것들……."

농민들의 피를 빨아먹더니 이제는 대 놓고 돌아가 농사를 지으란다. 아버지도 저들의 희생자였다. 부곡민도 사람이다. 양반이 지나가면 죽은 시늉을 하며 길가에 엎드려 지나가기를 기다리던 아버지가 안타까웠다. 농사도 지을 수 없으니 배곯는 게 일상이었다.

정오가 지났는지 햇볕은 따사로웠다. 매서는 걸음을 다잡았다. 춘심이 오기로 한 시각이었다.

난향루도 설렁했다. 아버지가 시위꾼들에게 매 맞아 죽

은 후로 기생들도 하나둘 떠났다. 잡을 수도 없었다. 아버지의 비리를 항의하는 사람들이 한둘이 아니었다. 그렇다고 매서가 할 수 있는 것은 없었다. 고개 숙이고 미안해하는 도리밖에⋯⋯. 이곳을 떠나야만 잊힐 것이다.

"성님?"

춘심이 대문 사이로 고개를 삐죽이 내밀었다.

"어서 들어 오시게."

춘심이 뒤를 돌아보며 힐끗거렸다. 박수견이 머리를 긁적거리며 뒤따라 들어왔다.

매서는 안방으로 들어가 보퉁이를 꺼내 대청으로 나왔다.

"어서 들어오세요."

매서는 혹여 사람들이 볼까 봐 얼른 대문을 닫았다.

"이것이 맞습니까?"

매서는 보퉁이를 풀어헤쳤다. 한 번도 풀지 않았던지 매듭을 풀 때마다 먼지가 풀썩거렸다. 빛바랜 서책 스무남은 권이 나왔다. 그녀는 서책을 내밀었다.

박수견이 머리를 긁적거리며 서책을 뒤적거렸다. 먼지가 날아올랐다. 언문도 겨우 읽는데 한문으로 쓰여 서책이 안동 김씨 족본지 전주 이씨 족본지, 아니면 막걸리 한잔에 넋

두리나 적어놓은 음서인지 알 수 없었다. 그는 춘심을 바라
보았다.

춘심이 매서를 흘끔거리더니 눈을 반짝거렸다.

"안동 김씨 족보가 맞네. 서방님 보이소!"

춘심이 하얀 이를 드러내며 박수견을 바라보다가 매서
보기가 미안했던지 얼른 입을 다물었다.

박수견은 고개를 푹 숙였다.

대장장이 주제에 제법 예의는 있어 보였다. 어디 가서 살
더라도 양반행세는 할 수 있을 것 같았다. 아버지처럼 갓걸
이는 아닌 것 같아 매서는 그나마 마음이 놓였다.

"어디, 세상일이 마음대로 됩디까. 너무 심려 안 해도 됩
니다."

매서는 마음을 열었다. 아버지를 죽인 원수지만 원인 제
공은 아버지가 했다. 그녀가 풀지 않으면 누가 이 일을 끝맺
을 것인가. 박수견의 잘못이라고 생각하지 않았다. 아버지
의 잘못된 처신으로 애를 많이 태웠을 것이다. 그리고 매질
도 그가 한 게 아니었다. 그녀가 눈으로 직접 보았다. 산사
람을 불속에 던진 것도 시위꾼이지 대장장이 박수견이 아니
었다.

"……."

박수견은 말이 없었다. 어쩌면 덧붙일 말이 없었을 것이다.

"이제 소원을 이뤘으니 돌아가시게."

매서는 더는 말하고 싶지 않았다.

박수견이 일어나지 못하고 머뭇거리자 춘심도 일어나지를 못했다.

매서는 저들이 빨리 진주를 떠나서 아들딸 많이 낳아 잘 살기만 바랬다. 그리고 미안했다. 아버지가 약속만 지켰어도 이 난리를 겪지 않아도 될 일이었다. 이제라도 대장장이가 원하던 족보를 전할 수 있어 그나마 다행이었다.

"잘 사시게, 육복치 너머 장수라고 했던가?"

"예, 성님……."

"이제, 안동 김씨가 됐으니 양반답게 살아야지?"

매서가 머리를 긁적거리는 박수견과 춘심을 번갈아 보며 말했다.

"잠시만 기다려라."

안방으로 들어갔다. 장롱에서 패물함을 꺼냈다. 아버지가 남겨주었던 재산이었다. 어려울 때를 대비하라던 패물이었다. 이제 매서에게 패물 따위는 필요 없었다. 춘심이 새 살림을 차리면 아이들도 태어날 것이다. 부모도 없으니 몸 구완하기도 어려울 것이다. 잘 넣어두었다가 어려울 때 꺼내쓰면 도움이 될 것 같았다.

"자, 받아라."

"성님, 이게 뭡니까?"

"네가 하도 덜렁대기에 혹시나 해서 준비해 두었던 거니 부담가지지 말고 잘 보관해 두었다가 필요할 때 꺼내쓰면 좋을 것 같구나."

춘심의 눈가에 눈물이 촉촉했다.

매서는 고개를 돌렸다.

박수견과 춘심이 대문을 나서며 연신 돌아보았다.

눈물을 찔끔거리며 돌아보는 것도 편치 않았다. 매서는 방문을 닫았다.

6,

객사 앞에 백여 개의 농기가 펄럭거렸다. 시위꾼들로 저잣거리가 꽉 매웠다. 농기는 저마다 다른 색이었다. 하얀색, 노란색, 붉은색, 푸른색, 검은색, 농악패들이 악기를 연주했다. 꽹과리 소리가 자지러졌다. 농기 뒤를 따라 시위꾼들이 춤을 추었다. 농악 소리가 읍 저잣거리를 열광으로 몰아넣었다. 비봉산이 으쓱하자 망진산이 화답했다. 남강은 시퍼렇게 출렁거렸다.

안핵사가 진주에 도착했다는 소문이 들렸다. 유계춘은 올 것이 왔다는 생각이 들었다.

유계춘은 단 위에 올라서서 두 주먹을 불끈 처들었다.

"자, 여러분. 우리는 더는 물러설 수 없심더."

유계춘은 시위꾼들을 바라보았다. 마을 이름을 쓴 농기 수십 개가 거리에 펄럭거렸고 함성이 저잣거리를 뒤덮었다.

"안핵사는 성안에서 모략을 펴지 말고 성 밖으로 나와 농민들과 협상에 임해라. 너희가 농민을 적자赤字라고 말했으니 농민들을 괴롭힌 이배들을 모두 처단하고 우리 요구를 수용하라."

앞치배들의 악기 소리가 저잣거리로 퍼져나가고 함성이 이어졌다. 객사부터 지제문까지 시위꾼들로 서로 뒤엉켜 춤을 추었다. 수십 개의 농기가 저잣거리에 출렁거렸다, 시위꾼들이 함성을 질렀다.

이계열과 김수만, 이귀재가 뒤이어 연단에 올라서서 주먹을 불끈 쥐고 하늘로 처들었다.

─와, 와, 와.

"우리는 굶어 죽기 싫습니다."

두 주먹을 불끈 쥔 이귀재가 손을 하늘 높이 처들었다.

"우병사와 목사는 성안에 숨지 말고 성 밖으로 나와라."

"와~."

시위꾼들은 농기를 흔들고 함성을 질렀다. 김수만과 이계열이 연단에서 주먹을 힘차게 들어 올리기를 반복했다. 함성이 저잣거리를 진동했다.

유계춘이 말을 이어나갔다,

"우리는 저들의 횡포를 막아야 합니다."

─와아~.

유계춘은 조목조목 안핵사에게 요구했다.

"첫째, 우리는 요구한다. 전 목사 홍병원과 우병사 백낙신이 수결한 완문을 그대로 이행하라."

─와, 와~.

"둘째, 흉악한 이배들이 반성도 없이 변명만 늘어놓으니 우리 손으로 그들을 처단했다. 이것은 무능한 목민관을 대신한 것이니 농민들에게 죄 유무를 묻지 마라. 죄를 묻는다면 우리는 곧장 촉석성으로 쳐들어갈 것이다."

―와, 와, 와~.

시위꾼들은 죽창, 지겟작대기와 곡괭이를 하늘 높이 쳐들었다. 농기가 저잣거리를 휘날렸다.

"셋째, 우리의 요구를 들어준다는 서류를 작성하고, 신임 목사와 신임 우병사가 수결한 완문을 안핵사가 지참하고 농민 대표에게 약속해야 할 것이다."

저잣거리는 함성이 메아리쳤다.

유계춘의 연설이 끝났다. 온 힘을 쏟았다. 이제 저들과의 협상만 남았다. 안핵사가 어떻게 나올지 두고 보면 알 것이다. 시위꾼들의 함성이 온 저잣거리를 덮었다. 농기를 따르는 농악패들이 앞장을 섰다. 나팔소리가 길게 울리자 여기저기서 꽹과리 소리가 자지러졌다. 농악 소리와 함성이 어우러져 산천을 흔들었다. 시위꾼들은 그저 장단에 몸만 실으면 그만이었다.

안핵사 박규수는 진남루에서 저잣거리를 내려다보았다.

객사에서 지제문까지 저잣거리에는 시위꾼들이 가득 찼다. 손에 손을 잡고 흥겨운 가락에 맞춰 춤을 추었다. 머리에는 초군이라 쓴 무명 두건을 썼다. 소름이 돋았다. 저렇게 많은 농민을 설득하기는 쉽지 않아 보였다. 저들을 부추기는 세력이 있을 것이다. 그것을 밝히는 게 이번 안핵의 핵심이라는 생각이 들었다.

'과연 저들의 잘못이 뭐란 말인가.'

안핵사 박규수는 고민에 빠졌다. 그렇다고 그냥 내버려둘 수도 없었다, 국법의 엄중함을 알려야 질서를 잡을 수 있다. 쉽지 않아 보였다. 하지만 잘했든 잘못했든 저들이 아전들을 죽였다. 우병사 백낙신의 장계에는 향리나, 양반들, 외지 상인들의 피해도 크다고 했다. 백낙신의 장계를 믿을 수 없었다. 물의를 일으킨 게 한두 번이 아니었다. 그런 자의 장계를 온전히 믿었다가 낭패를 당할 수 있었다. 사실 여부를 먼저 확인하는 게 순서 같았다.

사실을 파악하려면 향리들이나 아전들의 보고를 받아야 하는데 한 사람도 보이지 않았다. 정신이 똑바로 박힌 아전이라면 동헌에 남아 사태를 수습해야 할 것이다. 그런데 한 놈도 남지 않고 죄다 도망갔다. 이러니 농민들이 가만히 있을 리 없었다. 목민관들이나 아전들이 잘못을 저질렀더라도 사실 여부를 밝혀야 한다. 그리고 원인과 과정도 중요하다. 설혹 아전들이나 목민관이 원인을 제공했더라도 함부로 죽이거나 살상해서는 안 된다.

박규수는 청천을 거스르는 덕천강과 경호강 합수부를 바라보았다. 두류산 자락이 희미하게 저녁노을을 받아내고 있었다. 우후 신효철이 시위꾼들을 피해 촉석성으로 도망갈 정도라면 그는 이미 목민관으로서 자격을 잃었다.

'형편없는 놈, 상전을 내팽개치고 성안으로 도망을 하다니…….'

어이가 없었다.

"그러고도 우후라고? 형편없는 놈."

그는 백낙신의 심복일 것이다. 우후 신효철이 농민들과 대화하기는 어려울 것 같았다. 저런 자를 내세웠다가는 사태를 더 키울 수 있었다.

"영장 이준서는 어떨까?"

신뢰까지는 아니더라도 어느 정도 농민 대표를 끌어들이는 대화는 가능할 것 같았다. 영장 이준서를 내세우는 게 좋을 것 같았다.

"영장을 데려오너라."

박규수는 이준서를 진남루에 따로 불렀다.

어느새 땅거미가 내려와 촉석성을 어둠에 가두기 시작했다.

"찾았습니까?"

이준서를 영남 우병영 영장으로 박규수가 천거했다. 그의 우직한 뚝심과 곧은 심성은 왜구를 방어하는 경상 우병영절도사 백낙신을 보좌하는 장군으로는 제격이었다. 병조판서가 철저히 반대했지만 어설픈 장수보다 제대로 된 장수가 우병사 뒤를 받쳐주면 그나마 안전할 것 같아서 박규수는 고집을 피웠다.

박규수는 어젯밤 자정이 가까워서야 경상 우병영에게 도착했다. 함양군수의 조언도 있었지만 교지를 내릴 때 임금의 특별한 어명도 있었다. 농민들의 고통을 몸으로 체험한 어명이라는 게 옳았다. 그는 객사로 가지 않고 우병영으로 향했다. 우쭐거리는 신임 우병사 신명순을 앉혀놓고 정면으로 돌파할 참이었다. 그에게 휘둘릴 이유가 없었다.

신임목사와 신임우병사가 뛰어날지 모르지만, 어린 시절을 강화도에서 보낸 임금보다 농민들을 이해하지 못할 것이다. 안방에 앉아 공자니 맹자니 주둥이만 나부대는 서생들이 농민들의 아픔을 어루만질 수는 없을 것이다.

"장군, 주모자들의 얼굴을 보았습니까?"

"보지 못했습니다. 두건을 쓴 데다가 머리까지 풀어헤쳐 자세히 볼 수 없었습니다. 그리고 또, ……."

영장 이준서가 말꼬리를 흐렸다.

"괜찮소, 사실대로만 말씀하세요."

박규수는 이준서를 안심시켰다.

"부끄럽습니다만……, 시위꾼들이 한꺼번에 저잣거리로 몰려나와 통제할 방법이 없었습니다."

"음……."

박규수는 방법을 궁리했다. 어쨌든 주모자 그림자라도 보아야 체포를 하든지 회유를 하든지 양단간에 결행할 수 있을 것이다.

"그러면, 음……. 진무청 아전들이라도 풀어 주모자들의 신상을 파악할 수 있게 조치해 주세요."

"그렇게 하겠습니다."

박규수는 잠시 뜸을 들인 후 영장 이준서에게 말했다.

"농민들을 절대 상하게 해서는 안 됩니다. 그리고 비밀리에 그들이 숨은 곳을 확보한 뒤에 일시에 검거해야 합니다."

박규수는 일단 주모자 신상 파악이 급선무였다.

"알겠습니다."

영장 이준서는 안핵사 박규수의 성품을 익히 아는지라 두말하지 않았다. 병서에도 적을 알고 나를 알아야 계책을 세울 수 있다고 했다.

7,

새벽부터 진무청은 시끄러웠다. 보이지 않던 아전들이 속속 출근했다. 안핵사가 진주에 도착했다는 소문을 들었을 것이다. 비겁한 놈들이었다. 우병사가 밤새도록 저잣거리에서 조리를 당할 때는 한 놈도 보이지 않았다. 하긴 영장 이준서도 촉석성으로 돌아오긴 했지만……, 그것은 시위꾼들이 자진해서 길을 터주었기 때문이라고 했다. 하지만 적어도 도망은 하지 않았다. 어쨌든 상관을 저잣거리에 버려두고 도망 온 것은 벌 받아야 마땅했다.

영장 이준서도 마찬가지였다. 이해는 갔다. 백낙신의 비리를 영장이 몰랐을 리가 없었을 텐데 간언하지 않은 죄도

적지 않을 것이다. 박규수는 영장의 일 처리를 지켜볼 참이
었다.

"다들 모였느냐?"

이준서가 아전들을 둘러보았다.

그래도 열심히 일하는 아전들만 남았다. 나라의 녹을 먹
으면 그만큼 일도 해야 한다.

"예, 장군."

아전들은 걱정이 앞서는지 몸을 사렸다.

"모두 변복을 한 뒤에 주모자들의 근거지를 이른 시일 안
에 파악하라. 그리고 절대 시위꾼들을 자극하면 안 된다. 알
겠느냐?"

"예, 장군."

이준서는 아전들을 믿을 수 없었다. 이번 시위에 병사들
과 성을 지키는 수첩군관, 염소군[3], 모군[4]들 대부분이 가담
한 것이 신경 쓰였다. 저들이 시위꾼들과 내통하지 않았다
면 지금처럼 살아남지 못하고 이미 매 맞아 죽었거나 불구
덩이에 던져졌을 것이다. 그는 고민에 빠졌다. 저들이 성 밖

---

3 염소군(焰銷軍) : 화약에 불을 붙이는 병사.
4 모군(募軍) : 군인을 모집함. 모병(募兵).

으로 나가자마자 정보가 대번에 새나갈 것이다.

박규수는 우후 신효철을 불렀다.

"우후는 향청 옥사를 재정비하세요."

신효철은 멀쩡한 옥사를 재정비하라는 안핵사 박규수가 못마땅했다. 장군이 병사를 이끌고 싸움을 하거나 성을 지켜야지 옥사 수리나 하라니…….

"예, 안핵사 영감."

박규수의 지시가 짜증이 났지만 신효철은 명령을 따를 수밖에 없었다.

"신임 우병사와는 상의를 하셨는지요."

"시키는 대로 하세요."

박규수는 단호했다. 제 상관도 지키지 못하고 성안으로 도망가는 주제에 우병사와 상의하라니 저런 놈이 장군이라니, 왜구가 쳐들어오기라도 하면 맨 먼저 줄행랑을 칠 놈이 투구까지 썼다.

'미친놈!'

무경칠서武經七書는 고사하고 손자병법 시계 편(싸우기 전에 헤아려라)도 읽어 보지 못한 졸자 같은 놈이 우후라고 우쭐대다니……. 상관을 보필하지 않고 도망 먼저 친 놈이 우후라니, 꼬락서니하고는……. 박규수는 기가 찼다.

신효철은 뒤통수가 간지러웠다. 책상머리 서생 나부랭이가 병영을 좌지우지하다니.

'니미럴!'

신효철은 울화통이 터졌다.

"나쁜 놈! 꼴에 장군이라고 자존심은 있어서."

박규수는 동헌을 나가는 신효철의 뒤통수에 대고 이죽거렸다.

박규수는 매일 정오에 진남루에 올랐다. 며칠간 시끄럽던 저잣거리는 하루가 다르게 잠잠해져 갔다. 방문을 붙인 효과가 있었다. 선산(대구 감영)을 지나면서 그는 읍 저잣거리에 농민들을 회유하는 방문을 먼저 붙이라고 영장 이준서에게 통보해 놓아 그 효과를 보는 것이다. 일단, 저들을 흩어놓아야지 함께 모아놓으면 안 된다. 지금쯤이면 방문은 다 떨어져 나갔을 것이다. 방문을 한 번 더 붙이는 게 좋을 것 같았다.

"이방 있느냐?"

박규수는 이방을 불렀다.

"예, 나리."

"지난번 저잣거리와 성문에 붙인 방문을 한 번 더 붙여라."

시위꾼들이 나다니지 않는 자정 무렵이 좋을 것 같았다. 박규수는 방문 초안을 써서 이방에게 넘겨주었다.

"이 방문은 자정 무렵에 객사와 보장헌, 예화문과 지제문에 붙이고 읍 저잣거리 담벼락에도 빠짐없이 붙여야 한다. 그리고 각 면, 리는 물론이고 시위가 일어났던 수곡 무실장과 덕산장 저잣거리에도 내일 밤 자정까지는 반드시 붙여야 한다. 알겠느냐."

"예, 안핵사 영감."

그럴듯한 방문이 연속으로 저잣거리에 나붙었다. 시위꾼들도 현저히 줄었다. 주모자를 체포하는 것도 아니었고, 그렇다고 어떤 움직임도 보이지 않았다. 그저 아전들이 염탐만 하고 다닐 뿐이었다.

유계춘은 시위꾼들이 점점 줄어드는 게 걱정이었다. 저들은 어떤 결정도 하지 않았다. 도결과 통환에 대한 말은 한마디도 없었다. 그리고 시위 주모자의 죄를 묻지 않겠다든지, 아니면 체포한다든지 좌우단간 결정적인 말은 한마디도 없으니 애만 탔다.

8,

주모자를 체포해 심문해야 사건 전모를 밝힐 수 있었다. 실행에 옮길 날을 정했다. 삼월 초사흘, 이경, 초승달이 막 내려앉았다. 달빛도 없는 칠흑 밤, 비봉산 능선으로 북두칠성 꼬리가 올라왔다.

박규수는 영장 이준서를 몰래 불렀다.

"장군 준비됐습니까?"

"예, 안핵사 영감."

이준서가 갑옷에 투구까지 쓰고 나타났다.

"우후는 용봉마을 초군 우두머리를 체포하시고, 영장은 내평리 유계춘이란 자를 체포하세요. 한 치 오차도 없이 조용히 그들을 진무청까지 데려와야 합니다. 농민들이 눈치 채면 어떤 사태가 벌어질지 알 수 없습니다. 방문을 여러 곳에 붙여 농민들의 마음이 가라앉기는 했지만 아직 안심할 정도는 아닙니다. 그리고 우후에게는 장군이 직접 명령하세요."

"알겠습니다."

이준서가 진무청을 나갔다. 병사들이 창검을 차고 뒤를 따랐다. 박규수는 진남루에 올라 병사들의 움직임을 감시했다. 저들은 분명 평거역을 지날 것이다. 병사들이 조심스럽게 서문을 빠져나가는 게 보였다.

녹두실재 바람은 쌀쌀해도 견딜만했다. 덕천강 갯버들의 향긋한 봄 냄새가 우금을 따라 재를 넘으며 코를 간질었다. 지금쯤 곧은 줄기를 잘라 골갱이를 빼내면 멋진 소리를 내는 버들피리를 만들 수 있었다. 버들개지를 너무 많이 따먹어 혓바닥이 파랗게 물든 채 집으로 들어오면 어머니가 감춰두었던 개떡을 챙겨주시던 기억이 났다.

유계춘은 어머니 무덤을 돌아보았다. 어둠이 아득히 깔렸지만 뿌연 빛을 비추고 있었다.

덕천강 돌다리에 횃불이 줄을 서서 움직이고 있었다. 스무남은 명은 더 돼 보였다. 병사들이었다. 유계춘은 긴장했다. 우병영에서 드디어 움직인 것 같았다. 횃불은 아랫담을 지나 웃담으로 향했다.

유계춘은 오던 길을 되돌아 녹두실재로 향했다. 일단 미릌골 박수익의 집으로 갈 참이었다. 이 위기를 넘어야 다음을 도모할 수 있을 것이다. 고개 초입에 다다라 우금을 지나 모퉁이를 돌아갔다.

병사들이 나타났다. 잠복하고 유계춘을 기다렸던 모양이었다.

"유계춘, 이 새끼, 꼼짝마라!"

영장 이준서의 칼끝이 목을 겨눴다.

유계춘은 깜짝 놀랐다. 이준서였다. 그는 우병영 진무청에 감금되었을 때 본 적이 있었다.

"무슨 일 입니꺼?"

유계춘이 되돌아 도망치려고 하자 병사 서넛이 창을 겨눴다.

"여봐라, 유계춘을 포박하라."

유계춘은 올 것이 왔다는 생각이 들었다. 오라에 묶인 채 아랫담을 지나면서 교리 이명윤의 솟을대문을 보았다. 굳게 닫혀있었다.

이명윤은 툇마루에 서서 유계춘이 끌려가는 것을 보고 있었다. 그도 마음이 편치 않았다.

진무청 횃불이 훤하게 밝혀져 있었다. 촉석문에서 김수만이 오라에 묶인 채 잡혀왔다. 박수익이 이미 진무청 옥사에 갇혀 있었다. 초군청에 머물렀던 이계열도 무릎을 꿇은 채 고개를 숙이고 있었다. 표정은 얼어붙었다.

유계춘은 어깨를 폈다. 그마저 움츠리면 저들은 더 공포를 느낄 것이다. 초군들도 줄줄이 끌려왔다. 외사촌 정지우, 지구, 고종사촌 강쾌도 속속 끌려왔다. 방문으로 시위꾼들을 달래놓고 주모자들을 체포한 것 같았다. 유계춘은 안핵사의 술수를 눈치챘지만 이렇게 빠르게 움직일 줄은 예상하지 못했다. 옥사에는 머리를 풀어헤친 죄수들로 가득했다.

'어느 놈이 고자질을 했을까?'

유계춘이 아랫담을 지날 때 툇마루에 섰던 이명윤이 설핏했다.

9,

날이 밝았다. 시위 주모자들이 형장에 끌려 나와 차례로 형틀에 묶였다. 열대여섯 명쯤 돼 보였다. 형리들이 주절거렸다.

"마을이 텅 비었더라니까."

"우찌 알고 도망갔지?"

"누가 찔렀겠지."

"한 놈을 붙잡아 쌔리 조졌는데, 마을 사람들이 서로 연통해 산속으로 숨어뿌다 카더라."

"에나가."

"글면, 에나지 내가 거짓말하는 거 봤나?"

유계춘은 다행이라는 생각이 들었다. 주모자들은 놓치고 애먼 사람들이 고초를 치를 것까지 없었다.

안핵사 박규수가 진무청 교의에 앉았다. 별형방別刑房과 문서색文書色이 좌우에 늘어섰다.

박규수가 추국을 시작했다.

"네놈이 선량한 농민들을 꼬드겨서 시위를 주도했느냐?"

박규수의 한마디 한마디가 추상같았다.

"……."

유계춘은 입을 닫았다. 어차피 죽으려고 각오했던 터였다.

"이놈, 이실직고하렷다."

형리가 주릿대를 사타구니에 끼워 넣었다.

"그놈은 주리를 틀어라."

형리가 주릿대를 양쪽으로 잡아당겼다. 사타구니가 찢어질 것 같았다. 어금니를 악물었다. 여기저기에서 비명이 들렸다. 초군들에게 미안했다. 성공할 수 없다는 것을 알면서도 모의했다. 달라질 것이 없다는 것을 뻔히 알면서 추진할 수밖에 없었다. 그렇다고 저들의 행패를 그냥 두고 볼 수도 없었다.

유계춘은 정신이 혼미했다. 차가운 물이 얼굴로 날아들었다. 정신이 번쩍 들었다. 여기에서 주저앉으면 안 된다. 죽지 않으면 이 고문을 벗어날 길이 없다는 것도 알았다. 지난번처럼 도와줄 사람도 없었다. 아전 놈들을 죽였으니 누군가는 대가를 치러야 한다. 죽음밖에 없었다.

"이노옴!"

신효철이 얼굴을 들이댔다. 유계춘은 침을 홱 뱉었다. 제 상관도 지키지 못하는 주제에 얼굴을 들이대다니 뱃속까지 메스꺼웠다.

"아니, 이놈이 어디에다 침을 뱉어!"

침을 닦던 신효철의 손바닥이 유계춘의 뺨에 날아들었다. 기분이 상쾌했다.

"더러운 새끼!"

신효철이 흥분했던지 날뛰었다.

"이놈을 이실직고할 때까지 매우 주리를 틀어라!"

유계춘은 눈을 감았다.

물세례가 얼굴로 날아왔다. 다시 정신이 들었다. 이 짓은
죽을 때까지 계속될 것이다. 유계춘은 포기했다. 김수만을
바라보았다. 온 힘을 다해 시위를 주도했던 친구였다. 그의
얼굴에 눈물이 보였다. 이귀재가 옥사로 되려 끌려 들어가
는 게 보였다. 더는 버틸 수 없었던 모양이었다.

다음날도 안핵사는 아무 말도 없이 교의에만 앉아 추국
을 지켜보고 있었다.

"여우 같은 놈!"

유계춘은 안핵사를 노려보며 이를 부드득 갈았다. 그런
다고 달라질 것도 없었다. 차라리 죽고 싶었다. 어머니의 슬
픈 눈빛이 설핏 지나갔다.

"유계춘을 안으로 들여라."

추국을 지켜보던 안핵사 박규수가 유계춘을 진무청으로
불러들였다.

"네 놈은 어디에 사는 누구냐?"

"소인은 내평 마을 유계춘이라 합니더."

안핵사는 문서색에게 일러 기록하라 일렀다.

"네놈은 국법이 있는데도 왜 국법을 따르지 않았느냐?"

"국법이라는 게 농사꾼에게도 있습니까? 소인같이 소작이나 하는 농사꾼이 국법이 있다 한들 우째 알겠습니까."

박규수는 할 말이 없었다.

유계춘이란 자는 이미 한술 더 떴다. 국법을 따른다고 들어줄 목민관이 있을 리 없었다. 매관매직으로 목사가 되고 우병사가 되었으니 누가 그들을 믿고 법을 따르겠는가. 안핵사 박규수는 할 말이 없었다. 게다가 그들과 은밀한 거래를 한 아전들의 행패는 더 심했을 것이었다.

"그래도 이놈이 터진 입이라고 함부로 주절대느냐. 국법을 어기면 어떻게 되는지 모르느냐?"

"안핵사 영감, 맞아 죽으나, 굶어 죽으나 죽기는 마찬가집니다. 뭐가 다릅니까."

유계춘은 최수운이 생각났다. 하늘과 사람이 애당초 둘이 아니라며 떠들던 비렁뱅이 도사도 어느 옥사에서 매 맞아 죽었을 것이다. 남명 선생의 천왕봉은 어떤가. 임금의 적자인 농민들이 하늘 한쪽을 받치다가 죄다 굶어 죽으면 누가 받칠 것인가. 그의 자식이 아니면 그 자식의 자식이……
태어나도 마찬가지일 것이다. 희망이 없는 세상이다. 임금
의 적자가 되기보다 차라리 죽는 게 후손을 위하는 길이다.

"이놈이, 그래도……."

박규수는 할 말이 없었다. 권력과 돈에 눈이 먼 인정전
뒷배들은 죽었다가 깨어나도 모를 것이다.

"……."

유계춘은 대답하지 않았다.

이계열의 고통스러운 비명이 진무청을 갈랐다. 그는 왕
의 친족이다. 정종임금의 열 번째 아들 덕천군의 십세 손이
다. 그의 마음은 찢어질 것 같이 아플 것이다. 비록 가난하
여 초군으로 살아도 드레는 임금의 후손인 것만은 확실했
다.

"미친놈!"

유계춘은 박규수를 똑바로 바라보았다.

더는 입을 열 것 같지 않았다.

"이놈을 옥에 가뒀다가 다시 추국합시다."

유계춘은 죽고 싶었다. 산들 무슨 희망이 있겠는가. 못난
아들 때문에 때문에 어머니도 돌아가셨다. 어린 자식들과

아내가 불쌍하지만 비겁한 아버지는 되기 싫었다.

"주모자는 다 잡아들였습니까?"

안핵사 박규수가 영장 이준서를 다그쳤다.

"저, 그게⋯⋯."

영장이 말꼬리를 흐렸다.

"말씀해 보세요."

"추포한 놈들을 추궁해 추가 공모자를 수색했는데 대부분이 도망가버려 색출하기가 어렵습니다."

"어디로 말입니까?"

"그게⋯⋯ 대부분 두류산으로 숨어들었다고 말합니다."

"두류산이라⋯⋯."

박규수는 할 말이 없었다. 공모자가 두류산으로 숨어 버렸다면 몇 달을 수색해도 검거할 수 없을 것이다. 다른 방법을 찾지 않으면 공초[5] 작성도 힘들 것 같았다. 주모자들도 입을 닫았다.

우병사 신명순은 주모자 심문을 빨리 끝내지 않는다고 독촉이었다. 그렇다고 무모하게 농민들을 무차별 잡아들여

---

5 공초(供招) : 죄인이 범죄 사실을 진술하던 일. 공사(供辭).

심문할 수 없었다. 주모자들이 입을 열지 않는다는 것은 그만큼 조정을 믿을 수 없다는 방증이다. 이럴 땔수록 침착해야 하지만 대안이 얼른 떠오르지 않았다,

조정에서 사람이 내려온다는 전갈이 왔다. 사면초가가 따로 없었다. 그렇다고 물러날 곳도 없었다. 우병사 신명순이 안달복달하니 무시할 수도 없었다. 안핵사 박규수는 고민에 빠졌다.

"일단 비슷한 놈은 무조건 잡아들이지요?"

우후 신효철이 나섰다. 우병사의 채근을 받은 모양이었다. 박규수도 대안이 없다 보니 할 말이 없었다.

박규수는 성벽을 따라 걸었다. 아무리 급해도 바늘허리에 실을 매서 바느질할 수 없다. 급할수록 돌아가라는 선조들의 격언은 이때를 두고 하는 말일 것이다. 우후 신효철의 말대로 비슷한 사람을 잡아들여 문초하면서 시간을 버는 것도 나쁘지 않을 것 같았다.

"포흠은 확인됐나?"

새로 부임한 이방에게 진척상황을 물었다.

"아무리 빨라도 보름 정도는 걸릴 것 같심더."

"그래……."

"인원을 더 투입해서라도 빨리 마무리 지어라."

"예, 안핵사 영감."

"서두르시게."

박규수는 영장 이준서를 불렀다.

"장군, 저들의 입을 열게 할 수 있겠습니까?"

"죽기를 각오한 자들이 입을 열겠습니까. 매일 저처럼 추국을 하다가는 실토는커녕 죽고 말 것입니다."

박규수는 고민에 빠졌다. 경상우도는 은거하는 선비들이 많은 고장이었다. 임금이 교지를 내려도 조정에 출사하지 않았다. 농사나 짓는 우매한 농민들이나, 나무나 하는 초군들이 어찌 글을 알며, 이렇게 많은 사람을 동원할 수 없을 것이다. 이는 필시 산중에 은거하면서 저들을 부추기는 무리가 분명히 있을 것이다. 가까이는 전직 홍문관 부교리를 지낸 이명윤도 그들 중 한 사람일지 아무도 몰랐다. 보고에 의하면 볏섬을 털고 쇠까지 잡아 시위꾼들에게 대접했다고 한다. 그들의 세력이 아무리 드세더라도 음식까지 대접할 이유는 없었다.

"영장은 내평리 교리 이명윤을 잡아들이시오."

이명윤은 이곳 진주 농민들에게 존경받는 전직 조신이었

다. 그를 잡아오라니 영장 이준서는 의아했다.

"안핵사 영감, 어떻게 하시려고요?"

"일단 잡아들여 자초지종을 들어봐야지요."

박규수는 입을 다물었다.

"예, 그렇게 하겠습니다."

이준서는 병사들을 이끌고 내평리로 향했다.

"이명윤은 오라를 받아라."

대문을 두드리는 소리에 이명윤은 올 것이 왔다는 생각
이 들었다.

"관가에서 손님이 온 모양이니 행랑아범은 어서 대문을
열어주어라."

"예, 나리."

이명윤은 의상을 차려입었다. 병사들의 출현에 놀랐는지
아들 건효가 사랑채에 들렀다.

"아버지, 어찌 된 일인교?"

"내가 없는 동안 어머니 잘 모시고 집안 건사나 할 하여
라."

"예, 아버님……."

이명윤은 방문을 열고 축담을 내려갔다. 중문을 들어서던 영장 이준서와 마주쳤다.

"교리 어른, 어찌된 일입니까?"

"체포하시게. 별일이야 있겠는가."

이명윤은 순순히 포박당했다.

10,

비봉산에서 올빼미가 구슬프게 울었다. 삼경三更에 이른 듯 객사는 칠흑같이 어두워 앞뒤 분간도 어려웠다. 찬물에 머리를 감고 목욕으로 몸을 정갈하게 했다. 어지러운 마음을 다스려야 제대로 고告할 수 있을 것 같았다. 의복을 정제하고 객관을 나섰다. 스산한 바람을 객사 마당을 훑었다. 객사 문을 열었다. 찬바람이 후하고 몰려나왔다. 박규수는 전패를 조심히 꺼내 들었다.

"전하……."

무릎을 꿇고 재배를 올렸다.

"먼저 소신을 벌하여 주시옵소서……."

안핵사 박규수는 더는 말을 잇지 못하고 한참을 엎드려 꺼억거리며 동이 틀 때까지 일어나지 못했다.

"전하, 어리석은 농민들을 벌주어야 소신의 소임이 끝납니다. 흠집 많은 소신이 어찌 저들에게 죄를 묻겠습니까. 배가 고파 울부짖는 자식을 바라만 보고 있을 부모는 없을 것입니다."

안핵사 박규수는 고삳만큼이나 가슴 졸였다.

"저들을 괴롭힌 아전들을 죽여야만 했던 아픔은 이해할 수 있으나 살인한 자는 반드시 국법으로 다스려야 나라의 근본을 바로 세울 수 있습니다. 아전이나 목민관의 죄가 작다고 할 수 없으나 인명을 살상한 농민 또한 방면할 수 없는 소신의 마음을 헤아려 주시옵소서."

박규수는 이명윤의 발뺌을 이대로 지나칠 수 없었다. 농민들이나 초군들이야 배운 게 없으니 무모하게 행동할 수 있다 해도 나라의 녹을 먹은 조신이 그들의 잘잘못을 엄히 다스리지는 못할지라도 일깨워 줄 수는 있었을 것이다. 그런데 오히려 저들을 부추겼으니 어찌 용서할 수 있겠는가. 이를 엄히 다스려야 다시는 이와 같은 불행한 일이 일어나지 않을 것이다. 게다가 근거가 충분한데도 발뺌하고 솔직

하지도 않았다. 시위꾼들에게 음식을 제공한 것이야 시위
꾼들의 강압에 의해서라지만, 홍병원에게 완문을 받을 때는
시위꾼들이 아예 길을 터주었다고 했다. 시위꾼들의 환영
을 받으며 동헌에 들어간 교리 이명윤이 어떤 요사로 발뺌
해도 그를 지목할 수밖에 없었다.

박규수는 한참을 망설이다 붓을 잡았다. '전하'로 발문했
으나 더는 쓸 수가 없었다. 시위꾼들을 붙잡아 수없이 추국
했으나 입을 열지 않았다. 죽기로 작정한 사람들이었다. 그
렇다고 마냥 지연시킬 수도 없었다.

박규수는 사계발사[6] 초안을 잡았다. 농민항쟁의 발생 과
정을 정리해 주모자와 참가자 순으로 등급을 나누었고 죄
목을 일일이 열거했다. 그리고 주모자가 작성한 회문, 통문,
초군언서방목[7]을 빼놓지 않고 붙임했다. 혹시라도 비변사
에서 죄목이 추가될 것을 우려한 사전 조처였다. 주모자급
세 명에게는 국법을 어기면 반드시 참형을 면치 못한다는

---

6 사계발사(査啟跋辭) : 사실을 조사하여 발문을 함.
7 초군언서방목(樵軍諺書榜目) : 언서로 된 나무꾼들이 붙인 방.

것을 일깨워줘야 한다.

"주모자 세 사람은 군문효수[8]하고, 주모자를 적극적으로 도운 일곱 명에게 유형으로 다스리되 장 일백대를 쳐 섬으로 유배시키고, 주모자의 지시를 따른 스무 명은 장 육십 대로 다스리고 일 년 징역에 처한다. 그리고 나머지 가담자는 태형으로 다스리겠습니다."

주모자 대부분은 도주해 추포追捕하지 못했다. 죄인들의 얼굴도 분간하기 어려웠다. 머리를 산발하고 주모자라 서로 우겨 찾아내기 어려웠다. 잡아들인 시위꾼이 도합 백여 명은 넘었다. 저들은 어리석은 농민들이라 자발적으로 관에 도전하지 않았을 것이다.

박규수는 진주까지 오는 길에 여러 고을을 들러 그곳 상황도 함께 점검했다. 죄를 짓고도 두려워하지 않는 무뢰배들을 보고 놀랐다. 아전들과 목민관이 지엄한 국법을 어기고 횡포를 일삼으니 농민들이 국법을 두려워할 리 없었다. 되려 대들었다. 땅을 치고 통탄할 일이었다.

죄를 두려워하지 않는 농민들을 탓하기에는 관리들이 너무 썩었다. 매관매직이 저들을 분노하게 했을지언정 목숨

---

8 군문효수 (軍門梟首) : 죄인의 목을 베어 군문 앞에 매어 달던 일.

을 내버릴 만큼 무지하지 않을 것이다. 이는 분명히 지식이 있는 자가 저들을 충동질했을 것이다. 조신 출신이나 은거 지식인의 사주가 분명히 있었을 것이다. 그들의 행태는 집단 봉기이며, 고을 수령을 감금하고 재산을 빼앗았다. 그것도 모자라 인명을 살상했다. 그러고도 부끄러워하지 않고 오히려 의기양양했다. 이는 농민들이 스스로 깨우쳐 저지른 소행은 분명 아니었다. 봉기는 농민들이 했지만, 그 뒷배를 찾아 반드시 벌하여야 한다는 생각은 변함이 없었다. 당장 조사하기는 어려워도 반드시 찾아내야 한다.

박규수는 홍문관 부교리 출신 이명윤을 주목했다. 그는 중앙 관료 출신이면서 임금의 친족이다. 범죄 단서를 찾을 수 없었으나 반드시 조사하고 넘어가야 할 사항이라 의금부에서 조사함이 옳을 것 같았다.

아전을 처음 형벌한 자는 농민들이 아니었다. 우병사 백낙신이었다. 농민들의 봉기로 그의 죄상이 낱낱이 드러날까 두려워 처한 졸렬한 조치로 시위꾼들이 보는 데서 병사들에게 진무서리 김희순을 볼 구덩이에 던지라 명령한 우병사 백낙신은 이미 목민관이 아니었다. 그 광경을 지켜본 시위꾼들은 흥분했을 것이다. 저들의 가슴에 분노의 불을 지

폈을 것이다. 묵과할 수 없는 죄상이었다. 아무리 목민관이라도 용렬한 행동의 책임을 묻지 않고 농민들에게 벌주는 것이 이치에 맞지 않았다.

다음은 사포장계[9]였다. 진주목의 환곡 포흠은 병오년丙午年부터 시작되었다. 신임 우병사 신명순이 포흠한 아전들을 독촉하지만 쉽게 처리될 것 같지 않았다.

"조정에서 삼만 석을 조치하면 남은 곡식 일만오천 석을 합쳐 매년 이자 사천 석으로 병영 경비를 충당 가능할 것으로 판단했습니다. 조사결과 포흠은 지난 병오년부터 시작되어 작금에 이르렀습니다. 이후 부임한 진주 병사들의 명단을 작성해 붙입니다."

박규수는 잠시 숨을 들이쉬었다.

"하여, 나라에 충실한 농민이 하루아침에 불의에 빠졌습니다. 이는 관리들이 삼 정(군정, 정전, 환곡)을 문란케 한 결과로 보이니, 어찌 농민들 탓으로만 돌릴 수 있겠습니까. 그러므로 임금에게 충성하는 백성이 되게 타일러 저들이 농사에 전념할 수 있게 환곡 문제를 너그러이 요청하나이다."

---

9 사포장계(査逋長計) : 왕명으로 지방에 나간 관원이 사실을 조사하여 글로 써서 올리던 보고.

봉창에 동녘이 밝았다. 붓을 벼루에 놓고 허리를 폈다.
쓰다만 장계가 방안을 굴러다녔다. 박규수는 최종본을 훑
어보았다. 허탈했다.

비봉산도 망진산도 고개를 숙였다. 시퍼렇게 출렁이던
남강은 숨을 죽였다. 예화문 광장으로 사람들이 모여들었
다. 뱃머리를 성문으로 향한 나룻배가 남강에 수없이 떠 있
었다. 사람들은 주먹을 불끈 쥐었고 사공들은 상앗대를 세
웠다. 강 건너 나루에도 사람들이 가득했다. 사람들은 입술
을 굳게 다물었다.

신임 우병사 신명조가 탄 말이 예화문에 나타났다. 죄수
들의 수레가 뒤를 따랐고 나장들과 망나니가 그 뒤를 따랐
다. 그리고 병사 쉰 명이 양편으로 갈라서 수레를 호위했다.
보기 드문 광경이었다.

"죄수를 수레에서 끌어 내려라."

호위 병사들이 미적거렸다.

"뭐들 하느냐, 끌어 내리지 않고!"

우병사의 추상같은 명령이 떨어지자 그때야 호위병들이 움직였다.

"준비하여라."

형틀을 세우고 죄인들의 무릎을 꿇리고 통나무를 가슴에 받쳤다. 화살 두 개로 귀를 관통시켜 하늘로 교차시켰다. 죄수들은 비명도 없었다. 머리털을 잡아당겨 말뚝에 묶었다.

버들피리 소리가 예화문 효수장까지 들렸다. 아름답지만 슬펐다. 촉석루에서 소복을 입은 여인이 남강으로 뛰어내렸다.

"어이쿠……."

군중들 속에서 탄식이 조용히 흘러나왔다.

칼춤을 추던 망나니가 비틀거렸다. 술에 취했는지 심장이 떨렸는지 땅바닥에 쓰러졌다. 사형 집행문을 낭독하던 신임 우병사 신명순이 판결문을 떨어뜨렸다. 사람들이 수군거리기 시작하더니 여기저기서 탄식이 쏟아져 나왔다. 소복 입은 여인이 강물 위로 떠올랐다.

"안 돼!"

급기야 고함이 터져 나왔다. 누군가 지른 외마디 비명이
간담을 서늘하게 했다. 망나니가 땅바닥에 주저앉았다. 비
명이 아니라 저항이었다. 사람들이 수군거리는 소리가 점
점 커지더니 여기저기서 연이어 고함이 터져 나왔다. 사람
들이 효수장을 빙빙 돌기 시작했다. 누군가가 언가를 흥얼
거렸다.

　　이거리 저거리 갓걸이
　　진주 망건 또 망건
　　짝바리 휘양건
　　도래미줌치 장도간
　　머구밭에 덕서리
　　칠팔 월에 무서리
　　동짓섣달 대서리

　　이거리 저거리 갓걸이
　　진주 망건 또 망건
　　……

사람들은 어깨와 어깨를 껴안고 좌우로 흔들며 형장을
빙빙 돌았다.

신임 우병사 신명조는 당황했다.

"뭣들 하느냐?"

신명조의 추상같은 명령에도 병사들의 발은 땅바닥에 얼어붙었는지 꼼짝을 하지 않았다. 망나니 칼춤도 멈췄다. 군중들의 '갓걸이'는 남강 나룻배로 바다에 도달했고, 두류산을 넘고, 육복치를 넘어 인근 마을에서 또 다른 인근 마을로, 마을을 거쳐 한양을 넘어 조선 팔도까지 질주해 삼천리 강산에 퍼졌다.

인정전 뒷배는 여전히 북악 위에 우뚝했다.

"전하!"

어전에 들어서자마자 박규수는 임금에게 하례를 올렸다.

"……."

용안은 인정전 밖에 머물렀다.

예화문 문루에 걸린 죄수의 수급이 어른거렸다. 누구를 위한 백성의 죽음이던가. 적자赤子를 슬프게 한 죄에 안핵사 박규수도 한몫했을 것이다. 박규수는 더는 말을 잇지 못했다.

나룻배에 올라 공손히 허리를 굽히던 사내가 설핏 눈앞

을 지나갔다. 다소곳하게 눈인사하던 여인이 장옷으로 얼굴을 가렸다. 조선천지 어디를 가더라도 이밥 한 그릇 편안하게 먹을 곳은 없을 것이다. 박규수도 고개 숙여 답례했다.

'배불리 못 먹어도 굶지는 말았으면……'

마지막 문초에서 유계춘이 했던 말이 떠올랐다.

"영감, 당부가 있소."

"말하시게."

농민들이 그 어떤 희생도 없이 굶지 않고 평화롭게 농사 지어 부모에게 효도하며, 자식 키울 수 있는 세상을 만들어 주시오. 나는 죄를 지었으니 벌을 받는 게 마땅하오. 그러나 저들이 잘못한 것만 너무 책망하지 마시오. 처자와 부모에게 이밥 한 끼 편안하게 먹이고 싶은 생각뿐이었을 것이오."

눈조차 돌리지 못하고 떨어뜨리는 유계춘의 눈물을 평생 잊을 수 없을 것 같았다.

박규수는 목멱산을 멍하게 바라보았다.

1862년, 그 해 임술년

─ 최희영 장편 소설 『1862,』의 의미

이병렬(소설가·문학박사)

I 들어가며 – 진주민란晉州民亂이란

진주민란晉州民亂은 1862년 임술년 초(철종 13년)에 진주 인근 약 71개 지역에서 일어난 농민항쟁으로 홍경래의 난 (1811년), 개령민란(1862년) 그리고 제주민란(1863년)과 더불어 1894년 전라도 고부군에서 시작된 동학계 혁명운동인 갑오농민전쟁(東學農民運動, 東學運動)의 전조였다.

민란의 원인으로 여러 가지를 제시하는데 그 첫째가 바로 농민층의 분해와 자영 농민들의 몰락 그리고 그로 인한 지주와 소빈농小貧農·작인作人 사이에 경제적 이해를 둘러싼 대립을 들 수 있다. 여기에 부채질을 한 것이 바로 조세를 둘러싼 폐단이다. 환곡을 둘러싼 폐단이라든가 농민의 수가 적어짐에 따라 생겨난 백골징포白骨徵布 혹은 황구첨정黃口簽丁과 같은 군역세의 폐단이다. 특히 조세는 납부체계의 방만성 혹은 수령과 관속의 부정행위가 결부되어 농민을 수탈함으로써 자연스레 반발이 일어난 것으로 본다.

한국학중앙연구원에서 발행한 『한국민족문화대백과사전』에는 진주민란을 이렇게 설명한다.

철종 때의 임술민란의 도화선이 되었다. 직접 동기는 경상도우병사 백낙신(白樂莘)의 불법 탐학에 있었다. 그는 부임한 이래 갖은 방법으로 농민을 수탈한 금액이 줄잡아 4만~5만 냥이나 되었다.

그런데도 진주목의 역대 불법 수탈곡인 도결(都結) 8만4000여 냥을 일시에 호별로 배당해 수납하려 하였다. 우병영(右兵營)에서도 이 기회를 이용해 신구범포곡(新舊犯逋穀)인 환포(還逋) 7만2000여 냥을 농가에 분담, 강제로 징수하고자 하였다.

이러한 처사는 그렇지 않아도 파탄 지경에 다다랐던 농민들을 극도로 분격시켰다. 진주에서 서남쪽으로 30리쯤 떨어진 유곡동(杻谷洞)에 사는 유계춘(柳繼春)은 김수만(金守滿)·이귀재(李貴才) 등과 함께 이에 대한 농민운동을 일으킬 것을 모의하였다. 그리고 보다 많은 농민을 동원할 방법과 군중을 효과적으로 이끌어 나아갈 행동 계획을 마련하였다.

그러던 중 이웃 단성(丹城) 주민의 봉기에 자극된 그들은 언방(諺榜 : 한글로 된 방문)·회문(回文)·통문(通文) 등을 지어 발표하면서 마침내 2월 18일 이른 아침에 행동을 개시하였다.

그들은 먼저 서쪽에 있는 수곡(水谷) 장터를 휩쓸고 이어 덕산(德山) 장터로 몰려가서 철시(撤市)를 강행하였다. 여기에서 위세를 떨치게 된 농민 시위대는 스스로를 '초군(樵軍)'이라 부르면서, 머리에 흰 수건을 두르고 손에는 몽둥이나 농기구를 쥐고서, 유계춘이 지었다는 노래를 부르며 구름처럼 진주성으로 몰려갔다.

그들은 시위에 불참하는 자에게는 벌전(罰錢)을 받았고, 반대하는 자는 집을 부숴버렸다. 이 때문에, 이제까지 잠잠하던 다른 지역의 농민들도 속속 이 대열에 가담해 그 세력이 수만 명에 이르게 되었다.

하룻밤을 성 밖에서 지샌 농민 봉기군은 19일 우병사 백낙신과 목사 홍병원(洪秉元)으로부터 통환(統還)과 도결을 혁파한다는 완문(完文)을 받아 냈다. 그러나 흥분한 군중은 우병사를 첩첩이 둘러싸고, 그의 죄상을 하나씩 들추어 협박하는 한편, 부정 관리로 손꼽히던 권준범(權準範)과 김희순(金希淳)을 불태워 죽였다.

그리고 그들이 자진 해산하기까지 4일 동안에 부정 향리들을 닥치는 대로 붙잡아 4명을 타살하고 수십 명은 부상을 입혔다. 또 평소 지탄의 대상이 되었던 부호들을 습격해 23개 면에 걸쳐 126호를 파괴하고 재물을 빼앗아, 그 피해액이 모두 10만 냥에 달하였다고 한다.

이에 조정에서는 2월 29일에 부호군 박규수(朴珪壽)를 진주안핵사(晋州按覈使)로 임명해 수습하게 하였다. 그는 약 3개월에 걸쳐 이 민란을 수습했는데, 그 처벌 상황을 보면 농민 측은 효수(梟首) 10명, 귀양 20명, 곤장 42명, 미결 15명이었고, 관리 측은 귀양 8명, 곤장 5명, 파직 4명, 미결 5명이었다.

사전이 객관적으로 설명하고 있는, 1862년에 진주 지역에서 실제 일어난 민란을 소설로 형상화한 작품이 바로 최희영의 장편소설 『1862,』이다. 그래서 소설 속 줄거리는 사전에서 설명한 내용 그대로라 할 수 있다.

II 최희영 장편소설 『1862,』의 의미

역사소설이라 함은 역사적 사실에서 소재를 취한 소설을 가리킨다. 그렇다고 단순히 역사적 사건을 실록의 기록대로 서술하는 것이 아니라 그 사건에 관련된 실제 인물과 진행과정에 작가가 소설적 장치로 만들어낸 허구의 인물과 사건이 결합하여 그럴듯한 이야기를 만들어내야 한다. 이때 자연스레 작가의 역사관이 바탕에 깔리게 된다. 그렇기에 때로는 역사소설이 이야기로서의 오락성을 과장되게 담아 실재 역사를 왜곡한다는 비난을 받기도 한다.

이런 점에 비추어 볼 때 최희영의 장편소설 『1862,』는 1862년 진주 인근에서 일어난 민란을 소설적으로 잘 형상화하고 있다. 『1862,』는 실재 진주민란이 일어난 시간과 장소는 물론 민란의 주동자 혹은 연루자들이 총망라되어 실명으로 등장하면서도 그 안에 허구적 인물과 사건을 가미하여 역사적 사건의 실체를 드러냄과 동시에 이야기로서의 재미까지 담아 진주민란을 바라보는 작가의 역사인식 수준까지 말해준다.

1. 사건의 구성

총 5부로 구성된 소설은 1, 2부에서 민란이 일어나게 된 배경을 신임 진주 목사 홍병원, 경상우병사 백낙신과 민란의 주동자인 유계춘 그리고 두 인물의 주변 인물들의 삶을 통해 예비한다. 여기에 유계춘의 입장에서 서술된 것이 바로 민회民會·이회里會·도회都會 등과 모임 그리고 마을 일을 주관하는 면임面任·동임洞任들의 활동 상황이다. 3, 4부는 민란이 일어나는 상황이고 5부는, 요즘식으로 말하면 사건 조사와 치죄하는 과정이, 안핵사로 파견된 박규수를 중심으로 서술된다. 바로 백낙신白樂莘과 홍병원洪秉元을 처벌하고 전라감사 김시연金始淵의 관직을 삭탈하는 등 민란이 일어난 지역의 수령을 파직하였으며 민란 주도자들은 효수하였고 적극 가담자는 극률로 처벌하는 상황이다.

앞에서 언급했듯이 장편소설 『1862』를 이끌어가는 사건은 실제 1862년에 일어난 진주민란이고 소설 속에 형상화된 민란의 진행과정도 역사적 사실과 같다. 작가는 이 작품 집필을 위해 진주를 여러 차례 방문한 것은 물론 민란 특히 진주민란을 주제로 한 학술 논문과 실록을 탐독하여 역사적 사실의 실체를 취득했고 민란이 일어난 각 지역을 답사하며 얻은 정보를 바탕으로 실제 민란이 일어난 시간순으로 서술한다.

다음은 연구 논문에서 가져온 진주민란의 진행 방향이다(소설을 읽으며 견주어 보면 그 재미를 배가시킬 수 있을 것이다).

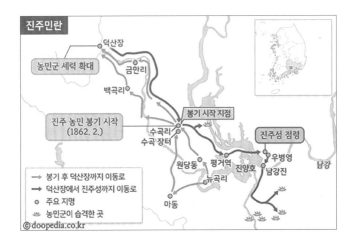

『1862,』에서는 이 순서를 그대로 따르고 있다. 그렇기에 소설 속에 민란을 서술한 3부와 4부에서는 실제 민란이 일어난 '임술년, 정월 스무아흐레'부터 '임술년, 이월 스무하루'까지 날짜별로 소제목을 붙여 서술한다. 물론 그 날짜에 실제 사건만 있는 게 아니라 중간중간 허구적 사건과 인물을 삽입하여 소설적 흥미를 더해준다. 특히 민란의 정점이었던 '임술년, 이월 열사흘'은 '아침나절', '점심나절', '저녁나절'로 나누어 서술하면서 각 지역의 상황까지 보여준다. 그렇기에 어찌 읽으면 진주민란의 발생과 그 진행과정을 마치 1862년으로 가서 직접 그 민란의 소용돌이 속에서 전하는 현장리포트로 듣는 듯한 착각이 일 정도이다.

2. 인물의 재구성

소설에 등장하는 인물들은 크게 두 축으로 나뉜다. 바로 실존 인물과 허구적 인물이다. 진주목사 홍병원, 경상우병사 백낙신, 안핵사로 파견되는 박규수 그리고 민란의 주동자인 유계춘과 방조 책임이 있는 교리 이명윤은 실존인물이다. 그러나 실제 소설을 이끌어가며 독자들의 눈길을 사로잡는 인물은 허구적 인물들이다.

유계춘과는 어린 시절 동무였지만 훗날 기생이 된 문연이(기생으로서 이름은 매서이다)와 호적을 사 양반이 되어 관아에서 저리로 일하는 그녀의 아버지 문영진, 그 문영진에게 다시 호적을 사고자 하는 대장장이 박수견과 그의 배필이 되는 난향루 기생 춘심이 바로 그들이다.

즉 실존인물과 허구적 인물이 이러저러한 인연으로 얽히며 실제 진주민란의 진행과정 속에 이야기의 흥미를 더한다.

"가시내야, 피리 불 줄 아나?"

유계춘은 버들피리를 만들어 연이에게 내밀었다.

"머시마가 미쳤나, 니나 불어라."

연이는 주둥이를 내밀며 이죽거렸다.

"에나가?"

유계춘은 버들피리를 정말 불 것처럼 입술에 댔다.

"그란다고 머시마가 되가 한입에 두말하나."

연이의 조그만 입에서 옹골찬 말이 튀어나왔다.

유계춘은 연이에게서 되레 빼앗은 버들피리를 불었다.

"피~."

소리가 나지 않았다. 유계춘은 창피했다. 피리를 다시 입술에 대고 힘껏 바람을 불어넣었다. 연이 얼굴도 붉어졌다.

"그것도 못 부나. 머시마야. 이리 줘 봐라."

연이가 버들피리를 냉큼 빼앗아 입에 물었다. 소리가 나지 않았다.

"가시내야, 배꼽에 심주고 용심用心껏 불어야지……."

유계춘의 얼굴도 붉어졌다.

피리 소리는커녕 연이는 눈물만 찔끔거렸다.

"바보!"

유계춘은 연이를 놀렸다.

"머시마야, 소리도 안 나는 기 피리가?"

연이는 속았다는 생각이 들었던지 버들피리를 냅다 던지고 목소리를 암팡지게 높였다.

어린 시절 추억 한 토막이지만 이때부터 유계춘에게 버들피리는 문연이를 그리는 매개체가 된다. 이 버들피리는 소설 여러 곳에 등장하며 유계춘의 마음을 읽게 해주는데, 이런 사연이 있는 두 사람이 농민반란의 주모자와 기생의 처지로 다시 만난다.

따뜻한 손길이 가슴을 쓰다듬었다. 이불이 깃털처럼 들렸다. 어디서 불어오는지 알 수 없는 봄바람이 귓전에서 맴돌았다. 유계춘은 가슴이 두근거리고 숨이 끊어질 것 같아 눈을 떴다. 아무것도 보이지 않았다. 젖가슴이 뭉클하게 압박했다. 숨이 턱턱 막혔다. 주체할 수 없는 뜨거운 열기가 사타구니를 압박했다. 이불을 젖혔다. 그리고 힘껏 끌어안았다. 작은 몸뚱이가 그의 가슴에서 파닥거렸다. 매서 뺨에 눈물이 흘러내렸다. 유계춘은 온 힘을 다해 그녀를 몸속으로 끌어들였다. 눈물이 났다. 문풍지가 파르르 떨었다.

유계춘이 옥에서 나와 도망을 다닐 때 비몽사몽 간에 두 사람은 몸을 합치지만 어쩌면 이 두 사람의 연인관계가 민란과는 전혀 어울리지 않는, 아니 민란을 더욱 인간적이게

만드는 요소가 될 수 있다. 당연히 유계춘의 이러한 행적은 실록에는 존재하지 않는, 작가의 상상력에 의해 창조된 것이다.

허구적 인물 중 다른 한 축은 바로 대장장이 박수견이다.

십여 년 전, 안방마님의 금붙이를 훔쳤다는 누명을 썼다. 아니라고 말해도 믿지 않았다. 죽지 않을 만큼 매를 맞고 광에 갇혀 죽을 날만 기다렸다. 도무지 혐의를 벗을 방법이 없었다. 결국, 거짓으로 자복하고 목숨만 겨우 건졌다. 광속에 갇혀 죽기만 기다렸던 때를 생각하면 지금도 치가 떨렸다. 뒤에 들은 이야기지만, 주인집 도런님이 금붙이를 훔쳐 기생집에서 탕진했다고 했다.

'니미럴!'

종놈은 인간이 아니었다. 그때부터 도망갈 준비를 했다. 틈이 나면 웃개나루에서 왜인들을 따라다니며 쇠부질을 배웠다. 주인마님이 출타한 틈을 타 안방까지 들어가 노비문서를 찾았으나 없었다. 그날 밤 곧바로 도주했다. 이름도 바꿨다. 만득이에서 박수견으로, 왜국 상인이 업신여길까 봐 얼결에 대답했던 게 이름이 되었다. 족보를 받으면 박씨에서 김씨로, 그러니까 안동 김가 김수견으로 바꾸면 그만이었다.

김수견! 생각만 해도 가슴이 두근거렸다.

"안동 김씨, 김수겨입니더, 아이고, 니미럴 안동 김씨라니!"

　종으로 살다 도망쳐 대장장이가 되어 돈을 모았고 이제
는 그 돈으로 족보를 사 양반이 되고자 하는, 그렇기에 민란
에 동참은 하면서도 기회를 봐 춘심과 도망갈 궁리를 하고
있는 인물이다. 노비 만득에서 박수견으로 변신하고 다시
안동김씨 족보를 사서 김수견으로 신분을 세탁하려는 대장
장이의 욕망은 허황된 것이 아니다. 오히려 당시 모든 노비,
상민 혹은 농민들이 품었던 신분상승의 꿈이었을 것이다.

　실록에는 없는 유계춘과 매서와의 인연만이 아니라 소설
에서는 실존 인물들의 새로운 성격화도 시도한다. 관직을
마다하고 향리에 묻혀 사는, 어쩌면 고고한 선비여야 할 교
리 이명윤의 경우 기회주의자로 묘사된다. 양반이라고, 마
을의 어른이라고 아랫것들 부리듯 하는 평소 행동이 정작
민란을 당하여서는 농민들 편에 선 것인 양, 집으로 쳐들어
온 초군(나뭇군)들에게 밥을 대접하는 것을 통해 양반 혹은
지식인들이, 요즘도 그렇지만, 얼마나 줏대가 없는 기회주
의자들인가를 잘 드러낸다.

3. 삽입가요의 의미

『1862,』에는 몇 가지 노래가 삽입되어 있다. 그 중 하나가 이런 노래이다.

이거리 저거리 갓걸이
진주 망건 또 망건
짝 바리 휘양건
도래미줌치 장독간
머구 밭에 덕서리
칠팔 월에 무서리
동지 섣달 대서리

예전에 어린 시절 동무들 혹은 형제자매들이 방 안에서 서로의 다리를 늘어놓고 부르던 노래이다. 여기서 '거리'는 '갓 걸이' 즉 갓을 걸어놓은 도구를 뜻한다. 그 숨은 뜻은 바로 양반을 사서 행세를 하는 가짜 양반의 머리를 갓을 걸어놓는 도구쯤으로 여기는, 그 시대 상황을 풍자한 말이다. 이 말이 주축이 되어 언어유희를 통해 어린이들의 노래가 되었다. 당시 족보를 사고판 흔적이 실록에도 나온다. 오죽하면 노래까지 나왔겠는가.

소설 속에 이 노래가 여러 차례 등장한다. 한낱 노래로만이 아니라 바로 민란이 일어나던 시절의 시대상을 계속하여 풍자하는 노래이다. 그만큼 돈을 주고 양반을 사고 파는 행위가 만연했다는 뜻이다. 어디 그뿐인가. 신임목사 홍병원도 이만 냥을 주고 목사 자리를 사서 내려온 것이니 당시의 시대상을 잘 말해준다.

> 온 거리 백성들아 다 모여라
> 한─쪽 발에는 대님 매고
> 허─리 춤에는 장도칼 차고
> 진주 남강을 다 메워버리자
>
> 올가을 구시월 된서리처럼
> 휘몰아쳐오라. 휘몰아쳐오라
> 동─지 섣달 큰 눈─처럼
> 온 세상을 덮어버리자───
>
> 휘몰아쳐 오라. 휘몰아쳐 오라
> 동─지 섣달 큰─눈─처럼
> 온 세상을 덮어버리자───,
> 온 세상을 덮어버리자───

첫 연 혹은 전체가 3, 4부에 여러 차례 삽입된 이 노래는 바로 민란에 참여한 농민과 초군 즉 상민들이 관아에 대하여 저항하는 노래이자 동료 농민들을 규합하는 힘찬 노래이다. 이 노래를 삽입함으로써 다소 딱딱하게 읽힐 수도 있는 민란의 분위기에 사실성을 더할 뿐 아니라 역동적으로 움직이는 반란 농민들의 모습이 떠오른다.

4. 작가의 역사인식

이 소설 속에 새로운 시각으로 봐야 할 대목이 있다. 바로 수운 최제우水雲, 崔濟愚의 등장이다. 1862년이면 수운이 39세일 때다. 작가는 아직 일가를 이루지 못한 수운을 그가 전국을 방랑할 때 바로 진주 민란이 일어난 진주 주막에 등장시킨다.

　'시천주라…….'
　최수운이라는 젊은 도사가 한 말이었다. 칠현(함안) 웃개나루 저잣거리에서 사람들에게 둘러싸여 있었는데 그의 말이 엄청나 기억에서 지워지지 않았다. 백성의 아버지는 분명 임금이다. 조선 땅에 사는 백성이라면 그 누구도 부인하지 않을 것이다. 그렇게 꼿꼿하던 남명 선생도 섭정하는 태후를 비난했지 임금까지 비난하지 않았다. 임금이 버젓이 살아있다. 그런데 마음속에 천주를 모시라니……, 한울님을 가슴속에 모시며 새날이 온다고……. 유계춘은 두려웠다. 가진 게 없으니 빼앗길 것이야 없지만, 목숨까지 걸어야 할 일이다. 천주학이라는 서학에 맞서 동학이라고도 했다, 도사라기에 너무 젊어 어쭙잖게 보아넘기려 해도 최수운의 눈빛은 형형하게 살아있었다.

실제 수운이 진주민란 당시 그곳에 있었는지는 확인할 길이 없다. 다만 작가는 멀리는 홍경래의 난부터 진주민란까지 모든 농민반란이 결국에는 동학농민운동으로 귀결된다는 것을 암시한다.

또 한가지 작가의 역사인식을 드러내는 대목이 있다. 바로 진주민란에 대한 인식이다. 이를 대변하는 것이 민란이 발생한 후 사실을 조사하라고 파견한 안핵사 박규수가 보고서인 사계발사查啟跋辭를 적으며 고민하는 모습이다.

"전하……."
무릎을 꿇고 재배를 올렸다.
"먼저 소신을 벌하여 주시옵소서……."

안핵사 박규수는 더는 말을 잇지 못하고 한참을 엎드려 꺼억거리며 동이 틀 때까지 일어나지 못했다.

"전하, 어리석은 농민들을 벌주어야 소신의 소임이 끝납니다. 흠집 많은 소신이 어찌 저들에게 죄를 묻겠습니까. 배가 고파 울부짖는 자식을 바라만 보고 있을 부모는 없을 것입니다."

안핵사 박규수는 고샅만큼이나 가슴 졸였다.

"저들을 괴롭힌 아전들을 죽여야만 했던 아픔은 이해할 수 있으나 살인한 자는 반드시 국법으로 다스려야 나라의 근본을 바로 세울 수 있습니다. 아전이나, 목민관의 죄가 작다고 할 수 없으나 인명을 살상한 농민 또한 방면할 수 없는 소신의 마음을 헤아려 주시옵소서."

'배가 고파 울부짖는 자식을 바라만 보고 있을 부모는 없'다거나 '살인한 자는 반드시 국법으로 다스려야 나라의 근본을 바로 세울 수 있'다는 박규수의 고민은 바로 작가의 생각이다. 결국 진주민란은 배고픈 농민들이 조선의 조정이 아니라 바로 그들 지역의 관가에 대한 소박한 욕망을 분출한 것일 뿐 조정을 전복하자거나 혁명을 하고자 하는 뜻은 아니었다는 판단이다. 그도 그럴 것이 소설 속 상황에서는 결코 살인으로 관리들을 치죄하고자 한 의도는 없었다.

다만 민란 당시의 미세한 상황이 급발전하여 군중들의 흥분으로 이어지며 살인, 방화, 파괴 행위로 연결된 것일 뿐이다. 그렇기에 반란을 주모한 농민들도 벌을 하지만 민란이 일어나게 만든 관리들 역시 죄를 피하지는 못했다.

사건, 인물, 삽입가요 그리고 작가의 역사인식으로 살펴본 『1862,』는 나름대로 잘 쓰여진 역사소설이다. 실록과 학술논문에서 밝히고 있는 진주민란의 실체와 작가의 상상력이 만들어낸 사건과 인물과 합쳐지면서 민란 속 당시 농민들의 삶이 사실대로 전해진다.

철종·고종 연간에 일어난 농민들의 반란이 수십 차례라지만 진주민란이 특별히 관심을 받는 것은 진주만의 고유한 지역적 특색이다. 그러한 진주 지역의 특색을 작가는 당시 농민군이 지났을 거리 구석구석 현장답사를 통해 재현해낸다. 거리나 지명만이 아니라 산 이름, 물 이름 하나까지 현장을 통해 길어올린 귀중한 자료들이다. 그러한 자료들이 진주민란이란 역사적 사건을 담고 있는 한 편의 이야기 속에 마치 바로 지금 이야기를 듣는 듯한 느낌으로 독자들에게 다가가게 창조해낸 것이다. 바로 작가 최희영의 남다른 감각이다.

Ⅲ 나오면서 – 사족으로 덧붙여서

작가 최희영과의 인연이 참 깊다. 시간이 아니라 그간의
관계가 그러하다. 필자가 부천의 소설 동인 주부토에서 있
었던 소설습작 합평회에 지도교수로 참여할 때에 동인이었
고, 부천대학 평생교육원에서 소설창작을 강의할 때에는 수
강생이었다. 그때 이미 눈에 들어 그의 역량을 알아봤는데
잠시 한눈을 파는 사이 그는 작가가 되어 있었다. 사실 최희
영은 필자를 만나기 전에 이미, 비록 공학도라지만, 시집을
출간한 바 있는 문학인이었다.

이후 그의 첫 창작집 해설을 해주었는데, 새로운 소설을
쓰고 나면 언제든 연락하여 작품을 보여주었다. 간단하게
평을 해주면 새로 고쳐쓰기를 수 차례 – 그만큼 열정이 남달
랐다. 그러더니 장편 『더맥』으로 직지문학상을 수상했고,
또 다른 장편 『갠지스 강』을 발표했다. 이제 역사소설에까
지 그 역량을 넓힌다.

사실 이『1862,』는 구상 단계부터 알고 있었다. 몇 년에 걸친 자료 조사와 현장 답사 그리고 학술논문까지 찾아 읽는 그의 모습에서 소설가로서 창작의 자세가 참으로 치열하게 느껴져 이제는 수강생이 아니라 동료 나아가 옆집 친구 같은 느낌이다.

　『1862,』를 탈고했다며 원고뭉치를 가져와 해설을 부탁받았을 때 작가만큼이나 기뻤다. 마치 내가 작품을 완성한 것 같은 느낌이었다. 왜 그랬을까. 바로 믿음이다. 그간 그가 보여준 창작에 대한 열정이 그대로 전해졌기 때문이다. 그래서 믿는다.

　지금까지 발표한 최희영의 작품 중『1862,』만큼 정이 가는 소설이 없다. 단편을 넘어 이제 본격적인 장편 작가로 거듭난, 거대 담론에 빠진 그를 말리고 싶지 않다. 오히려 다음 작품이 기대된다. 그만큼 그는 우일신又日新하는 작가이다.

　최희영 장편소설『1862,』는 나름대로 잘 쓰여진 역사소설이다. 실재 사건과 허구적 사건이 조화를 이루고 실재 역사 속 인물들과 작가가 창조해 낸 허구적 인물이 잘 짜여져 있다. 거기에 작가 나름의 역사인식 수준까지 보여주어 역사소설로서의 가치를 더한다.

　필자가 해설을 해서가 아니라 그만큼 의미가 있기에 작가 최희영이 '진주민란'을 재현해낸 『1862,』를 자신 있게 독자들에게 권한다.

일러두기 —————————————————————

1, 이 책은 소설이며, 오로지 소설로만 읽어야 한다.

2, 소설 줄거리는 아래 자료 중 4•*와 4•**을 참고했다.

3, 실명으로 등장하는 인물묘사는 그 인물에 대한 역사적 평가가 될 수 없다.

4, 소설의 시대적 배경을 알려고 아래의 자료를 참고했다.

•『1862년 진주농민항쟁』김준형, 지식산업사

•*『1862년 진주농민항쟁의 조직과 활동』(송찬섭宋讚燮 논문, 75006473)

•『1862년 진주농민항쟁의 연구』(이영호李榮昊 논문, 775005943)

•『1862년 진주지역 민의 청원과 병영의 대처, 촉영민장초개책(矗營民狀草概册)을 중심으로』(연세대학교 대학원 조선후기사 연구반)

•『1862년 농민항쟁과 소통의 정책』(송찬섭宋讚燮 논문)

•『1862년 농민항쟁과 시위문화』(송찬섭宋讚燮 논문)

•**『진주 농민운동의 역사적 조명』진주농민항쟁기념사업회, 경상대학교 경남문화연구원 김준형, 역사비평사

•『임술민란과 19세기 동아시아 민중운동』배항섭·

손병규 책임 편집, 성균관대학교 출판부
•『한국 근대화의 정치사상』황태연 지음, 창비
•『수곡면지水谷面誌』수곡면지 편찬위원회
•『국역 진양지 國譯 晉陽誌』진주문화원
•『남명 조식의 학문과 선비정신』김충열 지음, 예문
서원